FRANCES BRODY

Mord in guter Tradition

Weitere Titel der Autorin:

Mord nach Strich und Faden
Mord braucht keine Bühne
Mord zur Teestunde

Eine unerhörte Tat (Kurz-Krimi)

Über die Autorin

Frances Brody ist das Pseudonym einer preisgekrönten britischen Autorin von Theaterstücken, Drehbüchern und Romanen. Nach einem längeren Aufenthalt in den USA kehrte sie nach England zurück, wo sie an verschiedenen Universitäten Englische Literatur, Geschichte und Kreatives Schreiben unterrichtete. Heute lebt sie wieder in Yorkshire, dem Schauplatz ihrer erfolgreichen Reihe um die Detektivin Kate Shackleton.

Weitere Informationen finden Sie auf www.frances-brody.com.

FRANCES BRODY

Mord in guter Tradition

Kate Shackleton ermittelt

Aus dem Englischen von
Sabine Schilasky

lübbe

Dieser Titel ist auch als E-Book erschienen

MIX
Papier aus verantwortungsvollen Quellen
FSC® C014496

Vollständige Taschenbuchausgabe

Deutsche Erstausgabe

Titel der englischen Originalausgabe: »A Woman Unknown«
Originalverlag: Piatkus, an imprint of Little, Brown Book Group, London

Textredaktion: Dorothee Cabras, Grevenbroich
Titelillustration: © Helen Chapman Illustration
Umschlaggestaltung: Thomas Krämer
Satz: two-up, Düsseldorf
Gesetzt aus der Arno
Druck und Verarbeitung: GGP Media GmbH, Pößneck
Printed in Germany
ISBN 978-3-404-18005-9

1 3 5 4 2

Sie finden uns im Internet unter www.luebbe.de
Bitte beachten Sie auch: www.lesejury.de

»Die meisten Männer waren höflich genug,
die Farce eines Ehebruches mit einer ›Unbekannten‹
zu durchlaufen und ihren Frauen so einen
Scheidungsgrund zu geben.«

THE LONG WEEKEND,
ROBERT GRAVES UND ALAN HODGE

Prolog

THE TIMES
Montag, 3. September 1923

Mr. Everett Roderick Runcie verstarb im Alter von siebenundvierzig Jahren. Mr. Runcie, der jüngere Bruder des dritten Barons Kirkley und einer der Direktoren der Kirkley Bank, war zu Beginn der Moorhuhn-Jagdsaison nach Yorkshire zurückgekehrt.

Der bekannte, gesellige Mr. Runcie wurde letzten Mittwoch beim Ebor-Handicap-Pferderennen in der Öffentlichkeit gesehen, schien bei bester Gesundheit und guter Dinge zu sein, obwohl er keine Gewinne verzeichnen konnte.

Charismatisch und dynamisch, wie Mr. Runcie war, kannte man ihn als Förderer der Künste und jemanden, der sich nicht vor abenteuerlichen Unternehmungen fürchtete. Kürzlich äußerte er sich unter gewissen Investoren voller Begeisterung über die Big-G-Mine in Tasmanien und die Bechuanaland Peanut Farm Company.

Mr. Runcie war seit 1918 mit Miss Philippa Emerson verheiratet, der Tochter eines amerikanischen Kaufhaus-Magnaten, mit der er abwechselnd am Cavendish Square in London und in Kirkley Hall in Yorkshire residierte.

Der Coroner hat eine Untersuchung des Todesfalles angeordnet.

Eins

Zehn Tage zuvor

Mein Name ist Kate Shackleton. Ich bin Privatdetektivin, wozu ich eher zufällig kam, als ich herauszufinden versuchte, was mit meinem Ehemann Gerald geschehen war, der zuletzt gegen Ende des Großen Krieges gesehen wurde. Ich erhielt das übliche Telegramm: *vermisst, wahrscheinlich tot.* Ein Teil von mir hoffte weiterhin, dass er noch am Leben sein könnte. Nach fünf Jahren verblasst die Hoffnung, doch gelegentlich befeuert sie eine seltsame Geschichte in der Zeitung oder ein Gerücht von einem Überlebenden aufs Neue.

Um halb sieben an einem Augustabend probierte ich ein neues Stück auf dem Klavier und entschied, dass es Zeit war, den Klavierstimmer zu bestellen, als ich ein vertrautes Klopfen an der Hintertür hörte. Ich klappte den Klavierdeckel zu. Mein Assistent, ein ehemaliger Polizist, stapft in seinen Schuhen Größe vierundvierzig gewöhnlich nicht zur Hintertür; er ist ein klassischer Haustür-Mensch.

Auf dem Weg durch den Flur fragte ich mich, was ihn um diese Zeit herführte, wenn er eigentlich zu Hause bei seiner Frau Rosie und den Kindern sein sollte.

Mr. Sykes drückte die Nase ans Küchenfenster. Ich öffnete die Tür und trat zur Seite, um ihn hereinzulassen.

Er lüpfte seinen Filzhut. »Verzeihen Sie den unangekündigten Besuch, Mrs. Shackleton. Ich hatte mich gerade zu meinem Tee gesetzt, als jemand sehr aufgeregt bei mir erschien und um unsere Hilfe bat. Ich habe ihm gesagt, dass ich nichts versprechen kann, ehe ich mit Ihnen geredet habe.«

»Um wen geht es?«

»Mr. Cyril Fitzpatrick.« Er sprach den Namen bedeutungsschwanger in seinem Das-könnte-heikel-werden-Tonfall aus.

»Und was haben Sie mit Mr. Fitzpatrick angestellt?«

»Er sitzt vorn auf Ihrer Gartenmauer. Ich habe ihm gesagt, dass er warten soll, solange ich mich mit Ihnen unterhalte.«

»Was möchte Mr. Fitzpatrick?« Ich ging voraus ins Esszimmer, das gleichzeitig mein Büro war.

»Er sorgt sich wegen seiner Frau – was sie hinter seinem Rücken treiben könnte.« Sykes legte den Hut auf die Remington-Schreibmaschine. »Ich fühle mich verantwortlich, sollte Mrs. Fitzpatrick von der rechten Bahn abgekommen sein. Erinnern Sie sich, wie wir ihr letztes Jahr aus der Bredouille geholfen hatten?«

Mir gefiel sein majestätisches »Wir«. Sykes war als Ladendetektiv im Dienst bei Marshalls gewesen, als er gesehen hatte, wie Mrs. Fitzpatrick eine Parfümflasche in ihrer Tasche verschwinden ließ. Daraufhin hatte er sie zur Rede gestellt. Sie brach in Tränen aus, und er brachte die verzweifelte Dame ins Büro der Geschäftsleitung. Dort erklärte sie, dass sie erst am Tag zuvor den Arzt zu ihrer Mutter gerufen und erfahren hatte, dass keine Hoffnung mehr bestünde. Aus dem in Seidenpapier gewickelten und bezahlten Flanellstoff sollte ein Nachthemd für ihre Mutter genäht werden. Und Mrs. Fitzpatrick war so von der schlimmen Nachricht betroffen gewesen, dass sie das teure Parfüm vollkommen gedankenlos eingesteckt hatte.

Sykes war sicher gewesen, dass sie die Wahrheit sagte, und ich vermutete, dass sie jung und gut aussehend sein musste.

»Lassen Sie mich raten: Mr. Fitzpatrick hegt den Verdacht, dass seine Frau wieder Ladendiebstahl begeht?«

Sykes seufzte. »Er behauptet, dass sie etwas im Schilde führt, und er nicht weiß, was es ist. Er sagt, er sei mit seinem Latein am Ende.«

»Kämen alle Ehemänner und Ehefrauen zu uns, die mit ihrem Latein am Ende sind, reichte die Schlange bis nach Woodhouse Moor.«

»Mag sein, aber falls sie wieder stiehlt, wird es meinem Ruf nicht guttun, sollte ich sie noch einmal laufen lassen.«

»Setzen Sie sich. Ich lasse Mr. Fitzpatrick herein.« An der Esszimmertür drehte ich mich um. »Gibt es etwas, das ich wissen müsste, bevor wir mit ihm sprechen?«

Sykes schüttelte den Kopf. »Er wird ausreichend für sich selbst sprechen.«

Mein Assistent hatte sowohl Mr. als auch Mrs. Fitzpatrick kennengelernt. Ich kannte bisher keinen von beiden.

Als ich den Mann ansah, der nun keinen Meter von meinen Eingangsstufen entfernt stand und mich erwartungsvoll ansah, überkam mich ein leichtes Unbehagen, und ich wünschte, er wäre zu jemand anders gegangen. Er betrachtete mich mit traurigen braunen Augen, nahm seinen braunen Filzhut ab, unter dem dichtes, grau meliertes braunes Haar zum Vorschein kam, das vor Haaröl glänzte und streng aus der Stirn gekämmt war. Am Revers seines braunen Nadelstreifenanzugs trug er einen Sacred-Heart-Anstecker und hatte trotz des warmen Augustabends einen braunen Mantel über dem Arm. Seine braunen Schuhe schimmerten von Spucke und Politur. Mir kam umgehend das Bild einer verwundeten Robbe in den Sinn, die am Strand angespült wurde und ihren Glanz verlor.

»Mr. Fitzpatrick? Treten Sie bitte ein. Ich bin Mrs. Shackleton.«

Sein feuchter Händedruck ließ mich erneut an einen Seehund denken.

Sykes hatte aus dem Esszimmerfenster geschaut und drehte sich um, als wir hereinkamen.

Ich setzte mich an das Tischende mit dem Rücken zum Fenster, sodass ich die wärmenden letzten Sonnenstrahlen an meinem Kopf und im Nacken spürte. Lichtstreifen tanzten über den Tisch. Fitzpatrick nahm rechts von mir und Sykes gegenüber Platz.

»Es geht um meine Frau«, begann Mr. Fitzpatrick ungefragt. »Wie ich Mr. Sykes schon erklärt habe, verschwindet Deirdre tagelang. Ich bin halb verrückt vor Sorge und möchte wissen, was sie im Schilde führt.«

Ich stöhnte innerlich. Dies war genau die Art Anfrage, die ich befürchtet hatte. »Wie Ihnen Mr. Sykes vielleicht schon erklärt hat, übernehmen wir keine Ehestreitigkeiten.«

»Hier geht es nicht um Ehestreitigkeiten, Mrs. Shackleton. Wir haben keine Probleme. Ich möchte nur wissen, wohin sie geht, was sie tut.« Er warf Sykes einen flehenden Blick zu. »Sie könnte wieder in alte Gewohnheiten verfallen, und sollte sie abermals ertappt werden, wird sie nicht so leicht davonkommen. Es würde Gefängnis, Scham und Schande bedeuten.«

Sykes hätte den Mund kaum fester zusammenkneifen können, hätte er eine Flasche Leim entkorkt und den Inhalt geschluckt, doch seine Besorgnis war offensichtlich.

»Könnten Sie genauer sagen, womit Sie Ihre Sorge begründen, Mr. Fitzpatrick?« Beinahe hätte ich »Verdacht« gesagt, doch ich wählte meine Worte vorsichtig, um seine Ängste nicht zu verstärken.

Er legte die großen Hände flach auf den Tisch. »Manchmal frage ich mich, ob jemand anders etwas gegen sie in der Hand hat, sie zwingt, Dinge zu tun, die sie von sich aus nicht tun würde, oder ihr Geld abpresst.«

»Es hört sich an, als glaubten Sie, dass irgendeine Nötigung im Spiel ist oder Ihre Frau erpresst wird. Haben Sie Anlass zu der Befürchtung?«

»Ich weiß selbst nicht, wie ich auf Erpressung gekommen bin, sondern nur, dass Deirdre irgendetwas treibt. Das fühle ich ganz deutlich in den Knochen.«

Ich widerstand dem Impuls zu fragen, in welchen Knochen – den Kniescheiben, den Musikknochen, dem Schädel? Stattdessen nickte ich aufmunternd. »Wie lange sind Sie schon verheiratet?«

Aufgepasst, Kate!, ermahnte ich mich. Als Nächstes würde ich empfehlen, dass sie sich aussprachen und ein Wochenende nach Blackpool reisten, nur sie zwei, solange das Wetter noch gut war.

»Seit sechs Jahren. Wir haben 1917 in St. Anne's geheiratet.« Er holte eine Hochzeitsfotografie aus einer Innentasche und schob sie mir über den Tisch zu.

Das Bild war einem Rahmen entnommen worden. Die Braut sah glücklich und zuversichtlich aus. Sie war zierlich mit welligem Haar, hohen Wangenknochen und einem ansteckenden Lächeln. Der Bräutigam sah aus, als hätte er auf das falsche Pferd gesetzt und seinen Lohn verloren. »Wie alt war Ihre Frau bei der Hochzeit?«

»Achtzehn.« Er rutschte unsicher auf dem Stuhl hin und her. »Ich werde bald fünfundvierzig. Sie hat schon vierundzwanzig Sommer verlebt, sieht aber aus wie der Frühling. Warum sollte sie auch nicht? Ich ermögliche ihr ein unbeschwertes Leben. Sie arbeitet nicht, und wir haben keine Kinder.« Seine Unterlippe bebte. »Und jetzt ist sie immerfort aus dem Haus.«

Fitzpatrick schien ein freundlicher Mann zu sein, und sein Unbehagen war beinahe mit Händen zu greifen. »Haben Sie Ihre Frau gefragt, wohin sie geht?«

Er runzelte die Stirn. »Sie erzählt mir Lügen. Und was soll

ich tun, außer sie im Haus einschließen? Ich muss arbeiten. Einmal habe ich versucht, die Tür zu verriegeln, nachdem wir uns gestritten hatten, aber da ist sie aus dem Fenster geklettert. Und es gibt immer eine plausible Geschichte. Ihre Mutter ist krank. Ihre Tante im Kloster hat sie für einige Tage eingeladen. Ein anderer Mann würde sie schlagen, aber sie ist so …« Er blickte zu Sykes. »Sie wissen, wie außergewöhnlich sie ist. Niemals könnte ich die Hand gegen sie erheben.«

Er klang, als hätten wir ihm genau das geraten. »Vielleicht sagt sie die Wahrheit«, entgegnete ich.

»Oh, zum Teil sagt sie immer die Wahrheit. Seit sie letztes Jahr erfuhr, dass ihre Mutter nicht mehr lange zu leben hat, ist sie dauernd bei ihr, in ihrem Elternhaus in The Bank, und Sie wissen ja, was für eine Gegend das ist.«

Ich kannte The Bank nur vom Hörensagen. Es handelte sich um das Armenviertel der Stadt zwischen der Eisenbahnlinie und dem Fluss. Es hieß, dass sich die Polizei nur selten dorthin verirrte.

Von der Sonne auf meinem Hinterkopf wurde mir ein wenig schwindlig, und ich verrückte meinen Stuhl.

Fitzpatrick seufzte. »Ich bin Schriftsetzer bei der hiesigen Zeitung. Als ich heiratete, verdiente ich vier Pfund und einen Shilling die Woche. Seitdem gab es nichts als Gehaltskürzungen, und jetzt bekomme ich nur noch drei Pfund, acht Shilling und sechs Pence.«

Sykes zog eine Augenbraue hoch. Das war immer noch ein guter Lohn, bedachte man die schlechten Zeiten.

Fitzpatrick trommelte mit den Fingern auf dem Tisch. »Ich habe eine Lohnkürzung von zwölf Shilling und six Pence gehabt, aber habe ich ihr Haushaltsgeld gekürzt? Nein, habe ich nicht. Ich habe sie aus der Armut geholt, und jetzt will sie mehr, als ich mir leisten kann. Gibt sie jemandem Geld?« Er beugte sich vor und ballte die Hände zu Fäusten. »Als ich ihr eine Guinea verweigert habe, hat sie gesagt, es sei egal, denn sie würde sie woanders herbekommen. Da habe ich mich gefragt, ob sie stiehlt.«

Ich hatte den Eindruck, dass er den möglichen Ladendiebstahl lediglich betonte, weil er wusste, dass er Sykes am meisten verstörte.

Er hüstelte und sagte entschuldigend: »Verzeihung. Schwache Brust.«

Als er sich erholt hatte, fragte ich: »Was Ihren Verdacht angeht, dass Ihre Frau stiehlt … Sind Ihnen Gegenstände im Haus aufgefallen, von denen Sie glauben, sie könnten unehrlich erworben sein?«

»Vor einem Monat bin ich nach Hause gekommen und traf sie an, wie sie wie ein Derwisch zur neuesten Musik getanzt hat. Sie hatte ein Grammofon und konnte mir nicht erklären, woher es stammte. Jetzt ist es wieder fort. Sie sagt, dass es repariert wird, aber sie hat es entweder verkauft oder verpfändet. Tja, woher war es? Wer hatte es für sie getragen? Sie hat einen alten Verehrer, der sich immer noch in ihrer Nähe herumtreibt und sich bei ihrer Mutter nützlich macht.«

»Mir ist nicht ersichtlich, wie wir helfen können, Mr. Fitzpatrick.«

Er berührte das Sacred Heart an seinem Revers. »Sie könnte sich mit einer Diebesbande eingelassen haben.«

Sykes Züge verhärteten sich. Er sagte nichts, und für einen Moment saßen wir drei schweigend da. War Fitzpatrick hier, um zu gestehen, dass er bald vor Wut explodieren und wer weiß was tun könnte, wenn er keine Erklärung fand, die seine Zweifel und seine Eifersucht ausräumte?

Fitzpatrick sackte in sich zusammen und zog die Arme dicht an seinen Oberkörper. »Ich habe ein Haus, das meinen Eltern gehörte. Sie weilen beide nicht mehr unter uns. Ich habe Deirdre versprochen, dass es ihr an nichts mangeln würde, und dieses Versprechen habe ich gehalten. Aber ich denke, dass sie enttäuscht ist, weil ich nicht zugestimmt habe, ihre Mutter bei uns wohnen zu lassen. Vielleicht hätte ich das tun sollen, nur …«

»Nur was?«, hakte ich nach.

»Als ich das erste Mal ablehnte, hat sie gesagt, dass ich es bloß tue, weil die Leute denken würden, ihre Mutter wäre meine Frau und sie unsere Tochter. Sie kann sehr grausam sein. Letztes Jahr, als ich erfuhr, wie krank meine Schwiegermutter ist, habe ich gesagt, dass wir sie einladen sollten. Aber da wollte sie nicht kommen und meinte, sie erkenne, wenn sie nicht erwünscht sei.«

Schließlich meldete Sykes sich zu Wort. »Was spräche dagegen«, fragte er mich, »nachzusehen, dass Mrs. Fitzpatrick nicht zu Schaden kommt? Immerhin war ich derjenige, der dafür sorgte, dass keine Anklage gegen sie erhoben wurde.«

»Ich bezahle natürlich«, ergänzte Fitzpatrick und griff bereits in seine Innentasche, als wollte er gleich seine Brieftasche hervorholen.

Ich nannte ihm unseren Tagessatz und erklärte, dass er wie üblich eine Rechnung bekäme, sollten wir den Fall übernehmen.

Seine Mundwinkel zuckten. »Schicken Sie bitte keine Rechnung zu mir nach Hause. Wenn Deirdre sie sieht, wird sie sich fragen, was ich tue.«

Wieder betrachtete ich die Hochzeitsfotografie. Solch ein ungleiches Paar.

Wider besseres Wissen blickte ich von Fitzpatrick zu Sykes und beschloss, dass es nicht schaden würde, sich diese junge Dame, die derart starke Gefühle hervorrufen konnte, mal näher anzuschauen.

Zwei

Deirdre saß am Bett ihrer Mutter in dem kleinen weiß getünchten Zimmer mit dem vertrauten bernsteinfarbenen Feuchtigkeitsmuster an Decke und Wänden. Im Zimmer roch es nach Kampfer, Veilchenöl und dem gekochten Kohl vom gestrigen Abendessen. Deirdre glättete die üblichen Beulen in der Überdecke.

Ihre Mam war eingenickt und murmelte im Schlaf. Beim Träumen zuckten ihre Lider. Gewiss war sie wieder im nebligen Irland ihrer Kindheit, einem Ort, über den Deirdre endlose Geschichten gehört, den sie jedoch nie besucht hatte.

Was Deirdre überzeugt hatte, dass ihre Mutter aus diesem Haus musste, war das eine Mal gewesen, dass die Ratte durch den Schornstein gekommen war. Nun erblickte sie noch einen verdammten Floh auf der Bettdecke. Gekonnt zerknipste sie ihn zwischen den Fingern und ließ die Hälften in den Nachttopf fallen, weil man nur so mit den kleinen Biestern fertig wurde. Sie lauerten in den Mauerritzen, wo sie ihre Quälereien planten. Wenn man wollte, konnte man ein halbes Dutzend innerhalb einer Minute töten. Es würde immer noch eine kleine Armee darauf warten, sich von der Decke fallen zu lassen. Nichts hiervon gäbe es in einem Pflegeheim.

Manchmal brachte Deirdre ein oder zwei Flöhe in ihren Rocksäumen mit nach Hause. Fitz beschwerte sich dann, dass sie nach Armut stank und Krankheiten einschleppte. Er sorgte sich um seine Gesundheit und seine schwache Brust.

Ihre Mutter öffnete die Augen und lächelte zahnlos. »Ich

habe gedacht, du bist nach Hause gegangen.« Ihr Körper mochte verfallen, doch geistig war sie noch ganz da. »Wie spät ist es?«

»Es ist zwölf Uhr. Ich habe dir Kalbsfuß-Sülze mitgebracht. Und während du isst, muss ich dir etwas erzählen.«

Ein Hoffnungsschimmer leuchtete in den Augen ihrer Mutter auf. »Hast du von Anthony gehört?«

»Nein.« Es dauerte ein wenig, bis Deirdre ihre Mutter aufgesetzt und an die aufgeschüttelten Kissen gelehnt hatte. Sie breitete ein Handtuch unter ihrem Kinn aus und reichte ihr den Löffel und den Teller.

Ihre Mam schluckte einen Happen Sülze. Dann sagte sie: »Ich habe geträumt, dass Anthony gekommen ist. Ich bin sicher, dass er auf dem Weg ist.«

Sie wünschte sich, ihren Sohn noch einmal zu sehen, bevor sie starb. Deshalb hatte sie einen rührenden Brief an den kleinen Jungen diktiert, der vor dreiundzwanzig Jahren nach New York abgereist war. Bei den Worten hatte Deirdre sich innerlich gekrümmt.

»Mach dir keine zu großen Hoffnungen, Mam. Er hat nicht geschrieben.«

»In dem Traum war er im selben Alter wie bei seiner Abreise. Seine Babylocken waren noch nicht abgeschnitten. Dein Onkel hat das gemacht. Er hatte die Schere mitgenommen, um einen großen Jungen aus ihm zu machen.«

Deirdre sagte nichts. Sie hatte ihrem Bruder Jahr für Jahr geschrieben, seit sie zehn war, und in anderthalb Jahrzehnten hatte sie gerade mal zwei kurze Antworten erhalten. Zwei Monate vor ihrer Hochzeit mit Fitz hatte sie kalte Füße bekommen und an Anthony geschrieben. Könnte er ihr das Geld für die Überreise für Mam und sie nach New York schicken? Es war keine Antwort gekommen, und sie hatte Fitz geheiratet.

»Mam, ich sorge dafür, dass du es bequemer hast.«

Ihre Mutter stach den Löffel in die Sülze und ließ ihn dort. »Von Fitzpatrick nehme ich nichts an.«

»Da gibt es ein schönes Haus, das von einer Frau geleitet wird, deren Großmutter aus Kilkenny ist. Dort kommst du wieder zu Kräften. Es hat auch einen Garten, zu dem man hinaussehen kann.«

»Ich nehme keine Almosen von dem Mann.«

»Ich bezahle es. Ich habe Arbeit bei einem Anwalt.«

Noch ehe sie die Leeds Bridge erreichte, nahm Deirdre den Gestank des Flusses Aire wahr, beißend und klebrig, sodass er sich in der Kehle festsetzte. Der glückliche Fluss, der sich zum Meer schlängelte! An diesem heißen Freitagnachmittag im August gefiele ihr nichts besser, als dieselbe Richtung einzuschlagen. Sie strich mit der Hand über das Eisengeländer der Brücke, wobei sie zu allem Überfluss auch noch ihre cremeweißen Handschuhe schmutzig machte.

Unten riefen sich zwei Flussschiffer etwas zu. Am Ufer sah sie Calls Landing, dessen Name in riesigen Lettern seitlich auf das Gebäude gemalt war. Es war großartig, in dieser Stadt mit all ihrem Trubel zu sein. In der Ferne ragte die protestantische Pfarrkirche hoch in den Himmel auf.

Eine verbrauchte Gestalt kam ihr entgegengeschlurft. Der Mann sah sie direkt an, als würde ein Mensch, der hier nichts verloren hatte, einen anderen, für den das Gleiche galt, auf Anhieb erkennen. Die Sohle seines linken Schuhs war lose, und er wich ein wenig zur Seite aus, um ihr Platz zu machen. Der Mann war eindeutig vom Pech gebeutelt und brachte die Zeit herum, bis es Nacht wurde und er irgendwo einen Schlafplatz auftun konnte, vielleicht bei der Heilsarmee. Deirdre tauchte eine Hand in ihre Tasche und steckte ihm eine Münze zu.

Und dann sah sie ihn: Giuseppe Barnardini, groß, schlank und keinen Tag älter aussehend als dreißig. Er hatte etwas Komisches und Unverkennbares an sich, wie er über die Brücke schlenderte und mit den Kahnschiffern scherzte.

Dieser Mann war anders als die vorherigen beiden. Der erste war ein ach-so-hagerer Junge mit einem entsetzlichen Husten gewesen, der zweite ein kräftiger, wortkarger Bursche, der sie halbherzig gefragt hatte, was ihr Preis für ein bestimmtes Extra sei. Er hatte es ihr nicht übel genommen, als sie ablehnte.

Und nun sah Barnardini sie mit einem Ausdruck von Verwunderung an.

Sie hörte sich selbst sagen: »Sind Sie es wirklich?«

Er lüpfte den Hut und verneigte sich knapp, aber höflich. »Falls Sie die Dame höchstselbst sind, dann bin ich es, ja.« Er streckte eine Hand vor, um ihr die Tasche abzunehmen. »Darf ich?«

Sie gab ihre kleine Reisetasche nicht frei. »Nicht nötig.«

Einen Moment lang schien er insistieren zu wollen, dann zuckte er mit den Schultern. »Sie kennen die Regeln. Ich halte mich an sie. Wollen wir unser Abenteuer beginnen, Mrs. Fitzpatrick?«

»Warum nicht?« Sie blickte nach vorn. Ihr Ziel, das *Adelphi Hotel,* lauerte knapp außer Sichtweite. »Wenn wir es richtig machen wollen, sollten wir uns mit Vornamen ansprechen.«

»Natürlich. Ich bin Joseph Barnard. Nenn mich Joe. Guiseppe Barnardini ist mein Künstlername.«

Ehe sie ihren Vornamen sagen konnte, erschien ein großer Mann in einem Regenmantel aus dem Nichts. Er zog eine kleine Kamera hervor und richtete sie auf den Fluss, dennoch fühlte Deirdre aus unerfindlichen Gründen die Linse auf sich gerichtet. Sie kannte diesen Mann mit seiner typischen karierten Mütze und dem sandfarbenen Schnauzbart. Er war der Zeitungsfotograf, der früher in diesem Sommer eine Aufnahme von Kindern gemacht hatte, die nahe Kirkstall Abbey im Fluss planschten. Fitz hatte sie stolz mit ihm bekannt gemacht. Nun funkelte sie den Fotografen böse an. Er sollte ja Fitz keine Aufnahme von ihr zeigen.

Deirdre wandte sich ab, doch Joe ging bereits auf den Mann zu. »Sie da, Sie haben uns fotografiert.«

»Oh nein, Sir.« Der Fotograf hielt die Kamera in die Höhe. »Ich habe die Brücke und den Fluss aufgenommen. Sie haben selbst gesehen, worauf meine Linse gerichtet war. Doch falls Sie eine Aufnahme von sich wünschen ...« Der Fotograf streckte die rechte Hand vor. »Diamond, Len Diamond, zu Diensten. Ich erkenne Sie, Sir. Mr. Barnardini, nicht wahr? Ich bin ein großer Bewunderer. Keiner singt komische Opern besser. Ich sage immer, dass Sie in Covent Garden auftreten sollten.«

Deirdre ging einige Schritte zum anderen Ende der Brücke und hörte, wie Joe fröhlich das Lob des Fotografen entgegennahm.

Der eitle Narr posierte für eine Aufnahme. Diamond zückte eine andere Kamera aus seiner Tasche. Gewiss musste man stark sein, um so viel Kram mit sich herumzutragen, aber Deirdre kannte jemanden, der stärker war. Sollte Diamond versuchen, ihr Schwierigkeiten mit Fitz zu machen, würde er es bitter bereuen.

Joe holte sie ein. Wieder griff er nach ihrer Tasche. »Ich kann dich die nicht tragen lassen. Das sieht nicht gut aus.« Er winkelte den Arm an, damit sie sich bei ihm einhakte. »Keine Sorge wegen des Fotografen. Selbst wenn er uns aufgenommen hat, was soll's? Wir haben uns ja nicht bei den Händen gehalten. Und wir sollten nicht angespannt sein.«

Deirdre hakte sich bei ihm ein. Dies alles geschah zu nahe bei ihrem Zuhause. Damit hätte sie rechnen müssen. Wenn sie wieder daheim war, würde sie beiläufig sagen: »Ach, Fitz, als ich neulich Nachmittag über die Leeds Bridge gegangen bin, hat mich jemand nach dem Weg gefragt.«

Der prächtige Anblick des *Adelphi Hotels* vertrieb ihre Sorgen. Das Hotel zog sich um die Straßenecke wie eine elegante Nixe, die ihren Schwanz schwang, und forderte sowohl in der Dock Street als auch in der Hunslet Road Raum für die schillernde Fassade ein. Schaut mich an und staunt, würde diese Nixe rufen, falls Meerjungfrauen denn wirklich singen konnten. Als sie durch den von Säulen gerahmten Eingang trat, atmete Deirdre die herrliche Mischung von Tabakrauch, Ale und Erhabenheit ein. Blassgrüne Blattmuster zierten glänzende, cremeweiße Fliesen, und ins Milchglas der ersten Bar waren die Worte *Smoke Room I* geätzt.

Joe ging voraus durch den Korridor zwischen dem Schankraum zur Linken und der breiten Treppe zur Rechten in Richtung eines Sitzbereiches hinten, der um diese Tageszeit leer war. Deirdre hielt dies für den schönsten Raum, voller edel gepolsterter Sitzmöbel und dunkler Holztische, mit einem hübschen Kamin und zahlreichen Schusterpalmen.

Wenig später kam ein Kellner, dessen spärliches Haar genauso weiß war wie seine Schürze.

»Wir werden hier wohnen«, erklärte ihr Begleiter. »Mr. und Mrs. Joseph Barnard.«

»Ah, sehr wohl, Sir.« Der Kellner neigte den Kopf, als könnte er so besser hören. »Und was wünschen Sie?«

»Für mich bitte ein großes Glas von Ihrem besten Bitter, und für dich, Liebling? Gin und Tonic?«

Sie nickte. Der Kellner sollte nicht denken, dass ein Mann die Vorlieben seiner Frau nicht kannte.

Als der Kellner gegangen war, sagte Deirdre: »Deinem Künstlernamen nach hatte ich einen Italiener erwartet.«

Er lachte. »Barnardini. Gut, nicht? Ich habe ihn einem gut aussehenden italienischen Magier gestohlen, der die Touristen in Kairo unterhielt. Da wusste ich noch nicht, dass ich eine Karriere in den englischsten aller Operetten anstreben würde.«

Kairo. Der Name beschwor die wunderbarsten Bilder herauf – von Kasbahs, Wasserpfeifen und Schlangen in Körben.

Er blickte hinunter zu seinem rechten Knie, das sich schnell auf und ab bewegte, als wäre es mit einem kleinen Schlüssel aufgezogen worden. »Verzeih mein Bein. Nervosität.« Er drückte eine Hand darauf, um es ruhig zu halten. »Das passiert nie, wenn ich auf der Bühne bin.«

»Erzähl mir von deinen Reisen.«

Bei ihren Drinks kam Joe ihrer Bitte nach. Er sprach von Pyramiden, dem Nil, der von Süden nach Norden floss, den Daus, Männern mit Turbanen, Kaffee, bei dem sich einem die Zehen krümmten, müden Eseln, Seidenballen und Parfüms, die Kleopatras würdig wären. Deirdre war halb schwindlig vor Staunen.

Eine halbe Stunde später und gewärmt vom Gin und der Nachmittagshitze, die in das Dachzimmer fiel, stand Deirdre an dem großen ovalen Fenster und schaute hinunter zur Straße. Eine Straßenbahn glitt heran und blieb stehen. Der Schaffner half einer winzigen alten Frau die hohe Stufe hinauf.

Joe klopfte an die Tür und trat ein. »Ich habe es getan und die Anmeldung im Hotelregister unterschrieben.«

Er sah sie an. Es war dieser Blick. Sie legte die zusammengefaltete blaue Bluse in die Kommodenschublade, strich die Bänder oben glatt und setzte sich auf den Stuhl daneben.

»Über eines sollten Sie sich im Klaren sein.«

»Aha?« Er setzte sich aufs Bett und blickte sie ernst an.

»Mr. Barnard, wir sind nur aus einem Grund hier: um Ihrer Frau den Beweis zu liefern, den sie für die Scheidung braucht, nicht weniger und ganz sicher nicht mehr. Also möchte ich das lieber gleich sagen. Ich halte es für eine gute Idee, eine Nackenrolle zwischen uns zu haben …«

Er öffnete den Mund, um etwas zu erwidern, doch sie hob eine Hand. Da dies ihr drittes Mal war, würde es nicht schwierig sein, ihn in seine Schranken zu weisen. »Zwei Nächte hier werden ausreichen, und physische …«

»Haben Sie das schon vorher gemacht?«

»Ja, aber ich werde nichts zu den vorherigen Herren sagen, wie ich auch nichts über Sie verlauten lassen werde. Physische Intimität ist weder notwendig noch wünschenswert. Alles, was nötig ist, ist die Hotelrechnung auf ›Mr. und Mrs. Barnard‹ und die Versicherung des Zimmermädchens, dass wir beide hier waren und sie den Aufenthalt bezeugen wird.«

Nachdem sie ihren Teil gesagt hatte, stand sie auf, blickte zu ihm hinab und straffte die Schultern, während sie tief Luft holte.

Er sah auf verstörende Weise zu ihr auf. »Verstehe.«

Verfluchter Mann. Nur weil er Sänger auf einer Bühne war. Nur weil er bei einem Bier und einem Gin versucht hatte, sie mit Lügengeschichten zu bezaubern. Nun, eines sollte er in seinen Do-Re-Mi-Schädel bekommen. »Ich bin eine verheiratete Frau, Joe. Und ich bin Katholikin. Ich habe nie Ehebruch begangen.«

Die großen dunklen Augen schauten direkt in ihr Herz und ihre Seele.

Sie sagte nicht: Ich habe nie Ehebruch begangen, weil ich überhaupt noch nie einem Mann so nahe gewesen bin. Ich könnte den Meerjungfrauen das eine oder andere beibringen.

Er lächelte. »Tut mir leid. Ich muss falsch informiert worden sein. Diese Rechtsverdreher sind alle gleich.«

Und plötzlich war er nicht mehr wie die gelenkige Gestalt,

die sich über die Brücke lehnte, oder der Prahler aus der Bar unten, sondern so ernst und aufrecht wie ein Baum, als er sich aufrichtete. Er berührte ihren Kopf mit seinen Lippen, was eher einem Segen als einem Kuss entsprach. Mit einer Hand auf seinem Herzen und einem Ausdruck, der halb Bewunderung und halb Schläfrigkeit war, was wohl Liebe darstellen sollte, stimmte er das alte Lied an, das Onkel Jimmy bei jeder Familienfeier verhunzte: *The Ring My Mother Wore.*

»The earth holds many treasures rare in gems and
golden ore;
My heart holds one more precious far – the ring my
mother wore.
I saw it first when I, a child, was playing by her side;
She told me then 'twas father's gift when she became
his bride.«

Anfangs dachte Deirdre an Onkel Jimmy und wollte lachen. Doch Joe sang mit so viel Gefühl, dass sie, als die letzte Note zitternd in der ausgeblichenen Tapete versank, mit einer Hand über ihre Wange wischte.

Er griff in seine Tasche und zog ein großes weißes Taschentuch heraus. »War ich so schlecht?«

»Du warst großartig. Wie herrlich es sein muss, Opern zu singen!«

»Ist es gewiss.« Er lächelte und vollführte einen kleinen Tanz, bei dem er die Beine verbog, als wären sie aus Gummi. Dann verneigte er sich tief.

Und sie dachte: Warum soll ich wie eine Meerjungfrau leben? Ich bin es leid, ich zu sein. Dieser Mann ist wie kein anderer.

Als sie ihm sein Taschentuch zurückgab, berührten sich ihre Finger.

Joseph Barnard hatte Deirdre Fitzpatrick zum Abschied Freikarten für das Grand Theatre geschenkt.

Sie und Fitz saßen in der Mitte der dritten Reihe vorn. Fitz hatte die Geschichte geschluckt, dass die Karten von ihrer Tante kamen, die sie von einer Kollegin hatte, deren Sohn die Kulissen malte.

Fitz rutschte auf seinem Sitz hin und her. Er hielt sich seinen braunen Ärmel vor die Nase, als er nieste, weil er nicht schnell genug war, rechtzeitig sein Taschentuch hervorzuholen. Er wollte, dass sie hinsah und sich sorgte, weil er nieste. Fitz fand sein Taschentuch und seine Pastillen. »Ich vertrage den Zigarrenrauch nicht.«

Der arme Fitz und seine schwache Brust.

Sie würde ihn vermissen, wenn er starb, seinen rasselnden Atem, den Geruch nach Druckerschwärze und Lösungsmitteln, den er in seiner Kleidung mit nach Hause brachte, das Schniefen, die schweren Schritte auf der Treppe, die regelmäßige Lohntüte. Eines Morgens würde sie aufwachen und feststellen, dass Fitz im Schlaf gestorben war. Warum sollte es nicht geschehen? Schließlich verbrachte man den Großteil seiner Kindheit damit, für einen gnädigen Tod zu beten. Und früher oder später könnten Gebete auch erhört werden.

Für sich selbst betete Deirdre schon lange nicht mehr für einen gnädigen Tod, sondern für ein aufregenderes Leben.

Etwas veranlasste sie, hinauf zur Loge rechts von ihr zu sehen, der Royal Box, in der König George und Königin Mary sitzen würden, falls sie jemals ins Leeds Grand Theatre kamen, um Gilbert and Sullivan zu genießen.

Dort waren zwei Paare in der Loge. Der Mann, der ihren Blick einfing und keinerlei Anzeichen zeigte, dass er sie wiedererkannte, war der, der sie im Marshalls erwischt und beinahe wegen jener Parfümflasche angezeigt hätte.

Drei

Sykes erprobte seine Bauchrednerfertigkeit zu flüstern, ohne die Lippen zu bewegen. »Sehen Sie jetzt nicht hin. In der Mitte der dritten Reihe, Cyril und Deirdre Fitzpatrick.«

Fitzpatrick hatte Sykes erzählt, dass er mit seiner Frau ins Theater käme, um *Die Piraten von Penzance* zu sehen. Da mir das zweifelhafte Vergnügen zuteilwürde, Mrs. Fitzpatrick zu observieren, war dies meine Gelegenheit, einen Blick auf sie zu werfen. Der Dirigent schwang den Taktstock, und das Orchester stimmte die Ouvertüre an. Während die Lichter im Zuschauerraum gedimmt wurden, hob ich lustlos mein Opernglas an und blickte auf Mrs. Fitzpatricks Kopf.

Sie war nicht der Hauptgrund, aus dem ich im Theater war. Wir saßen zu viert in der königlichen Loge: Sykes, seine Frau Rosie, mein früherer Verehrer Marcus Charles und ich. Marcus hatte überraschend angerufen und gesagt, er sei in der Gegend, ob ich den Abend Zeit hätte. Zu viert auszugehen bedeutete, dass ich nicht mit Marcus allein sein musste. Er ist Chief Inspector beim Scotland Yard. Wir lernten uns vergangenes Jahr kennen, als wir beide in denselben Fällen ermittelten. Zu sagen, wir wären uns nähergekommen, wäre eine Art, es auszudrücken. Wir hatten uns verliebt, ich mich allerdings weniger als er. Und ich hoffte inständig, dass er nicht gekommen war, um seinen Heiratsantrag zu erneuern. Er besitzt einige gute Eigenschaften, kann jedoch überheblich und verschlossen sein. Was sich eventuell ausbügeln ließe, aber mit einem aufsteigenden Stern beim Scotland Yard verheiratet zu sein würde heißen, dass ich das aufgeben müsste, was mir am meisten Freude bereitete: auf eigene Faust zu ermitteln.

Die schmetternde Ouvertüre erreichte ihren Höhepunkt, und die Vorstellung begann. Bis die Piraten ihr Sherry-Lied sangen, hatte ich meinen Klienten in der dritten Reihe beinahe vergessen. Der erste Akt endete, und ich blickte nach unten zu den Fitzpatricks. Sie lehnten sich zueinander, als flüsterten sie sich etwas zu, und wirkten kein bisschen wie ein eifersüchtiger Mann und seine umherstreifende Frau. Ich wünschte, ich hätte Mr. Fitzpatricks Bitte abgewiesen; vor allem hatte ich es ganz und gar nicht eilig damit, Mrs. Fitzpatrick zu beschatten.

Der Applaus für den ersten Akt war so laut, dass Sykes und Rosie uns pantomimisch mitteilen mussten, sie würden sich die Beine vertreten. Ein taktischer Zug wie aus dem Lehrbuch. Marcus und ich blieben allein bei einer Pralinenschachtel zurück und waren beide ein wenig verlegen.

Ehe wir beide gleichzeitig zu sprechen begannen. Ich bestand darauf, dass er zuerst redete, und war ziemlich zuversichtlich, dass er seinen Heiratsantrag nicht in der Pause wiederholen würde. Dennoch musste ich ein bisschen misstrauisch dreingeschaut haben.

Er sagte: »Es ist nicht, was du denkst. Ich werde die Frage nicht wieder aufbringen. Ich respektiere deine Antwort und verstehe sie. Doch ich bin froh, dass wir Freunde sein können, denn ich weiß, dass wir einander vertrauen.«

Wenn ein Polizist Marcus' Rang erreicht, hat er weidlich Übung darin, wie man mit Menschen spricht, um das gewünschte Ergebnis zu erzielen. Worauf also hatte er es jetzt abgesehen?

»Bist du wegen einer Ermittlung hier?«

Marcus lächelte. Er wirkte solide und gut aussehend, wenn er lächelte, wie ein Mann, auf den sich eine Frau verlassen konnte – sofern er denn mal da war und nicht gerade Beweise durchging oder Schurken dingfest machte.

»Kate, du weißt, dass ich das nicht sagen kann.«

»Und hätten wir geheiratet? Wäre ich deine Frau, würdest du es mir dann erzählen?«

»Selbstverständlich nicht.«

Genau wie ich gedacht hatte. Es wäre nicht gut gegangen.

Es war günstig, dass Sykes und Rosie in diesem Moment zurück in die Loge kamen. Die Lichter wurden zum zweiten Akt heruntergedreht.

Als die Polizisten tanzten und dazu *A Policeman's Lot is Not a Happy One* trällerten, kippten Sykes, Rosie und ich beinahe von den Stühlen vor Lachen. Ich stupste Marcus an und flüsterte: »Findest du es nicht witzig?«

Wenn Stimmen die Stirn runzeln könnten, täte es seine. »Das Elend beginnt, wenn ein Publikum ermuntert wird, über Polizisten zu lachen.«

»Du bist schon wieder überheblich, Marcus.«

Er lachte auf wenig überhebliche, indes recht gekünstelte Art.

Erst als wir uns alle zum Abendessen setzten, fragte er mich, ob ich Zeit hätte, mit ihm zum Ebor-Handicap-Pferderennen in York zu kommen.

Ich sagte zu, weil ich neugierig war, was er vorhatte, und mehr als gewillt, meine Beschattung von Deirdre Fitzpatrick aufzuschieben.

Vier

Natürlich brauchte ich einen neuen Hut für das Pferderennen. Meine Lieblingsmodistin hat ein Geschäft in unserem besten Hotel, dem *Metropole,* wo Marcus wohnte und ich mich mit ihm verabredet hatte.

Madam Estelle, Hutmacherin der gehobenen Klasse, strahlte zur Begrüßung, drückte ihre Zigarette aus und wedelte mit der *Times,* um den Rauch zu vertreiben. Sie war eine winzige, zierliche Gestalt mit eher dunklem Teint, vielen Falten und einem weißen Haarknoten, der tief genug saß, um keinem Hut im Weg zu sein.

Ich erklärte ihr meine Notlage ob der kurzfristigen Einladung zum Pferderennen.

Sie neigte den spatzenhaften Kopf zur Seite und musterte meine Kleidung. »Ich habe genau den richtigen Hut für Sie.« Madam Estelle eilte durch das Geschäft, öffnete einen Vorhang, tauchte dahinter und kam triumphierend mit einer kleinen dunkelroten Hutschachtel wieder hervor.

Bei dem Hut, den sie mir hinhielt, handelte es sich um ein elegantes Topfmodell mit einem verwirbelten Muster in den alten Suffragettenfarben Grün und Violett; der einzige Schmuck war eine weiße Rosenknospe. Vielleicht lag es an der Rosenknospe, jedenfalls verliebte ich mich sofort in den Hut.

Ganz die vollkommene Verkäuferin, enthüllte Madam Estelle den Preis erst, als die Liebe mit einer Hutnadel besiegelt war.

Die Hutmacherin öffnete mir die Innentür, sodass ich direkt

in den Hotelkorridor gelangte. Dort bog ich nach links zur Eingangshalle ab.

Ich war ein wenig zu früh und fand einen Platz, der mir einen guten Blick über die Halle gewährte. Marcus und ich waren nicht die Einzigen, die zum Rennen wollten. Eine Frau in fließender Seide und mit einem flotten neuen Florentinerhut trat aus dem Fahrstuhl, gefolgt von einem Mann in Frack und Zylinder. Dieser Aufzug legte nahe, dass sie ebenfalls zur Knavesmire-Rennbahn wollten.

Ein seltsames Paar kam die breite Treppe herunter. Zwei Männer, die angeregt plaudernd nebeneinander gingen. Der jüngere Mann war ungefähr dreißig Jahre alt, schlank und hatte ein hübsches, jungenhaftes Gesicht. Er trug eine dunkle Hose, ein sehr schön geschneidertes graues Jackett und einen grauen Seidenzylinder. Sein untersetzter Begleiter war ein Mann in den Fünfzigern mit wettergegerbtem Gesicht, der in voller Highland-Kluft war – sein Kilt könnte das Stewart-Muster sein, überlegte ich –, und um seinen Hals hing eine braune Fernglastasche.

Neugierig gab ich vor, mich recken zu wollen und mir eine Zeitschrift zu nehmen. Ich beobachtete, wie die Männer in einen Rolls-Royce mit Chauffeur stiegen. Als ich mich mit der Zeitschrift wieder zurückdrehte, erschien Marcus aus Richtung der Hoteltelefonzelle. Er bewegte sich im Tempo einer Maus, die Schokolade roch. Und ich war sicher, dass er die ganze Zeit dort hinten gewesen war.

Er sah fantastisch aus. Zwischen einem gut gekleideten Rennbahnbesucher und einem gut aussehenden Bräutigam besteht kein großer Unterschied, und für einen flüchtigen Moment dachte ich, dass ich verrückt gewesen sein musste, seinen Antrag abzulehnen.

»Kate! Entschuldige, dass ich dich warten ließ. Du siehst wunderschön aus. Grün steht dir.«

»Es war das Beste, was ich an Tarnfarbe auftreiben konnte.«

Er bot mir seinen Arm an. »Ist es dir recht, wenn wir gleich aufbrechen?«

»Ist es.«

Wenn ich mich nicht irrte, wollte er mit dem Rolls-Royce und dem seltsamen Paar darin mithalten.

Als wir das Hotel verließen, stand ein Portier neben einem schwarzen Alvis, dem Marcus zunickte und eine Münze gab.

Ich setzte mich auf den Beifahrersitz.

Der Portier kurbelte den Motor an.

»Scotland Yard ist nobel zu dir. Du wohnst im *Metropole* und hast einen Alvis zur Verfügung. Mich wundert nur, dass du keinen Fahrer hast.«

»Auf diese Weise ist es diskreter. Nur du und ich, die einen Tag beim Pferderennen genießen.«

»Marcus, ich weiß, dass du arbeitest.« Es konnte extrem ärgerlich sein, wenn er tat, als verriete ich das Spiel, was immer es sein mochte. »Mich überrascht, dass jemand von deinem Rang solch eine Aufgabe zugeteilt bekommt. Sind es sonst nicht Detective Sergeants, die Verdächtige observieren?«

Er überlegte kurz, erwog gewiss, was er sagen konnte und was nicht, bevor er entschied, mir einen Brotkrumen hinzuwerfen. »Unsere amerikanischen Cousins interessieren sich für jemanden, und wir müssen uns hilfsbereit zeigen. Jetzt hör auf zu fragen.«

Schließlich reihten wir uns in den Verkehr zur Rennbahn ein – eine lange Schlange von Automobilen, Fuhrwerken und Bussen, einer einsamen altmodischen Kutsche, Ponywagen und wenigen Reitern, die allesamt nach Knavesmire wollten.

Als wir uns der Rennbahn näherten, hielt eine kleine Gruppe von Glücksspielgegnern Plakate in die Höhe:

Macht euch bereit für die Verdammnis! Der Preis der Sünde ist der Tod! Alle Rennstrecken führen in die Hölle!

»Ob sie in die Hölle führen, hängt davon ab, wer auf der Bahn ist und was er tut«, murmelte Marcus.

An der Parkplatzeinfahrt gab er einem Angestellten eine halbe Krone, und wir wurden durchgewinkt. Ein zweiter Bediensteter dirigierte uns zu einer Lücke neben einem Morris.

Für einen Moment blieben wir im Wagen sitzen. Marcus nahm seine Fernglastasche auf und studierte den Verschluss, als könnte er ihm eine Eingebung bescheren.

Auf der Rennbahn würde es vor Polizisten in Zivil wimmeln, die nach Taschendieben, Kartenbetrügern und Buchmachern mit kleinen, schnellen Automobilen Ausschau hielten, mit denen sie nach einem Rennen davonbrausten, ohne die Gewinne auszuzahlen. Einige von ihnen hatten vielleicht Bescheid bekommen, für die Ermittlungsabteilung besonders auf der Hut zu sein.

Ich holte einen Spiegel hervor und überprüfte den Sitz meines Hutes.

Marcus hängte sich seine Fernglastasche um.

Als ich aus dem Wagen stieg, versanken meine Absätze ein wenig im Gras.

Marcus setzte seinen Hut auf. »Im Bereich für die Eigner und Trainer anzufangen wäre gut. Hast du dir dein Pferd wirklich ausgesucht, indem du mit geschlossenen Augen und einer Nadel in der Hand getippt hast?«

»Natürlich. Sein Name ist Flint Jack.« Marcus musste nicht erfahren, dass es sich um einen Tipp von meinem Nachbarn handelte, dem Professor, der sich intensiv mit Pferderennen beschäftigte.

Er lachte. »Ich wette, du hast gestern Abend über der *Spor-*

ting Pink gebrütet. Gib es zu! Du hast dir Form, Gewicht, Jockey und alles genau angesehen.«

»Mir war gar nicht bewusst, dass du solch ein versierter Rennbahnbesucher bist, Marcus. Deine Arbeit spannt dich offenbar nicht so sehr ein, wie du vorgibst.«

Es herrschte bereits eine festliche Atmosphäre. Wir folgten den Zylindern und vornehmen Kleidern zum Bereich der Eigner und Trainer, wo ein Bediensteter unsere Eintrittsmarken überprüfte. Das erste Rennen sollte gleich beginnen.

»Sehen wir es uns von der Absperrung aus an«, sagte ich.

Die Sicht war nicht sehr gut, aber mir gefiel die Stimmung dort. Wir lehnten uns auf den Zaun, beobachteten, wie die Pferde auf uns zugedonnert kamen, und fühlten praktisch den Windzug, als sie mit wummernden Hufen vorbeipreschten.

Nach dem ersten Rennen führten Stallburschen die vor Schweiß glänzenden Pferde in den Ring, um sie in der halbstündigen Pause zwischen den Rennen zu bewegen.

Marcus kam mit einem Kartenverkäufer ins Gespräch (wahrscheinlich ein Polizist in Zivil).

In diesem Augenblick sah ich die beiden Männer aus dem Hotel, die Marcus' Interesse geweckt hatten. Sie bewunderten ein kastanienbraunes Pferd, das Flint Jacks Nummer trug.

»Da ist mein Pferd. Ich bin gleich wieder zurück, Marcus.«

Wenn er mir keinen Hinweis geben wollte, wen er verfolgte und warum, würde ich es eben allein herausfinden.

Ein verlebter alter ehemaliger Jockey führte Flint Jack zum Aufwärmring. Als der Schotte aus Marcus' Hotel ihn ansprach, antwortete er, dass Flint Jack »bereit für seinen großen Tag« sei.

Der Schotte, eindeutig ein Highlander, äußerte sich nun über die Rennbahn. Er war noch nie in York gewesen. Sein Begleiter mit dem grauen Seidenzylinder sprach leise. Seine Lieblingsrennbahn sei in Virginia, sagte er. Der Mann hatte einen leichten New Yorker Akzent, war jedoch Engländer und von hier. Er faszinierte mich. Seine Kleidung, die Schuhe und das Auftreten waren erster Güte. Seine Stimme war es nicht.

Während ich einmal um den Ring und zurück zu Marcus ging, bewirkte das Belauschen des redseligen Paares einen Sherlock-Schub bei mir. Es waren nicht genug Informationen, um irgendwelche Schlüsse zu ziehen, doch wenn ich raten müsste, würde ich sagen, dass der Highlander etwas verkaufte. Seine plumpe, selbstsichere Art vermittelte diesen Eindruck. Was assoziierte ich mit den Highlands? Haggis, Dudelsäcke, Highland Games, Bonnie Prince Charlie und Whisky.

Marcus hatte gesagt: »Unsere amerikanischen Cousins interessieren sich für jemanden.«

Amerika hatte Gesetze gegen den Import und Verkauf von Alkohol. Und diese Prohibitionsgesetze wurden im größtmöglichen Umfang missachtet. Der Mann mit dem grauen Zylinder mochte eine Rennbahn in Virginia; also kam er aus Amerika. Und seiner eleganten Aufmachung nach zu urteilen, hatte er sich in der Savile Row eingekleidet. Ein Mann mit Geld.

»Nun?«, fragte Marcus. »Soll es immer noch Flint Jack sein?«

»Unbedingt, nachdem ich ihn gesehen habe.«

Wir wanderten weiter herum, bahnten uns unseren Weg durch die Menge von kleinen Wettern und Fabrikarbeitern aus York, deren Firmen für den Tag geschlossen hatten.

In der Ferne spielte ein Orchester. Von einem der Essensstände waberte ein verlockender Würstchengeruch heran. Ein Mann neben einem kleinen Zelt hielt ein Schild mit der Aufschrift *Gentlemen, ein Penny* in die Höhe.

Als Marcus vorschlug, dass wir zur Tribüne gingen, antwortete ich: »Ich will vorher noch meine Wette platzieren, mal sehen, ob ich Glück habe. Ich komme nach.«

Ich hatte einen Fotografen-Freund gesehen, einen jener Menschen, die wirklich alles und jeden kannten.

Marcus seufzte. »Wenn du darauf bestehst.« Er griff in seine Tasche. »Setz zwei Shilling für mich auf den Favoriten. Wir sehen uns dann auf der Tribüne.«

Ich wählte einen Buchmacher namens Willie Price, einen rundlichen, fröhlichen Mann mit einem erdbeerroten Gesicht. Sein großer, gut gebauter junger Gehilfe stand auf einer umgedrehten Kiste neben ihm und gab jemandem weiter entfernt ein Zeichen. Kühn setzte ich eine Guinea auf Sieg und je einen Shilling für Marcus auf Sieg und Platz von Little Marten.

»Kate!«, ertönte eine Stimme hinter mir. Gut. Ich hatte meinem Zeitungsfotografen erlaubt, mich zuerst zu sehen.

»Len, hallo!«

Len Diamond und ich verstanden uns gut, seit er bei meinem örtlichen Fotografieverein einen Vortrag über seine Arbeit gehalten hatte. Er ist der talentierteste Fotograf, den ich kenne, und ich vermute, deshalb habe ich ihn ganz frech in die Freunde-Kategorie eingeordnet, nicht in die bloßer Bekannter. »Müssten Sie nicht unten an der Strecke stehen, um den Sieger zu fotografieren?«

Er zwinkerte, wobei ich nie sicher war, ob es Absicht oder ein nervöser Tick war. »Oh, das werde ich. Aber Sie kennen ja meine Vorliebe für heimliche Aufnahmen. Wir haben heute ein weniger bedeutendes Mitglied des Königshauses hier und die übliche Crème de la Crème.« Selbst beim Sprechen huschte sein Blick umher. Bei seinem Vortrag hatte er gesagt, dass er seine Motive gern unbemerkt einfing. Ich vermutete, dass ein Taschendieb auf frischer Tat ein großer Coup für ihn wäre.

»Wen haben Sie heute im Visier?«

»Sie kennen mich, Kate. Ich kann mich nicht von den Großen, den Guten und den Bösen fernhalten, am allerwenigsten von den Bösen. Wir haben heute jemanden aus New York hier, der sehr gut in letztere Gruppe passt, einen sogenannten ›Geschäftsmann‹.«

»Etwa der Mann mit dem grauen Zylinder?«

»Das mag ich an Ihnen. Wir sind uns sehr ähnlich. Uns entgeht nichts.«

»Wer ist er?«

»Er heißt Hartigan, stammt aus Leeds, die Vorfahren sind irisch. Als Kind haben ihn ein Onkel und eine Tante mit nach New York genommen. Angeblich ist er hier, um seine Familie zu besuchen, die er nicht mehr gesehen hat, seit er kurze Hosen trug, die ihm zweifellos um den Hintern schlackerten. Treffen Sie mich mal im *Lloyds*, dann erzähle ich Ihnen alles über ihn.«

»Erzählen Sie es mir jetzt. Er ist ein gut aussehender Mann, und anscheinend hat er ein gutes Herz.«

Mit einem besorgten Stirnrunzeln erwiderte Len: »Denken Sie nicht mal dran, Kate. Von meinem Kumpel in der Fleet Street habe ich gehört, dass Hartigan wegen heimtückischen Mordes am helllichten Tag in einer New Yorker Straßenbahn verhaftet wurde. Er hatte einem Rivalen um die Gunst einer Frau mitten ins Herz geschossen. Aber die Polizei und das Gericht hatten zu wenig in der Hand. Kein einziger Zeuge war zu einer Aussage zu bewegen.«

»Und wer ist der Mann bei ihm, der Schotte?«

Len grinste breit. »Oh, der ist in Ordnung. Er brennt den zweitbesten Malt-Whisky in Schottland. Was wollen wir wetten, dass er mit einer Großbestellung nach Hause reist, die er nach Kanada verschiffen soll, von wo sie es auf mysteriöse Weise über die Grenze nach Amerika schafft?«

Also hatte mich mein Sherlock-Instinkt nicht getäuscht. Ich lächelte nachsichtig und probierte es mit einer anderen Taktik. »Hartigan und sein Kumpan setzen auf dasselbe Pferd wie ich.«

Len zog eine Augenbraue hoch. »Erzählen Sie.«

»Flint Jack.«

»Danke für den Tipp. Da Geld immer nach Hause findet, werde ich meinen halben Shilling auf Flint Jack setzen. Darf ich Ihnen jetzt einen Tipp geben?«

»Ich bin ganz Ohr.«

»Da ist ein Bildhauer auf der Tribüne, Rupert Cromer.«

»Ah, ich habe seine Arbeit gesehen. Letztes Jahr hatte er eine Ausstellung.«

Im Weggehen rief Len: »Falls Sie mit Ihrem Pferd gewinnen, kaufen Sie etwas von ihm. Es wäre die beste Investition, die Sie je getätigt haben.«

Ich ging zu Marcus auf die Tribüne. Als er mir ein Glas Champagner reichte, flüsterte er: »Jetzt kann ich entspannen, Kate, und dir die Aufmerksamkeit schenken, die du verdienst.«

Daraus schloss ich, dass er die Observierung jemand anders übertragen hatte, wahrscheinlich dem Kartenverkäufer. Ich flüsterte ebenfalls. »Dann haben dein Mann mit dem grauen Zylinder und sein Whiskybrenner ihren Handel abgeschlossen?«

Marcus runzelte die Stirn. »Wer? Welcher Handel?«

Ich trank einen Schluck Champagner und senkte meine Stimme zu einem Flüstern, das ein ahnungsloser Beobachter für Liebesgetuschel halten könnte: »Hartigan und der Whiskyfabrikant. Ich nehme an, deshalb wollen die Amerikaner, dass du ihn beobachtest, um den Import unanständiger Getränke zu verhindern.«

Marcus verspannte sich. »Wie hast du das herausbekommen?«

Ich tippte an meinen Mund. »Keine Sorge. Meine Lippen sind versiegelt.«

Er seufzte. »Das ist eine sehr heikle Sache. Wir haben sowohl im Ober- als auch im Unterhaus Mitglieder, die ein starkes Interesse daran haben, dass die Umsätze der Brennereien stabil bleiben. Deshalb wollen wir den Amerikanern sagen können, dass der fragliche Gentleman einzig hier war, um seine Familie zu besuchen.«

»Und hat er sie schon besucht?«

»Noch nicht.«

Und natürlich wünschte sich keine Polizeieinheit im Land Hartigan wieder dauerhaft auf britischem Boden.

Wir wanderten zum Balkon, und dort entdeckte ich ein vertrautes Gesicht, Philippa Runcie. Ich ertappte sie zufällig, wie sie so traurig vor sich hin blickte, dass ich erschrak. Philippa ist Amerikanerin, ein Goldkind, und wurde während ihrer Londoner Saison 1913 von meiner Tante gefördert. Und sie machte eine vermeintliche Traumpartie: amerikanisches Geld und britischer Adel. Sie heiratete den begehrtesten Mann in London, manche sagen, in England, den höflichen und charmanten Everett Runcie.

Der ebenfalls hier war, jedoch nicht neben seiner Frau. Everett Runcie, der auch mit beinahe fünfzig immer noch gut aussah, stand ein Stück von Philippa entfernt. Er unterhielt sich mit seiner langjährigen Geliebten, Caroline Windham, die allenthalben bekannt war unter ihrem Spitznamen »Wikingerkönigin«. Sie standen mit Rupert Cromer, dem Bildhauer, zusammen, den ich nur von einer Fotografie kannte. Runcie und Caroline Windham lachten über etwas, das Cromer gesagt hatte.

Der kräftige junge Mann, der als Philippas Privatsekretär fungierte, bemühte sich, Konversation mit ihr zu machen, um sie davon abzulenken, dass ihr Mann sie vollkommen ignorierte. Mit seinem breiten, flachen Kopf, dem dicken Hals und der kompakten Statur entsprach der Sekretär perfekt meiner Vorstellung von Attila dem Hunnen.

Philippa sah mich und winkte.

Ich winkte zurück. »Marcus, bist du bereit, dich richtig unter die Leute zu mischen?«

»›Richtiges Unter-die-Leute-Mischen‹ klingt hervorragend.«

In diesem Moment schien eine Bewegung den Privatsekretär zu stören. Er drehte sich rechtzeitig um, dass er Len Diamond sah, der seine Kamera hob und sie auf Philippa mit Runcie und der Wikingerkönigin hinter ihr richtete. Es war allgemein bekannt, dass sich Philippa und Runcie scheiden lassen wollten. In diesem Augenblick hätte ich Len gern seine Thornton-Pickard-Reflexkamera über den Schädel gezogen. Seine eigene Zeitung würde solch ein Bild niemals drucken. Er musste an eines der Londoner Skandalblätter verkaufen.

Philippas Sekretär, King, war erstaunlich schnell für solch einen massigen Burschen. Er packte Diamond am Arm und zog den größeren Mann zur Seite.

Philippa ignorierte die Szene eisern. Ich stellte ihr Marcus als Freund aus London vor, der für ein paar Tage in Yorkshire war. Beim Klang einer neuen Stimme spitzte Everett Runcie die Ohren. Runcie war die Sorte Mann, den man einfach mögen musste, wenn man ihn kennenlernte, denn er war freundlich und witzig. Und stets war er auf der Suche nach neuen Investoren, die er für eines seiner Projekte gewinnen konnte. Er schnappte sich Marcus, während Philippa und ich redeten.

»Lass deinen Freund nicht ködern«, sagte sie, wobei sie sich keinerlei Mühe gab, die Stimme zu senken.

»Wozu?«

»Eine Erdnussfarm. Die ist Everetts jüngstes Groschengrab.«

Ich lächelte. »Ich glaube nicht, dass Marcus dafür zu haben wäre.«

Sie und ich gingen zum Balkon, als über Lautsprecher verkündet wurde, dass man die Pferde hinausführte.

»Hast du auf eines gesetzt?«, fragte ich Philippa.

Sie lächelte milde. »Ich wette nicht. Aber ich habe ein Pferd gekauft, das als Deckhengst in die Staaten überführt werden soll.«

Also würde es nicht mehr lange dauern, bis sich das goldene Paar trennte. Die Gerüchte von einer Scheidung hatte ich vor ungefähr einem Monat erstmals gehört.

»Und welches Pferd feuerst du an?«, fragte ich.

»Das verrate ich noch nicht.« Sie hob ihr Fernglas an und blickte zu den Startgattern.

»Ich habe auf Flint Jack gesetzt.«

»Dann nehmen Sie dies lieber. Ich bin kein Wetter.«

Ich drehte mich um und sah, wer das gesagt hatte. Es war Rupert Cromer, der Bildhauer. Er war ein Riese von einem Mann mit hübschem hellem Haar und einem Bart, der dringend getrimmt werden musste. Cromer hielt mir sein Fernglas hin.

»Vielen Dank.«

Er lächelte. »Schon gut. Mir ist gleich, wer als Erster durchs Ziel läuft, also viel Glück!«

Der Start verlief glatt, und Little Marten und Flint Jack rannten Seite an Seite. Everett Runcie rief Little Martens Namen, ich Flint Jacks.

Ich behielt die beiden Pferde im Blick. Komm schon, Flint Jack! Und als hätte er mich gehört, holte er auf und führte auf einmal um eine Länge.

Hinter mir fragte Marcus: »Hast du meine zwei Shilling auf Flint Jack gesetzt?«

»Nein! Du wolltest, dass ich auf den Favoriten setze.«

Das Rennen endete mit Jubel und Stöhnen.

Bei der Boshaftigkeit in Everett Runcies Stimme durchfuhr mich ein kalter Schauer. Er zerriss seinen Wettabschnitt und warf ihn zu Boden. Dann sah er Philippa geradezu hasserfüllt an und sagte: »Ich habe auf das falsche Pferd gesetzt. Mal wieder.«

Sie wurde rot und wandte sich ab. Ich war froh, dass Marcus ein Gespräch mit Philippa begann. Er winkte einen Kellner herbei und reichte ihr etwas zu trinken.

Ich gab Cromer das Fernglas zurück. »Danke. Es hat mir Glück gebracht.«

Er lächelte. »Jederzeit gern.« Dann drückte er mir die Hand. »Rupert Cromer.«

»Kate Shackleton. Ich war letztes Jahr in Ihrer Ausstellung.« Vielleicht machte mich der Gedanke an den Wettgewinn leichtsinnig. Bisher hatte ich nie erwogen, Gemälde oder Skulpturen zu kaufen.

»Was gefiel Ihnen dort am besten?«

Nun hatte ich es getan. Ich murmelte etwas von seiner *Mutter mit Kind* und versuchte, mich an meine Eindrücke zu erinnern. Das Stück, das den größten Aufruhr verursacht hatte, war ein Akt gewesen, für den angeblich die Wikingerkönigin Modell gesessen hatte.

Was ich auch gesagt haben mochte, es musste entweder zufriedenstellend gewesen sein oder den Eindruck von Solvenz vermittelt haben.

Er sagte: »Kommen Sie bei Gelegenheit mal in mein Atelier.«

»Danke, das tue ich gern.«

»Bringen Sie auch Ihren Freund mit, wenn Sie mögen.« Er nickte zu Marcus, der sich noch mit Philippa unterhielt.

Arme Philippa. Und armer Everett. Was würde er ohne Philippas Geld anfangen?

Philippa und Everett. Fitzpatrick und Deirdre. Vielleicht würde eines Tages eine wagemutige Versicherung auf die Idee kommen, eine Police gegen Feuer, Diebstahl und gescheiterte Ehen anzubieten.

Fünf

Es ließ sich nicht länger aufschieben. Ich hatte zugestimmt, Deirdre Fitzpatrick zu beschatten, und das musste ich nun tun.

Sykes und ich saßen im geparkten Wagen in der Abbey Road, rund einhundert Meter oberhalb von Norman View, wo die Fitzpatricks wohnten. Nun hieß es warten. Warten im Morgennebel.

Beinahe eine Stunde lang beobachteten wir die an- und abfahrenden Straßenbahnen, den Lumpensammler mit seinem Pferdekarren, einen Kohlenwagen und einen Fensterputzer mit seinen Leitern auf einem Handkarren. Wir vereinbarten, uns gegen Mittag im *Lloyds Arms* zu treffen. Sollte ich meine Observierung bis ein Uhr nicht beendet haben, müsste unser Notizenvergleich bis zum Abend warten. Ich begann schon zu denken, dass es gar nicht erst zu einer Beschattung käme, da stupste Sykes mich an. »Da ist sie.«

Als hätte er eine höhere Macht erkannt, teilte sich der Nebel um die Gestalt in dem silbergrauen Übermantel.

Sie trug hohe schwarze Schuhe und hatte einen Handbeutel bei sich. Das war beruhigend. Mit solch einer kleinen Tasche würde sie wahrscheinlich nicht weit reisen oder mit ihrem Geliebten durchbrennen.

»Der typische Mantel für eine Ladendiebin«, murmelte Sykes. »Weit, mit großen Taschen. In dem kann sie leicht mit drei Kleidern darunter aus einem Laden gehen.«

Das lange Warten hatte meine Geduld wenig gestärkt. »Um

Himmels willen, das ist ein Mantel, kein Instrument zur Vernichtung des Einzelhandels!«

Deirdre ging zügig zur Straßenbahnhaltestelle. Eine Frau mit einem Einkaufskorb wartete dort bereits und sagte ein paar Worte, wobei sie die Abbey Road hinaufschaute, als könnte sie die Bahn so herbeibeschwören.

»Fahren Sie zur Haltestelle vor dieser, Mr. Sykes. Ich werde vor Mrs. Fitzpatrick einsteigen. Auf die Weise bemerkt sie mich nicht.«

Innerhalb weniger Minuten waren wir bei der vorherigen Haltestelle, und ich sprang gerade rechtzeitig in die Straßenbahn zum Stadtzentrum.

Ich wählte einen Sitz in der Mitte links auf der unteren Ebene. Beim nächsten Halt stieg Deirdre Fitzpatrick ein. Sie war schlank, hatte eine gute Figur, ein blasses, herzförmiges Gesicht, hohe Wangenknochen und einen breiten Mund. Schwarze Locken linsten unter ihrem Topfhut hervor. Sie lachte über etwas, das der Schaffner sagte, bevor sie zum oberen Deck ging.

Ein früherer Fahrgast auf meinem Platz hatte sich während der Fahrt damit beschäftigt, winzige Insekten mit einer Fahrkarte zu zerquetschen. Das Fenster war verziert von dahingemetzelten Fliegenbabys. Ich blickte zwischen ihnen hindurch zu den Reihenhäusern, den Färbereien, den Fabriken und einer Gerberei, die einen strengen Gestank produzierte. Als wir uns dem Stadtzentrum näherten, bewegte ich mich näher zur Treppe. Der Schaffner hustete röchelnd, fing etwas Interessantes in seinem Taschentuch ein und betrachtete es eingehend. Wir kamen am Straßenbahndepot und der Wellington-Gießerei vorbei. Ein Stück weiter machten die Straßenbahngleise einen Bogen.

Mrs. Fitzpatrick stieg in der St. Paul's Street aus, ich ebenfalls.

Sie überquerte die Straße.

Eine andere Straßenbahn, die in die entgegengesetzte Richtung fuhr, verdeckte die Sicht auf Deirdre Fitzpatrick. Als die Bahn weg war, konnte ich Mrs. Fitzpatrick nicht mehr sehen. Und ich wusste nicht, in welchem der Bürogebäude sie verschwunden war.

Ich ging hinüber und sah auf die Namenstafeln. In den Gebäuden, die sie geschluckt haben könnten, befanden sich Anwalts- und Steuerberaterkanzleien sowie Handelsverbände. Mir blieb keine andere Wahl, als zu warten.

In einer Straße voller Büros gibt es eigentlich keinen Platz, an den man sich zurückziehen kann, abgesehen von den Hauseingängen. Zwei Männer in gestreiften Hosen und Gehröcken unterhielten sich angeregt auf dem Weg zum City Square. Ich floh in den Eingang eines Gebäudes, bei dem die schwarzen Holzeingangstüren offen standen und die inneren Türen geschlossen waren. Eine Viertelstunde lang musste ich warten.

Leider erschien Mrs. Fitzpatrick in den wenigen Sekunden wieder auf der Straße, in denen ich jemanden vorbeilassen musste, sodass ich nicht erkennen konnte, bei wem sie gewesen war.

In der Boar Lane würdigte sie die Schaufenster keines Blickes. Von dort wanderte sie weiter durch Straßen und Seitengassen. Ich wünschte, ich hätte flache Schuhe angezogen. Nun klackerte Mrs. Fitzpatrick mit ihren Absätzen vor mir her, und ich bildete ihr Echo weiter hinten. Was sie jedoch nicht zu bemerken schien. Überall waren Frauen mit Einkaufskörben unterwegs, schoben Männer Karren und trugen Kartons in Geschäfte. In der Straße The Calls spielte ein alter Soldat ein trauriges Lied auf einer Flöte. Mrs. Fitzpatrick warf ihm eine Münze in den Hut und wechselte einige Worte mit ihm. Sein Gesicht erstrahlte vor Entzücken.

Sie ging weiter die East Street entlang, vorbei an einer Eisenhütte und einem Sägewerk. Der Fabriklärm erzeugte eine disharmonische Symphonie in der verrauchten Luft. Hinter dem Sägewerk bog Mrs. Fitzpatrick links ab. Eine kleine Gruppe arbeitsloser Männer hockte auf dem Gehweg bei einem Würfelspiel. Als sie sich näherte, sprang ein sportlicher Bursche auf, um mit ihr zu reden. Dass sie recht nahe beieinanderstanden, signalisierte eine gewisse Vertrautheit. Ich verlangsamte mein Tempo, damit ich sie nicht überholen musste. Bis sie endlich weiterging, hatte ich vorsichtshalber einen Innenhof inspiziert, der lediglich zu einigen Müllhalden führte, und auf einmal war ich weit genug zurückgefallen, um sie aus den Augen zu verlieren.

Als ich wieder aus der Seitengasse trat, sah ich mir den Mann, mit dem sie gesprochen hatte, verstohlen an: schäbig gekleidet, eine gebrochene Nase, rötlicher Teint, blondes Haar. Sein freundliches, verlebtes Gesicht wirkte leer und elend zugleich. Er könnte der übelste Schurke schlechthin sein. Dennoch war etwas an seinem Aussehen und seiner Haltung, das einem die Worte »Oh, der arme Kerl« entlocken konnte, ohne zu wissen, warum.

Ich eilte weiter und versuchte zu erraten, in welche Straße sie abgebogen sein könnte, da erspähte ich sie nahe Steanders Eisen- und Stahl-Gießerei. Dahinter wurden die Straßen enger, sodass ich mich noch unsicherer und unwohler fühlte.

Ein paar halb nackte Kleinkinder saßen am Rinnstein und pikten mit den Fingern in den klebrigen Asphalt, der zu schmelzen begonnen hatte. Ärmlich gekleidete Frauen in dunklen Kleidern und großen Schürzen standen vor ihren Haustüren und auf dem Gehweg und unterhielten sich mit Nachbarn. Eine Frau schrubbte ihren Fenstersims, eine andere fegte die Straße vor ihrem Haus. Ich war mir meiner kurzen Ärmel, der guten

Schuhe und der schlichten Tasche, die nun übertrieben edel wirkte, allzu bewusst, und allein eiserne Entschlossenheit bewegte mich, Mrs. Fitzpatrick weiter zu folgen. Mir fiel auf, dass wir die einzigen Frauen auf diesen Straßen waren, die Schuhe trugen. Die übliche Fußbekleidung hier schienen ausgetretene Pantoffeln mit Löchern an den Spitzen zu sein.

Zwischen den Gruppen von jeweils acht Häusern klafften elende Gassen. Der leicht süßliche, eklige Gestank von menschlichen Exkrementen aus den selten geleerten Plumpsklos weckte den Wunsch in mir, den Atem anzuhalten. Es war Donnerstag, folglich kein Waschtag, trotzdem erstreckten sich ein paar volle Wäscheleinen über die Straße. Geflickte Laken, abgewetzte Handtücher und graue Unterwäsche blähten sich sanft in der rußgeschwängerten Luft.

Die Schritte verstummten. Deirdre betrat ein Haus rechts, aber welches? Ein wehendes Laken versperrte mir die Sicht, und ich empfand eine leise Hochachtung für jeden, der Leute erfolgreich beschatten konnte.

Langsam ging ich bis zum Ende der Straße, wobei ich die Aufmerksamkeit einiger tratschender Nachbarn erregte, für zuckende Vorhänge sorgte und eine Frau, die ihre Eingangsstufen schrubbte, veranlasste innezuhalten.

Mir kam keine brillante Idee, was ich als Nächstes tun könnte. Also versuchte ich, so geschäftig wie möglich auszusehen, ging zügig bis zum Ende der Cotton Street und dort in den Eckladen. So würde ich zumindest Zeit zum Nachdenken haben. Ich kaufte eine Schachtel Black-Cat-Zigaretten von einer untersetzten Frau mit kleinen grauen Locken, die eine geblümte Schürze trug.

Danach schlenderte ich langsam zurück. Nachdem ich Mrs. Fitzpatricks schnellen Schritten gefolgt war, war ich unsicher, ob ich allein aus diesem Straßengewirr hinausfinden würde.

Und dann geschah etwas, das lauter Türen auffliegen und Kinder übereinanderpurzeln ließ in ihrer Eile, etwas zu sehen.

Ein Krankenwagen kam in die Straße gefahren und hielt an dem ersten großen Laken. Ein Mann in einer blauen Uniform stieg aus dem Wagen und versuchte, das Laken weit genug anzuheben, damit der Fahrer darunter durchfahren konnte, nur war dies keine Aufgabe für einen einzelnen Mann. Hier war meine Chance, meine gute Tat für den Tag zu vollbringen. »Kann ich Ihnen helfen?«

Der Mann stimmte prompt zu. Wir nahmen jeder einen Zipfel des Lakens und hoben ihn hoch, sodass der Krankenwagen weiterfahren konnte bis zur Hausnummer sechzehn.

Erst jetzt sah mich der Sanitäter verwundert an und dankte mir. Der Fahrer stieg aus. In der Nähe standen mehrere Frauen in kleinen Gruppen zusammen. Ich blieb ein wenig auf Abstand und beobachtete, wie der Krankenwagenfahrer an die Haustür klopfte. Sobald die Tür geöffnet wurde, holten der Fahrer und sein Begleiter eine Trage hinten aus dem Fahrzeug und brachten sie ins Haus.

Wir alle warteten.

Die Frauen tauschten leise mitfühlende Bemerkungen untereinander aus.

Die beiden Krankenwagenfahrer kamen mit der Trage wieder nach draußen. Nun wurden die mitfühlenden Stimmen lauter und wünschten der Kranken gute Besserung.

Deirdre Fitzpatrick folgte. Sie wartete, bis die Trage in den Wagen geladen war, und stieg hinterher, um sich neben sie zu drängen.

Der Krankenwagen fuhr los. Meine Fertigkeiten als Lakenheberin waren nicht mehr gefragt, da dies nun Nachbarn übernahmen, um das Fahrzeug durchzulassen.

»Wohin wird sie gebracht?«, fragte ich eine alte Frau, die in ihrem Hauseingang stand.

»Die Tochter bringt sie in ein Pflegeheim, was immer das der armen Seele auch nützen wird.«

Hier gab es für mich nichts mehr zu tun. Ich wanderte in die Richtung, in die der Krankenwagen gefahren war, und erreichte das Ende der Cotton Street. Das Donnern eines vorbeifahrenden Zuges stimmte mich zuversichtlich.

Ich ging an der Bahnlinie entlang, da ich wusste, dass sie an der Rückseite des *Lloyds Arms* vorbeiführte, wo ich mit Sykes verabredet war.

Er saß bereits an einem Fensterplatz im besten Zimmer des Pubs, ein Bier vor sich auf der Messingplatte des Tisches. Er stand auf und rückte ein Stück weiter. »Alles in Ordnung, Mrs. Shackleton?«

»Ja und nein.« Ich nahm Platz und war froh, meine Füße ein wenig entlasten zu können. »Ich bin Deirdre Fitzpatrick zur Cotton Street in The Bank gefolgt, zum Haus ihrer Mutter.« Ich nahm die Schachtel Black Cat aus meiner Tasche. »Es ist eine bedrückende Gegend, Mr. Sykes.« Er gab mir Feuer. »Ein Krankenwagen kam und holte Mrs. Fitzpatricks Mutter ab, um sie in ein Pflegeheim zu bringen. Deirdre ist mitgefahren. Soweit ich sehen konnte und von den Nachbarn hörte, dürfte die arme Frau nicht mehr lange zu leben haben.«

Sam, unser Lieblingskellner, kam herüber und wechselte einige Worte mit uns, ehe er unsere Bestellungen aufnahm.

Als er gegangen war, berichtete ich Sykes von dem Besuch Deirdres in einem der Büros in der St. Paul's Street und sagte, dass wir den für uns behalten würden.

Sykes leerte sein Glas. »Ich frage mich, woher Mrs. Fitzpatrick das Geld für ein Pflegeheim hat.«

»Das geht uns nichts an. Soweit wir wissen, begeht sie keinen Ladendiebstahl. Überlegen Sie mal, Mr. Sykes. Sie war letztes Jahr närrisch und ungeschickt genug, um sich von Ihnen erwischen zu lassen. Ich kann mir nicht vorstellen, dass sie innerhalb von zwölf Monaten ein solches Geschick entwickelt hat, um nun eine Meisterdiebin zu sein. Erzählen Sie Fitzpatrick nichts von dem Krankenwagen. Er muss bloß erfahren, dass Deirdre ihre Mutter besucht hat.«

»Das wird ihn nicht zufriedenstellen. Was sagen wir sonst noch?«

»Nicht wir, *Sie*. Beschwichtigen Sie ihn. Der Mann macht mir Sorgen.«

Sechs

Deirdre erkannte Mr. Everett Runcie von der Fotografie, die sie gesehen hatte. Er wartete am Eingang des *Metropole* auf sie. Wo sonst? Dies war das beste Hotel. Grimmiger Humor kam ihr zu Hilfe. Ich steige auf in der Welt, dachte sie bei sich.

»Mrs. Fitzpatrick?« Er sprach ihren Namen leise aus, damit der uniformierte Portier mit seinen goldenen Tressen und Ösen es nicht hörte.

Sie lächelte zustimmend und wünschte, sie hätte einen anderen Namen gewählt. Aber dem Anwalt gefiel der Name Fitzpatrick. Er sagte, er hätte genau den richtigen Klang und dass sie nur Mrs. Fitzpatrick sei, bis der Gentleman die Hotelanmeldung unterschrieb.

An der Rezeption stand sie neben Runcie, während er unterzeichnete. Deirdre beobachtete, dass der Hoteldiener eine unglückliche Miene zog, als Mr. Runcie *Mr. und Mrs.* schrieb. Sie wandte sich ab, um nicht zu eingehend gemustert zu werden, und gab vor, sich ihre Umgebung anzuschauen. Aus der Nähe wehte Orchestermusik herbei. Alles hier war voller Marmorfliesen, poliertem Holz und Palmen und verströmte die Aura von Geld.

Arm in Arm schritten sie durch das Hotelfoyer, den Pagen mit Deirdres Tasche schon vor sich, die auf einmal sehr ärmlich aussah, als er sie die Treppe hinauftrug.

Deirdre mochte Runcie nicht. Er zog sie mit seinen Augen aus und war zu selbstsicher. Der Mann könnte Schwierigkeiten machen.

In dem Zimmer gab er dem Pagen ein Trinkgeld, nachdem er ihre Taschen abgestellt hatte. Deirdre öffnete ihre und nahm den Kulturbeutel, das Nachthemd und ihr Kleid für den nächsten Tag heraus. Hör auf, mich anzustarren!

»Treffen wir uns in zehn Minuten unten?«, fragte sie.

Er setzte sich aufs Bett. »Oh nein. Ich werde warten, bis du so weit bist. Es wäre unpassend, dich allein zu lassen, wo wir uns so hingebungsvoll lieben, meine Teure.«

Sie wusch sich die Hände am Waschbecken und kämmte ihr Haar. Die ganze Zeit war ihr Runcies Blick bewusst.

»Ich nehme immer diese Suite«, sagte er. »Es gibt ein Badezimmer zwischen diesem Zimmer und dem nebenan. Das andere Zimmer ist ebenfalls unseres, doch wir werden es nicht brauchen.«

Er kam hinter sie. Zu nahe.

»Werden wir tanzen?«, fragte sie und bewegte sich von ihm weg.

»Nein, ich bin nicht in der Stimmung dafür.«

Das Essen verlief schleppend. Sie hatte Kabeljau in irgendeiner Sauce gewählt. Mr. Runcie aß sorgfältig, schnitt sein Lamm in kleine Stücke.

»Erzähl mir von dir«, sagte sie süßlich. »Du bist Bankier, nicht wahr?«

Er lachte. »Ich war Bankier. Wie ich eine Menge Dinge war, aber das ist vorbei. Bald werde ich mich in den Ruhestand nach Italien zurückziehen.«

»Du scheinst mir zu jung zu sein, um in den Ruhestand zu gehen.« Sie hasste sich für diese Unfähigkeit, die Schmeicheleien zu lassen.

Der Kellner füllte Runcies Glas nach. Deirdre legte eine Hand über ihres, doch Mr. Runcie zog sie weg und küsste sie, während er dem Kellner bedeutete, ihr nachzuschenken. Es wäre ihr drittes Glas, und sie vertrug nicht viel. Davon werde ich einschlafen, dachte sie. Dann muss ich mich nicht mit ihm herumplagen.

Runcie legte sein Messer ab und eine Hand auf ihren Schenkel.

»Tun Sie das nicht, Mr. Runcie.«

»Nenn mich Everett, meine Teure.«

Zorn stieg in Deirdre auf, wovon ihr indes nichts anzusehen war. Sie schob seine Hand weg. »Mr. Runcie, ich bin vollkommen verlässlich. Der Großinquisitor selbst würde mir kein Geständnis entlocken, sollte Ihre Frau auf Untreue plädieren und die Scheidung verlangen. Sie hätten Ihre Geliebte oder eine Freudendame fragen können, aber ich bin die ideale ›Unbekannte‹, die sich als Ihre Frau ausgibt und wieder verschwindet, ohne weitere Forderungen oder Erwartungen.«

Und entweder gab er sich damit zufrieden oder ließ es bleiben.

Dies war die Rolle, die ihr der Anwalt in der St. Paul's Street zugewiesen hatte, der ihr die Aufträge gab. Deirdre mochte diese sachliche Erklärung. Sie trank noch einen Schluck und stellte fest, dass sie Gefallen daran finden könnte.

»Wie viel willst du?«, fragte er.

Ihr wurde übel. »Ich bin nicht käuflich.«

Er lachte.

Es war lächerlich. Sie wusste selbst, dass es lächerlich war, doch dieser gut aussehende Mann widerte sie an.

»Ich sehe, dass du mich magst«, sagte er. »Gib es zu.«

Sie weigerte sich, mit ihm zu streiten. Es war sinnlos. »Wünschen Sie Ihre Scheidung oder nicht?«

»Zufällig nicht. Ich habe bei meiner Frau mein Bestes gegeben. Sie hat ihren Teil der Vereinbarung nicht eingehalten. Ich denke, du verstehst mich.«

Sie konzentrierte sich darauf, Erbsen mit der Gabel zu zerdrücken.

Ihr Schweigen nahm er als Zustimmung und erklärte: »Wir hätten inzwischen einen Erben haben müssen, einen Erben und einen Ersatz, wie es heißt. Hast du Kinder?«

Es war eine solch simple Frage, die sie imstande sein sollte zu verneinen, ohne dass sich in ihr ein Sturm zusammenbraute. Er wollte Kinder und sie auch. Bemitleide ihn nicht, ermahnte sie sich.

Er wartete auf ihre Antwort.

»Nein, ich habe keine Kinder.« Etwas an der Art, wie sie es sagte, beendete das Thema.

Sie arbeiteten sich durch den Rest des Essens und wählten beide einen Milchpudding zum Nachtisch. Deirdre fürchtete zu versagen, weil sie nicht mal harmloses Geplauder zustande brachte. Es war alles Joes Schuld, Joseph Barnards. Der Sänger hatte an ihr Herz gerührt, und nun, da er fort war, hatte sie keine Geduld mehr mit anderen Männern, nicht mit Fitz und ganz sicher nicht mit diesem eingebildeten Pinkel, der ihr Mitleid haben wollte, weil er keinen Sohn hatte. Sie hätte am liebsten geschrien.

Aber es geschah etwas, das sie vom Schreien abhielt. Als der Kellner ihre Dessertteller einsammelte, winkte Runcie einem Mann an der Bar zu.

Und er sagte zu dem Kellner: »Bitten Sie den Herrn aus New York, sich zu uns zu setzen.«

»Sehr wohl, Sir.«

»Sei nett zu dem Burschen, meine Teure. Ich habe ihn diese Woche in Knavesmire kennengelernt, und ich habe vor, ihn an einem kleinen Projekt von mir zu beteiligen.«

Dies war Deirdres Fluchtmöglichkeit. Sie fühlte, dass ihr Schutzengel eingegriffen hatte. »Entschuldigen Sie mich.« Sie stand auf. »Ich wäre eine schlechte Gesellschafterin. Ich habe Kopfschmerzen. Deshalb ziehe ich mich aufs Zimmer zurück, und die Herren können sich in Ruhe unterhalten.«

Ohne nach rechts oder links zu sehen, bemühte Deirdre sich, in einer möglichst geraden Linie zur Treppe zu gehen. Sie hielt sich am Geländer fest. Keiner merkt, dass ich beschwipst bin, sagte sie sich. Im Zimmer zog sie sich aus und schlüpfte umständlich in ihr Nachthemd. Aus Gewohnheit hängte sie ihr Kleid auf. Sorge gut für deine Kleidung. Lege eine Barriere zwischen dich und ihn, befahl die Stimme in ihrem Kopf. Der Wein wirkte. Es vergingen nur Momente, nachdem sie sich hingelegt hatte, dann schlief sie tief.

Deirdre schrak auf. Morgenlicht fiel durch den Spalt zwischen den Vorhängen ins Zimmer. Sie musste dies hier aussitzen, bis das Zimmermädchen mit dem Tee anklopfte. Sie setzte sich auf, sah zu Runcie. Immerhin war das Polster zwischen ihnen noch an Ort und Stelle. Er musste spät nach oben gekommen sein – Gott sei Dank! – und hatte sie nicht gestört.

Ihr Schädel pochte. Ihr Mund fühlte sich trocken an. Sie ging ins Bad und füllte ein Glas mit Wasser, um ihren Durst zu stillen. Nun, sie war sicher durch die Nacht gekommen.

Runcie lag auf dem Rücken, schlief lautlos, still wie ein Bildnis. Einen langen Moment betrachtete sie ihn. Etwas stimmte nicht, war seltsam. Seine Brust hob und senkte sich nicht. Seine Haut war gespannt und gespenstisch blass. Der Mann sah abstoßend aus. Deirdre kniete sich auf das Bett. Sie wollte ihn nicht berühren, zwang sich jedoch, seine Hand zu heben. Eine der Nonnen in der Schule hatte sie gelehrt, wie man nach einem Puls fühlte. Nichts.

Sie zupfte eine Feder aus der Bettdecke und hielt sie unter Runcies Nase. Die Feder rührte sich nicht.

Es klopfte ganz leise an der Tür, und eine junge Stimme sagte: »Ihr Weckruf, Sir. Madam.«

Der Türknauf drehte sich.

Deirdre stürzte aus dem Bett und auf die andere Seite des Zimmers. Niemand durfte sie im Bett mit einem Toten sehen.

Sieben

Als ich zu dem alten Stall ging, den ich als Garage nutzte, fragte ich mich, warum mich Marcus auf einmal ins Hotel *Metropole* bestellte.

»Es geht um die Arbeit«, hatte er angespannt gesagt. »Ich wäre dir dankbar für deine Hilfe.«

Ich grübelte, ob es mit dem »Geschäftsmann« aus New York zu tun haben könnte, der hier war, um größere Mengen Alkohol zu kaufen. Wenn mein Fotografenfreund Len Diamond um den Ruf des Mannes wusste, hatte es die Hotelleitung vielleicht auch herausgefunden und war ob des Gangster-Gastes beunruhigt.

Doch Marcus verriet nichts. Und er klang so gereizt, wie ich ihn noch nie gehört hatte. Gewöhnlich konnte nichts, was geschah, seine professionelle Höflichkeit am Telefon beeinträchtigen. Etwas hatte ihn erschüttert.

Und Mutmaßungen waren zwecklos. Ich fuhr auf die Headingley Lane und in Richtung Stadt. Minuten später bog ich in die King Street ein.

Zwei offiziell aussehende schwarze Wagen parkten nahe dem Hotel. Ich bog hinter dem zweiten ein. Ein uniformierter Polizist stand am Eingang. Als ich aus meinem Automobil stieg, kam der Officer auf mich zugelaufen.

Ehe er mich auffordern konnte, meinen Wagen wegzufahren, sagte ich: »Mr. Marcus Charles erwartet mich.«

Kurz darauf wanderte ich den Korridor im zweiten Stock entlang. Mr. Nettleton, der Polizeiarzt, kam mir entgegen. Er tippte sich an den Hut und wünschte mir einen guten Morgen. »Wie geht es Ihrem Vater, Mrs. Shackleton?«

»Sehr gut, danke.«

»Grüßen Sie ihn von mir.«

»Werde ich.«

Mein Adoptivvater ist Superintendent bei der West Riding Constabulary, was vermutlich meine Berufswahl beeinflusst hat.

Marcus hatte die Tür offen gelassen.

»Kate, danke, dass du so schnell gekommen bist.« Er lächelte nicht.

Das Zimmer war wie ein Wohnzimmer eingerichtet, mit Schalensesseln, einer Cocktail-Vitrine und kleinen Tischen.

»Was ist passiert, Marcus?«

»Setz dich lieber. Ich erkläre es dir.«

Ich nahm in einem der Sessel Platz.

»Leider gibt es schlechte Neuigkeiten zu jemandem, den du kennst. Mr. Everett Runcie wurde heute Morgen tot in seinem Zimmer hier aufgefunden.«

Marcus gab mir einen Moment, diese Information zu verarbeiten. Mir fiel es schwer, ihm zu glauben. »Everett Runcie?«

»Das Zimmermädchen hat ihn gefunden.«

»Weiß Philippa Bescheid?« Mir kam der Gedanke, dass Marcus mich bitten könnte, ihr die Nachricht zu überbringen.

»Ein Detective Inspector ist unterwegs zu Mrs. Runcie.« Er sah auf seine Uhr. »Er müsste inzwischen bei ihr sein.«

»Die arme Frau! Was für ein Schock!«

Marcus nickte. »Ich beneide den Inspector nicht, der ihr solch eine Nachricht bringt.«

»Ich verstehe das nicht. Everett wohnt nur wenige Kilometer entfernt. Warum hat er hier übernachtet?«

»Der Geschäftsführer hat mir gesagt, dass er hier wohnt,

wenn er weibliche Gesellschaft hat. Jemand war bei ihm, ist aber verschwunden. Üblicherweise bucht er für die befreundete Dame ein separates Zimmer und trägt sie unter ihrem eigenen Namen ein, alles ganz diskret.«

»Caroline Windham?«

»Ja. Kennst du sie?«

»Sie war beim Pferderennen. Du wirst sie bemerkt haben, eine adlig aussehende Frau mit dem Spitznamen ›Wikingerkönigin‹. Sie ist seit Jahren Runcies Mätresse, war es schon lange, bevor er Philippa kennengelernt hat. Ich kann mir nicht vorstellen, dass sie von ihm wegläuft.«

»Das Hotelpersonal kennt Miss Windham. Gestern Abend wurde Mr. Runcie mit einer anderen Frau gesehen, die sich als seine Ehefrau ausgegeben hat.«

Meine Gedanken überschlugen sich. Eine neue Geliebte, oder sollte diese Liaison einen Scheidungsgrund für Philippa liefern?

»Wie ist er gestorben?«

Marcus holte tief Luft. »Er wurde ermordet, im Bett erwürgt. Der hiesige Polizeichef hat mir eben seinen Bericht gegeben.«

»Das ist entsetzlich.«

»Ich denke, wir können wohl davon ausgehen, dass er nicht gelitten hat. Es muss schnell gegangen sein. Und er hatte viel getrunken. Ich vermute, dass er fest geschlafen hat. Wer ihn umgebracht hat, wusste, was er tat.«

Marcus hob die Hände an seinen Hals und drückte mit den Daumen auf seinen Hemdkragen. »Er oder sie hat Druck auf die Halsschlagader ausgeübt, genug Kraft, um ihn zu töten, und mehr nicht. Es fanden sich Blutergüsse zu beiden Seiten der Luftröhre.«

Die Nachricht schockierte mich, aber mich erstaunte, wie offen Marcus mir die Einzelheiten zu dem Tod verriet.

»Armer Everett.«

»Der Geschäftsführer hat den Tod beim hiesigen CID gemeldet, und die wussten, dass ich hier war.«

»Übernimmst du die Ermittlungen?«

»Ja. Das Leeds-CID hat mit dem Yard gesprochen, und ich habe mit meinem Chef geredet. Die nötigen Papiere kommen. Die Männer von hier untersuchen gerade den Tatort. Fotografien, Fingerabdrücke. Sie gehen alles Millimeter für Millimeter durch. Es ist ein Zimmer im ersten Stock.«

Bei dem Pferderennen war ich wütend gewesen, weil Marcus mir nicht vertraute. Nun tat er es, und ich war sprachlos.

Marcus sah mich ernst an, als überlegte er, ob er mehr sagen sollte. »Ich hoffe, dass du mir helfen kannst. Du bist mit Mrs. Runcie befreundet, kennst das Paar und vielleicht auch ihre Freunde und Geschäftspartner. Hast du eine Ahnung, egal, wie abwegig, wer das getan haben könnte?«

Nun verstand ich, warum Marcus mir die Einzelheiten des Mordes verraten hatte. Er wollte wissen, ob ich jemanden kannte, der mit Runcie verfeindet und dazu in der Lage war, ihn zu erwürgen.

Mein Kopf war wie leer gefegt. Mir war ein wenig übel, und ich war froh, dass ich mich zum Frühstück auf Toast beschränkt hatte. Ich schüttelte den Kopf. »Es muss Leute geben, die ihn gehasst haben, weil er mit seinen Projekten ihr Geld durchgebracht hatte. Er hatte Anteile an einer stillgelegten Mine verkauft, die stilllag, weil sie ausgekohlt war. Ich bin nicht sicher, ob es Absicht war oder er selbst hereingelegt wurde. Aber gewiss würde jemand, der auf Rache sann oder wütend war, Everett Runcie zur Rede stellen wollen und den Mann nicht im Schlaf ermorden.«

»Das wäre logisch.«

»Also kein Mord aus Leidenschaft?«

»Bevor ich Theorien äußere, muss ich noch viel mehr Informationen sammeln.«

»Aber, Marcus …«

»Was?«

»Du hast jemanden im Hotel, der schon einmal mordverdächtig war, diesen New Yorker. Könnte es da eine Verbindung geben? Ist es nicht zu viel Zufall, dass Hartigan dieses Hotel gewählt hat? Vielleicht gibt es amerikanische Investoren, die bei einem von Everetts Projekten Geld verloren haben.«

Marcus runzelte die Stirn. »Woher weißt du, dass Hartigan Verdächtiger in einem Mordfall war?«

Ich merkte, wie ich rot wurde. »Ich habe niemanden gefragt, sondern beim Rennen hat ihn jemand gesehen und es mir erzählt, ein Freund, der bei einer Zeitung arbeitet. Die erfahren alles.«

Marcus nickte. »Ich habe schon an Hartigan gedacht. Er dürfte nicht gewusst haben, dass Mr. Runcie hier übernachtete.«

»Aber Everett Runcie wohnt immer hier, wenn er überhaupt in ein Hotel geht. Das hast du selbst gesagt.«

»Weil es das beste Hotel ist. Und aus demselben Grund hat Hartigan es sich ausgesucht.«

Es klopfte an der Tür, und sie wurde geöffnet.

Marcus rief der Person zu, sie solle warten.

Ich nahm es als mein Stichwort zu gehen und stand auf. »Ist das alles, Marcus? Tut mir leid, dass ich dir nicht mehr helfen kann, aber sollte mir noch etwas einfallen, melde ich mich.«

»Das ist nicht alles, Kate. Es gibt noch ein paar Dinge. Die Constabulary von Leeds hat einen weiblichen Constable, der momentan anderweitig eingespannt ist. Könntest du mit dem Zimmermädchen reden, das Mr. Runcie gefunden hat?«

»Natürlich.«

»Ihr Name ist Mildred. Sie ist siebzehn. Der Manager hat sie in sein Büro geholt. Bisher konnte noch niemand ein Wort aus ihr herausbekommen. Sie steht unter Schock. Wenn du sie beruhigen und eine Aussage von ihr bekommen könntest, wäre ich dir sehr dankbar.«

Mr. Naylor, der Manager, war ein kleiner Mann mit eingefallenen Wangen und einer randlosen Brille, und er sprach, als wäre das Zimmermädchen gar nicht da. »Ich habe sie gezwungen, einen Tee zu trinken. Sie hört mal für eine Minute auf zu zittern, dann fängt sie wieder an.«

Mildred saß in einer Ecke des Büros, die Arme vor der Brust verschränkt. Sie war ein bisschen pummelig und hatte das apfelförmige Gesicht eines Mädchens vom Lande, das nun sehr bleich war. Das arme Kind konnte nicht aufhören zu bibbern.

Ich ging auf sie zu. »Hallo, Mildred, ich bin Mrs. Shackleton. Wollen wir auf Ihr Zimmer gehen, damit Sie sich vielleicht hinlegen und Ihren Schock überwinden können?«

Sie nickte und sah nervös zum Manager.

Der schien froh zu sein, sie loszuwerden. »Die Dame hat recht. Tun Sie das, Mildred.«

Ich streckte ihr eine Hand hin. »Dann kommen Sie. Bringen wir Sie zum Aufzug.«

Der Manager räusperte sich. »Sie wohnt ganz oben, und das Personal benutzt die Hintertreppe.«

Ich lächelte Mildred zu. »Tja, dann sind wir eben kein Personal. Nehmen Sie Ihre Schürze ab.«

Sie hatte ein wenig Mühe, und ich half ihr, die Schleife zu lösen. Nachdem wir ihr die Haube abgenommen hatten, war sie kein Zimmermädchen mehr, sondern nur eine blasse junge Frau in einem schwarzen Kleid.

Mr. Naylor öffnete den Mund, um zu widersprechen, schien sich jedoch eines Besseren zu besinnen. Ich nutzte sein Schweigen, um ihn zu bitten, heißen gesüßten Tee und einen Bettwärmer nach oben zu schicken.

Der Fahrstuhlpage öffnete uns die Tür und lächelte Mildred mitfühlend an.

Oben gingen wir den Korridor hinunter zur Hintertreppe und stiegen die letzten Stufen in eine rundum ärmlichere Welt hinauf.

Ihr Zimmer war schlicht: zwei schmale Betten, ordentlich gemacht und mit dunklen Decken, ein Waschtisch und ein Kleiderschrank, der schon bessere Tage gesehen hatte. Auf dem kleinen Tisch zwischen den Betten lagen ein Groschenroman und eine Illustrierte.

Ich half Mildred aufs Bett, band ihre Schnürsenkel auf und zog ihr die Schuhe aus. »Wie alt sind Sie, Mildred?«

Sie antwortete etwas verzögert und mit klappernden Zähnen: »Sechzehn.«

»Fast siebzehn?«

»Hm, ja.«

»Wann haben Sie Geburtstag?«

»Am zwanzigsten Juli.«

Demnach war Mildred nur etwas über fünfzehn und nicht abgeneigt, hin und wieder zu lügen. Marcus dürfte es sich kaum aus den Fingern gesogen haben, als er gesagt hatte, sie sei siebzehn.

Ich deckte das Mädchen zu. Es hatte aufgehört zu zittern.

Nach einer Weile kam eine plumpe junge Frau mit einem Teetablett und einem silbernen Bettwärmer, der mit heißem Wasser gefüllt und von rotem Flanell umwickelt war. »Verzeihen Sie, Madam, ich soll die bringen.«

»Danke.« Ich nahm den Bettwärmer und schob ihn zu Mildreds Füßen unter die Decke.

Das Zimmermädchen stellte das Teetablett auf den Waschtisch. »Oh, Mildred! Wie schrecklich das ist!« Mildred strahlte, als würde ihr auf einmal klar, wie dramatisch die Situation war. Ihre Freundin wandte sich zu mir und fuhr fort: »Wir teilen uns dieses Zimmer. Ich bin Jenny. Sie haben sie in mein Bett gelegt, aber das stört mich nicht.« An der Tür drehte Jenny sich wieder zu ihrer Zimmergenossin um. »Mrs. McT. sagt, dass du heute nicht mehr arbeiten musst, Mildred.«

Ich ließ Mildred in Ruhe ihren Tee trinken und ihre Füße wärmen, während ich durch ihre Illustrierte blätterte, bis das Mädchen wieder auflebte.

Die Illustrierte war einige Monate alt und eines dieser Klatschblätter über die Reichen und Berühmten. Ein Bild von Everett und Philippa Runcie überraschte mich. Dem Artikel zufolge nahmen die Runcies an einer Ostereiersuche auf ihrem Anwesen teil, zu dem die Kinder der Arbeiter auf dem Anwesen und der Bankangestellten eingeladen waren. Falls Everett und Philippa Runcie schon im April beschlossen hatten, sich scheiden zu lassen, war es ihren lächelnden Mienen nicht anzusehen.

Leise Schritte knarrten auf dem Flur. Ich ging nach draußen. Der Mann, ein Kellner, hatte die gleichen ländlich rosigen Züge, wie Mildred sie bald wieder haben würde, und das gleiche strohblonde Haar.

»Ich bin Mildreds Onkel, Madam, und möchte zu ihr.«

»Das dürfen Sie auch, aber nicht jetzt gleich. Ich glaube, in diesem Bereich ist männliches Personal nicht erlaubt.«

Es war nur geraten, wirkte aber. Er wurde lauter. »Ich bin ihr Onkel, habe ich gesagt.«

»Und ich habe es gehört, Mr. …?«

»Heppelthwaite, Archie Heppelthwaite.«

»Nun, Mr. Heppelthwaite, mir wurde aufgetragen, mich um Mildred zu kümmern, bis sie sich von ihrem Schock erholt hat.«

Er blickte an mir vorbei zum Ende des Flurs. Für einen Moment dachte ich, er würde versuchen, an mir vorbeizulaufen. Er sagte: »Sie darf nicht verhört werden. Sie ist noch ein Kind!«

»Ich weiß, Mr. Heppelthwaite, und ich bin auch keine Polizistin, sondern ausgebildete Krankenschwester. Sie werden als Erster mit ihr sprechen können, wenn sie so weit ist.«

Es war gelogen, doch das musste er ja nicht wissen.

Er nickte, drehte sich um und ging davon. Hier war mehr als onkelhaftes Interesse im Spiel, dessen war ich mir sicher.

Mildred hatte mitgehört. »War das Onkel Archie?«

»Ja.«

»Was hat er gesagt?«

»Er wollte wissen, wie es Ihnen geht. Ich habe ihm erklärt, dass es Ihnen gut geht.« Nun riet ich. »Ich nehme an, Sie haben diese Stellung hier durch ihn bekommen.«

»Ja.«

Ihre Wangen hatten wieder etwas Farbe angenommen, und insgesamt schien sie mir recht erholt.

»War es heute das erste Mal, dass Sie eine Leiche gesehen haben, Mildred?«

Sie schüttelte den Kopf. »Ich habe meine Großmutter gesehen und einen Nachbarn … und den Farmerssohn, als er seinen schlimmen Unfall hatte.«

Mithin war der Tod für sie nichts Neues. »Trotzdem ist es ein Schock. Aber vielleicht können Sie mir jetzt davon erzählen.« Ich hoffte, dass sie dazu in der Lage sein würde, bevor ihr Onkel zurückkam.

Ihre Miene umwölkte sich. »Ich möchte nach Hause. Ich will weg von hier. Ich wollte nie Zimmermädchen sein.«

»Was wollten Sie denn werden?«

»Eine Serviererin. Als die bin ich hergekommen, aber ich war zu ungeschickt.«

»Noch ein Jahr oder so, wer weiß, was Sie dann alles schaffen? Wenn Sie zeigen, wie stark Sie sind, indem Sie mir erzählen, was passiert ist, wird man gut von Ihnen denken.«

Sie überlegte. »Ich will mit meinem Onkel reden.«

»Später, nachdem Sie mir erzählt haben, was heute Morgen geschehen ist.«

Nach längerer Zeit sagte sie: »Ich habe so gegen sechs das Teetablett zur Tür gebracht. Da war auch eine Zeitung für Mr. Runcie, *The Times*.«

»Erzählen Sie weiter.«

»Als ich angeklopft habe, hat die Dame gesagt, ich soll das Tablett vor die Tür stellen. Ich habe eine Minute gewartet, weil ich gedacht habe, dass Mr. Runcie vielleicht ruft, ich soll es reinbringen und auf den Waschtisch stellen, und dann würde ich ein Trinkgeld bekommen.«

»Haben Sie die Person gesehen, die Ihnen zugerufen hatte?«

Sie schüttelte den Kopf. »Als ich am Ende des Flurs angelangt war, habe ich gehört, wie die Zimmertür aufgegangen ist. Da hat sie das Tablett ins Zimmer gezogen. Ich habe bloß ihre Hand gesehen.«

»Was haben Sie da gedacht?«

»Ich habe gedacht, das war es mit meinem Trinkgeld. Später bin ich wieder hin, so um acht, und habe geklopft. Als keiner geantwortet hat, habe ich die Tür geöffnet. Da war nur einer im Bett. Ich habe gefragt: ›Soll ich wiederkommen, Sir?‹ Er hat nicht geantwortet.«

»Und dann?«

»Er hat auf dem Rücken gelegen, aber da war so eine Stille, etwas war falsch. Ich habe genauer hingesehen und bin zur Hausdame gerannt.«

»Hatten Sie Mr. Runcie vorher schon mal gesehen?«

Mildreds Unterlippe begann zu beben. Ihr Hals rötete sich, und sie schlang die Arme fest um ihren Oberkörper. »Ich habe ihn letzten November gesehen, als es zu neblig für ihn war, um nach Hause zu fahren, und da war er morgens früh wieder aufgestanden und in sein Büro gegangen.«

»Und war er seit November wieder hier?«

»Ich glaube, ja, aber nicht auf meinem Stockwerk.«

»Welches ist Ihr übliches Stockwerk, Mildred?«

»Das zweite.«

Wieder riet ich. »Also hatten Sie mit Jenny getauscht?«

»Ja.«

»Aus einem bestimmten Grund?«

»Mir war nach einer Abwechslung.«

»War es, weil Ihr Onkel es vorgeschlagen hat?«

Sie sagte nichts.

»Es wird herauskommen, falls es so war, und es wäre nichts dabei. Vermutlich wollte er, dass Sie ein gutes Trinkgeld erhalten.«

Sie schluckte. »Ja, das war es.«

»Als ich eben in Ihrer Illustrierten geblättert habe, klappte sie bei einer Fotografie von Mr. und Mrs. Runcie auf.«

»Ich war zu müde, um sie zu lesen.«

»Also haben Sie sich nur die Bilder angesehen?«

»Ja.«

»Sie haben die Dame in dem Zimmer nicht gesehen, nur ihre Stimme gehört. Hätten Sie sie gesehen, hätten Sie erkannt, dass es nicht Mrs. Runcie war.«

»Ich weiß nicht, wer sie war.«

»Was hat Ihnen Ihr Onkel Archie über Mrs. Runcie erzählt?«

»Dass sie Amerikanerin ist und reich.«

»Was für eine Stimme hatte die Person, die Ihnen gesagt hat, dass Sie das Tablett vor die Tür stellen sollen?«

»Eine normale, nicht vornehm.«

»Und nicht amerikanisch?«

Sie schüttelte den Kopf. »Von hier.«

»Sie haben nichts falsch gemacht, Mildred, aber Sie müssen die Wahrheit sagen, weil etwas Schreckliches passiert ist. Ein Mann ist tot. Und nicht die ganze Wahrheit zu sagen, zählt als Verbrechen.«

Sie fing an zu weinen. »Onkel Archie meinte, dass ich ein gutes Trinkgeld bekomme, weil ich vielleicht gefragt werde, was ich gesehen habe, wenn ich den Tee hinbringe.«

»Was hatten Sie denn zu sehen erwartet?«

»Mr. Runcie, der mit einer Frau im Bett sitzt, die nicht seine Ehefrau ist.«

»Was Sie erkannt hätten, weil Sie das Bild in der Illustrierten gesehen haben, die Ihr Onkel Ihnen gegeben hatte.«

Nachdem ich Mildreds Aussage schriftlich festgehalten hatte, ging ich langsam die Treppe hinunter und den Korridor im zweiten Stock entlang zu Marcus' Zimmer. Von drinnen hörte ich Stimmen, deshalb klopfte ich an und sah hinein. Die Möbel waren umgestellt worden, um den Raum in ein Befragungszimmer zu verwandeln. Ich erhaschte einen Blick auf einen Constable am Tisch, der eine Befragung durchführte.

Marcus trat zu mir auf den Flur, wo ich ihm erzählte, was Mildred gesagt hatte, und ihm das Blatt mit ihrer Aussage gab. »Du musst mit Archie Heppelthwaite sprechen, einem der Kellner. Er ist Mildreds Onkel und hat ihr gesagt, sie soll das Stockwerk mit einem anderen Zimmermädchen tauschen, damit Mildred sich ein anständiges Trinkgeld von Runcie verdient, wenn sie ihn beim Ehebruch sieht.«

Marcus verbarg seine Überraschung beinahe, einzig das leichte Öffnen des Mundes verriet ihn. Doch er verhinderte, dass ihm die Kinnlade herunterfiel. »Die Runcies lassen sich scheiden?«

»Das ist allgemein bekannt.«

Ich reichte ihm den Schlüssel zu Mildreds Zimmer. »Jemand sollte Mildred im Blick behalten, bis du ihren Onkel befragt hast.«

»Warte kurz hier, ja?« Er ging wieder ins Zimmer und kehrte einen Moment später zurück. »Alles geregelt. Jemand wird an ihrer Tür postiert. Ich habe nach Heppelthwaite geschickt. Wir haben schon mit ihm gesprochen, weil er gestern Abend Dienst im Speisesaal hatte. Der Mann hat einiges zu erklären.«

»Du hattest gesagt, dass ich noch bei etwas anderem helfen könnte?«

Als wir die Treppe hinuntergingen, erklärte er: »Ich muss die Frau finden, die letzte Nacht mit Runcie zusammen war.«

»Eine Menge Leute müssen sie gesehen haben.«

»Sie war schlank, dunkelhaarig und klein. Ich möchte, dass du dir ansiehst, was sie zurückgelassen hat. Da sind noch ein Kleid und Schuhe im Kleiderschrank.«

Ein Uniformierter öffnete uns die Tür zum Zimmer im ersten Stock. Ich blickte zu dem Bett, in dem Runcie gelegen hatte. Es schien befremdlich zu denken, dass wir ihn erst am Mittwoch lebendig und erbost gesehen hatten, weil er nicht auf den Gewinner gesetzt hatte, und überaus unverschämt zu seiner Frau.

Manchmal können Kleinigkeiten am verstörendsten sein. Dort, wo Runcies Kopf gelegen hatte, was das Kissen eingedellt. Das zweite Kopfkissen war aufgeschüttelt, und auf dem Boden lag eine Nackenrolle.

»Was ist?«, fragte Marcus.

»Warum liegt die Nackenrolle auf dem Fußboden?«

»Vielleicht wollte er kein so dickes Kissen.«

Marcus ging zum Kleiderschrank. Vorsichtig nahm er ein

grünes Satin-Abendkleid heraus und hängte es an die Schranktür, damit ich es mir genauer anschaute. »Sieh dir das mal an. Was sagst du dazu?«

Das ärmellose grüne Kleid mit dem runden Ausschnitt und dem passenden Bindeband kam mir bekannt vor. »Darf ich es anfassen?«

»Ja.«

»Es ist elegant. Da ist kein Etikett.« Ich sah mir die handgenähten Nähte und Säume an. »Ich würde sagen, dass sie es entweder selbst genäht hat oder eine Freundin es für sie geschneidert hat.«

»Es ist nicht von einer Schneiderin genäht?«

»Wäre es professionell gefertigt worden, würde ich ein Etikett erwarten, und die Stiche wären ebenmäßiger. Die Seitennähte sind sauber, aber beim Saum war sie in Eile oder wollte endlich fertig werden. Meine alte Handarbeitslehrerin hätte gesagt, diese Stiche sehen aus wie am Schultor gemacht.«

Ich betrachtete ein Paar flache Riemenschuhe. »Die sehen teuer aus, ohne es zu sein, würde ich sagen.«

Er nickte. »Wahrscheinlich hast du recht. Ich lasse den Herstellernamen überprüfen und die hiesigen Händler.«

»Warte mal kurz.« Wieder betrachtete ich das Kleid und überlegte, warum es mir bekannt vorkam. »Mrs. Sugden brütet immer über den Schnitten, für die in der Zeitung geworben wird. Diesen hier hatte sie bestellt und angeboten, das Kleid für mich zu nähen.«

»Danke, Kate. In diesem Stadium ist jede Kleinigkeit hilfreich.«

Wir beide wussten, dass uns diese nicht sehr weit bringen würde.

Marcus hängte das Kleid zurück in den Schrank, und wir verließen das Zimmer. Ich hatte nicht das Gefühl, sehr nützlich zu sein, abgesehen davon, dass ich Mildreds Aussage aufgenommen hatte.

Oben an der Treppe sagte er: »Nochmals danke. Ich bringe dich zur Tür.«

Ich war entlassen.

»Ich nehme nicht an, dass ich den Kellner befragen soll, nachdem ich mit seiner Nichte gesprochen habe?«

Marcus lachte. »Nein, ganz sicher nicht!«

»Schade. Er wird lügen.«

Ich war wirklich enttäuscht. Trotz allem, was ich erreicht hatte und was Marcus wohlbekannt war, war ich überflüssig. In Marcus' Augen war Mordaufklärung Männersache.

Wir waren beinahe an der Tür, als Marcus sagte: »Ich werde Anthony Hartigan selbst befragen. Was bedeutet, dass ich meine Tarnung aufgeben muss. Dann brauche ich jemand anders, der ihn im Auge behält.«

Prompt wurde ich munterer. »Darum kann ich mich kümmern. Ich habe meinen Wagen draußen, und ich bin gut darin, in Hotelhallen zu sitzen und Cocktails zu trinken. Das ist mein Spezialgebiet.«

»Nein, Kate, er ist gefährlich. Und er würde dich sofort durchschauen.«

»Also soll jemand anders für dich übernehmen?«

»Wir können keine Leute entbehren, aber ich habe gedacht, dass dein Assistent Jim Sykes vielleicht einspringen kann, falls du ihn entbehren kannst. Er ist vertrauenswürdig und kennt die Gegend. Wenn du einverstanden bist, würde ich ihn als Constable auf Zeit vereidigen.«

»Gewiss hilft er gern.«

Womit ich in meine Schranken verwiesen wäre. Gut genug, um ein nervlich angegriffenes Zimmermädchen zu befragen und ein Kleid zu begutachten. Etwas brodelte in mir. Kalte

Wut. Wir werden ja sehen, Marcus. Du hast nicht einmal gewusst, dass sich die Runcies scheiden lassen wollten. Du hast meine Gedanken zu Hartigan einfach von der Hand gewiesen, und der Kellner hat deinen Untergebenen, der ihn befragte, erfolgreich zum Narren gehalten. Wir werden ja sehen, wie du vorankommst.

Acht

Sykes war entzückt, als Special Constable angefordert zu werden. Ich verbarg meinen Zorn, ausgeschlossen zu werden, und verließ das *Metropole*. Für mich gab es reichlich zu tun. Und ich sollte es aufgeben. Sollten die Männer die Arbeit machen. Ich hatte einen Bericht zu tippen, einen Brief zu schreiben, einen Umschlag zu adressieren, eine Briefmarke anzulecken. Ganz zu schweigen von einer Überprüfung der jüngsten Zeitungen auf irgendwelche interessanten Artikel.

Meine Katze Sookie kam mich begrüßen. Sie rieb sich an meinen Beinen, wobei sie Haare an meinen Feinstrümpfen hinterließ und drohte, mich zum Stolpern zu bringen.

»Du wirst warten müssen, bis Mrs. Sugden mit Fischresten vom Markt zurück ist.«

Ich öffnete die Hintertür, und sie stürmte hinaus.

Gut. Ich würde meinen Bericht für die Versicherung zu unserer Betrugsermittlung tippen. Wenn ich mich jetzt dransetzte, wäre ich fertig, ehe Mrs. Sugden zurückkehrte, und würde vermeiden, vor einem aufmerksamen Publikum zu arbeiten.

Ich war so wütend, dass ich zu fest auf die Tasten hämmerte. Sämtliche O und P waren in der Mitte durchgeschlagen.

Der Bericht füllte zwei Seiten. Unten tippte ich das Datum und eine Zeile für meine Unterschrift, danach nahm ich das Blatt aus der Maschine. Ich formulierte noch ein kurzes Anschreiben, dann war es erledigt. Die Umschläge bewahrte ich in einer Kommodenschublade auf, zusammen mit den Tischsets, was nicht ideal war, aber ging.

Es gab genug zu tun. Umschlag. Briefmarke.

Mrs. Sugden kam zurück. Sie beobachtete, wie ich die Schreibmaschine verhüllte. »Solche Sachen könnte ich erledigen. Wenn ich Schreibmaschine lerne, können Sie sich auf Ihre Denkarbeit konzentrieren.«

Mrs. Sugden ist gern beschäftigt und langweilt sich schnell. Keine Fertigkeit ist ihr zu schwierig. Sie ist Köchin, eine außergewöhnliche Strickerin, Gärtnerin und Chutney-Bereiterin. Wir waren uns schon einig, dass sie einen Schreibmaschinenkurs besuchen sollte.

Wenn sie vom Markt kommt, will sie über alles reden, was sie gesehen und was sie für wie viel gekauft hat.

Ich floh. Es gab eine Menge zu tun. Die August-Zeitungen sortieren. Sie lagen auf einem Stapel oben auf dem Klavier, und ich erinnerte mich an etwas, das ich ausschneiden und meiner Tante schicken wollte. Wo war die Ausgabe? Das Datum hatte ich noch im Kopf, weil die Zeitung am Tag nach Beginn der Moorhuhnsaison erschienen war. Und dann fand ich es. Dort war eine Fotografie mit dem Untertitel:

LORD FOTHERINGHAMS JAGDGESELLSCHAFT – VERIRRTER SCHUSS BEI DER JAGD

Das Bild zeigte Caroline Windham, die sich den Arm hielt, in dem sie noch ihr Gewehr hatte. Sie war sich offenbar nicht der Kamera bewusst, und ihr breites, hübsches Gesicht wirkte überrascht. Neben ihr stand Everett Runcie. Der Artikel lautete wie folgt:

Der erste Tag der Moorhuhnjagd wurde in diesem Jahr auf Montag, den 13., verschoben, weil der 12. auf einen Sonntag fiel. Die bekannte Jägerin, Miss Caroline Windham, hier am

Schießstand in Somersgill, machte sich bereit, den Tag als Gast von Lord Fotheringham zu genießen. Kurz nach Beginn der Jagd traf eine verirrte Kugel Miss Windham am Arm. Sogleich halfen ihr Mr. und Mrs. Everett Runcie, die ganz in der Nähe waren. Zum Glück erlitt Miss Windham keinen bleibenden Schaden. Nach einer kurzen Unterbrechung, in der die Wunde versorgt wurde, setzte Miss Windham die Jagd fort. Bis zum Mittag hatte sie sieben Moorhühner erlegt – und damit sogar Lord Fotheringham übertroffen.

Kein Wunder. Caroline Windham hatte tadellose Verbindungen zum Adel, war die beste Reiterin weit und breit, war Meisterin im Bogenschießen, ungeschlagen auf dem Tennisplatz, schwamm an den gefährlichsten Orten und war eine ausgezeichnete Fechterin. Was von ihrer Familie an Grundbesitz und Geld übrig war, hatte ihr schüchterner jüngerer Bruder geerbt, der ihre Erfolge verachtete und nichts von ihren Abenteuern hielt. Er blieb ausschließlich auf seinem Anwesen in Derbyshire und gönnte ihr nichts. Caroline Windham schillerte und beeindruckte. Es waren nicht nur ihre Größe, ihre breiten Wangen oder ihr flachsblondes Haar, die ihr den Spitznamen »Wikingerkönigin« eintrugen. Trotz ihres mangelnden Vermögens hätte sie gut heiraten können. Doch Miss Windhams Untergang war ihre Liebe zu Everett Runcie – und seine zu ihr. Als sie neunzehn war, hieß es, dass sie und Runcie sich verloben würden. Mit einundzwanzig hatte sie Europa mit ihm bereist, aber immer noch keinen Ring am Finger. Als sie fünfundzwanzig war, teilten sie sich sein Londoner Zuhause, und ein Jahr später heiratete er die wohlhabende Philippa. Nun redeten die Leute, Caroline hätte sich ruiniert. Kein Mann würde sie mehr wollen. Und sie und Runcie konnten nicht voneinander lassen. Jeder wusste das, Philippa eingeschlossen.

Der Artikel brachte mich ins Grübeln. War die »verirrte Kugel« wirklich ein Unfall gewesen? Mich wunderte nicht, dass der oder die Schuldige in der Zeitung weder genannt noch als schlechter Schütze und noch schlimmerer Jagdgefährte verurteilt wurde. Ich fragte mich, wer geschossen hatte und ob der Schuss vielleicht nicht Absicht, aber Runcie als Ziel gemeint gewesen war. Falls es Absicht gewesen und gescheitert war, könnte die Person, die geschossen hatte, mit Everett Runcies Mörder identisch sein.

Hätte Marcus mich nicht so verärgert, hätte ich ihm umgehend diesen Artikel ins Hotel gebracht und ihm erzählt, was ich dachte. Doch er hatte seinen eigenen Ermittlungsansatz und mir ziemlich deutlich zu verstehen gegeben, wie weit ich mich einschalten durfte.

Nun, ich würde diese Möglichkeiten überprüfen, bevor ich ihm Ideen präsentierte, die abwegig oder nicht ganz ausgegorenen erscheinen könnten. Auf jeden Fall sollte ich Philippa besuchen. War es zu früh? Wollte ich hin, um mein Beileid auszudrücken oder um Marcus zuvorzukommen?

Beides.

Das Haus der Runcies, Kirkley Hall, war zwanzig Minuten Fußweg von mir entfernt. Ein Spaziergang würde mich beruhigen. Ich konnte mir kaum vorstellen, wie sich Philippa nach der Nachricht von Everetts Ermordung fühlen mochte.

Neun

Es war ein stiller Nachmittag, als ich nach Kirkley Hall wanderte.

Eventuell würde Philippa Runcie weder mich noch sonst jemanden sehen wollen. Ich erinnerte mich an den Moment, als ich das Kriegstelegramm wegen Gerald bekommen hatte. Wäre in den Stunden danach jemand zu mir gekommen, ich hätte nicht einmal das Klopfen wahrgenommen. Ich war allerdings auch nicht im Begriff gewesen, mich von Gerald scheiden zu lassen. Und Philippa Runcie kam grundsätzlich nicht in die Situation, selbst ihre Haustür zu öffnen. Ihr Personal war gut genug geschult, unerwünschte Besucher wegzuschicken.

Als ich die breite, baumgesäumte Auffahrt zu ihrem Haus hinaufging, warfen die Bäume bereits lange Schatten. Zwischen zweien konnte ich Kirkley Hall in all seiner Pracht sehen.

Man musste nur einen flüchtigen Blick auf das Anwesen werfen, um zu verstehen, warum Everett Runcie eine reiche Erbin hatte heiraten müssen. Everetts sehr viel älterer Bruder hielt den Titel der Familie. Er hatte seinem jüngeren Bruder dieses Haus übertragen, als Everett Philippa geheiratet hatte. Ein kluger Schachzug: Glückwunsch, hier hast du dieses schöne Haus mitsamt seiner Hypothek und den vielen Reparatur- und Renovierungskosten, die dazugehören.

Es handelt sich um einen Bau aus Zeiten von König George, und der Grund und Boden war einst Eigentum der Mönche von Kirkstall Abbey gewesen. Die Runcies hatten das Anwesen vor hundert Jahren gekauft und umfassend verändert, wann immer sie Geld gehabt hatten. Nach und nach, mit dem Auf und Ab ihres Vermögens, hatten sie das angrenzende Ackerland verkauft. Dennoch war bis heute sehr viel Land um das Haus herum. Man erzählte sich, das Muster, in dem die prächtigen Buchen gepflanzt worden waren, sollte die Armeestellung in der Schlacht von Waterloo nachbilden. Wellington höchstselbst war hier durch eine Eiche vertreten. Im Laufe der hundert Jahre jedoch wuchsen die Buchen immer höher und drohten den alten Eichenanführer Wellington zu überragen.

Ich trat aus dem Schatten der Bäume und näherte mich dem Haus. Säulen rahmten den Eingang, und zu beiden Seiten von ihnen standen Sockel mit zwei herrlichen Lampions.

Ich betätigte den schweren Klopfer. Einen Moment später erschien der Butler. Er erinnerte sich von der Gartenparty im Sommer an mich und führte mich in den holzvertäfelten Salon, in dem die Möbel mit Blattgold verziert und mit Brokat bespannt waren. Ich stand am Erkerfenster und blickte hinaus in den Garten, während ich darauf wartete, dass man mir mitteilte, man danke mir für meinen Besuch, aber Mrs. Runcie sei indisponiert.

Als ich Philippa zum ersten Mal sah, waren wir in der Oper. Sie genoss ihre erste Saison, in der sie dank Tante Bertas Einfluss bei Hof eingeführt wurde. Es gibt stets ein unauslöschliches Bild, das wir von einer uns bekannten Person mit uns herumtragen. Für mich war es das von Philippa als dem goldenen Mädchen, strahlend vor Gesundheit und Vitalität und in einem kupferfarbenen Abendkleid mit gleichfarbigem Schmuck, wie sie sich begeistert vorneigte, als wollte sie jede Note in sich aufsaugen, die von der Bühne in Covent Garden herbeiwehte.

Langsame Schritte näherten sich durch die Diele. Ich drehte mich um und erblickte Philippa in der Tür. Obwohl ich sie erst Tage zuvor beim Pferderennen gesehen hatte, bekam ich einen kleinen Schrecken – erst die Erinnerung an jenen Abend in Covent Garden, und nun waren wir hier, beide Witwen.

»Hallo, Kate. Danke, dass du gekommen bist.«

»Ich war nicht sicher, ob es zu früh ist. Wirf mich einfach raus, wenn du es als aufdringlich empfindest.« Wir waren uns nicht allzu vertraut, gewiss nicht so, dass wir uns in die Arme nahmen, doch ich konnte nicht anders. Ich ging zu ihr und küsste sie auf die Wange. »Es tut mir so leid, Philippa.«

Zunächst waren wir beide still, dann ließ sie mich los und sagte: »Setzen wir uns.«

Ich wartete, dass sie vorausging und signalisierte, in welchem Teil dieser Halle von einem Raum wir sitzen sollten. Sie ging zu einem Queen-Anne-Stuhl im Fenstererker, der noch einen Partner besaß, und auf dem nahm ich Platz. Philippa lehnte sich zurück, als wäre ihr die kleinste Bewegung zu viel Mühe. Sie trug ein Empire-Trauerkleid aus weichstem Krepp mit quadratischem Ausschnitt und langen, weiten Ärmeln. Der einzige Schmuck war ihr Ehering.

Sie sprach nachdenklich und wie aus weiter Ferne. »Ich musste nach der Schneiderin schicken, denn ich hatte nicht erwartet, diesen September Schwarz zu tragen.«

Es ist keine gute Idee, bei einem Kondolenzbesuch irgendwelche Ansichten zu äußern, trotzdem rutschte mir heraus: »Ich habe kein Schwarz getragen, weil ich davon ausging, dass Gerald nur vermisst wurde und zurückkommen würde. Darüber habe ich mich mit seinen Eltern zerstritten.«

Sie lächelte traurig. »Du kannst sehr starrköpfig sein. Leider lässt mir der Fund von Everetts Leiche keinen Raum für Zweifel. Obwohl ich es bisher nicht recht begriffen habe. Ich kann nicht glauben, dass irgendwas von dem, was heute geschehen ist, real ist.«

»Durftest du Everett sehen?«

Sie biss sich auf die Unterlippe. »Der Hotelmanager hat ihn identifiziert. Anscheinend ist es nicht nötig, dass ich ihn sehe. Ich habe mit Harold telefoniert. Er müsste heute Abend aus London eintreffen.«

Harold ist Baron Kirkley, Everetts älterer Bruder. Hätten die Dinge ihren normalen Lauf genommen, wäre er zuerst gestorben und hätte Everett seinen Titel vermacht.

»Ist es eine Erleichterung für dich, dass er kommt?«

»Ja, ich denke schon.« Philippa überkreuzte die Knöchel. »Harold hat bereits mit jedem gesprochen, der von Belang ist. Vor Montag wird es keine formelle Bekanntmachung geben, Gott sei Dank. Harold hofft, dass er unter dem Deckel halten kann, was passiert ist, doch ich weiß nicht, wie das gehen soll. Mord kann man nicht verstecken. Ich glaube, es war der Schock, der ihn zu dieser Bemerkung veranlasst hat.«

»Aber wenigstens musst du nicht alles allein regeln. Das sollte hilfreich sein.«

»Sollte es. Andererseits war Harold nicht froh über die Scheidung, und noch weniger froh wird er sein, dieses Haus wieder in seinem Besitz zu haben, ohne mein Scheckbuch, um für die Instandhaltung zu bezahlen.« Sie brachte ein kleines Lächeln zustande. »Wer weiß, vielleicht heiratet er wieder und zeugt seinen eigenen Erben.«

Sie erschauderte und nahm einen Schal von einem nahen Hocker auf. »In diesem Raum ist es immer kalt, sogar im Sommer. Gehen wir nach draußen, es sei denn, du möchtest dringend etwas trinken.«

Ich folgte ihr in die Diele. Von dort ging sie voraus die Terrassenstufen hinunter in den Garten. Seitlich vom Haus, hinter dem Springbrunnen, war das Labyrinth, das frühere Runcies aus Eibenhecken angelegt hatten.

Philippa schaute hin und ging auf das Labyrinth zu, als

würde sie magnetisch davon angezogen. »Als ich zum ersten Mal herkam, habe ich mir vorgestellt, wie meine Kinder es einst mit mir zusammen erkunden. Aber natürlich haben wir keine Kinder, Gott sei Dank.«

Schweigend schritten wir auf den Eingang des Labyrinths zu. Philippa schlang ihren Schal fester um sich. »Jetzt komme ich her, um mich selbst zu verlieren und so zu tun, als könnte ich in einem verborgenen Winkel einen Weg in ein anderes Leben entdecken.«

Eine Männerstimme rief: »Philippa!«

Wir beide drehten uns zu Philippas Privatsekretär um, den ich irrtümlich »Attila den Hunnen« getauft hatte. Nun sah ich, dass er eher Dschingis Khan war, der uns nacheilte. Er war ein wenig außer Atem und keuchte, als er uns erreichte. Dabei nickte er mir zu Begrüßung zu, wirkte indes eindeutig um Philippa besorgt. »Möchtest du, dass ich Mrs. Shackleton den Garten zeige, Philippa? Geht es dir gut?«

»Mach nicht so viel Aufhebens, Gideon.«

Er zögerte einen Moment, dann wandte er sich zurück zum Haus.

»Gideon möchte mich immerfort beschützen. Ich weiß nicht, was ich jetzt ohne ihn täte.«

»Mich freut, dass du jemanden hast, auf den du dich verlassen kannst. Wie lange ist er eigentlich schon bei dir?«

»In gewisser Weise ewig, doch hier auf dem Anwesen erst seit ungefähr zwei Jahren. Er ist mit meinem Bruder zur Schule gegangen und hat danach Theologie studiert, um Geistlicher zu werden. Als er feststellte, dass er sich nicht berufen fühlte, ließ er sich ein wenig treiben. In Boston passiert es schnell, dass die Leute die Nase rümpfen. Mein Bruder war es, der ihm vorschlug, herzukommen und meine Interessen zu vertreten.«

Wir hatten das Labyrinth betreten. Ich vermutete, dass es Everett nichts ausgemacht hatte, eine wenig geschäftstüchtige Frau zu heiraten. Vielmehr könnte es ihm ganz recht gewesen sein.

In dem Labyrinth wirkten die gestutzten Eiben bedrohlich. Philippa winkte mir, ich solle vorgehen. »Sieh mal, ob du die Bank in der Mitte findest. Ich lasse dir einen Vorsprung.«

Ich war erst ein einziges Mal vorher in einem Labyrinth gewesen, als Kind, und das zusammen mit meinen kleinen Zwillingsbrüdern und einigen Cousins. Noch heute hörte ich meine Mutter rufen, nicht zu weit vorauszulaufen, was schnell zu körperlosen Schreien wurde. Wo seid ihr? Bleibt stehen! Wartet auf mich!

Damals wusste ich ebenso wenig, wo ich war, wie ich es jetzt wusste. Wie immer ich Philippas Stimmung oder ihre Reaktion auf Everetts Tod eingeschätzt hatte, dies war es nicht. War dies ihre Art, mit unerwünschten Besuchern zu verfahren? Sie schickte mich in die Mitte des Labyrinths, um mich dort zu verlassen.

Die Runcies hatten nicht bei der Gartenarbeit gespart. Es war seltsam, allein zwischen den perfekt gestutzten Sträuchern hindurchzuwandern. Immer wieder bewegte ich mich im Kreis, geriet in Sackgassen, bis mir schwindlig war und ich nicht mehr sagen konnte, ob ich am Rande des Labyrinths war oder in dessen Mitte. Als ich einen Längsstrahl des abendlichen Sonnenscheins erblickte, dachte ich, ich müsste in der Mitte sein. Doch es war bloß eine kleine Fluchtlücke, eben hoch genug für ein verängstigtes Kind. Ich verfolgte meine Schritte zurück, kam mir dumm vor, wollte aber nicht rufen.

Und dann gelangte ich zu der Bank. Philippa saß dort ganz ruhig, als hätte sie mich vollkommen vergessen. Sie blickte gleichsam überrascht auf.

Doch als sie den Mund öffnete, wurde mir klar, warum sie mich ins Zentrum des Labyrinths gelockt hatte.

»Dein Freund von Scotland Yard wohnt im *Metropole,* oder?«

»Ja.«

»Ist er hergekommen, weil er gedacht hat, Everett sei in Gefahr? Habt ihr uns deshalb bei dem Pferderennen im Blick behalten?«

Ihre Fragen erschreckten mich. Vielleicht irrte ich, und sie riet richtig.

»Marcus erzählt mir nicht, was er tut oder warum, aber ich glaube nicht, dass sein Besuch mit Everett zu tun hat. Ich denke, dass es um etwas ganz anderes geht.«

»Hat er dir das erzählt?«

»Wie gesagt, er erzählt mir nichts.«

»Dann weißt du es nicht genau?«

»Nein.« Ich fragte mich, ob Marcus geplant hatte, dass ich den falschen Schluss zog, was seinen Besuch hier betraf. Doch das glaubte ich nicht; stattdessen hatte ich das Gefühl gehabt, dass ihn Everetts Tod bis ins Mark erschüttert hatte.

Philippa hatte die Finger vor ihrem Bauch verschränkt. »Ich weiß nicht, wer Everett ermordet haben könnte. Gideon sagt, dass der Inspector heute Morgen einige komische Fragen gestellt hat, als glaubte er, dass es jemand aus der Runcie-Familie gewesen sein könnte oder jemand aus dem Bankvorstand.«

»Warum sollten die Everetts Tod wollen?«

»Vielleicht denkt die Polizei, dass es darum ging, den Skandal einer Scheidung zu vermeiden oder die Schmach des finanziellen Chaos, das Everett verursacht hat.«

»Welcher verirrte Geist würde Mord als weniger skandalös betrachten als eine Scheidung oder finanzielle Betrügereien?«

»Keiner, würde ich sagen.« Sie blickte zur Eibenhecke auf,

als handelte es sich um ein Gefängnisgitter. »Ich komme mir beschuldigt vor.«

»Keiner kann dich beschuldigen.«

»Ich tue es ja selbst. Damals war ich ganz geblendet davon, in den englischen Adel einzuheiraten. Es war der Traum eines jeden Mädchens in Boston. Everett würde den Titel erben. Mein Sohn würde im Oberhaus sitzen. Keiner hat gesagt: ›Bring dein eigenes Diadem mit, wir haben den Familienschmuck verkauft.‹«

»Deine Eltern müssen über Everetts finanzielle Situation Bescheid gewusst haben.«

»Eigentlich nicht. Bankiers sind sehr gut darin, Dinge vorzutäuschen. Außerdem hätte ich so oder so nicht auf sie gehört. Ich wollte nicht hören, dass ich die Rettung mimen sollte, die Hypothek von diesem Kasten ablösen, einen Erben gebären, mich blind stellen, was Everetts Untreue anging, und ihn immer wieder auslösen, wenn er eine idiotische Investition tätigte. Unter dem Druck wäre selbst die geduldige Griseldis zusammengebrochen.«

Mir kam der Gedanke, dass die Eibenhecke auf den ersten Blick sehr steril wirken mochte, aber dass es darin wahrscheinlich von allen möglichen kleinen Insekten wimmelte, von ganzen Welten, die wir nicht sehen konnten.

»Ich will wissen, wer ihn umgebracht hat, Kate. Ich will, dass Gerechtigkeit geschieht, um meinetwillen, um all dessen willen, was ich durchgemacht habe. Um des Traumes willen, den ich einmal hatte.«

»Es ist entsetzlich. Keiner verdient, dass ihm das Leben genommen wird.« Ein Marienkäfer landete neben mir auf der Bank. Solch ein perfektes Insekt in einer solch unvollkommenen Welt. »Sicher wird Marcus alles tun, was er kann.«

»Ist er gut?«

»Ja.«

»Heute Morgen war der hiesige Inspector hier. Später rief er an und teilte mit, dass Scotland Yard übernommen hat.«

»Hat er sonst noch irgendwas gesagt?«

»Nicht zu mir. Ich glaube, er hätte mir nicht mal gesagt, wie Everett gestorben ist, wäre ich nicht hartnäckig gewesen.« Sie erschauderte. »Es ist furchtbar. Furchtbar.«

Philippa holte ein Zigarettenetui aus ihrer Tasche und bot es mir an. Wir beide steckten uns eine Zigarette an. »Es ist nur so eigenartig, dass es passiert, während wir schon die Scheidung vorbereiten. Ich kann nicht aufhören zu denken, dass es da einen Zusammenhang gibt.«

»Wie kommst du darauf?«

»Warum sonst sollte es jetzt geschehen, als Everett in dem Hotel war, um mir den Beweis zu liefern, den Grund, auf Scheidung zu plädieren?«

Der Marienkäfer flog weg.

»Vielleicht gibt es keinen Zusammenhang. Hattet ihr euch einvernehmlich geeinigt?«

Sie lachte, allerdings nicht erheitert. »Ja, ich nehme an, das hatten wir. Ich war an der Reihe, Kate. Ich hatte jemanden kennengelernt, und es hat mir die Augen geöffnet. Ich habe gedacht, dass ein besseres, ein anderes Leben möglich wäre. Tja, meine kleine Ausflucht hielt nicht lange an. Er war nur ein weiterer mittelloser Mann, der dachte, er wäre auf eine Goldader gestoßen. Aber ich erkannte dadurch, dass es nicht ausgeschlossen ist, irgendwo jemanden zu finden, der mich um meinetwillen lieben könnte.« Sie seufzte. »So, wie Everett Caroline Windham geliebt hat.«

»Er war ein Idiot, nach der Heirat mit dir zu ihr zurückzugehen.«

»Zurückzugehen?« Sie blies einen Rauchkringel aus. »Wie

naiv ich war! Er hatte sie nie verlassen, nie aufgegeben. Oh ja, er schwor, dass er es getan hätte.« Sie strich eine nicht vorhandene Falte in ihrem Kleid glatt. »Als wir in den Flitterwochen in Florenz waren, hatte er für mich Gesangs-, Mal- und Italienischstunden arrangiert. Und ich habe sie alle mit Freuden genommen, weil ich die beste Ehefrau der Welt sein wollte. Erst Jahre später habe ich entdeckt, dass Caroline Windham zur gleichen Zeit in Florenz war und er die Zeiten nutzte, um zu ihr zu gehen. Mich erstaunt, dass sie zuließ, dass ihn jemand erwürgte. Sie ist ja wie ein Schiffsbug gebaut. Warum hat sie diejenigen nicht erdrosselt?«

Nun wurde es unangenehm. Niemand hatte Philippa erzählt, wer mit Everett in dem Hotel gewesen war, also nahm sie an, dass es Caroline gewesen sein musste.

Die Aschenspitze an Philippas Zigarette wurde länger. Sie ließ sie zu Boden fallen, ehe sie sich zu mir drehte, weil sie mein Schweigen bemerkte. »Er war doch mit ihr zusammen?«

»Wahrscheinlich sollte ich nichts dazu sagen. Ich hätte nicht kommen sollen.«

»Was? Du kannst mir so etwas nicht verschweigen! Ich habe ein Recht, es zu erfahren.«

»Die Frau, mit der er dort war, entspricht nicht Carolines Beschreibung.«

»Woher weißt du das?«

»Das Zimmermädchen hat unter Schock gestanden. Die einzige zuständige Polizistin war nicht verfügbar, deshalb hat Marcus mich gebeten, mit dem Mädchen zu reden. Ich war heute Morgen im Hotel und habe gehört, wie die Frau beschrieben wurde. Die Beschreibung passte überhaupt nicht zu Caroline.«

»Dann hasse ich Caroline Windham noch mehr als zuvor. Mit wem war er dort? Einer Frau, die sie wahrscheinlich für ihn einbestellt hatte. Ich hätte mir denken können, dass sie nicht als Ehebrecherin dastehen will. Es sei denn …«

»Was?«

»Es sei denn, er war ihr untreu. In dem Fall würde sie ihn umbringen. Ich habe seine Untreue und seine Lügen hingenommen. Sie würde es nicht.« Nun wurde sie rot vor Aufregung. »Sie war es. Ich wette, dass sie ihn heiraten wollte, sowie er frei war. Falls er Nein gesagt hat, sie hingehalten oder betrogen hat … Mein Gott, Kate, sie war es! Ein Mord aus Leidenschaft.«

In einem Labyrinth lässt sich nicht immer bestimmen, woher ein Ruf kommt. Eine tiefe Stimme rief in diesem Moment Philippas Namen.

»Geh weg. Lass mich in Ruhe«, sagte sie halb zu sich selbst, stand aber auf und ging voraus aus dem Labyrinth, wobei sie die gemessenen Schritte eines Menschen vollführte, der sich ein letztes Mal in seiner Umgebung umblickte.

Ich fragte mich, ob sie nach der Beerdigung dieses Haus schließen und zurück in die Staaten gehen würde. Finanziell zumindest würde sie sich mit einem toten Ehemann besser stehen als mit einem lebendigen.

Wieder rief jemand nach Philippa.

Gideon King betrat sichtlich besorgt das Labyrinth. »Philippa!«

»Was ist, Gideon?«

»Ein Chief Inspector ist hier und möchte dich sprechen.«

Philippa berührte meinen Arm. »Sie haben jemanden. Können sie so schnell sein?«

»Weiß ich nicht.«

King sagte leise: »Er hat einige Fragen an dich und danach auch an mich.«

»Na gut.« Mit einem Seufzen ging sie los. »Komm bald wieder, Kate.«

Wir blickten ihr nach, und King fragte: »Wie sind Sie hergekommen, Mrs. Shackleton?«

»Auf Schusters Rappen.«

»Dann begleite ich Sie zum Tor.«

Es war nicht nötig, doch etwas an seiner Haltung verriet mir, dass es eher um seinetwillen sein sollte. Er ging zögerlich, blickte zu Boden und plötzlich zu mir, als wollte er etwas sagen. Was er nicht tat.

Ich überlegte, ob ich warten, ihn ermuntern oder ein Gespräch beginnen sollte. Letzteres würde ihn vielleicht beruhigen. »Es ist gut, dass Philippa sich in dieser Zeit auf Sie verlassen kann.«

»Ja, aber es ist schrecklich, dass das passiert ist, als alles auf zivilisierte Weise geregelt werden sollte. Jetzt wird die Polizei Everetts Geschäfte untersuchen, und es wird sehr peinlich für die Familie.«

»Gewiss werden sie diskret vorgehen. Sie suchen nach einem Mörder, nicht nach Leichen im Keller.« Wir schritten durch eine Allee mit hohen Bäumen, die alles verdunkelte. King wählte einen Umweg zum Tor. »Natürlich ist Ihnen nicht wohl dabei, befragt zu werden, Mr. King. Das ist nur allzu verständlich.«

»Ich möchte nichts über ihr Privatleben sagen. Es geht keinen etwas an. Was werden die mich fragen?«

Er benahm sich wie jemand, dem eine Prüfung bevorstand und der vorher wissen wollte, mit welchen Fragen er zu rechnen hatte. Sie würden wissen wollen, wo er vergangene Nacht und heute Morgen war, wie ihm bereits klar sein müsste. Als Philippas Sekretär hatte er sich nebenher zu ihrem Aufpasser und Schutzengel gemacht. »Ich vermute, dass sie allgemeine Fragen stellen werden, um sich ein möglichst genaues Bild von Everetts Leben in den letzten Tagen zu machen und von seinen Geschäftspartnern und eventuellen Feinden zu erfahren.«

»Glauben die, dass Everett erpresst wurde?«

Seine Frage überraschte mich. »Warum sollten sie? Ich würde sagen, dass es zu früh ist für Theorien. Denken Sie, dass er erpresst wurde?«

»Mir kam der Gedanke.«

»Falls Sie es für möglich halten, müssen Sie es gegenüber dem Chief Inspector erwähnen.«

Er nickte. »Ich habe Theologie studiert, aber vielleicht hätten mir Rechtwissenschaften besser angestanden. Was ich von Everetts Geschäften wusste, habe ich nach richtig und falsch beurteilt, nicht nach gesetzlich und ungesetzlich. Doch sagen wir, dass einige seiner Geschäfte gegen das Gesetz verstießen und ihn hätten vor Gericht bringen können, sogar ins Gefängnis.«

»Wie würde das mit dem Mord zusammenhängen, Mr. King?«

»Er könnte sich geweigert haben, einen Erpresser zu bezahlen.«

»Wenn ein Erpresster die Zahlung verweigert, steckt der Erpresser in der Zwickmühle. Entweder macht er öffentlich, was er weiß, oder er sucht mit eingezogenem Schwanz das Weite.«

Hatte King Runcie erpresst? Er blieb stehen. Da ich weiterging, musste ich mich umdrehen, um ihn anzusehen.

King schob die Hände in die Taschen seiner Hose. »Wie gesagt, es war nur ein Gedanke, der mir kam. Falls er erpresst wurde und gedroht hatte, den Mann oder die Frau bloßzustellen, könnte es sein Todesurteil gewesen sein.«

»Ich nehme an, das wäre möglich.«

»Was ist nach hiesigem Gesetz schlimmer, Erpressung oder ein anderes Verbrechen?«

»Erpressung ist überall ein abscheuliches Verbrechen. Das müsste es auch in Ihrem Land sein.« Wir verließen die Allee, und ich sah das Tor wenige Meter entfernt. »Mr. King, gibt es etwas, das Sie mir erzählen wollen?«

Er lächelte verhalten. »Nein, ich denke bloß laut nach. Mich macht nervös, dass ich von der Polizei befragt werden soll. Die sind ein anderer Menschenschlag, und ich beherrsche ihre Sprache nicht.«

»Falls es Chief Inspector Charles ist, werden Sie feststellen, dass er grundanständig und ein wunderbarer Zuhörer ist.«

»Ich war kein guter Theologiestudent, weil mir die Vorstellung vom Grundbösen und der Verdammnis beträchtliche Schwierigkeiten bereitet hat.«

Dies war das erste Mal, dass ich mit King redete. Er war ein interessanter Mann, und mein Vergleich mit Attila dem Hunnen kam mir nun oberflächlich und unfreundlich vor. King war ein komplexer Mensch, und ich hoffte, ihn noch ein wenig besser kennenzulernen. »Danke, dass Sie mich begleitet haben, Mr. King. Lassen Sie die Hüter des Gesetzes lieber nicht warten.«

Er lächelte. »Werde ich nicht«, antwortete er und machte eine hilflose Geste. »Wir hatten alles geplant, um nach Boston zurückzukehren. Jetzt, da wir aus der Bahn geworfen sind, wird mir auf einmal bewusst, dass ich nie darüber nachgedacht habe, ob ich zurückwill. Auf Wiedersehen, Mrs. Shackleton.«

»Auf Wiedersehen, Mr. King.«

Langsam ging ich die Straße entlang und fragte mich, ob Marcus King ergründen und ihm entlocken könnte, wodurch Everett sich erpressbar gemacht hatte.

Ich war in der Absicht hergekommen, Philippa nach dem Zwischenfall bei der Jagd zu fragen, hatte jedoch keine Gelegenheit gehabt, diese Sache taktvoll anzusprechen. Es gab allerdings noch eine andere Person, die mir meine Frage dazu beantworten könnte: Caroline Windham selbst.

Auf dem Heimweg dachte ich über Philippa und Caroline Windham nach. Philippa war erschüttert von der Nachricht, dass ihr Mann ermordet worden war, aber ruhig, beinahe gelassen. Caroline hatte noch nicht vom Tod ihres Liebhabers erfahren. Wenn die Runcie-Familie Stillschweigen wahren wollte, könnte Caroline das ganze Wochenende im Dunkeln bleiben. Wäre das ein Segen, oder würde sie es lieber wissen?

Laut Tante Berta, meiner unerschöpflichen Quelle gesellschaftlichen Wissens, liebte Caroline Windham Everett Runcie schon, seit sie zwölf Jahre alt war. Es erschien mir unfair, sie auszuschließen.

Falls Marcus arrangiert hatte, dass Miss Windham heute oder morgen befragt würde, erführe sie es von der Polizei. Andernfalls würde sie die Nachricht am Montag beim Frühstück erhalten. Zweifellos stünde dann etwas in der *Times*.

Das wäre grausam. Man sollte es ihr sagen, bevor es die ganze Welt wusste.

Kurz nach meiner Rückkehr rief ich Marcus im Hotel an. Natürlich war er nicht dort und rief mich auch nicht zurück.

Als ich abends schlafen ging, hatte ich entschieden, am nächsten Tag die Wikingerkönigin in ihrem Zuhause aufzusuchen.

Zehn

Da es mir sowohl an der Neigung als auch an der Fähigkeit mangelte, mich ausschweifend und klug über Pferde und Hunde zu unterhalten, mied ich prächtige Landsitze für gewöhnlich. Doch nun war ich hier, am Morgen nach meinem Besuch bei Philippa Runcie in Kirkley Hall, auf der breiten Zufahrt nach Somersgill. Dies war der Landsitz von Lord und Lady Fotheringham, deren »Noblesse oblige« sie veranlasste, der mittellosen, aber wohlerzogenen Caroline Windham Obdach zu gewähren.

Eine Gruppe junger Rehe blickte vom Äsen auf, als meine Autoreifen über den Kies knirschten. Somersgill stand herrschaftlich und massiv in einer Talsenke östlich der Stadt, wo das Anwesen vor den schlimmsten Auswirkungen der Elemente geschützt war. Man stelle sich ein L vor, dem man oben noch einen Strich anfügt und es auf die Seite legt, dann hat man den Umriss des dreigeschossigen Gebäudes. Die Hausfront wies nach Süden zu ausgedehnten Parks und Jagdgründen. Nach Osten und Westen erstreckten sich Ackerland und Moor.

Wie es sich für eine Polizistentochter ziemt, näherte ich mich dem Haus von der Seite.

Hätte ich ein Mädchenpensionat besucht oder Tante Berta aufmerksamer zugehört, wäre mir das Protokoll bekannt, das galt, wenn ich nicht Lady Fotheringham, sondern einen ihrer Hausgäste besuchte. Das Letzte, was ich wollte, war, mich gegenüber einer Fotheringham erklären zu müssen. Schon Caroline Windham zu sehen war beängstigend. Dennoch hatte ich das Gefühl, richtig zu handeln. Es war nur fair, dass sie von Runcies Tod erfuhr, bevor er allgemein bekannt wurde.

Ich fuhr um das Haus herum und hielt neben dem Stall. Kein Reitknecht oder Stallbursche kam herbeigeeilt und fragte, wer ich war oder was ich wollte.

In meiner Tasche fand ich zum Glück noch eine Karte, auf der lediglich mein Name stand, nicht meine Tätigkeit. Es wäre zu verdächtig, mich gleich als Privatdetektivin anzumelden. Angesichts der Hausgröße musste es irgendeine Nische oder einen Winkel geben, in dem ich mich verstecken könnte, bis Caroline Windham erschien. Und schiere Langeweile und Neugier sollten sie motivieren nachzusehen, was ich wollte.

Als ich an die Tür klopfte, kam mir auf einmal absurd vor, dass ich es war, die sie über den Tod ihres Geliebten informierte. Doch ich hoffte eben auch, mich nach ihrer Verletzung am ersten Tag der Moorhuhnjagd erkundigen zu können und zu erfahren, ob es möglich wäre, dass der Schuss, der ihren Arm gestreift hatte, eigentlich für Runcie gedacht gewesen war.

Ein Butler öffnete die Tür. Ich trat ein, gab ihm meine Karte und blickte mich um. Mich erschreckte ein wenig, wie schäbig alles aussah. Wie Kirkley Hall hatte auch Somersgill während des Krieges als Hospital gedient. Doch im Gegensatz zu Kirkley Hall, das dank Philippas Mitgift wieder im alten Glanz erstrahlte, zeigte Somersgill noch Spuren der Umfunktionierung und allgemeinen Vernachlässigung. Bodenfliesen hatten Sprünge, von den Wänden blätterte die Farbe ab. Ein Geländer war an der Wand neben der großen Treppe angebracht worden, dessen eine Halterung sich gelöst hatte.

Der Butler wirkte wenig überrascht, als ich nach Miss Windham fragte. »Miss Windham ist reiten.«

Warum hatte ich daran nicht gedacht? Natürlich ritt die Wikingerkönigin vormittags aus. Später würde sie ihre Angel auswerfen, Fallen gegen Wilderer aufstellen und deren Kadaver an die Stalltür nageln. »Wann kommt sie gewöhnlich zurück?«

Er schaute zum kaputten Zifferblatt einer uralten Standuhr, die wohl schon seit 1912 nicht mehr die richtige Zeit anzeigte. »Ich würde sagen, gegen elf Uhr, Madam.«

»Es ist so ein schöner Tag, da gehe ich draußen ein wenig spazieren und komme später wieder.« Ich nahm meine Karte zurück.

»Sehr wohl, Madam.«

Der Butler begleitete mich humpelnd zur Tür. Wie das Haus war auch er in keiner guten Verfassung mehr.

Auf der Terrasse stand eine Steinbank, von der aus man den großen Garten überblickte. Dort setzte ich mich eine Weile hin, betrachtete den blauen Himmel, die Wattebauschwolken und die wechselnden Schatten auf der weiten, sich wellenden Grünfläche.

Eine gute Stunde verging, bis Caroline Windham am Horizont erschien, und sie war nicht allein. Als ihr schwarzer Hengst näher kam, erkannte ich, warum ihr Reiten so sehr gelobt wurde. Sie saß so aufrecht und selbstverständlich in ihrem Damensattel, als wäre sie zum Reiten geschaffen. Sie trug einen dunklen Rock, Jacke und Hut sowie einen weißen Seidenschal. Ich ging um das Haus herum zum Stall und war gerade rechtzeitig, um sie absteigen zu sehen. Der Reitknecht kam heraus, aber sie führte ihr Pferd selbst in den Stall und blieb eine Weile dort, ehe sie wieder nach draußen zurückkehrte. Nun hatte sie ihre Reitkappe in der Hand, und ein langer, flachsblonder Zopf fiel ihr über die Schulter.

Ein weiterer Reiter traf wenig später ein und rief Caroline scherzhaft zu. Da ich schnell sein musste, um mit Caroline Windham allein zu reden, beachtete ich ihn kaum, als er auf die Stalltür zuritt.

Und hier kam sie, stattlich wie die königliche Kutsche. »Miss Windham?«

Wir waren uns schon bei einigen Anlässen begegnet, doch sie ignorierte willentlich jeden, der für sie gesellschaftlich unbedeutend war. Nun sah sie vorsichtig zu mir, als könnte ich vom Schlachter kommen und sie bitten, für die Lammkrone zu bezahlen. Dass ich weder in Reitkleidung war noch besonders groß, war von Nachteil.

Sie strahlte vor Leben und Kraft nach ihrem Ausritt. »Kenne ich Sie?«, fragte sie.

»Wir sind uns schon bei meiner Tante begegnet, Lady Rodpen.«

»Ah, also sind Sie eine von uns?« Sie meinte die feine Gesellschaft, die alten Familien, den Adel, die Bessergestellten.

»Eigentlich nicht. Meine Mutter benutzt ihren Titel nur gelegentlich. Sie hat einen Polizisten geheiratet.«

Caroline musste nicht erfahren, dass ich adoptiert bin.

Sie entspannte sich. »Natürlich. Jetzt weiß ich wieder, wer Sie sind, aber nicht, warum Sie hier sind.«

Ich fürchtete mich davor, auszusprechen, was gesagt werden musste. »Ich habe eine Nachricht für Sie.«

»Von Lady Rodpen? Möchten Sie reinkommen?«

»Lieber nicht. Können wir uns woanders unterhalten?« Es schien absurd, bedachte man, wie riesig das Haus war. Doch mir widerstrebte die Vorstellung, auf andere Leute zu treffen und vorgestellt zu werden – oder mich erklären zu müssen.

»Wie geheimnisvoll Sie sind.« Sie blickte sich um, als überlegte sie, wohin wir gehen könnten, dann wanderte sie los.

Ich holte sie ein und stellte fest, dass sie auf einen Musikpavillon zuging. »Wie geht es Ihrem Arm nach dem Schießunfall, Miss Windham?«

»Ach, das. Ich wünschte, ich hätte den gefunden, der den

Schuss abgegeben hatte. Er tut noch ein bisschen weh, wenn ich Dinge werfe oder angle. Wie geht es Lady Rodpen?«

»Meine Tante ist wohlauf, danke. Vielleicht kommt sie bald mal her.« Ich sagte nicht, dass sie eventuell zu Runcies Beerdigung kommen würde.

»Schön. Ich würde mich freuen, sie zu sehen.«

Bleib bei dem Unfall, ermahnte ich mich. »Ich hatte von Ihrem Unglück in der Zeitung gelesen. Dort stand, dass Mr. und Mrs. Runcie Ihnen zu Hilfe gekommen waren. Es war eine Fotografie abgedruckt.«

Sie blickte auf mich herab und klang misstrauisch. »Zeitungen geben sich nie die Mühe, ihre Fakten zu prüfen.«

»Und was waren die Fakten?«

Sie antwortete nicht. So viel zu meiner Befragungstechnik zwischen Tür und Angel.

Wir erreichten den Pavillon. Sie ging als Erste hinauf und warf ihre Reitkappe auf die Steinbank, die sich über die gesamte Innenwand erstreckte. Wir setzten uns in einigem Abstand zueinander hin. Caroline holte ein paar lose Zigaretten aus ihrer Tasche und legte eine auf den Platz zwischen uns. Ich suchte nach meinem Feuerzeug.

»Was kann ich für Sie tun?«, fragte sie.

Ich zündete ihre Zigarette an und ließ ihr Zeit zum Inhalieren. »Leider gibt es schlimme Neuigkeiten bezüglich Mr. Runcie.«

Sie verspannte sich. »Was ist?«

»Er war in der Nacht von Freitag auf Samstag in einem Hotel in Leeds …«

Diese Information überraschte sie nicht. Zweifellos hatte sie von der Scheidung gewusst und welchen Beweis das Gericht verlangte. »Leider muss ich Ihnen mitteilen, dass er am Samstagmorgen tot in seinem Hotelzimmer aufgefunden wurde.«

»Nein. Oh nein.« Sie schloss die Augen. »Das kann nicht wahr sein.«

»Die Polizei hat Mrs. Runcie gestern Morgen informiert.«

»Gestern Morgen?«

»Seine Familie und die Direktoren der Bank haben entschieden, es erst morgen bekanntzugeben.«

Ungläubig verengte sie die Augen. »Woher wissen Sie es?«

Gute Frage. Wenn ich es wusste, wer sonst noch?, musste sie sich fragen.

»Ich war in dem Hotel. Ich kenne den ermittelnden Beamten, aber glauben Sie mir, es ist noch nicht weiter bekannt.«

»Der ermittelnde Beamte?« Sie fuhr sich mit einer Hand übers Haar. »Was meinen Sie? Es ging ihm so gut. Was war es? Wie ist er gestorben?«

Da ich ihr von seinem Tod erzählt hatte, konnte ich schlecht nichts sagen. Sie würde sich verrückt machen mit Mutmaßungen. »Die Todesumstände sind verdächtig.«

Sie saß regungslos da. »Verdächtig?«

»Es wird eine Untersuchung geben.« Ich hatte weder Philippas noch Marcus' Erlaubnis, mehr preiszugeben.

»Was meinen Sie mit verdächtig?« Sie starrte mich entsetzt an. »Er hätte sich niemals selbst umgebracht.«

»Er hat sich nicht das Leben genommen.«

Das Ausmaß dessen, was ich sagte, erfasste sie erst verzögert. Dann stieß sie einen leisen Schrei aus, ähnlich dem Jaulen eines verwundeten Tieres. Tränen schwammen in ihren Augen, und mit einem Erschaudern wandte sie sich von mir ab. Es war schrecklich, sie so zu sehen. Als hätte sie meine Gedanken gelesen, streckte sie eine Hand vor, um mich auf Abstand zu halten.

Nach längerer Zeit drehte sie sich wieder zu mir, und ihre Stimme klang unnatürlich fest, als zwänge sie sich, ruhig zu bleiben. »Heißt das, er wurde ermordet?«

Nachdem ich so weit gekommen war, konnte ich nicht mehr zurück. »Ja.«

»Die waren es! Die Schufte! Sie haben ihn umgebracht.«

»Wer?«

»Die teure Philippa und ihr Privatsekretär, Gideon King. Sie haben ihn ermordet.«

»Es besteht kein Grund zu der Annahme ...«

Ihre Unterlippe bebte. »Es gibt allen Grund. Wie wurde es getan?«

»Er wird nichts gefühlt haben. Er ist im Schlaf gestorben.«

»Wie? Gewehr, Dolch, Gift? Was haben die Schufte ihm angetan?«

»Er wurde erwürgt.«

»Dann war es King, auf ihren Befehl.«

»Warum sollten sie es gewesen sein? Mr. Runcie tat, was Mrs. Runcie wollte, willigte in die Scheidung ein und gab ihr einen Grund.«

»Zu einem Preis. Und sein Preis hat ihr nicht gefallen. Sie hatte seit Jahren Gründe, die sie hätte nutzen können.« Sie nahm einen tiefen Zug von ihrer beinahe heruntergebrannten Zigarette und ließ sie auf den Boden fallen. Dann legte sie einen Arm vor ihren Bauch, hob die andere Hand und rieb sich die leicht gerunzelte Stirn. Ihre blauen Augen waren geweitet vor Entsetzen. »Haben Sie mich deshalb nach dem Schuss gefragt? Denken Sie, jemand hatte versucht, ihn an dem Tag zu erschießen?«

Die Wolken zogen in solch einem Tempo über den Himmel, dass mir ein wenig schwindlig wurde. Caroline hatte schnell begriffen, was ich vermutete. Sie sah mich weiter an und wartete auf meine Antwort.

»Ich habe die Fotografie von Ihnen beiden bei der Jagd gesehen und habe lediglich ...«

»Sie haben gar nichts ›lediglich‹. Jetzt weiß ich es wieder. Sie sind eine Polizistentochter und ermitteln selbst und so. Ich habe davon gehört. Und jetzt denken Sie, dass Philippa Everett ermordet hat.«

»Nein!«

Sie nickte energisch. »So ist es. Das ist passiert. Everett und ich waren am selben Schießstand, als ich getroffen wurde. Ich habe noch deswegen Witze gemacht und gesagt, die winzige Philippa hätte mich im Visier gehabt, mein Herz jedoch verfehlt.«

Es entbehrte nicht einer gewissen Ironie, dass Miss Windham als Erste Philippa Runcie verdächtigte, die wiederum Caroline Windham beschuldigt hatte.

Sie stützte die Ellbogen auf ihre Oberschenkel und lehnte den Kopf in die Hände. »Ich kann es nicht glauben. Ich kann nicht glauben, dass es wahr ist. Wie kann es jemand wagen, ihn zu ermorden?« Sie blickte rasch auf. »Wer, abgesehen von mir, wusste, dass er im *Metropole* war?«

»Weiß ich nicht.«

»Sie hat es gewusst.« Sie stieß einen Laut aus, als hätte sie etwas im Hals. »Everett gab ihr endlich, was sie wollte, aber es war nicht genug.«

»Miss Windham, wissen Sie, mit wem Mr. Runcie Freitagnacht in dem Hotel war?«

Sie zuckte mit den Schultern. »Die Frau ist unwichtig. War sie dort? Hat sie irgendwas gesehen?«

Nun wurde es wirklich Zeit, dass ich still war, doch ich fragte: »Dann haben Sie keine Ahnung, wer bei ihm gewesen sein könnte?«

Sie schüttelte den Kopf. »Wäre ich es doch gewesen! Hätte jemand versucht, ihm etwas zu tun, ich hätte denjenigen selbst umgebracht.«

Ich sah auf ihre Hände. Sie wäre dazu imstande. Ganz sicher.

»Wissen Sie, woher er die Frau kannte, mit der er im Hotel war? Könnte sie aus Ihren Kreisen stammen?«

Sie schüttelte den Kopf. »Ich habe keine Ahnung.«

»Kann ich irgendwas tun?« Plötzlich kam mir der Gedanke, dass die Nachricht in einer Stunde in ganz Yorkshire herum sein könnte. »Werden Sie sich Lady Fotheringham anvertrauen?«

»Ganz sicher nicht!«

Ich stand auf. »Es tut mir sehr leid, Miss Windham.«

Sie antwortete nicht. Ich war ungefähr hundert Meter weit gegangen, als sie mir zurief, ich solle warten.

Mit dem Laufschritt eines Kolosses holte sie mich ein. »Wohin wollen Sie jetzt?«

»Nach Hause.«

»Sind Sie mit einem Wagen gekommen?«

»Einem Automobil.«

»Das habe ich gesehen. Ein blaues.«

»Ja.«

»Nehmen Sie mich bitte mit, ja? Sie werden warten müssen, bis ich mich umgezogen und Bescheid gegeben habe, dass ich nicht mit den anderen esse.«

Als die Uhr auf dem Stallblock halb eins zeigte, erschien ein junges Hausmädchen, das wild eine Reisetasche schwenkte.

»Mrs. Shackleton?«

»Ja.«

»Miss Windham lässt Sie bitten, vors Haus zu kommen.«

Was für eine Dreistigkeit! Ich tat ihr einen Gefallen, und sie behandelte mich wie einen Chauffeur.

Ich ließ mir meinen Verdruss nicht anmerken, dankte dem Mädchen höflich und öffnete die Wagentür, damit sie die Tasche hineinstellen konnte.

»Soll ich Sie mitnehmen?«, fragte ich.

Sie lachte. »Ich darf nicht durch die Vordertür, Madam.«

Ich fuhr vor das Haus und parkte gegenüber der Tür.

Wenig später erschien Caroline Windham.

Wortlos stieg sie ein und zeigte nichts mehr von der Grazie, die sie vorhin beim Reiten noch bewiesen hatte. Ich blickte zu ihr. In der kurzen Zeit, die sie zum Umziehen und Packen gebraucht hatte, war sie schwerer und matt vor Trauer geworden.

»Wohin?«, erkundigte ich mich und merkte, wie ich ein bisschen nachsichtiger wurde.

Sie schwenkte einen Arm. »Nur weg von hier, dann sage ich Ihnen, wie Sie fahren müssen.«

Ich fuhr den Weg zurück, den ich gekommen war, und durch das Tor.

Sie seufzte. »Entschuldigen Sie, aber ich wollte, dass sie mich wegfahren sehen, weil ich gesagt hatte, dass ich dringend fortmüsste. Ich konnte ihnen nicht unter die Augen treten.«

»Und wohin jetzt?«

»Nach links, dann geradeaus.«

»Fahren wir weit?«

»Nein, ich bleibe auf dem Anwesen. Deshalb die Täuschung. Sie sollen glauben, dass ich weit entfernt bin, wenn sie die Nachricht erhalten.«

Eineinhalb Kilometer lang fuhren wir schweigend über eine laubbedeckte Landstraße. Ich folgte ihren Anweisungen und verlangsamte.

»Hier rechts.« Sie zeigte zu einem Sandweg. Hinter einer Biegung auf dem Weg erschien ein abgezäunter Bereich, der so groß wie ein Feld und voller seltsam geformter Figuren war. Am nächsten war ein Kreis von hohen, schmalen menschlichen Skulpturen, die lange Schatten warfen. Sie sahen aus, als hätte ein Magier Stonehenge verzaubert und die Steine in menschliche Wesen verwandelt.

»Fahren Sie weiter, dann können Sie Ihr Automobil hinter der Scheune verstecken. Es gibt noch einen anderen Weg von hier nach draußen.«

Abermals ließ ich mich von ihr leiten und hielt zwischen einer Scheune und einem verlassenen Schweinepferch.

Eine Weile saßen wir in der Nachmittagssonne und lauschten dem Vogelzwitschern. Schließlich seufzte sie. »Es war nett von Ihnen, zu kommen und es mir zu sagen. Würden Sie mit reinkommen und jemanden kennenlernen? Er muss es erfahren. Und er wird Fragen stellen, aber ich kann nicht ...« Sie sah mich mit ihren blauen Augen an, und ich fragte mich, ob ihre Bürgerkriegsvorfahren ihre Feinde genauso traurig angesehen hatten, bevor sie auf sie losgegangen waren.

Neugier veranlasste mich, ihr zu folgen. Seitlich von der Scheune waren mehr Skulpturen. Zwei sitzende römische Figuren bildeten mittels ihrer ausgebreiteten, elegant den Boden berührenden Togen eine Bank.

»Dies sieht nach einer von Rupert Cromers Arbeiten aus.«

Sie nickte. »Lord Fotheringham lässt Rupert diese Nebengebäude und das Cottage nutzen – unentgeltlich.«

Langsam schritt ich an der eigenartigen Sammlung vorbei, von der ich einige Werke bei Cromers Ausstellung im vergangenen Jahr gesehen hatte. Im Freien wirkten seine Stücke so anders. Manche waren sehr klein. Ein Wesen, das halb Pferd, halb Mensch war, bäumte sich vor mir auf, allerdings war es nicht einmal unterarmgroß, wie eine Kreuzung zwischen einem Shetlandpony und einem Zwerg.

Vorn standen riesige Türen weit offen und gaben den Blick frei auf einen Raum, der gleichzeitig Scheune und Atelier war. Wir bahnten uns einen Weg vorbei an einem quadratischen

Steinblock, einem Baumstamm, einem Motorrad und Metallstreifen.

Das Klopfen eines Hammers auf einen Meißel punktierte die summende Stille.

Der Mann trug eine Lederschürze wie die eines Schuhmachers. Er trat von einer nymphengleichen Figur zurück, den Kopf zur Seite geneigt.

Caroline rief: »Rupert, Schatz!«

Er drehte sich um, wischte sich die Hände an seiner weiten Hose ab und starrte uns an. »Ich habe mich schon gefragt, wo du geblieben bist, Caroline.«

Also war er es gewesen, der mit ihr ausgeritten war. Hätte ich gesehen, wie er abstieg, hätte ich ihn erkannt.

Caroline sagte: »Ich musste herkommen. Nach dem, was ich gerade erfahren habe, konnte ich die Fotheringhams und ihren Sherry nicht ertragen.«

Also würde sie es ihm erzählen. Aber wenigstens schien er hier weit weg von allem zu sein. Mit ein wenig Glück würde sich die Nachricht von Runcies Tod nicht weiter verbreiten.

»Was ist los, Caroline?« Er kam näher.

Sie fiel ihm halb in die Arme. »Oh, Rupert. Rupert.«

Er schloss die Augen, als er sie in den Armen hielt. Für mich war es Zeit zu gehen. Die beiden waren in ihrer eigenen Welt. Plötzlich öffnete er die Augen, sah mich verwundert über Miss Windhams Schulter hinweg an und fragte: »Was ist passiert?«

»Ich habe Miss Windham schlechte Neuigkeiten gebracht.«

Sie löste sich aus seiner Umarmung und sagte erstickt: »Everett ist tot.«

»Nein! Nein.«

Als ich wegging, rief er: »Warten Sie!« Er hatte einen Arm um Miss Windham gelegt und trat auf mich zu. »Kommen Sie bitte mit rein.«

Ich wollte nicht ins Kreuzverhör genommen werden, aber er legte freundlich seinen anderen Arm um mich, sodass mir die Wahl blieb, mich würdelos von ihm zu befreien oder seine Einladung anzunehmen. Zu dritt gingen wir zu dem baufälligen Haus.

Eine herrische Haushälterin beäugte uns ärgerlich, als wir von der verfallenen Veranda in die schäbige Diele traten. Rupert Cromer hinterließ staubige weiße Fußspuren auf den Fliesen. Er öffnete die Tür zu einem schwach beleuchteten Wohnzimmer. Als Erstes fiel mir die Büste auf, die auf einem Sockel in der Zimmerecke stand, wo sie von einem Sonnenstrahl erhellt wurde. Sie stellte Caroline Windham dar.

Ich erinnerte mich von seiner Ausstellung an das Stück. Die Büste hatte für einigen Aufruhr gesorgt, und die Leute hatten sofort eine Verbindung zwischen Caroline und dem abstrakten Akt hergestellt. Sie war mit großer Feinheit und Detailgenauigkeit gefertigt. Ich blickte von der Büste zu ihr und wieder zurück.

»Sie ist wunderschön, und die Ähnlichkeit ist verblüffend.«

Cromer beugte sich vor und küsste Caroline auf die Wange. »Mit solch einem majestätischen Modell ist Großes möglich.« Und leise ergänzte er: »Everett hatte die Büste in Auftrag gegeben.«

Miss Windham sank in einen Sessel. »Du darfst sie nicht weggeben, Rupert.«

»Werde ich nicht.«

Er betrachtete das Werk mit einer Bewunderung, die seiner eigenen Arbeit gelten könnte, aber auch seinem Modell.

Caroline sagte: »Ich bleibe über Nacht, Rupert. Ist das in Ordnung?«

»Ich lasse dir ein Bett herrichten.«

»Auf keinen Fall will ich morgen in Somersgill sein, wenn

sie von Everetts Tod erfahren. Ihr Mitleid könnte ich nicht ertragen.«

Er kniete sich vor sie, legte die Arme um ihre Taille und den Kopf auf ihren Schoß. »Du hast die Liebe deines Lebens verloren. Ich habe den besten Freund verloren, den man haben kann.«

Ich blickte zu einem Skizzenblock auf einer Staffelei. Das oberste Blatt war von winzigen Zeichnungen bedeckt, die vielleicht Ideen für größere Werke waren. Eine stellte den Bildhauer selbst dar, ein komisches kleines Selbstporträt von einem Mann und einem Motorrad. Andere Zeichnungen waren von einer Venus-Figur aus unterschiedlichen Perspektiven.

Das Merkwürdige an dieser Figur war, dass sie Deirdre Fitzpatricks Gesicht hatte. Oder war ich allmählich auch, wie Sykes und Fitzpatrick, besessen von der Frau?

Ich wollte mich abwenden und unbemerkt verschwinden, als Cromer zu mir kam. »Es tut mir so leid. Es war nett von Ihnen herzukommen.«

»Nicht doch, aber jetzt werde ich gehen. Auf Wiedersehen, Mr. Cromer. Auf Wiedersehen, Miss Windham. Mein aufrichtiges Beileid.«

Einen Moment später ging ich zurück zu meinem Wagen.

Mein Besuch war anders verlaufen als beabsichtigt. Hatte dieselbe Person, deren Schuss Caroline Windhams Arm gestreift hatte, Everett Runcie erwürgt? Möglich war es. Der Täter hätte vielleicht ein Gewehr vorgezogen, aber das wäre in einem Hotel keine gute Wahl gewesen, wo er keinen Unfall vorgeben könnte, wenn die Kugel einem Gewehr zugeordnet wurde.

Es müsste eine Liste der Jagdgäste geben, die am dreizehnten August hier auf dem Anwesen gewesen waren. Aber wo? Und wie könnte ich sie mir verschaffen?

Elf

Der frisch verpflichtete Special Constable Sykes empfand eine wachsende Aufregung, als er in der Seitengasse neben dem *Metropole* wartete, das Motorrad, eine Clyno, bewunderte und die Reifen prüfte. An einem Sonntag, wenn der Hutladen und das Tabakgeschäft unten im Hotel geschlossen hatten, kam kaum jemand durch die Gasse. Daher war sie ideal, um auf das Signal zu warten, dass er die Verfolgung aufnehmen sollte. Der schmucke Hartigan, Leeds irischer Junge, der zum New Yorker geworden war, pomadierte wahrscheinlich noch sein Haar.

In seiner Zeit bei der Polizei hatte Sykes sich immer gewünscht, verdeckt zu ermitteln. Einst hatte er sich als Lampenanzünder oder Messerschleifer gesehen, der einen Karren vor sich herschob, an Türen klopfte und durch Fenster spähte. Mit dem Motorrad hatten sich diese Ideen erledigt.

Der Chief Inspector hatte sich Mrs. Shackletons Erlaubnis eingeholt, Sykes als Special Constable zu vereidigen. Er kannte die Gegend, konnte Motorrad fahren und wäre imstande, Hartigan zu folgen und Bericht über dessen Bewegungen zu erstatten.

Sykes wusste nicht, warum der Mann observiert werden sollte. Er war schon vor dem Mord eine zwielichtige Gestalt gewesen, und es gab kein offensichtliches Motiv für Hartigan, Runcie zu ermorden. Aber er hatte die Gelegenheit gehabt, und er könnte der Täter sein.

Als die Motorradreifen schon kein weiteres Abtasten mehr hinnehmen wollten, kam ein Constable aus der Hintertür des

Hotels und nickte Sykes zu. Der stieg auf sein Leihgefährt und ließ den Motor an. Vorsichtig rollte er in Richtung King Street und blieb hinter der Ecke zurück, während er nach rechts sah. Hartigans gemieteter Rolls-Royce stand mit laufendem Motor vor dem Hoteleingang. Chic gekleidet in einem dunklen Anzug mit Filzhut und Fliege, gab Hartigan dem Hotelportier, der ihm die Tür aufhielt, ein Trinkgeld. Dann waren sie fort. Sykes blieb diskret auf Abstand. Als der Wagen Briggate erreichte, riskierte er, in eine Seitenstraße abzubiegen. Dann fuhr er einen Zickzack-Kurs, bis er weiter vorn an der Straße wieder herauskam, ohne aufzufallen. Hier war weniger los; Fußgänger schlenderten auf den Gehwegen, und der Verkehr war ruhiger als an Wochentagen.

Es war eine wirre Fahrt, und der Rolls schien mehrmals falsch abzubiegen. Schließlich musste der Fahrer anhalten und nach dem Weg fragen. Als sie die Richmond Road überquerten, machte Sykes einen kleinen Umweg und fiel zurück. Er fuhr eine Parallelstraße entlang und stieß gerade rechtzeitig wieder hinzu, um zu sehen, wie der Rolls die Church Road überquerte. Vor einer katholischen Kirche hielt er an. Sykes wartete neben dem Schulgebäude, das ihm Deckung gab. Durch das Geländer beobachtete er und hielt Abstand. Seit seiner Kindheit missfiel es ihm, zu nahe an einer katholischen Kirche zu sein. Es war ihm anerzogen worden, und er hatte dieses Gefühl bis heute nie abschütteln können, als fürchtete er, dass die Heiligenverehrung und der Aberglaube auf ihn abfärben und ihn übermannen könnten.

Hartigan ging nicht in die Kirche, sondern zum Presbyterium, wo er an die Tür klopfte. Der Priester musste ihn erwartet haben. Er kam in seinem langen schwarzen Talar heraus, den komischen kleinen Hut auf dem Kopf und einen langen Schal um den Hals. Der Geistliche trug eine kleine Tasche. Es würde

Sykes nicht die Spur verwundern, sollten die beiden sich zu einer Missetat verschworen haben.

Hartigan hielt dem Priester die Wagentür auf und stieg hinter ihm ein.

Sykes folgte ihnen und begann, sich zu sorgen, dass er bemerkt werden könnte. Der Fahrer schien nun sicherer zu sein, was die Route betraf. Sie wurden schneller.

Die Fahrt führte aus der Stadt in die grünen Vororte, wo Bäume in großen Gärten und an breiten Gehwegen wuchsen. Bald passierten sie den Roundhay Park und bogen dahinter nach links. Sykes ließ eine Straßenlänge zwischen ihnen.

Der Rolls fuhr auf das Gelände eines Pflegeheimes. Sykes blickte zu dem Schild: *Ashville Nursing Home.* Er parkte sein Motorrad in einem Gässchen seitlich vom Eingang des Pflegeheimes. Dort gab es eine kleine Pforte, die quietschte, als Sykes sie öffnete.

Die Gartenanlage war eine einzige Blütenpracht. Falls das Pflegepersonal hier so gut war wie die Gärtner, hatten die Patienten wahrlich Glück.

»Wen besuchen Sie, Mr. Hartigan?«, fragte Sykes leise.

Vom Gebüsch aus beobachtete er, wie Hartigan und der Priester in das Heim gingen. Der Fahrer stieg aus dem Wagen, streckte sich und zündete sich eine Zigarette an. Dann spazierte er durch den Garten. Für einen Moment fragte Sykes sich, ob er entdeckt worden war. Doch der Mann ging zu einer Bank im Schatten einer Esche. Der Bursche mochte ein bisschen dümmlich aussehen, aber er wusste, von welchem Flecken aus er die Zufahrt und das Haus ebenso im Blick behielt wie sein wertvolles Automobil.

Wie jemand, der hier geschäftsmäßig ein und aus ging, schritt Sykes zur Eingangstür, die offen stand, um die Sonne ins Haus zu lassen. Auf einem Tisch in der gefliesten Eingangshalle stand eine riesige Vase mit Rosen. Hinter der breiten Eichentreppe befand sich ein Lastenaufzug, der groß genug für Rollstühle war. Sykes blickte nach oben. Dort waren die beiden Besucher mit einem Mann in Uniform, von dem Sykes annahm, dass er den Empfangstresen verlassen hatte, um sie zu begleiten. Hartigan und der Priester verschwanden allein in einem Korridor.

Sykes huschte schnell hinter den hohen Tresen. Hier lag das aufgeschlagene Gästebuch mit ordentlichen Spalten und Überschriften, um Datum, Zeit, Namen des Besuchers und der besuchten Person einzutragen. Mr. Hartigan und Pater Daley besuchten Mrs. Hartigan.

Der Mann war hier, um seine Mutter zu sehen. Sykes empfand einen Anflug von Enttäuschung. Doch er hatte seine Arbeit gemacht. Er sah auf seine Uhr, damit er berichten könnte, wie lange die Besucher blieben.

Durch die Seitenpforte ging Sykes wieder zurück in das Gässchen, wo er außer Sicht war. Nach etwa vierzig Minuten hörte er das Schnurren des Rolls-Royce-Motors. Er stieg auf sein Motorrad und folgte dem Wagen.

Letzterer bog in die Richtung ab, aus der er gekommen war, zurück zum Park.

An der Straßenbahnhaltestelle beim Park bremste Sykes scharf für ein Kind, das vor seinen Eltern aus der Bahn gesprungen und auf die Straße geflitzt war. Ein Schwarm von Menschen stieg aus, Kinder eilten zu den Parktoren, und Frauen trugen Picknickkörbe hinter ihnen her. Ich sollte am nächsten freien Sonntag mal mit Rosie und den Kindern herkommen, beschloss Sykes. Und dann sah er sie.

Cyril Fitzpatrick stieg aus der Straßenbahn, streckte eine Hand aus und half seiner Frau aus der Bahn. Als sie auf dem Gehweg waren, ließ Fitzpatrick Deirdres Hand nicht los. Lächelnd und redend schaute sie zu ihm auf. Er erwiderte das Lächeln.

Typisch, dachte Sykes. Nach all den Klagen und Beschwerden von Fitzpatrick waren die beiden jetzt wieder wie die Turteltäubchen. Erst vor fünf Tagen hatte Cyril Fitzpatrick eine Rund-um-die-Uhr-Überwachung seiner Frau gewollt. Mrs. Shackleton hatte recht: Sollten sie ihre Probleme allein regeln. Deirdre Fitzpatrick blickte ihren Mann gleichsam bewundernd an, als wäre er der schönste aller Filmstars. Und er betete sie förmlich mit seinen Blicken an.

Verdammt! Sykes hatte sich ablenken lassen, und nun war das Automobil mit Hartigan und dem Priester nicht mehr zu sehen.

Sykes war sehr erleichtert, als er den Rolls eingeholt hatte und sah, wie er in die King Street fuhr. Er wartete nicht mehr, ob Hartigans stämmiger Fahrer den Wagen an der Straße stehen ließ oder einem Hoteldiener übergab, damit er in die Hotelgarage gebracht wurde. Stattdessen fuhr Sykes an dem Hotel vorbei und in die verlassene Seitengasse, wo er das Motorrad anschloss.

Kurz darauf war er in der Suite im zweiten Stock, die von Scotland Yard gemietet worden war. Bett und Kleiderschrank hatte man aus dem Weg geräumt, um Platz für einen aufgebockten Tisch zu schaffen. Sykes berichtete dem Sergeant, der das Dienstbuch führte. Der Mann war dem Zahnarzt, bei dem Sykes im vergangenen Jahr gewesen war, wie aus dem Gesicht geschnitten. Sein gewelltes Haar hatte die Farbe von Ingwerplätzchen, seine Haut war gerötet, und seine Augen waren von einem verwaschenen Blau. Doch hauptsächlich erinnerten Sykes die nicht allzu sauberen Hände und die nikotinfleckigen Fingerkuppen an den Zahnarzt. Bei dem Anblick konnte er die dicken Finger förmlich im Mund schmecken. Sergeant Wilson verstand wenigstens etwas von seinem Fach, anders als der Zahnarzt, dessen einzige gerahmte Urkunde an der Wand die für den ordentlichsten Kleingarten war, einschließlich einer besonderen Erwähnung seiner Kürbisse und Karotten.

Sergeant Wilson begrüßte Sykes und schob ihm das Dienstbuch hin. Sykes setzte sich, nahm seinen Stift hervor und verfasste in seiner fein säuberlichen Handschrift eine kurze Zusammenfassung von Hartigans Tun bis hin zu dessen Rückkehr ins Hotel.

Wilson war sowohl für das Hartigan- als auch für das Mordermittlungsbuch zuständig. Der Eintrag vor Sykes' lautete, dass Wagen und Chauffeur für sechs Uhr abends bestellt waren.

Sykes tippte auf die Zeile. »Habe ich bis dahin frei?«

Wilson nickte. »Solange Sie rechtzeitig wieder zurück sind, falls unser Mann früher aufbricht.«

»Gut. Dann gehe ich nach Hause und esse etwas.«

Sykes freute sich auf seinen Yorkshire-Pudding und das gebratene Lammfleisch. Deshalb bewegte er sich mit der Leichtfüßigkeit eines Jungen nach Schulschluss.

In der Hotel-Eingangshalle bemerkte er ein Paar wohlgeformter Beine, die einer Frau hinter einer Zeitung gehörten.

Sie nahm die Zeitung herunter.

Und Sykes starrte sie verdutzt an. »Mrs. Shackleton, was machen Sie hier?«

Falsche Frage. Sie sah ihn wütend an. »Setzen Sie sich kurz. Ich möchte, dass Sie etwas für mich erledigen.«

Sykes dachte an sein Essen. Er war zu loyal, um sich zu wünschen, er hätte den anderen Ausgang benutzt.

Mrs. Shackleton reichte ihm einen Umschlag. »Sorgen Sie dafür, dass der Chief Inspector dies bekommt. Es ist ein Zeitungsausschnitt über einen Zwischenfall bei der Fotheringham-Jagd. Ich habe eine Nachricht dazugelegt. Der Chief Inspector wird einen Zusammenhang mit Runcies Tod überprüfen wollen.«

Warum geben Sie ihm den Ausschnitt nicht selbst?, wollte Sykes fragen. Doch es kam ihm nicht zu. Er nahm den Umschlag. »Geht in Ordnung, Chefin.« Dann stand er auf.

»Nicht so schnell, Mr. Sykes. Marcus wird sich eine Liste der Jagdteilnehmer an dem dreizehnten August aushändigen lassen. Wenn er sie hat, hätte ich gern eine Kopie, und ich glaube nicht, dass er geneigt wäre, sie mir persönlich zu geben. Er wird denken, dass ich mich einmische und seine Ermittlung störe.«

Sykes setzte sich wieder. »Das kann ich nicht machen. Ich bin als Special Constable vereidigt.«

»Dank mir.« Sie lächelte charmant. »Vergessen Sie nicht, für wen Sie arbeiten, Mr. Sykes. Wenn der Zirkus die Stadt verlassen hat, werden wir beide wieder gemeinsam auf dem Hochseil sein.«

Sykes erkannte, wann er geschlagen war.

Zwölf

In einer Krise ist Sykes hervorragend, wird jedoch sehr mürrisch, wenn er seine Mahlzeiten versäumt. Er kam aus dem Hotel auf die King Street, wo ich auf ihn wartete.

»Kommen Sie, Mr. Sykes. Ich fahre Sie nach Hause.«

»Ist schon gut. Ich darf das Motorrad benutzen.«

»Dann setzen Sie sich fünf Minuten zu mir. Ich möchte mit Ihnen reden.«

Er stieg in den Wagen.

»Haben Sie Marcus den Umschlag gegeben?«

»Der Chief Inspector ist oben im CID-Büro. Er bekommt ihn, sobald er zurück ist.«

»Ich bin neugierig. Was ist aus dem Schotten geworden, der hier wohnte und mit Hartigan beim Pferderennen in York war?«

»McFarlane? Es heißt, dass er gleich nach dem Rennen wieder gen Norden über die Grenze gereist ist, zweifellos mit seiner Whisky-Bestellung in der Tasche.«

Gerissener Bursche. Und seit Marcus mir erzählt hatte, dass einflussreiche Leute Verbindungen zu den Brennereien hatten und keinen Rückgang bei den Umsätzen sehen wollten, vermutete ich, dass jedwede Zoll- und Abgabenüberprüfung eher halbherzig stattfand.

»Macht Ihnen die Observierung von Mr. Hartigan Spaß?«

Sykes grinste. »Leicht verdientes Geld. Hätte ich solch eine Aufgabe bei der Polizei gehabt, wäre ich geblieben. Darf ich jetzt zu meinem Abendessen nach Hause?«

»Sie sagten vorhin, dass Sie Hartigan in Roundhay gesehen haben. Hat er den Roundhay Park Lake bewundert?«

»Nein, so komisch es ist, hat er exakt das getan, was er angegeben hatte – Verwandte besucht. Er war im Ashville-Pflegeheim bei seiner Mutter und hatte einen Priester mitgebracht.«

»Dann hat er wirklich guten Grund, hier zu sein.«

Sykes nickte. »Und das wird Ihnen gefallen: Ich habe ein Paar gesehen, das wir kennen, bei seinem Sonntagsausflug, ganz aufgeräumt und verliebt, wie es Hand in Hand aus der Straßenbahn stieg.«

»Wer?«

»Einmal dürfen Sie raten.«

»Die Fitzpatricks?«

»Die und keine anderen.«

Etwas machte »Klick«. Deirdre Fitzpatrick hatte ihre Mutter in ein Pflegeheim gebracht. Wohin? Und wann würde sie hinfahren, um sie zu besuchen? An einem Sonntagnachmittag.

»Wie ist der Mädchenname von Mrs. Fitzpatrick?«

Sykes sah sie verwundert an. »Weiß ich nicht.«

»Wo ist Hartigan sonst noch gewesen?«

Er zuckte mit den Schultern. »Ich habe erst gestern gegen Dinnerzeit angefangen, ihn zu beschatten. Er war in einem Boxklub in der York Road.«

»Und davor?«

»Da gab es einige Stunden, in denen ihm niemand gefolgt ist, als der Chief Inspector die Mordermittlung aufnahm.«

»Und wo noch? Was ist mit Donnerstag und Freitag?«

»Dazu ist nichts notiert. Ich nehme an, der Chief Inspector hat es im Kopf.«

Es war durchaus möglich, dass Cyril und Deirdre Fitzpatrick am Roundhay Park Lake ausgestiegen waren, um die Enten zu füttern, was ich jedoch sehr bezweifelte. Pflegeheime erlaubten nicht mehr als zwei Besucher zur selben Zeit. Sykes hatte beobachtet, wie Hartigan wieder ging. Kurz danach waren die Fitzpatricks in Roundhay angekommen. Um die Mutter im Pflegeheim zu besuchen?

»Haben Sie gesehen, in welche Richtung die Fitzpatricks von der Straßenbahnhaltestelle aus gegangen sind?«

Sykes schüttelte den Kopf. »Ich nahm an, dass sie in den Park wollten.« Seine Augen wurden größer, als er begriff, was ich vermutete.

»Sie denken, dass sie zu dem Pflegeheim gegangen sind, nachdem Hartigan und der Priester wieder weg waren?«

Ich nickte. »Und wenn ich recht habe, gibt es eine Verbindung, und sie hatten abgesprochen, sich die Besuchszeit zu teilen. Womit sich die Frage stellt, was sie sonst noch koordiniert haben.«

»Ich könnte versuchen, Mrs. Fitzpatricks Mädchennamen herauszufinden«, sagte Sykes.

»Das wird zu lange dauern. Es gibt einen schnelleren Weg.« Ich stieg aus dem Wagen. »Warten Sie hier. Ich muss einen Anruf tätigen, und danach möchte ich, dass Sie mir genau erzählen, was Fitzpatrick an dem Tag gesagt hat, als Sie ihm von meiner Observierung Deirdres berichtet haben.«

Ich ging zurück ins Hotel. Jemand war vor mir in der Telefonzelle, redete sehr lange und weigerte sich, Blickkontakt zu mir aufzunehmen.

Ich durchquerte die Eingangshalle und klopfte an die Tür des Managers. Er überraschte mich, indem er sich entzückt gab, mich zu sehen.

»Mr. Naylor, wären Sie so freundlich, mir einen Privatanruf von Ihrem Büro zu gestatten? Die Telefonzelle ist besetzt.«

»Natürlich!«

Er blieb.

»Es ist privat.«

»Ja, sicher, ja, ich warte draußen.«

Die Vermittlung verband mich mit dem Ashville-Pflegeheim, noch ehe ich mir überlegt hatte, was ich sagen wollte. Spontan behauptete ich, eine Nachbarin von Mr. und Mrs. Fitzpatrick zu sein und die beiden mit nach Hause nehmen zu können, weil ich in Bälde dort vorbeikäme. Ob sie noch bei Mrs. Fitzpatricks Mutter wären?

Die Antwort ließ nicht lange auf sich warten. Mr. Fitzpatrick war gegangen, Mrs. Fitzpatrick hingegen noch bei ihrer Mutter.

Zwar kannte ich die Antwort auf meine nächste Frage, wollte mir aber die Verbindung bestätigen lassen, weshalb ich fragte: »Was ist mit Mrs. Hartigans Sohn? Ist er noch da?«

»Oh, der ist schon vor einer Weile weg.«

Ich dankte meinem hilfreichen Informanten und legte auf.

Wie Marcus ganz richtig angemerkt hatte, passte die Beschreibung der Frau, die mit Runcie das Bett geteilt hatte, auf tausend Frauen, einschließlich Deirdre Fitzpatrick.

Ich dankte dem Manager, der sehr nahe an der Tür stand.

Er neigte sich zu mir. »Mrs. Shackleton, dürfte ich Sie vielleicht auf ein Wort bitten? Unter uns?«

Es war das Letzte, was ich wollte, aber er versperrte mir den Ausgang und hatte vielleicht etwas Wichtiges zu sagen.

Wir gingen wieder in sein Büro, wo ich es ablehnte, mich zu setzen. Was umso besser war, da er sich lediglich seine Klagen von der Seele reden wollte, weil das CID so viel Raum in seinem Hotel einnahm und der Sergeant mitten in der Nacht die Küche verwüstet hatte, als er sich ein Ei gebraten hatte.

Ich rang mir eine verständnisvolle Bemerkung ab und verabschiedete mich.

Endlich hatte ich eine Spur.

Deirdre und Hartigan waren zur selben Zeit im Hotel gewesen: ein Mörder und eine mysteriöse Frau.

Als ich rausging, war Sykes nicht mehr in meinem Wagen. Ich blickte mich um und sah ihn an der Ecke, von wo aus er mich zu sich winkte.

»Ich wollte keine Aufmerksamkeit erregen, indem ich wie ein Angeber in Ihrem Wagen sitze. Haben Sie Ihren Anruf getätigt?«

»Habe ich. Die Fitzpatricks sind zum selben Pflegeheim gefahren. Sie ist noch dort, bei ihrer Mutter. Es war Deirdre, die im Hotel bei Everett Runcie war, dessen bin ich mir sicher. Und Hartigan ist ihr Bruder.«

Sykes starrte mich an. »Falls Sie recht haben ...«

»Habe ich.«

»... inwiefern ist das von Bedeutung?«

»Weiß ich noch nicht.«

»Es muss praktisch für Hartigan gewesen sein, zu seiner sterbenden Mutter gerufen zu werden. Er hat es als Vorwand genutzt, um Whisky zu kaufen. Wilson hatte angedeutet, dass Hartigan in London Tausende Gallonen Gin bestellt hat.«

»Also hat er zwei Fliegen mit einer Klappe geschlagen.«

»Zwei oder drei?«, fragte Sykes nachdenklich. »Hat er Runcie umgebracht?«

Irgendwie schien das zu simpel zu sein. Welche Verbindung könnte es zwischen Hartigan und Runcie geben? »Sieht er für Sie wie ein Würger aus, Mr. Sykes?«

»Nein. Er ist ein Fliegengewicht. Aber ich habe in den letzten vierundzwanzig Stunden einiges über seine Verwandtschaft erfahren. Da gibt es Cousins, Tanten und Onkel, manche in der Kirche und manche in dem Boxklub, von dem ich Ihnen erzählt habe, und manche betreiben Marktstände. Schwergewichte. Für Aufträge zu haben. Die Polizei von Leeds hat dem

Chief Inspector Namen gegeben. Mrs. Fitzpatrick taucht nicht auf der Liste auf, wohl wegen ihrer Namensänderung.«

Sie war es, die mich am meisten interessierte.

»Sagen Sie, Mr. Sykes, an dem Tag, an dem ich Deirdre gefolgt bin und Sie anschließend Fitzpatrick Bericht erstatteten, wie hat er es aufgenommen?«

Sykes betrachtete eine Taube, die auf dem Kopfsteinpflaster landete und in einem Pflasterspalt pickte. »Er hat ein bisschen viel geredet. Um ehrlich zu sein, bin ich mit ihm auf ein Bier zum *Chemic*. Er wollte alle Einzelheiten hören, und zugleich hatte er schreckliche Angst, dass er von einem Setzerkollegen oder einem Nachbarn in Kirkstall mit mir gesehen werden könnte, als würden die sofort tratschen oder erkennen, dass ich früher Polizist war.«

»Was hat er sonst noch gesagt?«

»Anscheinend glaubt er nicht mehr, dass sie stiehlt.«

»Das hatte er sicher nur gesagt, damit wir seine Sorge ernst nehmen. Noch irgendwas?«

Sykes' lange Pause verriet mir, dass es mehr gab.

»Ich habe es Ihnen nicht erzählt, weil ich ja gewusst habe, dass Sie die Sache abschließen wollten, und wie Sie schon gesagt haben, geht es uns nichts an, was sie tut.«

»Reden Sie weiter.«

»Zwei Dinge. Sie wissen, dass Fitzpatrick als Setzer bei der hiesigen Zeitung arbeitet?«

»Ja, das hatte er erzählt.«

»Da gibt es einen Fotografen bei der Zeitung, der Fitzpatrick etwas zugeflüstert hat.«

»Lassen Sie mich raten. Len Diamond?«

»Woher wissen Sie das?«

»Er ist ein brillanter Fotograf. Ich habe eine Menge gelernt, indem ich mir seine Arbeit angesehen und ihn über Technik sprechen gehört habe. Aber wäre er eine Frau, würde man ihn die ›schlimmste Tratschtante aller Zeiten‹ nennen.«

Sykes zündete sich eine Zigarette an. »Das passt. Diamond hat Fitzpatrick erzählt, dass er Mrs. Fitzpatrick zufällig auf der Leeds Bridge getroffen hat. Er hat sie erkannt, weil er sie letztes Jahr in Kirkstall Abbey gesehen hatte. Ich vermute, sie ist eine Frau, an die sich ein Mann erinnert.«

»Len Diamond hat Deirdre in der Stadt gesehen. Das hört sich nicht sehr bedeutsam an.«

»Für Fitzpatrick ist es das, denn wie sich herausstellt, war es an einem der Freitage, an dem seine Frau nicht nach Hause gekommen ist. Er war sich aber nicht ganz sicher, ob der Fotograf andeuten wollte, dass sie sich mit einem anderen Mann getroffen hat.«

»Sie sprachen von zwei Dingen. Was noch?«

»Anscheinend hatte Deirdre etwas mit nach Hause gebracht und dann vergessen. Fitzpatrick hat es sich genommen, und er hatte es dabei – eine Serviette mit einem aufgestickten *A*. Er hat mich gebeten herauszufinden, woher die sein könnte und ob Deirdre in Restaurants gegessen hat. Ich habe mich geweigert.«

Mir lief ein kalter Schauer über den Rücken. Die Sonne schien nicht in diese Seitengasse. Sogar die Taube war wieder fortgeflogen, und eine schreckliche Stille senkte sich auf uns.

»Geht es Ihnen gut?«, fragte Sykes.

»Ja. Mir wird nur auf einmal kalt. Haben Sie jemals *Othello* gesehen?«

»Ich kenne die Geschichte, doch gesehen habe ich es nie.«

»Iago beschafft sich Desdemonas Taschentuch und gibt es als Beweis für ihre Untreue aus. Und Othello ist so überzeugt von ihrer Schuld, dass er sie erwürgt.«

Sykes' Sachlichkeit kann sehr beruhigend sein. »Ich glaube, die Serviette ist aus dem *Adelphi*. Das liegt gleich jenseits der

Leeds Bridge. Vielleicht hatte Diamond sie zum Essen eingeladen, als Scherz auf Fitzpatricks Kosten.«

»Haben Sie noch die Liste der Tage, an denen sie laut Fitzpatrick nicht zu Hause geschlafen hat?«

Sykes tippte an seine Brusttasche mit dem Notizbuch.

»Gut. Wir machen Folgendes: Ich möchte, dass Sie zum *Adelphi* gehen und sich diskret erkundigen.« Ich kramte in meiner Tasche. »Nehmen Sie diese Fotografie von Fitzpatricks Hochzeit mit, doch achten Sie darauf, nur Deirdres Bild zu zeigen. Finden Sie heraus, ob sie dort übernachtet hat.«

»Wann? Ich muss um sechs wieder im *Metropole* sein.«

»Da bleibt Ihnen reichlich Zeit. Wir treffen uns um kurz vor sechs wieder hier. Ich werde Mr. Fitzpatrick einen Besuch abstatten. Da seine Frau noch in dem Pflegeheim ist, kann ich dort sein, bevor sie zurückkommt. Etwas entgeht uns, und ich weiß nicht, was.«

»Ich weiß, was mir entgeht. Mein Yorkshire-Pudding.«

»Essen Sie den später kalt. Streuen Sie sich Zucker drauf.«

Dreizehn

Ich fuhr nach Kirkstall und parkte meinen Wagen in der Abbey Road, um keine Aufmerksamkeit zu erregen. Norman View ist eine steile Straße mit gepflegten Vorgärten. Ich musste nicht anklopfen, denn Fitzpatrick war im Garten und leerte eine Teekanne aus. Er trug eine dunkelblau gestreifte Schürze.

Verwundert sah er mich an. »Mrs. Shackleton!«

»Hallo, Mr. Fitzpatrick. Was für ein hübscher Garten!«

Cyril Fitzpatrick kippte den Inhalt der Teekanne auf die Erde.

Sykes hätte beim Anblick des Mannes in seiner Schürze geschmunzelt.

»Was führt Sie nach Kirkstall, Mrs. Shackleton?«

Gute Frage. Was hoffte ich zu erreichen? Im Geiste sah ich auf einmal das Abendkleid vor mir, das im Kleiderschrank von Runcies Hotelsuite gehangen hatte, und die kleinen Schuhe. Ich hätte einen mitbringen und Deirdre anprobieren lassen sollen. Es wäre eine große Erleichterung zu sehen, dass er ihr nicht passte. »Ist Mrs. Fitzpatrick zu Hause?«

Fitzpatrick erstarrte und wurde blass. »Stimmt etwas nicht?«

Auf der Fahrt hierher hatte ich mir eine Geschichte ausgedacht, die jetzt jedoch lächerlich klang: dass meine Schwester bald heiraten würde (richtig) und gehört hätte, in einer dieser Straßen wäre ein Haus zu mieten (falsch). Sie hätte mich gebeten, es mir einmal anzusehen (gelogen). Häuser in dieser Gegend gingen sofort weg, wie wir beide wussten.

Fitzpatrick hielt sich die Teekanne dicht vor die Brust.

»Ich hätte eine Frage an Sie beide.«

»Deirdre ist nicht hier. Wir waren gemeinsam bei ihrer Mutter im Pflegeheim. Deirdre wollte unbedingt, dass sie uns zusammen sieht und glaubt, dass alles in Ordnung ist. Damit sie beruhigt ist, verstehen Sie?«

Als wären ihm plötzlich seine Manieren wieder eingefallen, ging Fitzpatrick zur bereits offenen Tür und hielt sie fest. »Möchten Sie hereinkommen?«

»Danke, gern.«

Wir betraten eine quadratische Küche mit Herd, Tisch und Stühlen und einem Vorhang vor dem Waschbecken in der Nische. Ein riesiges Bild von Jesus, dessen zarte Hände auf das blutende Herz in seiner Brust wiesen, blickte von der Wand herab. Daneben war die Jungfrau Maria, die makellos in Blau und Weiß gekleidet war und den Kopf traurig zur Seite geneigt hielt.

Der Tisch war zum Tee gedeckt. Es standen drei gute Porzellanteller, Tassen und Untertassen da. Eine Schale mit Salat und eine Platte mit Tomaten befanden sich unter einer Netzhaube. Ein schneeweißes Tuch bedeckte etwas, bei dem es sich um Brot und Butter handeln musste. Unter einer Glashaube lagen Scheiben von gekochtem Schinken, umrahmt von einem sorgfältig in Scheibchen geschnittenen, gekochten Ei. Auf einer Kuchenplatte waren kleine glasierte Kreationen angeordnet. Irgendwo stand gewiss noch ein Trifle kalt.

»Offensichtlich erwarten Sie Besuch. Da haben Sie ja feierlich aufgetischt.«

»Der Bruder meiner Frau ist aus Amerika hier.« Er genoss es sichtlich, das zu sagen. Der Besuch schien aufregend zu sein, und ich stellte mir vor, wie Fitzpatrick die Bemerkung in der Setzerei der Zeitung fallen ließ. Der New Yorker Geschäftsmann-Schwager, zu Besuch bei ihnen.

»Gewiss wird er Ihnen eine Menge zu erzählen haben. Solchen Besuch bekommt man ja nicht täglich.«

»Er war vorhin bei seiner Mutter, und die Schwester hat uns erzählt, dass die arme Seele glaubte, ihr Ehemann stünde vor ihrem Bett. Das war mal eine Überraschung.«

»Aber sie hat sich doch gefreut, hoffe ich?«

»Oh nein. Sie hat lauter komische Schreie ausgestoßen, bis die Schwester ihr erklärt hat, dass es ihr Sohn ist, den sie nicht mehr gesehen hatte, seit er ein kleiner Junge war.«

»Und wann erwarten Sie ihn?«

»Um sechs.« Er blickte zu der Uhr auf dem Kaminsims. »Deirdre müsste inzwischen zurück sein. Sie hat gesagt, dass sie nur noch eine Stunde im Pflegeheim bleiben will. Arme Deirdre! Es wird sie schwer treffen, wenn ihre Mutter stirbt.« Dieser Gedanke schien ihn aufzumuntern.

»Dann ist zwischen Ihnen und Ihrer Frau alles gut?«

Er benetzte die spröden Lippen. »Warum fragen Sie?«

»Mr. Fitzpatrick, ich möchte Sie nicht beunruhigen, aber falls Sie sich immer noch wegen Deirdre sorgen, würden Sie mir erlauben, mich kurz im Haus umzuschauen? Es geht lediglich um eine Information, die ich bekommen habe und von der ich glaube, dass sie nichts mit ihr zu tun hat. Es ist nichts, worüber Sie sich aufregen müssen, doch könnte ich vielleicht ihr Zimmer sehen, wo sie Sachen aufbewahrt?«

Er erstarrte. »Hier ist nichts, was nicht hergehört.«

»Nicht einmal eine Flasche Parfüm?«

Es war ein Tiefschlag, und er zuckte zusammen. »Sehen Sie sich um, wenn es sein muss.« Er blickte zum Fenster. »Sie wird jeden Moment zurück sein. Beeilen Sie sich bitte.«

Im blitzsauberen Wohnzimmer vorn mit der Anrichte und der Plüschgarnitur brannte ein Feuer. Fitzpatrick zog einen Lappen aus der Schürze und wischte einen Flecken weg.

»Darf ich die Kleider Ihrer Frau sehen?«

Er zögerte. »Denken Sie, sie hat ein Kleid gestohlen?«

»Mr. Fitzpatrick, ich möchte einen Zweifel ausräumen. Sie wollten die Wahrheit über Ihre Frau wissen, und das möchte ich jetzt auch.«

»Gehen Sie nach oben.«

Das Schlafzimmer war ein bisschen unordentlich; dort lag ein Kleid auf dem Bett. Fitzpatrick folgte mir hinein. Er nahm einen Bügel aus dem Kleiderschrank, drapierte das Kleid darauf und hängte es in den Schrank. Während er es tat, nahm ich einen Schuh auf und sah nach der Größe. Es war dieselbe wie die der Schuhe in dem Hotelzimmer, aber auch ich hatte diese Schuhgröße.

»Näht Ihre Frau ihre Kleider selbst?«

»Tut sie.« Er nahm einen Parfümflakon von der Kommode auf. »Dies habe ich ihr gekauft.«

Ich nickte. Ich kam mir gemein vor und hasste die Vorstellung, dass Mrs. Fitzpatrick nach Hause kommen und mich beim Herumschnüffeln ertappen könnte. Sie und ihr Bruder. Die beiden würden sich nicht so leicht beschwatzen lassen wie Fitzpatrick.

»Was erwarten Sie zu finden?«, fragte er.

Den Kleiderschrank hatte er offen gelassen.

Rasch sah ich mir die Kleider an. Sie waren alle handgemacht, mit sorgsam gefertigten Nähten. Eines hatte einen eilig genähten Saum, ähnlich dem des Kleides, das im Schrank des Hotelzimmers hing. Würde eine begabte Schneiderin diese Sachen inspizieren, könnte sie wohl kluge Schlüsse aus diesen Stichen ziehen. Ich hingegen sah nur eine oberflächliche Ähnlichkeit und schloss den Kleiderschrank.

»Es gibt noch ein Schlafzimmer gegenüber.«

Im zweiten Zimmer stand ein Einzelbett mit dem gleichen

weißen Dochtgarn-Überwurf wie im ersten. Fitzpatricks brauner Mantel hing hinter der Tür. Seine Haarbürsten und sein Haaröl standen auf dem Waschtisch neben einer Heiligenfigur in brauner Mönchskutte und mit einer Lilie in der Hand.

»Hier ist nichts von Deirdre. Haben Sie genug gesehen?«

»Ja. Verzeihen Sie, dass ich Sie belästigt habe. Ich bin froh, dass Sie und Ihre Frau sich wieder versöhnt haben.«

»Oh ja. Das kam von ihr. Ich habe gebetet, besondere Gebete gesprochen, und es war wie ein Wunder und geschah so plötzlich. Freitagabend wollte sie eigentlich bei ihrer Mutter bleiben. Aber dann kam sie zurück, als ich schon im Bett war.« Er ging voraus nach unten.

»Um welche Uhrzeit war das?«

»Weiß ich nicht. Ich hatte schon geschlafen. Doch am Samstagmorgen war sie da. Sie hatte den Kessel auf dem Gasring und mir ein Sandwich für die Arbeit gemacht.«

Ich war noch hinter ihm, als er die Küche betrat, und fragte: »Um wie viel Uhr gehen Sie samstags zur Arbeit?«

»Ich stehe um sieben auf und nehme die Straßenbahn um halb acht.« Er rang sich ein Lächeln ab, aber sein Misstrauen war nicht zu übersehen.

Ich dachte an den zeitlichen Ablauf. Das Zimmermädchen hatte um sechs Uhr an die Hotelzimmertür geklopft. Falls ich recht hatte und Deirdre in dem Zimmer gewesen war, war ihr Zeit geblieben, aus dem Hotel zu fliehen, in eine Straßenbahn zu springen und rechtzeitig zu Hause zu sein, um den Gasring anzuzünden und den Kessel aufzustellen.

Fitzpatrick versteifte die Schultern.

Plötzlich fasste er sich an den Bauch. »Mir wird schlecht.« Er eilte durch die Küche, zog den Vorhang zurück und griff nach einem Emaileimer unter dem Waschbecken. Er übergab sich. »Entschuldigen Sie vielmals.«

»Schon gut, Mr. Fitzpatrick. Es ist eine aufwühlende Zeit für Sie, mit der Sorge um die Schwiegermutter und dem bevorstehenden Besuch.« Ich füllte einen Becher mit Wasser und reichte ihn ihm.

Fitzpatrick nahm einen Schluck, spülte sich den Mund aus und spuckte ins Waschbecken. Er war sehr blass. »Was verschweigen Sie mir über Deirdre?«

»Setzen Sie sich.«

Fitzpatrick sackte auf einen Küchenstuhl.

»Atmen Sie tief durch.«

Er schlang die Arme um seinen Oberkörper.

»Kann ich Ihnen etwas holen? Brauchen Sie einen Arzt?«

»Die Magnesiummilch ist vielleicht gut. Sie ist in dem Schrank.«

Ich öffnete die Schranktür über dem Waschbecken, nahm die Flasche heraus und gab sie ihm.

Er trank direkt aus der Flasche. »Es wird wieder. Bitte gehen Sie. Ich möchte nicht, dass Sie hier sind, wenn Deirdre zurückkommt. Sie wird etwas ahnen. Sie wird denken, dass ich ihr nachspioniert habe.«

»Und haben Sie?« Waren es seine Hände gewesen, die das Leben aus Everett Runcie quetschten? »Waren Sie ihr am Freitagabend gefolgt?«

»Nein, natürlich nicht. Ich habe ja gewusst, wo sie war. Sie war in dem Pflegeheim bei ihrer Mutter.«

Die Uhr schlug Viertel vor sechs. Wenn Deirdre zum Tee hier sein wollte, müsste sie jeden Moment aus der Straßenbahn steigen.

»Ich gehe lieber, ehe Deirdre zurückkehrt und Ihr Gast eintrifft.«

»Aber was ist? Warum sind Sie hergekommen?«

»Versuchen Sie, sich keine Sorgen zu machen. Ich hoffe, es

wird sich als nichtig herausstellen. Auf Wiedersehen, Mr. Fitzpatrick.«

Er folgte mir mit dem Eimer mit seinem Erbrochenen zur Pforte.

Ich winkte, und er winkte zurück, wahrscheinlich um der Nachbarn willen.

Ich musste zu meinem Treffen mit Sykes und sehen, ob er im *Hotel Adelphi* etwas erfahren hatte.

Zum Glück waren die Straßen an diesem frühen Sonntagabend leer. Ich stemmte den Fuß nach unten und ließ meine Jowett beschleunigen.

Als ich in die King Street kam, sah ich Sykes nahe der Tür des Tabakladens in der Seitengasse warten.

Er wirkte ein bisschen mitgenommen.

Ich parkte und stieg aus. »Nun, Mr. Sykes?«

Aus der Nähe bemerkte ich, wie finster er dreinblickte, als er mir Fitzpatricks Fotografie zurückgab.

»Ich hatte recht«, sagte er. »Die Leinenserviette ist aus dem *Adelphi*. Und ich habe die Fotografie einem Kellner gezeigt, den ich kenne.«

Sykes' Kontakte in der ganzen Stadt verblüfften mich stets aufs Neue. Hatte er dem Kellner einmal ein Paar Strümpfe für dessen Frau gegeben, bei einem langen Kricket-Spiel neben ihm gesessen und dem Mann am Ende einen Gefallen getan? Ich würde es nicht erfahren, denn er sparte mit Hintergrunderklärungen.

»Der Kellner hat sie erkannt. Mrs. Fitzpatrick hat das Wochenende vom vierundzwanzigsten August im *Adelphi* verbracht, zusammen mit einem Sänger der Gilbert-and-Sullivan-Oper, Joseph Barnard, bekannt unter seinem Künstlernamen Guiseppe Barnardini.«

»Wir haben ihn in *Der Mikado* gesehen. Die Fitzpatricks saßen im Publikum.«

»Ja.«

Also hatte Deirdre verborgene Tiefen – und Geheimnisse. Ich empfand eine klammheimliche Bewunderung, dass sie die Nerven hatte, ihren Mann ins Leeds Grand Theatre zu schleppen, um ihren Geliebten zu sehen, wie er Luftsprünge vollführte und sich die Seele aus dem Leib sang. Dennoch spielte ich den Advocatus Diaboli. »Der Kellner könnte sich geirrt haben.«

»Er war sich ziemlich sicher. Anscheinend hatte Barnard das Barpersonal mit einer Gesangsdarbietung verwöhnt und großzügig Trinkgeld gegeben, deshalb erinnerten sich alle an ihn. Viele Theaterleute werfen mit Geld um sich. Sie wollen gemocht werden, deshalb stehen sie da oben und stolzieren für den Rest von uns umher. Der unsicherste Beruf überhaupt. Die meisten von ihnen pfeifen auf die Zukunft und legen nie etwas für schlechte Zeiten beiseite.« Da war er wieder, urteilte über jeden, auch wenn er oft den Nagel auf den Kopf traf. Sykes fuhr fort: »Der Kellner hat gesagt, dass sie ein reizendes Paar waren und ganz hingerissen voneinander. Er war sicher, dass sie verheiratet waren.« Er merkte auf und blickte um die Ecke in die King Street. »Da steigt Hartigan in seinen Rolls. Ich beeile mich lieber.«

»Sie werden ihm nach Kirkstall folgen, zum Tee bei seinem Schwager und seiner Schwester.«

»Ja, das dachte ich mir. Mir tut Fitzpatrick leid.«

»Vergessen Sie vor lauter Mitgefühl mit ihm aber nicht, Marcus zu erzählen, dass Deirdre Hartigans Schwester ist.«

Sykes seufzte. »Ich ›erzähle Marcus‹ gar nichts. Ich schreibe meine Erkenntnisse in Sergeant Wilsons Dienstbuch, und das kann ich jetzt nicht, weil ich auf mein Motorrad muss!«

Mit diesen Worten sprang er auf selbiges, trat es an und fuhr gefährlich schnell aus der Seitengasse, um Hartigans Wagen zu folgen.

Ich ging ins Hotel und nahm den Aufzug in den zweiten Stock, wo die ermittelnden Beamten zweieinhalb Zimmer von Mr. Naylors kostbarem Raum einnahmen.

Marcus war in einem von ihnen und sprach mit einem sommersprossigen Polizisten, den er mir als Sergeant Wilson vorstellte. Ich fragte mich, ob er der Mann war, der mitten in der Nacht Spiegeleier briet.

»Haben Sie den Zeitungsausschnitt erhalten, Mr. Charles?«, fragte ich. Wegen Sergeant Wilson blieb ich förmlich.

Er runzelte gedankenverloren die Stirn, bevor er ein wenig abweisend antwortete: »Ach, den Artikel über den Jagdunfall? Ja, habe ich, Mrs. Shackleton. Danke für Ihr Engagement.«

Eingebildeter Mensch! Er versuchte, mich abzuwimmeln. Beide Männer waren aufgestanden, als ich hereingekommen war, doch mir wurde kein Platz angeboten.

»Da ist noch etwas anderes, was Sie vielleicht gern wüssten.«

Nachsichtig betrachteten sie mich.

»Mr. Hartigan hat eine Schwester, Mrs. Cyril Fitzpatrick, Deirdre, die in Kirkstall lebt. Es könnte sich lohnen, sie zu fragen, wo sie am Freitagabend und frühen Samstagmorgen war. Eventuell war sie Mr. Runcies Begleitung.«

Marcus wahrte die Fassung, doch dem Sergeant sackte die Kinnlade ein wenig tiefer. »Woher wissen Sie von der Schwester?«

»Mr. Wilson, ich bin Privatdetektivin. Es ist mein Beruf, Dinge zu wissen.«

Marcus versuchte, zuvorkommend zu sein. »Mrs. Shackleton hat mir schon früher bei Ermittlungen geholfen.«

Hiermit hatte ich freie Bahn zu fragen: »Wer wird Mrs. Fitzpatrick befragen?« Ich überlegte, ob die einzige Polizistin, die nicht für die Befragung des Zimmermädchens verfügbar gewesen war, rekrutiert werden konnte.

Ich musste Marcus zugutehalten, dass er ein klein wenig Unbehagen zeigte. »Der Sergeant arrangiert die Befragungen.«

Sergeant Wilson lächelte zufrieden. »Mr. Charles vertraut mir gewöhnlich die Befragung des schönen Geschlechts an. Er glaubt, dass ich es gut mache.«

Ich wandte mich zum Gehen. »Na dann, viel Glück.«

Ein Teil von mir hoffte, dass Deirdre Fitzpatrick ihn gehörig an der Nase herumführen würde. Ihre Geschichte gegenüber Fitzpatrick, dass sie die Nacht im Pflegeheim verbringen würde, war nichts als heiße Luft gewesen und würde bald widerlegt sein.

»Ich hätte gern noch mehr Einzelheiten von Ihnen, Mrs. Shackleton, wenn ich darf«, sagte Wilson.

Ich ratterte zwei Adressen herunter: die von Deirdres Mutter in der Cotton Street und die vom Haus in der Norman View. Dann entschuldigte ich mich und ging.

Ich war nicht beleidigt, dass man mich aus der Ermittlung ausschloss. Nicht sehr.

Vierzehn

Deirdre saß am Bett ihrer Mutter. Die Abendsonne warf Strahlen ins Zimmer und schien auf das Gesicht ihrer Mammy. Sie sollte die Vorhänge schließen. Aber Deirdre brachte es nicht übers Herz, das Licht auszusperren, das für ihre Mutter schon bald für immer erlöschen würde.

Die blassen Augen flackerten. »Wer war das?«

»Vorhin? Fitz war hier.«

»Nein, die anderen, die, die unten am Bett standen.«

Deirdre streichelte die Hand ihrer Mutter. »Dein Sohn Anthony ist gekommen, zusammen mit Pater Daley.«

»Unten am Bett. Ein Bäcker, ein Metzger, eine Frau mit einem Korb.«

»Die habe ich nicht gesehen, Mam. War der Korb voll?«

Sie schloss die Augen.

Ihre Mutter sprach nur noch zweimal. Das erste Mal ließ sie die Augen geschlossen. »Was ist, wenn er hier ist? Was ist, wenn er wartet?«

Deirdre wusste, wen sie meinte. »Der heilige Petrus wird sich um ihn kümmern, keine Sorge.«

Beim letzten Mal, als sie etwas sagte, war ihre Stimme so dünn wie Luft und so tief wie eine Kiesgrube. Sie öffnete die Augen gerade weit genug, dass sie ein wenig blaue Spiegelung von Deirdres Strickjacke einfingen.

»Bin ich noch in dieser Welt?«

Ihre Mam glaubte, das Gewand der Jungfrau Maria zu sehen.

»Du bist noch hier.«

Dann schlief sie und glitt so leise aus dieser Welt in die nächste, dass Deirdre nicht sicher war, wann genau es geschah oder wie lange sie hinterher noch dort gesessen hatte.

Nach einer Zeit, die ihr endlos erschien, kam jemand ins Zimmer. Eine Schwester. Sie führte Deirdre hinaus, sagte etwas, das Deirdre nicht hörte, und bat sie, sich einen Moment zu setzen und zu warten. Aber Deirdre ging nach draußen.

Der Garten des Pflegeheims schien sie mit seiner spätsommerlichen Schönheit zu verhöhnen. Mam, du hättest mehr hiervon sehen sollen. Du hättest früher herkommen müssen, um draußen zu sitzen, das Gras, die Bäume, die Blumen und den weiß-blauen Himmel zu sehen, nicht den grauen, von den Fabriken und Gießereien getrübten. Dein ganzes Leben hast du in Gestank verbracht, und hier, kurz vor dem Ende, war etwas anderes. Jetzt ist es zu spät. Du hättest nicht gewollt, dass ich tue, was ich getan habe, um dich herbringen zu können. Und im Grunde deines Herzens wolltest du da sterben, wo du gelebt hast, nicht deine letzten Tage mit Fremden in gestärkten Trachten verbringen.

Die Oberschwester kam zu ihr. Der Arzt musste gerufen werden. Auf den warteten sie. Deirdre wandte sich um und blickte zu dem Fenster. Es fühlte sich so grausam an, ihre Mammy am Ende allein zu lassen.

»Wie kommen Sie nach Hause?«, fragte die Oberschwester. »Ich könnte Sie bringen lassen.« Ein Pfund-Zeichen blitzte in den Augen der Schwester auf. Es würde mit auf die Rechnung gesetzt.

Deirdre verstand die Worte nicht. Nach Hause. Sie hatte sich von ihrem Zuhause in der Nacht verabschiedet, als sie auf dem Bett in dem alten Zimmer gelegen hatte, dem Bett ihrer Mutter, in einem Raum voller Erinnerungen, voller Kämpfe, über die man nicht sprach, sondern denen man sich schlicht stellte. Kämpfe, die man mal gewann, mal verlor. All die kleinen Schlachten, in denen man sich nicht duckte, sich nicht von der Unfähigkeit besiegen ließ, mit einem Shilling möglichst lange auszukommen, immerzu umgeben von Not, Krankheit, kleinen Niederlagen und Menschen, die eine tapfere Miene aufsetzten. Man schnitt Innensohlen für die Schuhe aus Pappe und achtete nicht auf die Löcher. Man ging zum Markt, bevor er schloss, und sah nach, was noch zu bekommen war, hob einen Kohlkopf auf, der von einem Karren gefallen war. Aber alle saßen im selben Boot … Dann war der große braune Bär gekommen, Cyril Fitzpatrick, und hatte sie umworben, in einem Café am See mit Bootsverleih und hübschen Kuchen.

Die Oberschwester sah Deirdre an. Sie wartete auf eine Antwort.

»Ich komme allein zurück«, sagte Deirdre.

Es wäre zu befremdlich, würde so gar nicht zu ihr passen, in einem Automobil gefahren zu werden, wenn ihre Mutter nie wieder den Wind auf der Haut fühlen oder ihren eigenen Schatten sehen sollte, den Kerzenschein auf die Wand warf. »Ich nehme die Straßenbahn.«

Die Oberschwester berührte ihren Arm mit langen, dünnen Fingern. »Ich bringe Sie zur Haltestelle.«

»Nein, danke.« Sie konnte allein gehen.

Die Finger der Oberschwester verharrten federleicht auf Deirdres Arm. Deirdre fühlte sich ein wenig schwindlig, und alles war unwirklich, als könnte sie jederzeit davonschweben.

»Ihr Mann und Ihr Bruder sollten morgen kommen, um alle Arrangements zu regeln.«

Arrangements.

Deirdre nickte.

Arrangements. Ein seltsames Wort. Es bedeutete, dass sie den langen, langsamen Abschied von der Mutter begannen.

Wer wird sich daran erinnern, wie du dir das Haar gekämmt hast?

Deirdre ging.

Da war eine Straßenbahn, und Leute stiegen ein, als wäre nichts gewesen.

Deirdre trat durch das große Tor in den Park. Während andere ihn verließen, bewegte sie sich tiefer hinein, gegen den Strom, wie üblich.

Am See rief der Mann vom Bootsverleih: »Kommen Sie rein. Ihre Zeit ist um!«

Deirdre wanderte zurück zum Pflegeheim. Sie zögerte, als sie einen großen Wagen am Tor sah. Aber dort war nur der Fahrer, der wartete und eine Zigarette rauchte.

Sie ging auf der anderen Straßenseite an dem Automobil vorbei, machte sich unsichtbar und überquerte die Straße, um in das Gässchen an der Seite des Pflegeheims zu gelangen. Überhängende Äste bildeten ein schattiges Zelt.

Deirdre sah Fitz, den Mann, den sie Ehemann nannte, den tapsigen Fremden, den sie verlockt hatte, mehr zu tun, als sie nur zu küssen. Doch ihm gefiel nicht, ihr zu nahe zu sein, ihre Brüste, Schenkel oder überhaupt irgendwas von ihr zu berühren. Als sie ihn zu verführen versucht hatte, hatte er sich benommen, als würde sie ihm die Finger verbrennen, als könnte er das Höllenfeuer fühlen, wenn er sie anfasste.

Bei dem Mann, den sie Ehemann nannte, war der, den sie ihren Bruder nannte. Er war aus dem Nichts erschienen, hatte Aufmerksamkeit gefordert und ihre Mutter zu Tode erschreckt, weil er ihrem Vater so ähnelte. Dafür erwartete er auch noch Lob!

Ihre Wut wuchs. Sie rief winzige Knoten in ihr hervor, die Deirdre das Gefühl gaben, ihre Haut wäre zu eng, um ihre Empfindungen zu fassen. All die Jahre, die Anthony einen Ozean entfernt gewesen war, hatte Mam ihn in ihrem Herzen, seinen Namen auf ihren Lippen getragen und in ihre Gebete eingeschlossen. Und er hatte sich nie um sie geschert, sich nie für sie interessiert. Falls er es jetzt tat, dann auf eine angeberische Art, mit ganz großer Klappe und zu spät. Tja, sollte er nur.

Als Fitz und Anthony endlich weggefahren waren, öffnete Deirdre die quietschende Seitenpforte und betrat das Gelände, wobei sie sich außer Sicht hinter den Bäumen hielt.

Dort folgte sie einem mäandernden Pfad zum rückwärtigen Garten und einem Gewächshaus, dessen Tür sie öffnete.

Nach der abendlich kühlen Luft war es, als käme sie in einen Ofen, nur dass dieser Ofen nach Urwald roch, nach Wein und strenger, süßlicher Vegetation. Topfpflanzen standen auf Borden. Hinten lagen ausgegrabene Blumen, die ihr Ende erreicht hatten, auf Sackleinen.

Deirdre faltete sorgfältig einen groben Sack, zog die Schuhe aus und kniete sich in den Mittelgang des Gewächshauses. Dann flüsterte sie das *De profundis* für ihre Mutter.

Hier würde sie die Nacht verbringen.

Sie schlief und träumte von Männern: von einem Ehemann, der gar keiner war. Von einem Bruder, der zu spät gekommen war. Von einem Dad, den sie nicht gekannt, von dem sie aber gewusst hatte, dass er trank und schlug. Als er die Kellertreppe hinunterstürzte, war es ein Segen und die Antwort auf ein Gebet ihrer Mutter an die heilige Rita.

In ihrem Traum hockten die drei Männer auf Wolken, posierten als Vater, Sohn und Heiliger Geist.

Die Stimme ihrer Mammy hallte durch das Gewächshaus. Bin ich noch in dieser Welt?

Deirdre schlief tief und fest im Gewächshaus des Pflegeheims auf einem Sack, der nach Erde, Schimmel und Ewigkeit roch. Sie ahnte nicht einmal, wie viele Leute sehr gern mit ihr sprechen wollten.

Fünfzehn

Nach meinem kurzen Treffen mit Marcus und Sergeant Wilson fuhr ich ziemlich schnell und ein wenig rücksichtlos nach Hause, was mir überhaupt nicht ähnlich sah. Vielleicht brauchte Marcus meine Hilfe nicht. Vielleicht war Wilson wirklich sehr gut darin, Frauen zu befragen, und ich sollte mich nicht über seine Haltung ärgern.

Ich hatte so viel herausgefunden und doch so wenig. Die Absprache mit dem Kellner Archie, was Runcies Untreuebeweis für die Scheidung anging; die Gründe, aus denen Anthony Hartigan nach Hause gekommen war; die Verbindung zwischen Deirdre und Anthony; Philippas Verdacht gegen Caroline Windham; Carolines Verdacht gegen Philippa und deren Sekretär, Gideon King; mein nagendes Gefühl, was den Zwischenfall bei der Jagd anging – den Beinahe-Unfall. Und diese Person, die überall aufzutauchen schien: Len Diamond mit seiner Kamera auf der Leeds Bridge; Len, der Cyril Fitzpatrick Andeutungen zuflüsterte; der beim Rennen vor mir mit seinem Wissen prahlte; der von Gideon King bedrängt wurde, als er auf der Tribüne die Runcies und Caroline fotografieren wollte.

Da er nicht um meine Hilfe bei dem Fall bat, musste Marcus noch so viel mehr entdeckt haben. Wüsste ich doch nur, was!

Als ich in meine Straße einbog, bemerkte ich eine schmale Gestalt in festen Schuhen und einem Gabardine-Regenmantel. Bald erkannte ich, dass es Philippa Runcie war, und winkte. Sie erwiderte den Gruß und rief: »Ich komme dir nach.«

Normalerweise wäre ich zur Garage gefahren, doch nun hielt ich an meiner Pforte, stieg aus und wartete auf Philippa.

Als sie bei mir war, blickte sie sich um. »Ich würde Gideon zutrauen, dass er mir gefolgt ist, aber ich glaube nicht, dass er gesehen hat, wie ich wegging.«

»Warum sollte Gideon dir folgen?«

»Ich habe dir doch gesagt, dass er mich immerfort beschützen will. Doch ich musste mal raus. In dem Haus werde ich noch verrückt.«

»Möchtest du reinkommen?«

»Ich würde lieber ein bisschen gehen, falls es dir nichts ausmacht, mit mir zu kommen. Ich möchte mit dir reden.«

»Ja, ich könnte selbst einen Spaziergang vertragen. Warte kurz, solange ich meine Tasche reinbringe und mir andere Schuhe anziehe.«

Fünf Minuten später spazierten wir meine Straße hinauf und vorbei an dem großen Haus, dessen Stall ich als Garage nutzte. Der Wald dahinter war still zu dieser abendlichen Stunde, und einzig das ferne Bellen eines Hundes war zu hören. Einiges Laub war gefallen und knisterte unter unseren Füßen.

Philippa schob die Hände in die Taschen. Für jemanden, der reden wollte, erschien sie mir recht schweigsam. Wir folgten dem Weg durch den Wald, und plötzlich sagte sie: »Während du die Schuhe gewechselt hast, habe ich einen Umschlag auf deinen Aktenschrank gelegt.«

»Aha?«

»Ich hatte dir einen Brief geschrieben, falls du nicht zu Hause wärst.«

»Und was steht drin, oder willst du, dass ich warte und ihn nachher lese?«

Ein Eichhörnchen flitzte über unseren Weg und einen Baum hinauf.

»Es sind ein Brief und ein Scheck, ein Vorschuss. Als wir in dem Labyrinth sprachen, hatte ich dir gesagt, dass ich herausfinden will, wer Everett ermordet hat. Das habe ich ernst gemeint. Hilfst du mir?«

»Ja, so gut ich kann.«

»Eigentlich meine ich keine Hilfe. Ich möchte, dass du richtig ermittelst.«

»Aber Scotland Yard ist an dem Fall, von Anfang an schon.«

»Pah! Ich weiß, dass du mit dem Chief Inspector befreundet bist, doch hättest du gehört, welche Fragen mir sein Sergeant heute gestellt hat, du wärst entsetzt. Unterdessen läuft der Täter irgendwo da draußen frei herum, und ich fühle mich nicht sicher.«

»Wie kommst du auf die Idee, dass die Polizei auf dem Holzweg ist?«

»Das schließe ich aus ihren Fragen. Der Sergeant hat es nicht direkt gesagt, aber er denkt, dass meine Familie den Mord an Everett in Auftrag gegeben hat, um Geld zu sparen und meine Ehre zu retten.«

Ich vermutete, dass es an Anthony Hartigans Erscheinen im Hotel lag. Nun, da ich ihnen Deirdre Fitzpatrick auf dem Silbertablett serviert hatte, könnte Anthony Hartigan durchaus ihr Hauptverdächtiger sein. »Das ist ärgerlich, doch sie werden alle Möglichkeiten untersuchen, alle Ansätze, und unvoreingenommen bleiben.«

»Sie sind nicht unvoreingenommen. Mein Schwager Harold empfindet es ebenfalls so, als zeigten sie mit dem Finger auf uns. Meine Familie würde so etwas nicht tun. Sie haben Everett nach wie vor gemocht. Ehrlich, Kate, hätten sie die Wahl, wären sie eher auf seiner Seite als auf meiner. Der Gedanke, dass sie einen Auftragsmörder auf ihn ansetzen, ist lächerlich.«

Ich fragte mich, ob es wirklich so lächerlich war, bedachte

man, dass Gideon aus Boston geschickt worden war, um als Philippas Privatsekretär zu fungieren und ihre Interessen zu schützen.

»Es wird nicht die einzige Spur sein, der sie nachgehen.«

Sie trat nach einem Stein. »Nein, du hast recht. Laut Harold überprüfen sie sämtliche Kredite, die Everett bei der Bank genehmigt hatte, jede finanzielle Missetat, die er begangen hat. Harold ist wütend. Es könnte dem Ruf der Bank schaden, was mich zwar nicht mehr kümmert, aber Harold tut mir leid. Er hatte sich gerade erst an den Gedanken der Scheidung und die Tatsache gewöhnt, dass er seinen Landsitz zurücknehmen muss.«

»Sollte Everetts Verbindung zur Bank gekappt werden?«

»Ja. Sie wollten ihn los sein. Deshalb hatte er vor, nach Italien zu ziehen. Doch Harold hat diesen irrwitzigen Verdacht, dass die Polizei denkt, die Bank könnte für Everetts Ableben bezahlt haben, weil er Geld gefordert hatte, um sich still zurückzuziehen und keinen Skandal zu verursachen.«

»Dann klingt es nach einer gründlichen Ermittlung.«

»Ja, genau. Sehr gründlich und sehr falsch. Ich kenne meine Familie, und ich kenne Bankiers. Sie verfügen über schlauere Methoden, mit unliebsamen Leuten zu verfahren, als sie umzubringen. Everett hätte im Regen gestanden, und das hat er gewusst. Er hat sogar angedeutet, dass es eine italienische Contessa gab, die ihn wollte, obwohl denkbar wäre, dass er mich damit bloß eifersüchtig machen wollte. Falls ja, hat es nicht gewirkt.«

Diese Information mochte Philippa nicht eifersüchtig gemacht haben, Caroline Windham indes wäre empört gewesen.

Ich hielt einen Zweig zur Seite, als Philippa und ich eine enge Wegstelle passierten.

»Es wäre weder für mich noch für meine Familie oder die

Bank von Vorteil gewesen, ihn zu ermorden«, sagte sie. »Es war vorbei, aus und erledigt. Warum also ihn erwürgen? Verstehst du nicht, Kate? Wenn nicht bald anständig ermittelt wird, kommt jemand mit einem Mord davon!«

Wir gingen und redeten noch über eine Stunde.

Schließlich fragte sie: »Übernimmst du die Ermittlung? Nichts kann dich abhalten, deine eigenen Erkundigungen einzuziehen. Bitte, zerreiß meinen Scheck nicht. Versprich mir, dass du es nicht tust.«

»Na gut, ich verspreche es. Aber du könntest auch von mir einige unangenehme Fragen zu hören bekommen.«

»Nur zu.«

»Gideon King. Du hast gesagt, dass er dich unbedingt schützen will.«

»Ja, das hast du selbst beim Pferderennen gesehen, als dieser Fotograf ein Bild von dem nicht-so-trauten Dreiergespann aus Everett, Caroline und mir machen wollte. Gideon empfand Everetts Verhalten mir gegenüber als unerhörte Kränkung und Beschämung. Dabei hatte ich ihm gesagt, dass es mich längst nicht mehr kümmerte. Ich hatte ja ein Ende vor Augen, und mir war ehrlich egal, was Everett tat. Es war eine ungeheure Erleichterung, denn kaum sah er, dass er mich nicht mehr verletzen konnte, als ich ihm sagte, dass es vorbei sei, wollte er es unbedingt noch einmal versuchen und schwor, Caroline nicht mehr zu sehen. Sogar nach dem Pferderennen hatte er geschworen, sie nicht eingeladen zu haben.«

»Hat Gideon ein Alibi für die Nacht oder den Morgen von Everetts Ermordung?«

»Wir hatten abends zusammen zu Hause gegessen, was komisch erscheinen mag, aber wie du weißt, ist er mit meinem Bruder zur Schule gegangen. Uns verbindet eine gemeinsame Geschichte.«

»Und nach dem Abendessen? Entschuldige die Frage, doch ich muss versuchen, mir ein klares Bild zu machen.«

Sie schüttelte den Kopf. »Keiner von uns hat ein Alibi.«

»Wo ist Mr. King jetzt?«

»Ich glaube, er macht es sich mit meinem Schwager Harold gemütlich. Willst du ihn sehen?«

»Ein anderes Mal vielleicht.«

»Ich hoffe, du fragst Caroline Windham, was sie in der Nacht gemacht hat.«

Am Tor von Kirkley Hall verabschiedeten wir uns. Ich ging langsam zurück und dachte über alles nach, was wir besprochen hatten.

Es war längst dunkel, bis ich zu Hause ankam. Dort wartete Sykes auf mich. Er weiß, wo ich den Ersatzschlüssel aufbewahre und dass Mrs. Sugden ihn reinlassen würde, dennoch hockte er vorn auf der kleinen Gartenmauer und blickte in Richtung Headingley Lane. Nun kam er mir entgegen.

»Stimmt etwas nicht, Mr. Sykes?«

Er nickte. »Deirdre Fitzpatrick wird vermisst.«

Sechzehn

Nichts treibt mich morgens früher aus dem Bett als das Wissen, dass ein Fall aufgeklärt werden muss.

Etwas an Philippas Bitte wunderte mich. Nach der Rückkehr von unserem Abendspaziergang hatte ich ihren Brief gelesen. Er war kurz; sie kam direkt zum Punkt und bat mich, Everetts Tod zu untersuchen. Doch da war noch eine zusätzliche Anmerkung, etwas, das sie bei unserem Spaziergang nicht erwähnt hatte. Sie schrieb:

> *Mir ging es in jüngster Zeit nicht gut, schon bevor all dies geschehen ist. Deshalb möchte ich so schnell wie möglich in die Staaten zurück.*

Mich überraschte nicht, dass sie alles hinter sich lassen wollte, was passiert war, nur strotzte sie augenscheinlich vor Gesundheit. Andererseits war verständlich, dass sie wegen der gescheiterten Ehe enttäuscht und ein wenig angegriffen war. Ich hoffte, ich könnte ihr helfen. Ihr Scheck mit dem Vorschuss machte den Fall allemal lohnenswert.

Und er war eine Herausforderung. Wer würde Runcies Mörder finden, Marcus oder ich? Marcus hatte den Nachteil, nicht zu wissen, dass er an einem Wettrennen teilnahm. Ich hatte den Vorteil, Sykes in seinem inneren Kreis zu haben; und ich beabsichtigte, jeden Trumpf zu nutzen, den ich hatte. Anfangen würde ich mit dem unerschöpflichen Informationsquell, dem allgegenwärtigen Len Diamond. Er war die eine Person, von der ich sicher sein konnte, dass weder Marcus' Detectives von Scotland Yard noch das CID von Leeds ihn befragt hatten. Diamond hatte eindeutig von der Scheidung gewusst. Deshalb hatte er versucht, den Bankier, seine Frau und seine Geliebte zu fotografieren. Was wusste er sonst noch?

Ich frühstückte zeitig und war oben, um mein Haar zu kämmen, als ich hörte, wie Mrs. Sugden die Tür öffnete.

Kurz darauf erschien sie an meiner Schlafzimmertür. »Da sind drei zwielichtige Gestalten an der Hintertür, die nach Ihnen fragen. Was soll ich ihnen sagen?«

Ich blickte aus dem Schlafzimmerfenster. Draußen parkte ein weißer Rolls-Royce mit einem Chauffeur hinter dem Steuer. »Sehen Sie sich das an, Mrs. Sugden.«

Sie schürzte die Lippen. »Betuchte zwielichtige Gestalten.«

Ich sah auf meine Uhr. »Bitten Sie sie herein und bieten Sie ihnen Tee an. Ich bin gleich unten.«

»Ich führe sie nicht ins Esszimmer. Die könnten in Ihren privaten Papieren herumwühlen.«

Wenige Momente später kam ich in die Küche, wo Mrs. Sugden eine Teekanne auf den Tisch stellte und befahl: »Lassen Sie den eine Minute ziehen.«

Cyril Fitzpatrick, Anthony Hartigan und ein blonder Mann mit einem arglosen, offenen Gesicht und einer gebrochenen Nase standen hastig auf. Den blonden jungen Mann hatte ich schon einmal gesehen, doch fiel mir nicht ein, wo.

Fitzpatrick und Hartigan wünschten mir einen guten Morgen.

Der Dritte im Bunde sah erst sie an, dann ein wenig trotzig zu mir, als erwartete er, dass man ihn wegschickte. »Ich bin Eddie, Missis. Eddie Flanagan. Ich und Deirdre sind gute Freunde.«

»Setzen Sie sich doch bitte alle.«

Die wohlerzogenen Zwielichtgestalten scharrten aufs Neue

mit den Stühlen. Mrs. Sugden bezog an dem hohen Küchenbüffet nahe der Tür Posten, vermutlich bereit, Hilfe zu holen, sollte es die Situation erfordern.

Fitzpatrick sagte zu seinen Begleitern: »Dies ist die Dame, von der ich euch erzählt habe. Wenn jemand Deirdre finden kann, dann sie. Sie wissen schon etwas, nicht wahr, Mrs. Shackleton?«

»Worüber, Mr. Fitzpatrick?«

Sie hatten Fitzpatrick die Eröffnung überlassen, waren jedoch offenbar nicht zufrieden mit seinem Zug, weshalb die anderen nun einstimmten und alle gleichzeitig zu sprechen begannen. Aus dem Durcheinander ging hervor, dass Deirdre vermisst wurde, was ich bereits wusste. Sie war vergangene Nacht nicht nach Hause gekommen. Mrs. Hartigan war gestorben, und Anthony wollte dringend wieder zurück nach New York.

»Bitte, meine Herren. Einer nach dem anderen.«

Diesen dreien so nahe zu sein machte mich nervös. Ihre Unruhe strahlte gleich Bleischrot von ihnen ab gen Decke und rieselte von dort herab.

»Sie weiß, dass ich meine Überfahrt nach New York gebucht habe. Was treibt sie für ein Spiel?«

Eddie sagte: »Was ist, wenn sie irgendwo liegt und verletzt ist? Letzte Nacht war es saukalt.«

»Wer ist der Schutzpatron der Vermissten, ist es Anthony?«, fragte Fitzpatrick seinen Schwager. »Du solltest es wissen, da er dein Namenspatron ist.«

Hartigan sah Fitzpatrick erbost an. »Der heilige Anthony und ich haben nicht besonders viel miteinander zu schaffen.« Er wandte sich mir zu. »Sie hätte im Pflegeheim bitten können, dass man mich im Hotel anruft. Ich hätte sie abholen und nach Hause bringen können.«

Ich hielt eine Hand in die Höhe. »Halt! Einer nach dem anderen. Mr. Fitzpatrick, kommen Sie mit mir ins Esszimmer. Ich werde mit jedem der Herren einzeln sprechen.«

Es half, ein wenig Ruhe herzustellen. Mrs. Sugden ging zum Tisch und nahm den Platz ein, den Fitzpatrick freigab. »Ich schenke jetzt ein.«

Fitzpatrick folgte mir ins Esszimmer, wo ich mir Stift und Papier nahm. Rasch notierte ich, dass Deirdre das Pflegeheim gegen sechzehn Uhr dreißig verlassen hatte und seitdem nicht mehr gesehen worden war.

»Haben Sie sie bei der Polizei vermisst gemeldet?«

»Habe ich, als sie letzte Nacht nicht nach Hause gekommen ist. Anthony war zum Tee gekommen, kurz nachdem Sie gegangen waren. Wir haben nichts von dem Essen angerührt und sind zum Pflegeheim gefahren, um Deirdre nach Hause zu holen. Ich hatte eine Nachricht hingelegt, falls sie in der Zwischenzeit zurückgekommen wäre. Die Oberschwester konnte es nicht verstehen. Sie hat gesagt, dass Deirdre zur Straßenbahnhaltestelle gegangen ist. Wir sind in die Cotton Street, um bei ihren Tanten zu fragen, und dann zur Polizeiwache Millgarth.«

»Fällt Ihnen ein, wo sie sein könnte, ganz gleich, wie unwahrscheinlich es ist?«

Er schüttelte den Kopf. »Wir haben es überall und bei jedem versucht.«

»Sie arbeiten heute nicht. Ist es, weil Deirdre verschwunden ist?«

»Nein, ich habe diese Woche Nachtschicht, obwohl ich nicht weiß, wie ich die Nacht durchhalten soll, wenn Deirdre bis dahin nicht zurück ist.«

»Sie hatten zu Mr. Sykes gesagt, dass ein Fotograf von der Zeitung sie nahe der Leeds Bridge gesehen hatte.«

Er schluckte und nickte.

»War Ihre Frau niedergeschlagen? Könnte sie überlegt haben, sich das Leben zu nehmen? Hatte der Fotograf es deshalb erwähnt?«

»Nein! Sie würde nicht von der Brücke springen. Und selbst wenn, bei ihrem Glück wären zwanzig Schutenschiffer da, die sich überschlagen würden, um sie zu retten. Sie liebt das Leben. Ich frage mich, ob sie mit jemandem zusammen war und es das war, was Diamond mir erzählen wollte. Hätte ich ihm doch nur besser zugehört!«

»Er könnte sich geirrt haben.«

»Oh nein. Sie hatte mir gegenüber sogar erwähnt, dass sie über die Leeds Bridge gegangen war und jemand sie nach dem Weg gefragt hatte. Ziehen sie und Diamond mich auf? Quälen sie mich absichtlich? Ist da etwas zwischen Len Diamond und Deirdre?«

»Es ist natürlich, dass Sie ein bisschen eifersüchtig sind, aber versuchen Sie, Ihrer Frau zu vertrauen. Sie sind der, den sie geheiratet hat.«

»Ich denke, sie bereut es.«

»Wenn Sie erlauben, werde ich mit Mr. Diamond sprechen. Ich kenne ihn, und er wird diskret sein.«

Die Wahrscheinlichkeit, dass Diamond diskret war, war ungefähr so groß wie die, dass König und Königin selbst ihre Bettsocken wuschen.

»Wenn Sie meinen, dass es hilft, reden Sie unbedingt mit ihm.«

»Wissen Sie, wann seine Arbeitszeit anfängt?«

»Der hat seine eigenen Regeln. Wer weiß, wann er anfängt? Er stempelt jedenfalls nicht ein oder aus, so viel weiß ich.«

»Tja, versuchen Sie, sich keine Sorgen zu machen. Schicken Sie mir jetzt bitte Mr. Hartigan herein.«

»Was ist mit Ihrem Honorar? Ist es derselbe Tagessatz, den

Sie mir genannt hatten? Übrigens haben Sie mir noch nichts berechnet.«

»Es wäre derselbe. Aber es kann sein, dass Ihre Frau von sich aus wieder auftaucht, bald schon. Hoffen wir es mal.«

Fitzpatrick nickte. Sichtlich erschöpft stand er auf. Ich vermutete, dass er nicht geschlafen hatte.

Anthony Hartigan kam mit gerecktem Kinn hereinstolziert, was mich an einen Hahn auf einem Bauernhof erinnerte.

Er vergeudete keine Zeit. »Es ist mir eine Menge wert, alles geregelt zu sehen, bevor ich abreise. Ich hatte nicht erwartet, eine Beerdigung für meine Ma arrangieren zu müssen, doch Deirdre lässt mir keine Wahl. Wenn Sie mich fragen, rächt sie sich auf diese Art dafür, dass ich nicht früher gekommen bin.«

»Ihre Familie muss sehr erfreut gewesen sein, Sie zu sehen.«

»Es sollte eine Überraschung sein. Und was für eine es war! Meine Schwester war sofort gegen mich eingenommen, und meine Ma hat Angst bekommen.«

»Das tut mir leid. Es ist bedauerlich, dass Sie so wenig Zeit mit ihr hatten.«

»Sie war nicht die Ma, die ich in Erinnerung hatte. Deirdre muss noch ein Säugling gewesen sein, als ich fortging. Ich konnte mich überhaupt nicht an sie erinnern. Dann hat sie angefangen, mir jährlich Bettelbriefe zu schicken, sobald sie schreiben konnte.«

»Wann haben Sie Ihre Schwester zum ersten Mal gesehen? Bei diesem Besuch?«

Plötzlich wirkte er misstrauisch.

Also ergänzte ich schnell: »Ich frage mich nur, ob sie irgendwas gesagt hat, vielleicht einen Hinweis gab, dass sie unglücklich war oder andere Pläne hatte.«

Er sah mich kurz an. »Sie waren letzten Mittwoch beim Pferderennen.«

»War ich, und ich hatte auf den Gewinner gesetzt.« Hatte er mich mit Marcus gesehen? Marcus hatte seine Tarnung aufgegeben, um Hartigan zu befragen. Ich blieb lieber vorsichtig.

»So wie ich.« Er lächelte. »Der gute alte Flint Jack.«

»Ich habe überlegt, wo ich Sie schon mal gesehen habe. Sie waren mit einem Mann in einem Kilt zusammen.«

»Nicht der heiterste Begleiter, aber er ist glücklich wieder nach Hause gereist.«

Was wahrscheinlich eine Untertreibung war. Mit einer Bestellung, New York trotz Prohibition mit Alkohol zu versorgen, dürfte er quietschfidel nach Hause gereist sein. Falls Hartigan mich mit Marcus gesehen hatte, überspielte er es gut. Vielleicht hatte es sich bezahlt gemacht, dass ich dort allein umhergewandert war, um meine eigenen Informationen einzuholen.

Eventuell konnte ich Hartigan noch eine kleine Information entlocken, die mir bei der Mordermittlung half.

»Haben Sie und Ihre Schwester sich verstanden, Mr. Hartigan? Als Sie sich kennenlernten, meine ich.«

»Ich habe sie kaum kennengelernt. Und sie war nicht gerade entzückt, mich zu sehen.«

»War das vor oder nach dem Pferderennen?«

»Ich bin am Dienstag aus London gekommen und war am Mittwoch und Donnerstag beim Pferderennen. Am Freitag bin ich in die Cotton Street gefahren, um meine Mutter zu besuchen. Sie war nicht da, und Nachbarn haben mir erzählt, dass sie in ein Pflegeheim gebracht wurde. Keiner hatte eine Adresse, ausgenommen Deirdre, und von ihr wussten sie nur, dass sie in Kirkstall wohnt. Also habe ich ein halbes Dutzend andere Verwandte aufgespürt. Am Freitagabend konnte ich endlich mit meinen Tanten reden und die Adresse bekommen. Sie hatten den ganzen Tag gearbeitet, müssen Sie wissen. Ich habe meine Ma erst am Samstag gesehen, und da hat sie geschlafen.

Deirdre plärrte mich nur an, weil ich nicht früher gekommen bin und nicht geschrieben habe.« Diese Ungerechtigkeit schien ihn erneut aufzubringen. »Ich hätte auch in London bleiben und meinen Geschäften dort nachgehen können.«

»Was für ein Jammer«, sagte ich und gab mich mitfühlend. »Von so weit her zu kommen. Wo wohnen Sie?«

»Im *Metropole,* dem besten Hotel, empfohlen vom Schneider in London. Was sich als Katastrophe erweist. Bloß weil ich einen Brandy mit einem Hotelgast getrunken habe, der am Ende tot war, werde ich erst höflich befragt, danach ein zweites Mal, als wäre ich es gewesen.«

»Ah ja, ich hatte gehört, dass es einen Todesfall in einem der Hotels gab. Wer ist gestorben?«

»Irgendein Bankier. *Er* hatte mich angesprochen. Er hatte mich beim Pferderennen gesehen und dachte, dass ich leicht auszunehmen wäre. Mir tut leid, dass er gestorben ist, doch wenn ich jeden abmurksen würde, der mich ausnehmen will, gäbe es einen Haufen trauernder Witwen.«

Manchmal erkenne ich, wenn jemand lügt. Dieser Mann war so versiert, dass er sich vermutlich selbst überzeugt hatte, jede von ihm geäußerte Lüge sei wahr. Wenn er Deirdre nicht vor Samstag kennengelernt hatte, schloss es sie als »die unbekannte Dame« bei Runcie in der Nacht aus. Oder nicht?

»Wie furchtbar für Sie! Demnach waren Sie der Letzte, der ihn lebend gesehen hat?«

»Nein! Er war mit irgendeinem Frauenzimmer dort. Sie ist nach oben gegangen, bevor ich mich zu ihm setzte.«

»Ah, dann ist es ja gut. Niemand kann Sie allen Ernstes verdächtigen.«

Er grinste und entspannte sich ein wenig. »Genau das habe ich denen auch gesagt, nur nicht so höflich.«

Allerdings könnte er mich verdächtigen, sollte ich nicht aufhören nachzufragen. Ich schrieb mir seinen Namen und den des Hotels auf. »Ich hoffe, dass ich helfen kann. Falls ich etwas über Ihre Schwester herausfinde, rufe ich Sie im Hotel an und schicke ein Telegramm an Mr. Fitzpatrick.«

»Danke.« Er zückte seine Brieftasche. »Ich bleibe zur Beerdigung, doch danach muss ich eilig zurück nach New York. Deirdre sollte zu Hause sein, wo sie hingehört. Ihr Mann spricht in den höchsten Tönen von ihr.«

Ich winkte die Brieftasche weg. »Warten wir ab, wie ich vorankomme.«

Hartigan zog eine Augenbraue hoch. »Es kommt nicht oft vor, dass Leute mein Geld ablehnen.«

»Ich werde tun, was ich kann. Würden Sie mir jetzt den anderen Herrn schicken?«

Eddie Flanagan betrat den Raum, als spränge er aus der Ecke eines Boxrings vor, doch kaum saß er, verpuffte seine Energie. Seine Erschöpfung strahlte nachgerade von ihm ab. Sein Gesicht war verschmutzt, und seine Augen waren geschwollen vor Schlafmangel. Nun erinnerte ich mich wieder. An dem Tag, als ich Deirdre gefolgt war, war er bei der Männergruppe gewesen, die an der Straßenecke mit einem Wurfspiel beschäftigt gewesen waren. Er war aufgestanden und hatte mit ihr gesprochen.

Nun sagte er: »Es war so kalt letzte Nacht. Es hat geregnet. Ich habe überall gesucht.«

»Wo genau?«

»Überall.« Er schwenkte einen Arm. »Ich habe versucht, Roundhay zu finden, weil ich nicht weiß, wo das ist. Da gehe ich gleich hin. Deirdre ist so traurig. Sie muss sich verirrt haben.«

Mir kamen Zweifel, dass Eddie bei diesem Unternehmen eine große Hilfe sein würde. »Waren Sie die ganze Nacht draußen unterwegs?«

Er nickte. »Ich habe in der Stadt gesucht, am Fluss, habe Leute aus dem Bett geholt und gefragt, ob sie Deirdre gesehen hatten. Ich war auch beim Kloster der Little Sisters, wo sie mal gewohnt hat.«

»Little Sisters?«

»Das sind die Nonnen, die an der Schule unterrichten, auf die wir alle gegangen sind. Und Deirdre hatte sich mal dahin zurückgezogen. Aber die haben sie nicht gesehen. Ich glaube, sie versteckt sich.«

»Warum sollte sie das tun?«

»Weil sie traurig ist. Weil ihr Herz blutet.«

Für einen Moment schwiegen wir. Ich notierte mir, dass er bei den Nachbarn und im Kloster nachgefragt hatte.

»Kennen Sie Deirdre schon lange?«

Wieder nickte er. »Schon immer. Ich glaube, wir waren fast mal verliebt, bevor ich meinen Verstand verloren habe.«

Sein Blick huschte durch das Zimmer und blieb an Geralds Fotografie auf der Anrichte hängen. »Wer ist das?«

»Mein Ehemann. Er ist nicht aus dem Krieg zurückgekehrt.«

Noch ein Nicken. Er brauchte mir nicht zu sagen, dass er Soldat gewesen war. Das konnte ich an seinen Augen erkennen.

»Na, kommen Sie, Mr. Flanagan. Je früher ich anfange, desto besser.«

»Sagen Sie Eddie zu mir. Jeder nennt mich Eddie. Ich war mal Boxer.«

Ich führte ihn in die Küche.

Mrs. Sugden verkündete: »Die sind ohne Sie gegangen, Eddie. Machen Sie sich nichts draus. Ich bereite Ihnen jetzt erst mal ein Frühstück zu.«

»Ich muss nach Roundhay«, erklärte er, als hätte er sie nicht gehört. »Zu dem Pflegeheim und nachsehen, wohin Deirdre gegangen sein könnte.«

»Hören Sie auf Mrs. Sugden, Eddie. Sie kümmert sich um Sie und beschreibt Ihnen dann, wie Sie nach Roundhay kommen.«

Obwohl er den geringsten Grund hatte, Deirdre zu finden, hatte ich das Gefühl, dass er sie von allen am liebsten mochte und am selbstlosesten war.

Und jede Vermutung von ihm, wo Deirdre sein könnte, dürfte besser sein als meine.

Siebzehn

Len Diamond war noch nicht in der Zeitungsredaktion, als ich dort gegen halb zehn eintraf. Ich hielt mich nahe dem Eingang und wartete auf ihn.

Als er circa zwanzig Minuten später erschien, sah er geradezu erfreut aus, mich zu sehen. »Kate, hallo! Ich treffe Sie gleich zweimal in einer Woche, der Himmel muss mir wohlgesinnt sein!«

»Hallo, Len! Ich habe gehofft, dass Sie mir bei einer Frage helfen können.«

Er zog eine ängstliche Miene. »Das klingt gefährlich.«

»Haben Sie einen Moment Zeit? Ich kann warten, bis Sie sich drinnen gezeigt haben.«

»Lassen Sie mich kurz nachschauen, was der Chefredakteur für mich hat. Ich bin wie der Blitz wieder da.«

Weitere zwanzig Minuten vergingen, dann saßen wir bei Kaffee und Toast im Kaufhaus Schofields. Mir war nicht wohl dabei, ihn von seiner Arbeit abzuhalten, doch er versicherte, es sei wunderbar zu frühstücken. »Also, womit kann ich Ihnen helfen, Kate?«

Ich wollte ihn nach seinem Zusammenstoß mit Philippas Sekretär beim Pferderennen und den Aufnahmen bei der Jagd fragen. Aber wenn Diamond auch bloß erahnte, dass ich mich für Philippa Runcie erkundige, würde er die Geschichte die nächsten zehn Jahre ausschlachten.

Indem ich mit der Suche nach Mrs. Fitzpatrick anfing, könnte ich die Fragen nach Runcie allgemeiner angehen.

»Es betrifft einen Kollegen bei der Zeitung.«

Auf einmal wirkte er interessiert. »Verraten Sie mir auch, welchen?«

»Einer der Setzer, Cyril Fitzpatrick, ist zu mir gekommen. Und ich habe seine Erlaubnis, mit Ihnen zu sprechen.«

Diamond strich Erdbeermarmelade auf seinen Toast. »Stimmt etwas nicht?«

Len und ich scherzten gewöhnlich miteinander, sogar bezüglich unserer gemeinsamen Leidenschaft für die Fotografie, doch ich verkniff mir die Anmerkung, dass Mr. Fitzpatrick seine Frau verlegt hatte.

»Seine Frau wird vermisst. Er macht sich Sorgen um ihr Wohlergehen, weil ihre Mutter gestern gestorben ist.«

»Wie traurig für sie, und was für eine Sorge für ihn! Aber ich habe sie nicht, Pfadfinderehrenwort.«

»Ich habe versucht, Mr. Fitzpatrick zu beruhigen, und gesagt, dass ihr bloß nicht danach gewesen sein könnte, nach Hause zu gehen. Dass sie möglicherweise bei einer Freundin übernachtet oder sich irgendwo ein Zimmer genommen hat.«

»Will er eine Vermisstenanzeige in der Zeitung? Falls es zu einer großflächigen Suche kommt, gibt es ein Foto von ihr im Archiv. Ich hatte es letztes Jahr in Kirkstall Abbey aufgenommen.«

»Dann hätte ich gerne einen Abzug davon, möglichst noch heute.«

Er nickte. »Ist schon so gut wie erledigt.«

»Mr. Fitzpatrick erwähnte, dass Sie sie unlängst gesehen haben. Sein Eindruck war, dass sie mit einem anderen Mann zusammen war.«

Diamond schnitt eine Grimasse, als wollte er sich nicht dazu äußern. »Sie hatte mit jemandem geredet, aber nicht mit jemandem, von dem ich annehmen würde, dass sie mit ihm durchbrennen könnte. Hören Sie, wenn sie nicht in Bälde wieder zurück ist, werde ich alle meine Regeln brechen und Ihnen den Namen des Mannes nennen. Dann können Sie sich Ihre Sherlock-Mütze aufsetzen und ihn aufspüren, für alle Fälle.«

»Wissen Sie sonst noch etwas über sie?«

Er schluckte einen Mundvoll Toast. »Nein, bedaure. Ich nehme an, dass ihr Mann sie vermisst gemeldet hat?«

»Ja, letzte Nacht, was nicht lange her ist, jedoch bin ich unsicher, wie dringlich es behandelt wird.«

»Na, das sollte es!«

Nun wechselte ich das Thema. »Durchaus. Aber die Polizei ist derzeit vollends ausgelastet.«

»Meinen Sie mit dem Mord? Tja, der ist ein Schock!«

»Mir scheint es so unglaublich, Len, wenn ich bedenke, dass wir beide Mr. Runcie noch am Mittwoch beim Pferderennen gesehen haben.«

»Beinahe hätte ich noch die letzte Fotografie von ihm bekommen. Hatte ich fast, wäre dieses Anhängsel von Mrs. Runcie nicht gewesen, das sich eingemischt hat, als ich einen tollen Winkel hatte. Wenn die Runcie-Scheidung in die Schlagzeilen gekommen wäre, hätte sich die Aufnahme an *Illustrated London News* und die halbe Fleet Street verkauft. Doch so, wie sich die Dinge entwickelt haben, würde sie jetzt natürlich keiner mehr kaufen, aus Respekt vor dem Toten und den Trauernden.«

»Bin ich froh, dass ich nur eine Amateurin bin, Len. Ich brächte solche Sachen nicht übers Herz.«

»Doch, würden Sie, wenn davon abhängt, ob Sie Ihre Miete bezahlen können. Die Drucker und Setzer stöhnen über ihre Lohnkürzungen. Ich wünschte, ich hätte deren Lohn. Dann wäre ich ein glücklicher Mann.«

»Ich kann mir nicht vorstellen, dass Sie irgendwann glücklich sind, Len. Sie wünschen sich immerzu die Fotografie, die

Sie nicht aufgenommen haben, die Stelle, auf die Sie sich nie beworben haben, oder die Filmrolle, die Sie irgendwo in einer Schublade liegen ließen.«

Er lachte. »Wahrscheinlich haben Sie recht.«

»Ich mochte Ihre Aufnahme von Runcie und Caroline Windham bei Lord Fotheringhams Jagdgesellschaft, kurz nachdem sie verwundet wurde.«

»Danke. Das war einer der Momente, in denen ich zur richtigen Zeit am richtigen Ort war.«

»Haben Sie an dem Tag viele Aufnahmen gemacht?«

»Einige.«

»Darf ich die sehen? Nicht mitnehmen, nur ansehen.«

Er ließ sich Zeit. »Warum?«

Die Kellnerin brachte die Rechnung. Wir hörten auf zu reden, während er eine Münze auf das Tablett legte und abwinkte, als ich zu bezahlen anbot.

Ich hatte vorgehabt, ihm zu erklären, dass ich die Komposition der Fotografien studieren wollte, was er mir ohnehin nicht geglaubt hätte, also sagte ich: »Es ist nur so eine verrückte Idee, was Runcies Tod betrifft. Was ist, wenn der verirrte Schuss gar nicht verirrt war, sondern versuchter Mord?«

Er stieß einen leisen Pfiff aus. »Na, das ist mal ein Gedanke! Haben Sie es der Polizei gesagt?«

Etwas veranlasste mich zu lügen. »Die würden mich für wahnsinnig halten, solch eine Absurdität zu äußern.«

Er lachte. »Es klingt recht weit hergeholt. Ich suche die Aufnahmen mal raus, auch die von Mrs. Fitzpatrick in Kirkstall. Glauben Sie mir, wenn es irgendein Drama bei der Jagdgesellschaft gegeben hätte, hätte ich es gesehen.«

Als wir das Café verließen, fragte ich so beiläufig wie möglich: »Wann wäre es günstig, dass ich vorbeikomme?«

»Gegen sechs. Ich kann nichts versprechen. Aber wenn

ich die Fotografien heute nicht ausgrabe, dann gleich morgen früh.«

»Danke.«

»Nicht der Rede wert. Und sollte ich helfen können, die flüchtige Mrs. Fitzpatrick aufzuspüren, werde ich ihrem Mann sagen, dass ich sie gern als Modell hätte.«

Wir trennten uns an der Tür. Ich ging zurück zu meinem Wagen. Len Diamonds Worte hatten für eine weitere Verknüpfung in meinem Gedächtnis gesorgt. Deirdre Fitzpatrick war die Art Frau, die ein Fotograf gern mit der Kamera einfangen würde – und die ein Bildhauer als Modell würde haben wollen.

Ich erinnerte mich an Rupert Cromers Skizzenblock und die auffallende Ähnlichkeit zwischen der Venusfigur unten auf dem Blatt und Deirdre Fitzpatrick. Modellsitzen war ein probater Weg, sich ein wenig Geld zu verdienen. Es mutete unwahrscheinlich an, dennoch war die Ähnlichkeit unheimlich.

Ich würde Rupert Cromer einen Besuch abstatten und vorsichtig nachforschen.

Falls Cromer bei der Jagdgesellschaft gewesen war, könnte er mir vielleicht erzählen, wer noch daran teilgenommen hatte, und vielleicht fallen lassen, wer »versehentlich mit Absicht« einen Schuss in Richtung Caroline Windham und Everett Runcie abgegeben hatte.

Achtzehn

An diesem strahlenden Septembermorgen zeigte sich Lord Fotheringhams Anwesen von seiner besten Seite. Meine robuste Jowett, »der kleine Motor mit der großen Zugkraft«, hüpfte über den unebenen Weg zum Cottage und zu den Nebengebäuden, die Rupert Cromer nutzte. Was für eine abgeschiedene Bleibe! Ich fragte mich, wie viele von solchen Flecken die Fotheringhams noch auf ihrem riesigen Anwesen hatten. Einige Schafe stoben auseinander, als ich mich näherte. Ein Reh blickte träge von seinem Äsen auf. Unweigerlich stellte ich mir die überfüllten Straßen in The Bank vor, den Mangel an Annehmlichkeiten und Kanalisation. Manchmal wunderte ich mich, wie wir es ohne Revolution durch den Krieg geschafft hatten.

Als ich näher kam, fiel mir ein, dass Cromer mitten in einem enorm wichtigen Projekt stecken könnte und nicht gestört werden wollte. Was mich natürlich nicht bremsen würde, aber er nahm seine Kunst wirklich sehr ernst.

Am Ende der Zufahrt waren seine aufragenden Skulpturen zu sehen, als würden sie der Landschaft entwachsen. Ein Stück schrie förmlich danach, fotografiert zu werden: der winzige Zentaur. Ich hielt den Wagen kurz vor dem Haus an und nahm meine Kamera hervor. Vor dem Werk suchte ich nach dem besten Winkel. Von unten wirkte die Figur bedrohlich, von oben einsam. Ich konnte mir den Zentauren vorstellen, wie er eine schattige Nische in Batswing Wood hinter meinem Haus fand. In dem Wäldchen gibt es eine natürliche Bühne, auf der Kinder spielen, und manchmal führt dort eine Theatertruppe Shakespeare auf. *Ein Sommernachtstraum* eignet sich am besten. Die Steinbank aus den Gestalten in Togen würde eine passende Sitzgelegenheit bieten. Da wir in Headingley sind, haben wir auch einen Anwohnerrat, der sich um das Wohl des Wäldchens kümmert. Beim nächsten Treffen würde ich fragen, ob wir eine Skulptur kaufen wollten.

Ich schob meine Befragung von Rupert Cromer auf, indem ich eine Weile damit verbrachte, den richtigen Winkel für meine Aufnahmen zu bekommen und das Licht zu prüfen. Die romanischen Figuren warfen schöne bizarre Schatten.

Nachdem ich die Kamera zurück in den Wagen gelegt hatte, ging ich auf das Cottage zu. Es kamen Geräusche aus der Scheune, die Cromer als Atelier nutzte, aber ich beschloss, beim Cottage anzuklopfen, um meine Ankunft auf offizielle Art anzukündigen.

Die Haushälterin brauchte länger, um zu öffnen. Falls sie mich hineinließ, könnte ich mir noch mal die Skizzen auf der Staffelei ansehen und mich vergewissern, dass Cromers Zeichnung von einem Frauenkopf tatsächlich Deirdre Fitzpatrick darstellte.

Dieses Anwesen wäre das ideale Schlupfloch für jemanden, der die Augen der Welt meiden wollte.

»Ja?«, fragte Cromers Haushälterin mich schroff. Da waren Spuren von Teig an ihren Fingern, und ihr missfiel merklich, beim Backen unterbrochen zu werden. »Was wollen Sie?«

»Ich möchte Mr. Cromer besuchen.«

»Der ist drüben.«

»Soll ich reinkommen und warten?«

»Da könnten Sie lange warten.«

»Gut, dann gehe ich rüber.«

»Tun Sie das.« Sie grinste zahnlos. »Der wird Ihnen nicht danken, dass Sie ihn stören.« Sie schloss die Tür.

Mich wunderte wenig, warum man diese Bedienstete im abgeschiedensten Bereich des Anwesens wirken ließ.

Ich kehrte um und schritt auf die Scheune zu. Eines der großen Tore stand ein Stück offen, sodass ich hineinsehen konnte. Auf den ersten Blick war drinnen ein Chaos aus Werkbänken, Werkzeugen, Hockern und Holz- oder Steinblöcken, die darauf warteten, dass Cromer sich ihrer annahm. Es gab einen Ofen mit einem Brennholzstapel daneben und einem Kessel obendrauf. Petroleumlampen hingen von der Decke. Cromer trug einen braunen Arbeiterkittel. Er hörte mich nicht kommen, weil er zu sehr mit einem großen Steinbrocken beschäftigt war, den er mit Hammer und Meißel bearbeitete.

In der Nähe hantierte ein junger Helfer an einer Werkbank. Er drehte sich um und sah unsicher erst mich, dann Cromer an. Ich trat einige Schritte vor. Nun blickte Cromer auf. Ich rechnete mit einem Stirnrunzeln, doch er schien erfreut zu sein, mich zu sehen.

»Hallo, Mrs. Shackleton.«

Sein Blick verriet mir sofort, dass er erwartete, etwas zu verkaufen. Oh nein. Nun, zumindest konnte ich ehrlich sagen, dass ich eine seiner Skulpturen für unser Wäldchen vorschlagen wollte.

Strahlend kam er auf mich zu.

»Mr. Cromer, entschuldigen Sie, dass ich Sie bei der Arbeit störe.«

»Aber nicht doch. Wir wollten sowieso gerade einen Kaffee trinken, nicht wahr, Bernard?«

Der junge Helfer nickte und ging zum Ofen.

Cromer führte mich nach draußen zu einer Steinbank an der Scheunenmauer. Dort setzten wir uns nebeneinander hin.

»Wie geht es Miss Windham?«, fragte ich.

Er spreizte die Hände auf seinen Knien. »Heute Morgen ist

sie wieder zurück ins Herrenhaus. Sie hat mir eine Nachricht geschickt, dass etwas über Everetts Tod in der *Times* steht.«

»Ja, ich habe es gesehen. Und ich nehme an, dass noch viel mehr kommen wird.«

»Caroline ist verzweifelt. Ich glaube nicht, dass sie das jemals verwinden wird.«

»Sie wollten nach Italien gehen, hörte ich.«

»Ja. Runcie hat dort eine Villa. Ich hoffe, er war so anständig, sie Caroline zu vermachen. Falls er sie denn halten konnte.«

»Denken Sie, das konnte er vielleicht nicht?«

»Wer weiß? Everetts finanzielle Situation war, gelinde gesagt, verworren.«

»Dennoch war er ein Förderer der Künste.«

Er lachte kurz. »Stimmt, er hat Werke in Auftrag gegeben. In der Hinsicht war er eine Inspiration. Aber er war ein guter Freund, und ich will nichts Schlechtes über ihn hören.«

Aus seinem reumütigen Ton schloss ich, dass Runcie begeistert Werke in Auftrag gegeben, jedoch nicht für sie bezahlt hatte. Es würde zu Runcie passen.

Ich wechselte das Thema und gestand, dass ich seine Arbeit fotografiert hatte.

»Dann sind Sie Fotografin?«

»Wenn ich die Zeit finde, ja, auf meine Art.«

Es wäre unbescheiden zu erwähnen, dass ich letztes Jahr den zweiten Preis im Wettbewerb der Zeitschrift *Amateur Photographer* gewonnen hatte.

»Was für eine Kamera haben Sie?«

Ich zählte meine Apparate auf.

»Ich würde gern die Aufnahmen sehen, die Sie von meiner Arbeit gemacht haben, denn ich hoffe auf eine Ausstellung, und es ist immer schwierig, gutes Material für den Katalog zu bekommen.«

»Die dürfen Sie selbstverständlich sehen. Und falls sie etwas taugen, müssen Sie mich wissen lassen, wenn Sie möchten, dass ich irgendwann mehr mache. Übrigens habe ich die Werke fotografiert, weil ich sie meinen Nachbarn zeigen und vorschlagen möchte, eines für das Wäldchen zu erwerben, um das wir uns gemeinsam kümmern.«

Er strahlte. »Danke, Mrs. Shackleton! Das ist mächtig anständig von Ihnen.«

»Ich würde ja selbst ein Stück von Ihnen kaufen, aber mein Haus ist klein, mein Garten noch kleiner, und ich sehe mich nicht als Sammlerin.«

Er lächelte. »Sollten Sie. Es ist nicht so anspruchsvoll, wie die Leute denken. Machen Sie mir ein Angebot, wenn Sie etwas sehen, das Ihnen gefällt.«

»Danke. Ich werde es mir merken.« Mit meinem Scheck von Philippa war eine solche Anschaffung vielleicht nicht ausgeschlossen. Natürlich müsste ich dafür erfolgreich sein und Everetts Mörder finden, um mir mein Honorar zu verdienen. Deshalb musste ich auf die Moorhuhnjagd zu sprechen kommen, und das tunlichst unauffällig.

»Apropos Fotografien, Sie hatten unlängst einen hervorragenden Fotografen auf dem Anwesen, der Aufnahmen von der Jagd gemacht hat.«

»Aha, wer war das?«

»Wahrscheinlich kennen Sie ihn nicht. Len Diamond von der hiesigen Zeitung; er trägt immerzu eine Mütze. Eventuell haben Sie ihn gesehen.«

»Jetzt, da Sie es erwähnen, fällt mir ein, dass letztes Jahr ein Journalist hier war, um ein Interview mit mir zu machen, und er hatte einen Fotografen mit einer karierten Mütze mitgebracht.«

»Das wird er gewesen sein. Er hat einen Vortrag bei unserem Fotografieverein gehalten und war so eloquent wie künstlerisch begabt.«

Als Künstler würde Cromer jetzt geneigt sein, das Gespräch wieder auf seine Arbeit zu lenken, daher redete ich direkt weiter.

»Mr. Diamond war am ersten Tag der Moorhuhnjagd hier. Ich habe eine seiner Aufnahmen in der Zeitung gesehen, die von Miss Windham, wie sie sich den verletzten Arm hält.«

»Was sie ihm nie vergeben wird. Sie kann es nicht leiden, in einem schwachen Moment gesehen zu werden.«

»Nein, vermutlich nicht. Waren Sie bei der Jagd dabei?«

Er verneinte energisch. »Ich finde kein Vergnügen daran, solche dummen Vögel zu erschießen. Da mache ich lieber mit meiner Arbeit weiter.«

So viel zur taktvollen Erwähnung des Vorfalls. Wenn es so weiterging, hätte Scotland Yard jemanden verhaftet, verurteilt und gehängt, bevor ich auch nur einen einzigen Hinweis fand, was mit Everett Runcie geschehen war.

Cromers Lehrling, ein blasser, ernster Junge, brachte unseren Kaffee. Wir rückten ein wenig auf Abstand, um die Becher zwischen uns auf der Bank abstellen zu können.

Cromer sagte: »Danke, Bernard. Mach du auch eine Pause.«

Als wir etwas von unserem Kaffee getrunken hatten, nahm ich die Fotografie von Deirdre aus meiner Tasche.

Noch bestand Hoffnung. Wenn ich Deirdre fand, wäre mir nicht nur Fitzpatricks ewige Dankbarkeit sicher, sondern es könnte auch mein starker Verdacht bestätigt werden, dass sie in dem Hotel gewesen war. Und in dem Fall könnte sie wertvolle Informationen haben.

»Mr. Cromer, mein Besuch hat noch einen anderen Grund. Würden Sie sich bitte diese Fotografie ansehen? Nur die Braut, nicht den Bräutigam. Ich suche nach einer vermissten Person, und sie könnte als Modell gearbeitet haben.«

Er nahm das Bild, betrachtete es aufmerksam und schüttelte den Kopf. »Ich erkenne, warum sie als Modell arbeiten könnte, aber nein, ich kenne sie nicht.«

Ich nahm die Fotografie zurück. »Danke.«

»Wer ist sie?«

»Die Frau eines Setzers von der Lokalzeitung. Er macht sich große Sorgen, weil sie verschwunden ist.«

»Armer Kerl. Sie sieht wie die Art Frau aus, die Männer verrückt macht. Wenn Sie sie finden und sie gern Modell sitzen möchte, sagen Sie mir Bescheid.«

»Ich bezweifle, dass ihr Mann sie wieder aus den Augen lässt, hat er sie erst gefunden. Sie steckt schon in genug Schwierigkeiten.«

»Was für Schwierigkeiten?«

»Das werde ich beantworten können, wenn ich sie gefunden habe. Ich frage, weil ich bei meinem letzten Besuch hier den Skizzenblock in Ihrem Wohnzimmer gesehen habe und fand, dass das Gesicht darauf große Ähnlichkeit mit Mrs. Fitzpatrick hatte.«

»Aha? Jetzt machen Sie mich neugierig.« Er stand auf. »Kommen Sie, sehen wir es uns an.«

Wir nahmen unsere Becher mit zum Cottage. Als Cromer die Tür öffnete, wehte mir ein Backgeruch entgegen. Der Haushälterin mochte es an Umgangsformen mangeln, doch ihre Brötchen dufteten gut.

Im Wohnzimmer ging Cromer auf den Skizzenblock zu. »Blättern Sie nur und zeigen Sie mir, welche Zeichnung Sie meinen.«

Das oberste Blatt war voller neuerer Skizzen von der Haushälterin, halb menschlich, halb knorriger Baum. Und es war eine Zeichnung von Caroline Windham da. Sie saß auf einem alten Sessel, das rechte Bein unter sich angewinkelt und den

Kopf zur Seite geneigt. Der Inbegriff von Trauer und Verlust.

Das Blatt darunter war es, das ich gesehen hatte, mit einem Mann und einem Motorrad und einer Venusfigur, von der ich gedacht hatte, sie hätte Deirdres Gesicht. Jetzt sah ich, dass es nicht stimmte. Da war eine gewisse Ähnlichkeit, doch betrachtete man es neben der Fotografie, wurde offensichtlich, dass es nicht Deirdre war.

»Verzeihen Sie, es liegt an mir. Ich sehe sie überall.«

Cromer stand am Fenster. »Ist schon gut. Das passiert mir dauernd. Unsere Augen und Herzen täuschen uns, Gott sei Dank.«

Wenig später fuhr ich weg und war froh darüber, denn von einer Biegung auf der Zufahrt aus bemerkte ich Caroline Windham, die durch den Park zum Cottage ritt.

Ich hielt den Wagen an und rief ihr einen Gruß zu.

Sie sprach mit ihrem Pferd und dirigierte es zu mir, was fürwahr eine Ehre war. Ich fragte mich, ob sie nach Edinburgh gefahren werden oder sich fünf Pfund leihen wollte.

Sie blickte aus dem Sattel zu mir herab. »Ich habe etwas für Sie, Mrs. Shackleton.« Sie griff in ihre Tasche. »Aber ich möchte sie zurückbekommen. Es ist meine Glückskugel.« Sie legte die Kugel in meine ausgestreckte Hand. »Während ich ausritt, hatte Lord Fotheringham Besuch von der Polizei, die ihn gefragt hat, wer bei der Jagd dabei war. Anscheinend gehen sie der Vermutung nach, dass jemand absichtlich auf mich geschossen hat. Ich frage mich, wie sie auf die Idee gekommen sind.«

»Das weiß ich wirklich nicht.«

»Natürlich ist Lord Fotheringham empört. Er bürgt persönlich für jeden einzelnen Gast.«

»Aber Sie sind sich nicht so sicher?«

Sie zuckte mit den eindrucksvollen Schultern. »Ich bin insgesamt unsicher, Mrs. Shackleton. Doch Sie sind diejenige, die als Erste den Gedanken hatte, deshalb gebe ich Ihnen diese Patrone, damit Sie sie weiterreichen. Ich glaube, die Polizei beherrscht sehr gute Techniken, um Patronen oder Kugeln Waffen zuzuordnen. Sagen Sie ihnen, dass sie sich zuerst Philippa Runcies Gewehr oder das von ihrem Sekretär vornehmen sollen.«

Neunzehn

Vierundzwanzig Stunden waren vergangen, seit Philippa mich um Hilfe gebeten hatte. Bisher konnte ich lediglich die Kugel vorweisen, die Caroline Windham mir gegeben hatte, und das Wissen, dass auch Marcus meine Theorie ernst nahm, der sogenannte »Fehlschuss« könnte für Runcie bestimmt gewesen sein.

Um kurz vor sechs Uhr traf ich bei der Zeitungsredaktion ein und hoffte, dass Len Diamond mir die Fotografien dagelassen hatte, die er an jenem Tag aufgenommen hatte, zusammen mit seiner Aufnahme von Deirdre aus dem letzten Jahr.

Es ist sehr nützlich, gute Kontakte zur Lokalzeitung zu haben, und zu ihnen zählt der alte George, der Pförtner am Empfang. Ich hielt ihn grundsätzlich bei Laune und wechselte auch jetzt einige Worte mit ihm, ehe ich fragte, ob Len Diamond einen Umschlag für mich hinterlegt hätte.

George ging die Papiere und Umschläge in seinem Korb durch. »Nein, bedaure, Mrs. Shackleton. Mr. Diamond hat nichts für Sie abgegeben.«

Es ist ärgerlich, wenn sich etwas wirklich dringend anfühlt, aber leider in den Augen aller anderen kaum dringend zu sein scheint. Ich war auch zu optimistisch gewesen zu glauben, dass Len Diamond sich die Mühe machen würde, alte Fotografien auszugraben, wenn er mit dem für ihn heute Wichtigen beschäftigt war. Len war jemand, der stets auf der Suche nach Neuem war.

»Danke, dass Sie nachgesehen haben, George. Ich komme morgen wieder.«

»Ich richte ihm aus, dass Sie hier waren, falls er reinkommt, bevor ich nach Hause gehe.«

Als ich George kennenlernte, hielt ich ihn für mürrisch und verstockt, doch man staunt, was ein wenig Bestechung bewirken kann. Ein paar Kricket-Karten, eine Schachtel Zigaretten vor dem Zahltag (»Jemand hat mir die hier geschenkt, und ich rauche sie nicht.«), und er ist mein Freund fürs Leben. Es verdross ihn, mich so enttäuscht zu sehen.

»Kann Mr. Duffield Ihnen heute nicht helfen?«

»Schön wäre es.«

Und dann kam mir eine geniale Idee, die ich dem Gedanken an Bestechung verdankte: kleine Gaben, Anreize, Trinkgelder.

Sykes und ich hatten zunächst angenommen, dass Barnard und Deirdre Fitzpatrick ein Liebespaar waren und deshalb zusammen im Hotel gewesen waren. Sykes hatte berichtet, dass man sich im *Adelphi* an Mr. Barnard als großzügigen Gast erinnerte, was er auf den Wunsch des Sängers geschoben hatte, gemocht zu werden. Was, wenn es eine andere Interpretation gab? Wenn er ein gutes Trinkgeld gegeben hatte, damit man sich an ihn erinnerte? Wenn ich herausfinden könnte, ob er dort gewesen war, um einen Beweis für eine Scheidung zu beschaffen, würde vielleicht klarer, was ich als Nächstes tun musste.

Falls Deirdre sich zu dem expliziten Zweck mit Männern traf, ihnen beim Beweis der Untreue zu helfen, musste jemand dahinterstecken. Es war kaum eine Dienstleistung, die man in einem Schaufenster anbot.

Ohne eine eindeutige Spur – wie einen Finger, der aus dem Himmel auf den Schuldigen wies – musste ich mich auf Kleinigkeiten konzentrieren, Mrs. Fitzpatricks Schritte nachvollziehen.

»Sie haben mich eben auf eine gute Idee gebracht, George. Mr. Duffield könnte mir helfen. Wann macht er Feierabend?«

»Um sechs.«

Ich blickte auf meine Uhr. Noch fünf Minuten. »Ist es in Ordnung, wenn ich ihn oben anrufe?«

»Das erledige ich für Sie.« Er stellte die Verbindung her und gab mir den Hörer. »Mr. Duffield, hier ist Kate Shackleton. Müssen Sie eilig nach Hause?«

Musste er nicht. Er wollte mich in fünf Minuten am Eingang treffen.

Mr. Duffield ist ein Herr in den Sechzigern. Ich lernte ihn kennen, als ich das Verschwinden eines Webereibesitzers untersuchte und alte Zeitungsausgaben einsehen wollte. Er war damals ausgesprochen hilfsbereit und ist es seither. Manche Menschen sprudeln einfach über vor Ideen, und er zählt zu ihnen. Der ideale Begleiter für einen Besuch in einer Hotellounge.

Derzeit umwarb er zaghaft eine Freundin meiner Mutter. Mithin war dies eine gute Gelegenheit, mich auf den neuesten Stand seiner Bemühungen bringen zu lassen.

Mich erstaunte, wie elegant er aussah. Er war immer förmlich gekleidet, allerdings ein klein wenig schäbig, mit verschlissenen Manschetten und so. Damit war dank dem Einfluss der Freundin meiner Mutter, Martha Graham, Schluss.

Er war prompt einverstanden, mit mir ein Glas Sherry zu trinken, und wir gingen los, weil wir beide zu Recht dachten, dass wir um diese Zeit zu Fuß schneller wären.

Ich fragte ihn nach seinen Bridge-Stunden bei Mrs. Graham.

»Ich schlage mich sogar sehr gut«, sagte er. »Mrs. Graham ist so freundlich, mich als ›Naturtalent‹ zu bezeichnen.«

Meine Mutter hat mir stets von Bridge abgeraten, mit dem Argument, es würde zu viel Lebenszeit verschlingen und zu ernst genommen.

Der schmale Gehweg war voller Leute, die von der Arbeit

nach Hause eilten. Für einen Moment wurden wir getrennt, als ein Laufbursche zwischen uns hindurch zur Straßenbahn preschte.

Beim Überqueren der Leeds Bridge sagte Mr. Duffield: »Verzeihen Sie meinen Verdacht, Mrs. Shackleton, aber hat unser Besuch im *Adelphi* mit einer Ermittlung zu tun?«

»Was wäre, wenn ich sagte, dass er einzig dem Zweck dient, Sherry zu trinken, Mr. Duffield?«

»Dann würde ich mich überaus geschmeichelt fühlen, wäre jedoch auch ein wenig ungläubig. Wie ich höre, untersucht Ihr Freund, der Chief Inspector, den Mord an Mr. Runcie.«

»Tut er.«

»Demnach helfe ich bei einer Ermittlung?«

»Das könnte man so sagen.«

»Gut.«

Es hatte mir nichts ausgemacht, mit Len Diamond über Deirdres Verschwinden zu reden, aber Mr. Duffield ist solch ein alter Viktorianer, und etwas sagte mir, dass es Cyril Fitzpatrick nicht recht wäre, wenn er es wusste.

Im *Adelphi* kamen mir sofort Bedenken. Wir gingen durch den Korridor und blickten in die unterschiedlichen Bars. Ideal wäre ein Zimmermädchen. In einem großen Hotel putzten Zimmermädchen die Gästezimmer, machten morgens die Betten, schlugen sie am frühen Abend auf und taten dazwischen weiß der Himmel, was. Ich hoffte, dass sie in einem kleineren Hotel auch noch andere Funktionen hatten.

»Welcher Raum?«, murmelte Mr. Duffield.

»Einer mit einer weiblichen Barbedienung.«

Im ersten Raum stand ein selbstbewusstes Paar mittleren Alters, das mit einigen Stammgästen plauderte.

»Der Hotelier und seine Frau«, raunte Mr. Duffield.

In dem belebteren Schankraum bediente ein Barkeeper.

Rauchzimmer 1 schien die beste Wahl zu sein. Es hatte den Vorteil, verhältnismäßig ruhig zu sein. Die Frau hinter dem Tresen hatte ein rundes, freundliches Gesicht und blickte vom Polieren ihrer Gläser auf, als wir eintraten.

Gemeinsam schlenderten wir auf den Tresen zu, was wir damit rechtfertigten, dass ich mir die Etiketten auf den Sherry-Flaschen ansehen wollte. Dann trödelte ich, während Mr. Duffield Amontillado bestellte.

»Ist dies nicht das Hotel, in dem kürzlich der Gilbert-and-Sullivan-Sänger gewohnt hat?«, fragte ich.

Die Bedienung lächelte, als sie den Sherry einschenkte. »Ja, hat er, und er hat mir eine signierte Fotografie von sich gegeben.«

»Wie wunderbar!«

Sie zückte das Autogrammbild sofort, das mit *Für Gloria* unterschrieben war.

Ich seufzte vor Neid.

Mr. Duffield sagte umgehend: »Das könnten Sie rahmen lassen.«

»Oh, will ich auch. Und ich wäre so gern in eine seiner Vorstellungen gegangen, aber ich musste die ganze Woche arbeiten.«

Das klang vielversprechend. »Ich bewundere ihn auch sehr«, sagte ich leise. »Meine Firma ist hier und da in legalen Sachen für ihn tätig.«

Mr. Duffield räusperte sich.

Und Gloria schwärmte: »Solch ein liebenswürdiger Mann, überhaupt nicht angeberisch, wie es so viele Berühmtheiten sind. Ich bringe Ihnen die Getränke gleich.«

Ich stupste Mr. Duffield an, und er verstand. »Und eines für Sie, Gloria.«

»Vielen Dank, Sir.«

Wir setzten uns an einen Ecktisch. Mr. Duffield versuchte, einen leisen Tadel loszuwerden. »Fühlen Sie sich nie schlecht dabei, Leute zu beschwindeln, Mrs. Shackleton?«

»Mr. Duffield, tun Sie nicht so, als wären Sie zu Hause bei einem Tee und einem gekochten Ei besser aufgehoben.«

Als die Bedienung mit dem Tablett kam, wartete ich, bis sie unsere Gläser hingestellt hatte, und berührte leicht ihren Arm. »Gloria?«

»Ja?«

»Bekommen Sie keinen Schrecken, aber wir haben eine Frage, die Mr. Barnards Aufenthalt im Hotel betrifft. Wären Sie bereit zu beschwören, dass er und Mrs. Barnard hier gewohnt haben und, wie ich glaube, sie in jeder Hinsicht ein Paar waren?«

Sie blickte über ihre Schulter und antwortete, als hätte sie halb mit der Frage gerechnet. »Ja, würde ich. Ich hatte ihnen zwei Morgen hintereinander ihren Tee gebracht.« Vielleicht hätte sie mehr gesagt, doch ein Blick zu Mr. Duffield verhinderte mögliche ausführlichere Beschreibungen.

Ich griff nach meiner Geldbörse. »Vielen Dank.«

Sie neigte sich zu mir. »Muss ich vielleicht in London vor Gericht aussagen?«

»Es wäre möglich. Falls Sie vorgeladen werden, bekommen Sie das Fahrgeld und sonstige Ausgaben erstattet.«

Sie nickte.

»War schon einer meiner Kollegen in dieser Angelegenheit bei Ihnen?«

Ich legte eine halbe Krone auf den Tisch.

Sie ließ die Münze in ihrer Tasche verschwinden. »Oh nein, es ist nur wegen dem, was Mr. Barnard gesagt hat.«

Mr. Duffield blickte konzentriert in seinen Sherry, als sie an die Bar zurückkehrte. Sie betrachtete sich in dem schriftverzierten Spiegel hinter den Flaschenreihen und strich sich das Haar glatt.

»Sie hätte auch nicht das Zimmermädchen sein können.«

»Tja, ich hatte eben Glück.«

Es wurde auch Zeit, dass ich mal einen Treffer landete.

»Worum geht es hier?«

»Geben Sie mir Ihr Pfandfinderehrenwort zu schweigen, Mr. Duffield?«

»Meine Lippen sind versiegelt, nur meine Ohren sind offen.«

»Sie kennen das neue Scheidungsgesetz.«

Kannte er. Mr. Duffield behält die Zeitungen genauer im Blick als das Wetter. Er wusste, dass das Gesetz am achtzehnten Juli dieses Jahres in Kraft getreten war. »An welchen Teil denken wir hier?«, fragte er.

»Den Teil, der Frauen eine Scheidung erlaubt, wenn der Ehemann untreu ist, ohne dass Grausamkeit oder Verlassen hinzukommen müssen.«

Mr. Duffield nippte an seinem Sherry. »Und Ihren Worten zufolge könnte ein gewisses Maß an geheimer Absprache im Spiel sein?«

»Ja, was vermutlich den ganzen Vorgang nichtig macht. Aber ich habe nicht vor, Mr. Barnards Scheidung zu behindern. Ich will eine Frau finden, die vermisst wird, und sehen, welche Verbindung es zu dem Mord geben könnte.«

»Hegen Sie den Verdacht, dass der Frau etwas zugestoßen ist?«

»Es ist alles noch sehr verwirrend, Mr. Duffield. Ich weiß nicht, was ich denken soll.«

Inzwischen war ich überzeugt, dass Deirdre Fitzpatrick nicht nur ein Wochenende mit Joseph Barnard verbracht hatte, sondern auch eine Nacht mit Everett Runcie. Was ich nicht wusste, war, wie ich mir das bestätigen lassen sollte. Ebenso wenig wusste ich, wer sie mit diesen beiden sehr unterschiedlichen Männern zusammengebracht hatte und ob diese Person mit in Everett Runcies Tod verwickelt war.

Ich hätte noch ein zweites Glas Sherry genommen, entschied mich aber dagegen, weil dies lieber ein kurzer Besuch sein sollte und Gloria keine Zeit haben durfte zu überlegen, dass Mr. Duffield und ich ein seltsames Anwaltspaar abgaben.

Er war derselben Meinung.

Fünf Minuten später überquerten wir die Brücke und gingen zu Mr. Duffields Straßenbahnhaltestelle.

»Mr. Duffield, Sie haben viele Beziehungen.«

»Habe ich.«

»In jungen Jahren haben Sie bei einer überregionalen Zeitung gearbeitet.«

»Ganz recht.«

»Könnten Sie herausfinden, in welcher Kammer die Sachen ›Barnard gegen Barnard‹ und ›Runcie gegen Runcie‹ verhandelt werden?«

»Es müsste möglich sein, ist aber geschmacklos.«

»Mord ist geschmacklos, Mr. Duffield.«

Wir hatten seine Haltestelle erreicht.

Und er zögerte.

»Ich könnte mit Ihnen zurück ins Archiv kommen, falls ein Telefonanruf hilft.«

»Mag sein.«

»Und hinterher könnte ich Sie nach Hause fahren.«

»Bestechen Sie mich, Mrs. Shackleton?«

»Mr. Duffield, was für eine schockierende Bemerkung!«

Indem man sich kleine Informationsfetzen von unterschiedlichen Leuten besorgt, hält man das Bild des Ganzen geheim. Als ich Mr. Duffield abgesetzt hatte und wieder zu Hause war, rief ich meine Tante Berta in London an. Sie ist die ältere Schwester meiner Mutter, Lady Rodpen. Tante Berta hat Söhne, aber keine Töchter, und sie und ich haben uns schon immer gut verstanden.

Wie alle, hatte auch sie die Meldung zu Everetts Tod in der *Times* gelesen.

»Gibt es Neuigkeiten?«, fragte sie.

»Noch nicht, aber, Tante, ich wäre dir dankbar, wenn du eine winzige Kleinigkeit für mich herausfinden könntest.«

Es entstand eine Pause. »Worum geht es, meine Liebe?«

Ich nannte ihr den Namen der Lincoln's-Inn-Kammer, die Mr. Duffield mir aufgeschrieben hatte. »Frag doch bitte mal, ob der Kammersekretär mir vielleicht einen verlässlichen Rechtsbeistand in meiner Gegend empfehlen kann, jemanden, den ein Mann konsultieren könnte, wenn er Rat in Eheangelegenheiten braucht.«

»Was für einen Rat?«

Sie würde direkt an Besitz denken, nicht an Trennung, also musste ich genauer sein. »Rat bezüglich irreparabler, unlösbarer Probleme, die zur Auflösung einer Ehe führen.«

»Ich werde sehen, was ich tun kann.«

»Danke, Tante.«

»Wie geht es deiner Mutter?«

Tante Bertas jüngere Schwester, Virginia Hood, genannt Ginny, hatte mich kurz nach meiner Geburt adoptiert. »Mutter geht es sehr gut, danke.«

»Und wie hält Philippa sich? Hast du sie gesehen?«

»Das ist schwer zu sagen. Zum Glück hat sie einen exzellenten Sekretär, und Harold, ihr Schwager, ist bei ihr.«

»Gut. Gibt es schon einen Termin für die Beerdigung?«

Zwanzig

Früh am nächsten Morgen stand ich mit dem Telefonhörer in der einen und meiner Haarbürste in der anderen Hand in der Diele.

»Kate, guten Morgen. Habe ich dich geweckt?«

»Hallo, Marcus, nein, ich bin schon lange auf.«

»Hast du Zeit, auf ein kurzes Gespräch ins Hotel zu kommen?«

»Soll dieses Gespräch mit dir stattfinden oder mit Sergeant Wilson?«

»Mit mir.«

»Ich frage nur, weil ich gehört habe, dass Sergeant Wilson so gut darin ist, Damen zu befragen.«

Wäre er nicht gerade überheblich gestimmt gewesen, hätte Marcus über meine Bemerkung gelacht. Doch er sagte: »Ja, er hat da eine sehr gute Herangehensweise.«

»Wie nett für ihn. Also, ich bin bald da. Ich wollte ohnehin in die Stadt.«

»Ach, und … Kate?«

»Ja?«

»Ich glaube, du hast eine Fotografie, die ich gern sehen würde, von einer Frau, die vielleicht hier im Hotel übernachtet hat.«

»Ich sehe nach, ob ich sie finde.«

»Versuch es bitte.«

Ich legte auf. Der Mann konnte so anstrengend sein. Jetzt wollte er das Hochzeitsbild von Fitzpatrick und Deirdre. Nun, eventuell hatten ihn die Nachforschungen zu den Machenschaften von Philippas Familie und den Betrügereien der Kirkley Bank in eine Sackgasse geführt.

Natürlich war alles Pompöse verschwunden, als ich ihn in dem belebten Zimmer im zweiten Stock des Hotels sah. Da war er höflich wie immer, und ich konnte nicht umhin, ihn wieder ein wenig zu mögen.

»Kate! Danke, dass du gekommen bist!«

»Ich ignoriere nie, wenn mich die Gendarmerie einbestellt, Marcus.«

»Hast du die Fotografie?«

Ich nahm sie aus meiner Tasche. »Die Aufnahme ist sechs Jahre alt. Mr. und Mrs. Cyril Fitzpatrick. Deirdre. Es kann sein, dass ich später an diesem Tag eine neuere Fotografie bekomme.«

»Das wäre gut.« Er betrachtete die Aufnahme. »Hast du eine Ahnung, wohin sie verschwunden sein könnte?«

»Nein, aber ich suche im Auftrag des Ehemannes nach ihr. Er war mit seinem Schwager, Mr. Hartigan, bei mir.«

Marcus runzelte die Stirn. »Ist sie bei der Polizei vermisst gemeldet worden?«

»Ja, am Sonntag.«

»Sag mir Bescheid, wenn du sie zuerst findest.«

»Marcus, du hast Mr. Sykes als deinen Special Constable verpflichtet, nicht mich. Aber du weißt, dass ich stets gewillt bin zu kooperieren.«

»Ich habe mit Hartigan gesprochen. Er bleibt bei der Geschichte, dass er seine Schwester nicht vor Samstag gesehen hat.« Marcus machte eine Pause und wartete auf einen Kommentar von mir. Ich äußerte keinen, also fuhr er fort: »Kannst du mir sonst noch etwas über Mrs. Fitzpatrick erzählen, das helfen könnte?«

Es war typisch, dass er solch eine Frage stellte. Ich hätte ihm von dem Ladendiebstahl erzählen können und von Fitzpatricks Verdacht, aber das tat ich nicht.

»Sie war am Freitagabend nicht nach Hause gekommen. Ich glaube, dass sie hier im Hotel war und geflohen ist, nachdem Mildred mit dem Morgentee an die Tür geklopft hatte. Sie war zu Hause und setzte den Kessel auf, als ihr Ehemann am Samstagmorgen nach unten kam. Außerdem war sie an dem Wochenende vom vierundzwanzigsten August mit einem Mann im Hotel *Adelphi*, dessen Frau die Scheidung beantragt.«

Marcus tippte mit seinem Stift auf die Schreibtischunterlage. »Du hast einiges herausbekommen, bedenkt man, dass du nicht an dem Fall dran bist.«

»Sonst noch etwas?«

Ich hatte bisher nichts von Tante Berta gehört, was einen Anwalt in Leeds betraf, der arrangiert haben könnte, dass sich Deirdre mit Joseph Barnard und, eventuell, Everett Runcie traf.

»Im Moment nicht. Wäre das alles, Marcus?«

»Nicht ganz. Ich hatte gestern Nachmittag jemanden geschickt, um Mr. Runcies langjährige Bekannte zu befragen.«

»Seine Geliebte?«

Marcus nickte. »Anscheinend hast du bereits mit ihr gesprochen. Zweimal.«

»Marcus, jemand musste ihr sagen, dass Runcie tot ist. Ich wusste, dass sie diskret sein würde, und sie hatte ein Recht, es zu erfahren.«

»Dann hättest du mich informieren müssen.«

»Das habe ich versucht, falls du dich erinnerst. Du hattest mich nicht zurückgerufen. Ich mache dir keinen Vorwurf, weil du natürlich sehr beschäftigt warst. Und letztlich muss ich meine eigenen Entscheidungen treffen.«

Es entstand eine kurze, bedeutungsschwangere Pause. Wir beide wussten mittlerweile, dass die Intimität zwischen uns Geschichte war, vorbei, aber nicht vergessen.

Sanft sagte Marcus: »Ich weiß. Und du hast recht. Miss Windham hatte den Fotheringhams nichts erzählt. Lord Fotheringham war von dem Artikel in der *Times* genauso schockiert wie jeder andere. Doch du hast Miss Windham gestern wiedergesehen.«

Ich holte die Kugel aus dem Innenfach meiner Tasche. »Die hier wurde am ersten Tag der Moorhuhnjagd aus ihrem Arm entfernt. Ihre Glückskugel.«

Er nahm sie und steckte sie in eine Tüte. »Lord Fotheringham ist ziemlich sicher, wer den Schuss abgegeben hatte. Der Mann ist so unfähig, dass ihm gar nicht bewusst war, was er angerichtet hatte.«

»Wäre das dann alles, Marcus?«

»Hast du noch etwas vor? Du hattest gesagt, dass du in die Stadt wolltest.«

Was für eine Frechheit! Er wollte wissen, ob ich ihm auf den Schlips treten würde.

»Du kennst mich und meine Hobbys. Ich habe immer irgendwelche Pläne.«

Wir wurden von Sergeant Wilson unterbrochen, und ich nutzte die Gelegenheit, um mich von Marcus zu verabschieden und zu gehen.

Ich eilte zur Redaktion des *Herald*, wo ich meinen Wagen geparkt hatte. Mit ein wenig Glück erwischte ich Len Diamond, bevor er zu seinen Aufträgen aufbrach, und konnte ihn an sein Versprechen erinnern, mir seine Aufnahmen von der Jagd und von Deirdre zu zeigen.

George war an seinem Schreibtisch und nahm eine Annonce von einem nervösen Herrn entgegen, der Beruhigungspillen für einen Shilling die Schachtel zum Verkauf anbieten wollte. Ich blieb geduldig wartend auf Abstand.

Als der Mann gegangen war, sagte George: »Bedaure, Mrs. Shackleton, ich habe heute Morgen noch nichts von Mr. Diamond gesehen oder gehört.«

»Wie schade.«

»Aber Mr. Duffield bittet Sie, nach oben zu kommen.«

Ich nahm den Fahrstuhl hinauf in Mr. Duffields Domäne: sein Archiv mit den hohen Fenstern und dem sanften Licht. Mr. Duffield nickte mir zur Begrüßung zu. »Sie haben gewiss schon gehört, dass Mr. Diamond bisher nicht zur Arbeit gekommen ist.«

»Ja. Ist er häufig zu spät?«

»Leider ja. Besonders in letzter Zeit.«

Das war beruhigend, denn ich hatte mich schon gefragt, ob Len Diamond bereits hier gewesen und wieder verschwunden war, um mich zu meiden.

Mr. Duffield bot mir einen Stuhl an.

»Ich gehe davon aus, dass er in Kürze hier sein wird.«

Ich setzte mich nicht. »Er hatte gesagt, dass ich Abzüge von einigen seiner Fotografien haben dürfte.«

»Ich habe welche in den Akten, falls es hilft. Möchten Sie sich die einmal ansehen?«

»Ja, gern.«

»Sie sind nicht streng geheim, daher wüsste ich nicht, was dagegenspricht.«

Mr. Duffield führte mich in eine Ecke des Raumes, die durch hohe Regale abgeschirmt war. Dort nahm er eine Dokumentenmappe aus Pappe, die mit rotem Band umwickelt war, aus einer Schublade. Er legte die Mappe auf den Schreibtisch und begann, vorsichtig das rote Band zu lösen. Der Karton war beschriftet mit *August 1923, L. Diamond.*

Len war fleißig gewesen. Ich ging die Fotografien durch, bis ich zu zweien von der Leeds Bridge kam – und von John Barnard auf der Brücke. Es waren keine Aufnahmen von Deirdre darunter.

Mr. Duffield erklärte, dass die Bilder des Monats in ein oder zwei Tagen nach Themen geordnet abgelegt würden. Er beobachtete, wie ich die Fotografien vom ersten Tag der Moorhuhnjagd herausnahm. Da war das Bild, das in der Zeitung erschienen war: eine überraschte Caroline Windham, die sich den Arm hielt, und Everett Runcie neben ihr.

Es gab Aufnahmen von Philippa mit Lord Fotheringham und von Lady Fotheringham, die zwischen zwei mir unbekannten Männern an einem Picknicktisch saß.

»Sie suchen etwas Bestimmtes, nicht wahr?«, fragte Mr. Duffield.

Ich nahm die Fotografien von der Brücke und dem Sänger auf. »Ich dachte, es könnte noch jemand auf der Brücke gewesen sein.«

Mr. Duffield blickte zur Uhr. »Ich habe eine Nachricht hinterlassen, dass Mr. Diamond bitte nach oben kommen möge. Lassen Sie mich nachfragen, ob ihn jemand gesehen hat. Unter uns, er sollte tunlichst seine Haltung überdenken. Er ist ein guter Fotograf, doch er bringt Leute gegen sich auf, weil er zu aufdringlich und nicht verlässlich ist.«

Ich sah mir eine andere Aufnahme von der Jagdgesellschaft an, die ein halbes Dutzend Leute mit Gewehren zeigte, die losgingen. Len hatte ein Gefühl von Entschlossenheit und Vorfreude eingefangen und ein klares, sauberes Bild hinbekommen.

Es vergingen gut zehn Minuten, bis Mr. Duffield sichtlich besorgt zurückkehrte.

»Keine Spur von ihm. Wir haben einen Maulwurf im Keller,

der die Fotografien entwickelt. Er erinnert sich an ein paar neuere Aufnahmen von der Brücke.«

Also hatte Diamond ausgesucht, was ins Archiv kam und was er zurückhielt. Was an sich nicht ungewöhnlich war, dennoch fragte ich mich, wonach er sie auswählte.

Mr. Duffield setzte sich, und gemeinsam begannen wir, die Fotografien wieder einzupacken, die keine Hilfe gewesen waren.

»Ich würde es bedauern, sollte Diamond gefeuert werden. Der Verleger hat einen jungen Burschen als Assistenten eingestellt. Jeder würde die Zeichen erkennen.«

»Denken Sie, dass Mr. Diamond vielleicht krank ist?«

»Nein. Ich vermute, er könnte getrunken haben. Er hat heute mehrere Aufträge, einen beim Oberbürgermeister, und bisher ist er bei keinem aufgetaucht.«

»Hat jemand bei ihm zu Hause angerufen?«

»Wir haben keine Telefonnummer von ihm. Er wohnt allein in einem möblierten Zimmer in Harehills. Ich weiß es, weil ich einmal an einem nebligen Abend mit ihm in die Richtung gegangen bin und ihn zu seiner Tür gebracht habe.« Wieder sah er zur Uhr an der Wand und kratzte sich den Hals unter dem steifen Kragen.

»Ich habe meinen Wagen draußen, Mr. Duffield. Wollen wir nach Harehills fahren?«

Nach Mr. Duffields Anweisung fuhr ich die Straßenbahnstrecke an der Roundhay Road entlang. Wir gelangten zur Bank Side Street und hielten an einer Reihe dreigeschossiger Wohnhäuser. Mr. Duffield ging durch eine Gasse zwischen den Häusern. Auf halbem Weg blieb er stehen und klopfte an eine Tür.

»Ich weiß, dass er im Souterrain wohnt, weil er es mir erzählt hat. Es gibt diesen Eingang und noch einen hinten die Treppe runter.«

Wir wanderten zur Rückseite des Hauses und die Stufen hinunter. Wieder klopfte Mr. Duffield. Als er gegen die Tür drückte, ging sie auf. Wir traten ein, und er rief: »Len!«

Es war so ungewöhnlich für Mr. Duffield mit seiner Förmlichkeit, dass er einen Vornamen rief. Und ich staunte. »Len! Leonard!«

Das Zimmer war in einem furchtbaren Zustand, ein Stuhl umgeworfen, Geschirr zerschlagen. Teure Kameras waren beschädigt, zerbrochen und durchs Zimmer geworfen worden. Und es stank intensiv nach Chemikalien.

Auf der anderen Seite befand sich eine Tür, die außergewöhnlich gut in ihren Rahmen passte. Oben war ein Streifen schwarzer Folie angesteckt. Offenbar Diamonds Dunkelkammer.

Vorsichtig und ohne meine Handschuhe auszuziehen, durchquerte ich das Zimmer. Die Tür zur Dunkelkammer ging auf, als ich sie leicht mit dem Fuß anstupste.

Die Luftbewegung hatte zur Folge, dass die hängende Gestalt ein wenig schwang und die Stiefelspitzen beinahe meine Brust berührten. Ich hielt mir eine Hand vor Mund und Nase und zwang mich, zu Leonard Diamonds verzerrtem Gesicht aufzublicken. Auf dem Boden waren Chemikalien verschüttet. Und sie übertönten beinahe einen anderen Gestank. Ich war froh über das schwache Licht, doch noch während ich meinen Blick abwandte, erkannte ich, dass auch dieser Raum verwüstet worden war.

»Mein Gott.« Mr. Duffield war hinter mir und hatte die Hände auf meine Schultern gelegt. »Was hat er getan?«

Ich wusste nicht, ob Mr. Duffield versuchte, mich um meinetwillen aus dem Weg zu schieben oder um an die Leiche zu gelangen.

Ich drehte mich zu ihm um. »Es ist zu spät. Fassen Sie ihn nicht an. Fassen Sie gar nichts an. Wir müssen die Polizei holen.«

Da sich meine Augen an das wenige Licht gewöhnt hatten, erkannte ich nun, dass jemand diesen Raum mehr als berührt hatte. Jemand hatte ihn durchsucht. Fotoplatten waren auf dem Boden verstreut, Schubladen herausgerissen. Trotzdem hing eine teure Kamera an ihrem Haken im Türrahmen, neben einem Stativ. Die Kameratasche war geöffnet worden, der Apparat aber unversehrt. Wer immer dieses improvisierte Atelier von Mr. Diamond verwüstet hatte, war nicht auf einen willkürlichen Raub aus gewesen. Er hatte etwas gesucht.

Ich warf noch einen letzten Blick auf den Schauplatz, bevor wir hinausgingen. Mr. Duffield war bleich und zitterte. Ich überredete ihn, sich auf die niedrige hintere Gartenmauer zu setzen und Wache zu halten.

Die nächste Polizeiwache war in der Stanley Road. Zu der fuhr ich und meldete, was wir gefunden hatten.

»Was wollten Sie dort, Madam?«, erkundigte sich der Sergeant, der meinen Namen und meine Adresse aufnahm.

Gute Frage.

Mr. Duffield und ich hatten unsere Aussagen bei einem Constable gemacht. Immer noch erschüttert, gingen wir einen Umweg zur *Cemetery Tavern* in der Beckett Street. Der Name passt, da sich das Lokal nahe dem Friedhof und gegenüber dem alten Armenhaus befindet.

Ich war froh über die verrauchte Luft im Schankraum, auch wenn sie den Gestank von Chemikalien und Tod nicht ganz aus meiner Nase vertreiben konnte. Wir wählten einen Platz in der Ecke. Die Messingkante am Tisch fühlte sich glatt und beruhigend an. Der Kellner brachte uns unseren Brandy.

»Was hat ihn bloß veranlasst, seine eigenen Zimmer zu verwüsten?«, fragte Mr. Duffield, der in seinen Kognakschwenker blickte.

»Glauben Sie, dass er es war?«

»Er muss es gewesen sein. Hätte jemand ihn ausrauben wollen, hätte er seine Kameras mitgenommen.«

Mir gefiel diese Erklärung nicht. Armer Diamond. Er müsste schon sehr aus dem Gleichgewicht gewesen sein, um seine eigenen Fotografien zu zerstören und sie auf dem Boden zu verstreuen. Und er hatte so ruhig, so ganz wie er selbst gewirkt, als ich ihn gestern Morgen im Café von Schofields gesprochen hatte. Ich konnte mir nicht vorstellen, dass Diamond, egal, in welcher Verfassung er war, seine Arbeit vernichten würde.

»Es ist ein Schock«, sagte Mr. Duffield, »ein entsetzlicher Schock, dem Tod so nahe zu sein. Keiner von uns weiß, wann er an der Reihe ist.«

Wir bestellten einen zweiten Brandy.

»Es muss das Trinken gewesen sein«, fuhr Mr. Duffield fort, der weiterhin in sein Glas starrte. »Er muss sich in einen Zustand tiefer Verzweiflung getrunken haben.«

»Ich habe nicht gewusst, dass er exzessiv getrunken hat.«

»Oh ja, und gespielt und spekuliert hat er.«

»Hat Mr. Diamond Verwandte, von denen Sie wissen?«, fragte ich.

Mr. Duffield schüttelte den Kopf. »Er hat nie jemanden erwähnt, abgesehen von einer Schwester, zu der er seit Jahren keinen Kontakt mehr hatte. Sie ist vor dem Krieg mit ihrem Mann nach Kanada ausgewandert. Ich muss zurück zur Arbeit und es meinem Verleger sagen.« Nun sah er mich an. »Was hatten Sie bei Mr. Diamonds Fotografien zu finden gehofft?«

»Weiß ich nicht genau. Vielleicht eine Aufnahme von dem Sänger Giuseppe Barnardini und einer Dame, die nicht seine

Frau ist. Oder Fotografien von der Jagd, auf denen zu sehen ist, wer sonst noch an dem Tag mit Everett Runcie zusammen gewesen war.«

Meine Theorie zu Caroline Windhams Verletzung bei der Moorhuhnjagd behielt ich für mich.

Mr. Duffield trank noch einen Schluck Brandy. »Interessieren Sie sich für Mr. Diamond, weil Sie annehmen, er könnte jemanden erpresst haben, um Geld für sein Trinken und Spielen zu bekommen? Er steckte seine Nase dauernd in die Angelegenheiten anderer.«

Bisher war mir dieser Gedanke nicht gekommen. Aber er war nicht abwegig. Falls ich recht hatte und jemand seine Zimmer durchsucht hatte, war ich nicht die Einzige, die sich für Len Diamonds Aufnahmen interessierte. Was hatte er, das ihn das Leben gekostet haben könnte?

Mr. Duffield blickte selbstvergessen geradeaus zu den so kunstvoll arrangierten Flaschen hinter der Bar. »Er steckte in finanziellen Schwierigkeiten, schlimmer als sonst. Im Frühjahr hatte er eine Gewinnsträhne und klopfte sich selbst auf die Schulter, weil er klug investiert hatte. Mich wollte er auch dazu überreden, aber ich wette nicht, und ich traue Anlagen und Aktien nicht.« Mr. Duffield stand auf. »Die Umstände verlangen nach einem weiteren Brandy, danach muss ich zurück ins Büro.« Er winkte dem Kellner. Als er sich wieder setzte, sagte er: »Übrigens glaube ich, dass wir beobachtet werden. Vielleicht ist der Herr im Nebenraum neidisch auf meine charmante Begleitung. Sehen Sie jetzt nicht hin.«

Ich wartete, bis wir ausgetrunken hatten und gingen. Erst jetzt blickte ich über die Bar in den anderen Raum und zu einer bekannten Gestalt, die finster in ihr Bierglas schaute. Es war Eddie Flanagan, der arbeitslose ehemalige Boxer und Deirdres treuer Freund.

»Ich bin gleich wieder zurück, Mr. Duffield.«

Ich ging in den Nebenraum und direkt auf ihn zu. »Hallo, Mr. Flanagan. Verfolgen Sie mich?«

Eddie sah mich mürrisch an, als wollte er sich über das Wort »Hallo« streiten. Der arme Mann hatte eine permanent verwirrte Miene, als dränge die Welt wie durch einen Nebel zu ihm. »Deirdre hat letzte Nacht in einem Gewächshaus geschlafen«, sagte er.

»In einem Gewächshaus?«

»Ich bin bei Sonnenaufgang hin und habe erkannt, dass sie da gewesen war.«

»Wo?«

»Da, wo sie ihre Mam hingebracht hatte. Ich kenne Deirdre in- und auswendig. Sie ist in den Park gegangen, das weiß ich. Roundhay Park. Ich habe nachgesehen. Aber jetzt ist sie weg. Ich konnte sehen, dass sie in dem Gewächshaus gewesen war.«

Auf einmal war ich sicher, dass er recht hatte, denn er liebte sie, auch wenn er sich selbst keine Hoffnungen auf sie machte. Es hatte etwas Rührendes, dass er ihr so treu ergeben war wie ein Hund. »Woher wissen Sie, dass sie dort war?«

Halb rechnete ich damit, dass er sagen würde, er habe ihre Gegenwart gespürt oder eine Spur von ihrem Duft gerochen.

Doch er griff in seine Tasche und holte ein kleines weißes Taschentuch hervor, das er sorgfältig auf dem Tisch ausbreitete und glatt strich. Dann zeigte er zu dem aufgestickten *D* in der Ecke. »Das ist ihres.«

»Danke, Eddie. Ich tue mein Bestes, glauben Sie mir. Es mag nicht so aussehen, aber ich suche nach ihr und werde weitersuchen.«

Er sah mich an, als müsste er entscheiden, ob er mir glaubte. Ich bestand die Prüfung. »Wie heißen Sie noch mal?«

»Mrs. Shackleton.«

Flanagan wiederholte meinen Namen leise, schien ihn sich einprägen zu wollen.

»Was führt Sie her?«

Die *Cemetery Tavern* war für ihn weit entfernt von zu Hause.

»Die Suche. Ich habe gedacht, dass sie vielleicht verletzt ist und in die Armenhaus-Klinik gegenüber gebracht worden ist.«

»Haben Sie nachgefragt?«

Er nickte. »Sie ist nicht da. Sie ist nirgends.«

Als ich Mr. Duffield bei der Zeitung absetzte, musste ich ihn etwas fragen, obwohl er spät dran und sichtlich nervös war angesichts dessen, was er seinem Verleger mitteilen musste.

»Ich kann es nicht taktvoll formulieren, Mr. Duffield, aber ich würde gern wissen, ob einer der Setzer letzte Nacht gearbeitet hat, Cyril Fitzpatrick.«

Er starrte mich an und blinzelte. »Warum?«

»Kann ich nicht sagen, doch vertrauen Sie mir bitte. Es ist wichtig, dass ich es weiß.«

Warum musste ich es wissen? Ich hatte keine Ahnung, außer dass Diamond gegenüber Fitzpatrick angedeutet hatte, er hätte seine Frau auf der Leeds Bridge fotografiert, und jetzt war diese Aufnahme verschwunden, und Diamond war tot, gestorben zwischen den Trümmern seines Handwerks.

Wenig später kam Mr. Duffield wieder aus dem Gebäude, lehnte sich in das Automobil und flüsterte: »Er war letzte Nacht und die Nacht davor hier. Er hat die ganze Woche Nachtschicht.«

»Wann endet die Nachtschicht?«

»Um sieben Uhr morgens.«

»Danke.«

Er nickte. »Und nun muss ich dem Herausgeber sagen, dass Len Diamond Selbstmord begangen hat.«

»Nein, Mr. Duffield, das wissen wir nicht, und ich glaube es nicht. Len hätte seine Arbeit und seine Kameras nicht zerstört. Jemand anders hatte die Hand im Spiel.«

Traurig entgegnete Mr. Duffield: »Das Ergebnis ist dasselbe. Einen so guten Fotografen wird diese Zeitung nie wieder bekommen.«

Er drehte sich um, und ich blickte ihm nach, als er wegging.

Vielleicht hatte Diamonds Tod gar nichts mit Mr. Runcies Ableben zu tun, aber ich beschloss, es dennoch Marcus zu erzählen, und fuhr den kurzen Weg zum Hotel *Metropole*.

Anschließend würde ich Philippa besuchen. Auch wenn ich wenig zu berichten hatte, könnte mir ein Gespräch mit ihr einige neue Spuren bieten.

Einundzwanzig

Man informierte Philippa über meine Ankunft, während ich im Salon von Kirkley Hall wartete. Ich hoffte, sie würde keine Wunder von mir erwarten und annehmen, dass ich bahnbrechende Neuigkeiten brachte.

Ich setzte mich ans Fenster und blickte hinaus in den Garten, der so grün und ruhig war. Es schien grotesk, dass ich an ein und demselben Vormittag Tod und Verwüstung in Len Diamonds Wohnung bezeugte und nun diese gepflegte und irgendwie zeitlose Aussicht genoss.

Die Schritte in der Diele waren nicht Philippas. Ich blickte auf und sah einen lächelnden Gideon King vor mir.

»Guten Morgen, Mrs. Shackleton.«

»Guten Morgen, Mr. King.«

»Philippa lässt sich entschuldigen. Ihr ist nicht wohl.«

»Tut mir leid, das zu hören.«

»Aber sie ist froh, dass Sie hier sind. Falls Sie Neuigkeiten haben, gebe ich die mit Freuden weiter.« Er kam auf mich zu. »Ich habe veranlasst, dass man uns Kaffee bringt.«

»Kaffee wäre nett.« Er könnte den Brandy neutralisieren, den ich nach dem Fund von Diamonds Leiche getrunken hatte.

Wusste King, dass Philippa mich engagiert hatte? Wahrscheinlich ja, da er ihr Privatsekretär war, dem sie vertraute, dennoch wollte ich nichts unterstellen. Schließlich hatte Caroline Windham als Erstes Philippa und King verdächtigt und dann, als sie gehört hatte, dass Runcie erwürgt worden war, gesagt, es müsse King gewesen sein.

Mir fiel auf, wie ruhig und gefasst er war – keine Gesten oder unnötigen Bewegungen. Er war von kräftiger Statur und hatte breite, starke Hände. Würgerhände? Nun erzählte er mir, dass er morgens einen sehr angenehmen Spaziergang unternommen hatte.

»Als wir uns das letzte Mal unterhielten, sagten Sie, dass Sie noch keine Zeit gehabt hatten, über eine Rückkehr nach Boston nachzudenken. Bei Ihrer Liebe zu Spaziergängen im Grünen sollte man annehmen, dass Ihnen dieser Ort fehlen wird.«

Er lächelte. »Wird er. Trotzdem werde ich nicht trauern, wenn ich fortgehe. Und Philippa möchte nach Hause.«

Ich hatte selbst gesehen, wie sehr er sie beschützte. Genug, um für sie zu morden?

Wir machten höfliche Konversation, bis King bei einem Geräusch an der Tür aufschaute. »Ah, hier drüben, Simpson.«

Der alte Butler brachte ein Kaffeetablett und stellte es zwischen uns. Zum Glück übernahm Simpson das Einschenken. Bisher war es ein Morgen gewesen, der mich ungeschickt und linkisch machte. Ich hätte am Ende noch King mit Kaffee bekleckert und meine Chance vertan, diesen seltsamen, beherrschten Mann besser einzuschätzen.

Als der Butler gegangen war, fragte King: »Nun, Mrs. Shackleton, haben Sie Neuigkeiten für Philippa? Schon gut, sie hat mir erzählt, dass sie Sie um Hilfe gebeten hat. Sie war ein wenig verstört von den Fragen, die ihr die Polizei gestellt hat.«

»Ich erinnere mich, dass Sie selbst auch in Sorge waren, Mr. King.«

Er rieb sich das Kinn. »Ja, das stimmt. Die Polizei will so vieles wissen, ob es relevant ist oder nicht. Mein Titel als Privatsekretär beinhaltet das Wort ›privat‹, und man ist zu Loyalität verpflichtet.«

Ich trank einen Schluck Kaffee. »Gegenüber Mrs. Runcie, natürlich.«

»Ja, und auch gegenüber der Familie, in die sie eingeheiratet hat. Ich arbeite mit Harold, Baron Kirkley, zusammen daran, Everetts Papieren einen Sinn abzuringen. Jede Schmach, die eines der Familienmitglieder trifft, hinterlässt einen Schatten auf den anderen.«

»Und was ist mit Philippas Familie? Sie sind ein Schulfreund ihres Bruders, wenn ich es recht verstanden habe.«

»Ja, ich kenne Philippa schon mein ganzes Leben. Wir haben uns immer verstanden.«

»Sie beschützen sie sehr. Ich denke, Sie würden alles tun, um ihr zu helfen.«

Er löffelte Zucker in seinen Kaffee und lachte. »Nicht morden. Ich habe Ihnen schon erzählt, dass ich Theologie studiert habe. Ich bin zwar kein sehr religiöser Mensch mehr, aber das fünfte Gebot würde ich nicht brechen.«

Es wurde Zeit zu gestehen, dass meine Bemühungen bisher vergebens waren. »Leider habe ich nichts, was ich Philippa berichten kann, Mr. King.«

Er nickte. »Ich dachte mir, dass es ein wenig verfrüht wäre. Also müssen Sie Fragen haben. Gibt es welche, die Sie mir stellen möchten?«

»Ja, gibt es, bezüglich der Jagd bei Lord Fotheringham. Sie waren auch dort, glaube ich.«

Ein winziger Kaffeetropfen kleckerte auf seine Untertasse.

»Ja. Freundlicherweise sorgt Philippa dafür, dass ich bei solchen Einladungen eingeschlossen werde, da ich sowohl ein Freund der Familie als auch ein Angestellter bin.«

»An dem Tag gab es einen Unfall.«

»Oh, an dem ersten Tag, ja, das ist richtig. Sie meinen Miss Windhams Drama.«

Bildete ich es mir ein, oder schien er froh über die Richtung zu sein, die meine Fragen nahmen? Vielleicht hatte er etwas gänzlich anderes erwartet.

»Hat jemand herausbekommen, wer den Schuss abgab, der Miss Windhams Arm traf?«

Er schüttelte den Kopf. »Keiner hat es zugegeben.«

»Wo waren Sie, als es passierte?«

Er stellte die Tasse ab. »Weiß ich nicht. Man hört selbstverständlich die ganze Zeit Schüsse. Und ich war zu weit entfernt, um irgendwas zu sehen. Erst beim Mittagessen erfuhr ich von dem Unfall. Lord Fotheringham war ziemlich aufgebracht deshalb.«

»Ah, danke. Ich wollte Philippa danach fragen, aber es kam nicht mehr dazu. Für sie muss es ein sensibles Thema sein.«

Plötzlich wurde King lebhafter. »Ich verstehe, was Sie denken. Galt der Schuss Everett?«

»Der Gedanke kam mir. Doch natürlich weiß ich nicht, wer dort war, in der Nähe, oder ob einer von den Teilnehmern ein Motiv hatte.«

Er sprang von seinem Sessel auf. »Wenn Sie kurz warten, kann ich Ihnen genau sagen, wer an dem Tag dort war.«

»Das wäre hilfreich.«

»Entschuldigen Sie mich.«

Nach einer kleinen Weile kehrte King mit einem hübschen ledergebundenen Tagebuch zurück. »Hier wären wir.« Er blätterte. »*Montag, 13. August.*«

Ich holte mein Notizbuch hervor.

»Ich bin beeindruckt, Mr. King. Führen Sie schon lange Tagebuch?«

»Mir wurde von Kindesbeinen an beigebracht, es zu schreiben, alles zu notieren, was in der Welt geschieht, was ich geschafft habe oder nicht, alle drängenden Gedanken. Mir wäre es lieber, wenn niemand es sieht, aber ich selbst blicke gern mal zurück, erinnere mich daran, wem ich wo begegnet bin, wie sich meine Ideen und Meinungen verändert haben.«

Aus seinem Eintrag vom dreizehnten August las er mir die Namen von Lord Fotheringhams Gästen vor.

Ich schrieb sie in mein Notizbuch, bat ihn um Anmerkungen zu den Personen und ihrem Verhältnis zu Runcie.

Am Ende war ich kein bisschen klüger, wer den Schuss abgegeben haben mochte.

»Was ist mit Bediensteten?«, fragte ich. »Die Treiber und so. Gab es unter ihnen jemanden, der erst kürzlich eingestellt wurde?«

Er schüttelte den Kopf. »Nicht, dass ich wüsste. Alle Männer waren dem Verwalter des Anwesens bekannt.«

So viel zu meiner Theorie.

»Mr. King, was haben Sie in Ihrem Tagebuch zu dem Wochenende und den Tagen vor Mr. Runcies Ermordung notiert? Gab es da etwas Ungewöhnliches, irgendeine Bemerkung, die er gemacht hat, an die Sie sich erinnerten, irgendwelche Besucher?«

»Ich könnte es Ihnen sagen, ohne hineinzusehen, doch ich schaue nach. Dieser Haushalt war in jüngster Zeit nicht sehr belebt, wie Sie sich vorstellen können. Der Tag beim Pferderennen war der einzige Ausflug, den wir unternommen hatten, und Sie waren selbst dort. Also wissen Sie, dass wir keine große Gruppe waren.« Er blickte auf die Seite und las: »*Freitag, 31. August. Den ganzen Tag die Inventur überwacht. Das Abendessen gestrichen.* So habe ich den Großteil jener Woche verbracht, und dieses Wochenende war anderweitig voll. Es ist eine umfangreiche Aufgabe, in jedem Raum zu trennen, was Philippa mit nach Hause nimmt und was hierbleibt, weil es zum Haus gehört. Und wir haben noch ein Dutzend Zimmer übrig.«

»Ja, eine sehr zeitraubende Aufgabe. Sie erledigen die nicht allein, nehme ich an?«

»Du lieber Himmel, nein!«, antwortete King. »Simpson und Withers helfen mir. Meine einzige freie Zeit dieses Wochenende war die, in der ich zur Kirche ging. Der Vikar kam auf einen Sherry und zum Mittagessen mit uns her. Damit war der Tag gefüllt.« Wieder blätterte er in seinem Tagebuch. »Meinen Einträgen zufolge war ich beinahe jeden Abend erschöpft und bin früh zu Bett gegangen.«

Ich hatte King nichts von Leonard Diamonds Tod erzählt, dennoch hatte er mir ein Alibi für dieses Wochenende präsentiert, als es geschehen sein musste. Im Geiste sah ich Diamond und King auf der Tribüne beim Ebor-Handicap-Pferderennen. King hatte Diamond ritterlich gehindert, die Runcies und Miss Windham zu fotografieren. Aber gewiss konnte er keine andere Verbindung zu dem Fotografen haben, oder? Trotzdem machte mich die Erinnerung an jenen Vorfall nachdenklich.

»Sie sind sehr beschäftigt, Mr. King, und ich habe schon zu viel Ihrer Zeit in Anspruch genommen. Bitte richten Sie Philippa meine besten Wünsche aus.«

»Werde ich. Und kommen Sie gern jederzeit zu mir. Ich bin froh, wenn ich helfen kann.« Er brachte mich zur Tür.

»Danke für den Kaffee.«

»Es war mir ein Vergnügen.«

Trotz des Kaffees pochte mein Kopf, als ich wegging.

King hatte mir sehr prompt die Namensliste der Jagdteilnehmer gegeben, was seinem Wunsch geschuldet sein könnte, mir bei meinen Nachforschungen zu helfen. Oder er wollte mich in eine falsche Richtung lenken.

Dass er Theologiestudent gewesen war und die Zehn Gebote kannte, stellte ihn noch nicht auf eine Stufe mit den Engeln. Dessen war ich mir sicher.

Zweiundzwanzig

Man schiebe es auf die entsetzliche Entdeckung von Len Diamonds Leiche oder den Brandy, jedenfalls legte ich mich bei meiner Rückkehr nach Hause auf die Chaiselongue im Wohnzimmer und schlief ein.

Mein Traum musste von der Nachricht von Mrs. Hartigans Tod und Deirdres Gefühlen hervorgerufen sein. Ich träumte, dass meine eigene Mutter starb und man es mir mitteilte. In dem Traum war unklar, wer genau gestorben war. Ich versuchte herauszufinden, ob es die Frau war, die ich als meine richtige Mutter betrachtete: Ginny, die mich adoptiert und aufgezogen hatte, oder meine leibliche Mutter, die für mich nach wie vor Mrs. Whitaker war, wohnhaft im White Swan Yard in Wakefield, und die mich weggegeben hatte, als ich erst wenige Wochen alt war. Mich erfüllte ein panisches Gefühl, als ich aufwachte. Ich hatte die Frage, aber keine Antwort. Wer ist es? Wer ist tot?

Mein Kopf schmerzte, und ich brauchte dringend ein Glas Wasser. Daher ging ich in die Küche, wobei ich über Deirdre Fitzpatrick nachdachte und darüber, wohin sie geflohen sein könnte.

Mrs. Sugden hörte mich und erschien. »Ich hatte mich still verhalten. Eigentlich wollte ich die Treppe und den Flur oben putzen, aber als ich Sie schlafen gesehen habe, wollte ich Sie nicht stören. Ich habe Stew gekocht. So wie Sie aussehen, sollten Sie lieber welchen essen.«

Als wir am Küchentisch saßen, erzählte ich Mrs. Sugden von

Len Diamonds und Mrs. Hartigans Tod und von Deirdres Verschwinden.

»Kein Wunder, dass Sie ins Traumland entfliehen mussten.« Sie schöpfte Kanincheneintopf in eine Schale. »Glauben Sie, dass diese Deirdre verrückt geworden ist und sich etwas angetan hat?« Mrs. Sugden teilte großzügige Portionen aus. Geschichten vom Tod machten sie immer hungrig. »Dieses Pflegeheim ist nahe beim Roundhay Park. Das arme Mädchen hat es womöglich zum See gezogen.«

Der Eintopf schmeckte gut. »Etwas sagt mir, dass diese Deirdre Fitzpatrick zu hart im Nehmen ist, um sich zu ertränken.«

Mrs. Sugden wusste von Sykes' Schwäche für Deirdre. »Tja, wenn sie Mr. Sykes den Kopf verdrehen kann, der wahrlich nichts für die Kniebänkler übrighat, muss sie etwas an sich haben.«

Diese Bemerkung zu Kniebänklern erinnerte mich daran, dass Deirdre katholisch war. »Ich frage mich, ob sie irgendwohin gegangen sein könnte, um für die Tote zu beten. Egal, was sie sonst getan hat, sie hat ihre Mutter sehr geliebt.«

»Keine Ahnung. Und es ist zwecklos, Miss Merton zu fragen. Sie hat nichts mit irischen Katholiken am Hut. Ihrer Meinung nach sind die ein anderer Menschenschlag.«

Elizabeth Merton ist unsere Nachbarin, eine alleinstehende Dame, die zum Katholizismus konvertiert ist und ihrem Bruder, einem Professor, den Haushalt führt.

Sookie wählte diesen Augenblick, um von ihrem Platz auf dem Schaukelstuhl aufzuspringen und mit gerecktem Schwanz zu uns geschlendert zu kommen. Vielleicht hatte sie Miss Mertons Namen als den der Person erkannt, die sich bei den wenigen Gelegenheiten um sie kümmerte, wenn Mrs. Sugden und ich gleichzeitig fort waren. Oder sie wollte unsere Schalen ausschlecken.

»Es könnte ein Mann im Spiel sein«, sagte Mrs. Sugden. »Wenn sich Mrs. Fitzpatrick nicht an der Schulter ihres Ehemannes ausweint, gibt es vielleicht jemand anders.«

Womit ich wieder bei Teil zwei meines Planes war. Soweit ich wusste, könnte Deirdre Fitzpatrick eine Reihe von befreundeten Gentlemen haben oder gar keinen. Aber ich kannte nur einen Namen, einen Zeitpunkt und einen Ort: Joseph Barnard, das Wochenende vom vierundzwanzigsten August im *Adelphi*. Ich streichelte Sookie und ging zur Esszimmerschublade, in der ich das Programmheft zu *Die Piraten von Penzance* aufbewahrte. Es enthielt auch eine Liste weiterer Aufführungen. Heute Abend um acht gaben sie *HMS Pinafore* im Wakefield Opera House.

»Mrs. Sugden, haben Sie Lust, heute Abend eine Gilbert-and-Sullivan-Oper zu sehen?«

»Wo?«, fragte sie misstrauisch.

»Im Wakefield Opera House.«

»Nein, habe ich nicht. Wenn man zu viel durch die Gegend eilt, raubt es einem Jahre an Lebenserwartung.« Sie nötigte mir ein Stück Mohnkuchen auf. »Das City Varieties und das Empire sind gut genug für mich.«

Ich biss in den Kuchen, und selbstverständlich verfing sich gleich ein Mohnkörnchen zwischen meinen Zähnen. »Nun, ich gehe hin. Ich möchte mir Giuseppe Barnardini noch einmal ansehen. Er spielt die George-Grossmith-Rollen. Also vermute ich, dass er Sir Joseph sein wird, Erster Lord der Admiralität.«

»Es wird dunkel sein, wenn Sie wieder rauskommen. Sie fahren doch nicht selbst hin, oder?«

»Keine Sorge. Meine treue Jowett hat mich noch nie im Stich gelassen.«

Es ist sinnlos, das Schicksal herauszufordern. Mein robustes Automobil von 1913 sollte in bestem Zustand sein. Vielleicht missfiel ihm meine Mission, oder es misstraute der leichten Oper oder Mr. Gilberts aufrührerischen Texten.

Jedenfalls begann der Motor auf einer Landstraße mitten im Nichts zu schwächeln und ging keuchend aus. Ich drückte aufs Gas. Etwas ratterte. Ich legte einen niedrigeren Gang ein. Das Rattern wurde lauter. Qualmwolken und ein Brandgeruch stiegen aus der Kühlerhaube auf. Nach etwa achthundert Metern verlangsamte ich, weil ich dachte, eine kurze Pause würde helfen. Ich stieg aus und berührte vorsichtig die Kühlerhaube; sie war heiß genug, um darauf ein Essen zu kochen. Ich versuchte, mich zu erinnern, wann zuletzt Öl- und Wasserstand nachgesehen worden waren.

»Entschuldige, kleine Jowett.«

Mein süßer Wagen sah aus, als täte er sich selbst sehr leid.

Gute zehn Minuten saß ich hoffnungsvoll am Straßenrand und wartete auf Rettung. Ein Mann in einem langsamen Pferdefuhrwerk bot an, mich mitzunehmen. Nach weiteren zwanzig Minuten wünschte ich, ich hätte Ja gesagt. Es musste ein Gasthaus, ein Haus oder eine Werkstatt in der Nähe geben, von wo aus ich telefonieren könnte. Ich überlegte, was ich auf meinen vorherigen Fahrten in dieser Richtung gesehen hatte, wo die nächste menschliche Siedlung sein könnte. Doch ich erinnerte mich lediglich an den Pub, den ich vor Kilometern passiert hatte.

Der Motor kühlte ab, doch beim Anschalten ertönte das gleiche Rattern wie vorher. Als ich mich schon zu Fuß auf den Weg machen wollte, erschien eine andere Jowett aus der entgegengesetzten Richtung. Der Fahrer hielt an. Er war aus Bradford, hatte einen gepflegten Schnauzbart und grau meliertes Haar. Gemeinsam inspizierten wir den Motor.

»Ihr Kühlschlauch ist hinüber, Fräulein«, konstatierte er. »Wohin wollten Sie?«

»Nach Wakefield.«

»Sind Sie schon mal abgeschleppt worden?«

»Nein.«

»Geben Sie acht, den Abstand des Seils einzuhalten.«

Meine ewige Dankbarkeit gegenüber dem anderen Jowett-Fahrer und die beängstigende Erfahrung, nach Wakefield geschleppt zu werden, müssen kein Teil dieser Geschichte werden. Belassen wir es dabei, dass die *HMS Pinafore* längst Segel gesetzt hatte, ich hungrig, durstig und betrübt wegen meines armen Wagens war und mich notgedrungen darauf beschränkte, dem Bühnenportier eine Nachricht zu geben, die er dringend Giuseppe Barnardini weiterreichen möge, dass eine Dame aus Leeds ihn nach der Vorstellung am Bühnenausgang zu sprechen wünschte.

Als Barnardinis Vortrag von *Ruler of the Queen's navee* das Haus drinnen vor Lachen brüllen ließ, fragte ich mich, ob er die Nachricht mit Deirdre in Verbindung bringen würde, sie nicht sehen wollte und das Theater auf einem anderen Weg verlassen würde.

Nach der Vorstellung saß ich auf einer harten Bank vor dem Bühnenausgang und wartete. Die Chormitglieder eilten als Erste nach draußen und wünschten dem Portier, der mich angestrengt ignorierte, eine gute Nacht.

Es vergingen rund zehn Minuten, bis Joseph Barnard erschien. Ohne Kostüm und Make-up sah er ziemlich anders aus, strahlte jedoch diese Präsenz aus, die Schauspielern eigen ist, diese Kunst, einen Raum auszufüllen und jeden spüren zu lassen, dass sie da sind. Sein verhaltener Blick gab nichts preis.

Ich stand auf. »Mr. Barnard?«

»Die Dame aus Leeds?« Falls er jemand anders erwartet

hatte, ließ er sich weder Enttäuschung noch Erleichterung anmerken.

»Verzeihen Sie, dass ich so geheimniskrämerisch bin.« Ich reichte ihm meine Karte, auf der mein Name und darunter *Privatdetektivin* stand. Er benetzte die Lippen, sagte indes nichts. »Wir haben eine gemeinsame Bekannte.« Ich blickte, wie ich hoffte, bedeutungsvoll zum Portier, der vorgab, in seine Abendzeitung vertieft zu sein.

Der Sänger nickte. »Freut mich.« Er sagte meinen Namen nicht. »Vielleicht möchten Sie ...« Sanft umfing er meinen Ellbogen, rief dem Pförtner »Gute Nacht« zu, der nun aufschaute und munter antwortete.

Draußen sagte ich: »Nochmals, entschuldigen Sie, dass ich nicht direkter bin. Und ich gratuliere zur Aufführung heute Abend. Sie waren wunderbar.«

Eine Regisseurin, mit der ich einst befreundet gewesen war, hatte mir versichert, dass dies immer die beste Eröffnung bei Schauspielern war.

Er dankte mir und entspannte sich ein wenig. »Wir hatten ein gutes Publikum. Das hilft immer.«

Es war ein schöner Abend. Im Pub gegenüber dem Theater stand eine kleine Menge vor der Tür und trank im Freien. Ich blickte Barnard im Schein der Gaslaterne an. Vielleicht lieferte er eine andere Vorstellung ab, und Deirdre suchte sich ihren Weg zurück zu seiner Bleibe oder wartete irgendwo auf ihn.

»Gibt es hier einen Ort, an dem wir ungestört reden können?«

»Geht es um den Namen unserer gemeinsamen Bekannten?«, fragte er.

Wir waren nur einen Katzensprung vom Haus meiner leiblichen Mutter im White Swan Yard entfernt, und ich wollte Barnards Gesicht sehen, wenn ich mit ihm sprach. Er dürfte geübt darin sein, Dinge zu überspielen, aber das Risiko ging ich ein. »Wie wäre es mit dem *White Swan?*«

»Mrs. Shackleton, worum geht es?«

Sobald ich ihren Namen nannte, könnte er leugnen, Deirdre zu kennen, und in die Nacht entschwinden.

»Eine bestimmte Person, mit der Sie Zeit in Leeds verbracht haben, wird vermisst. Und ich hoffe, dass Sie mir etwas erzählen können, das mir hilft, sie zu finden. Es würde ihr eine Menge Schwierigkeiten ersparen – und eine Einschaltung der Polizei.«

Er überlegte kurz. »Wie ist der erste Buchstabe ihres Vornamens?«

»D.«

»Ich glaube nicht, dass ich Ihnen helfen kann.«

Ich drohte, ihn zu verlieren, und ich könnte bereits den letzten Zug verpasst haben und hier gestrandet sein; zudem wurde mir ein bisschen flau. »Hören Sie, Mr. Barnard, ich bin mir bewusst, dass es aus dem Nichts kommt, aber ich habe viel Mühe auf mich genommen, um hierherzugelangen. Ich glaube, dass Deirdre sich in letzter Zeit in einer schwierigen Situation befand, und wenig später ist ihre Mutter gestorben. Überdies möchte die Polizei mit ihr sprechen. Wenn ich sie nicht zuerst finde, wird Ihr Leben während der letzten Monate sehr gründlich unter die Lupe genommen werden. Finde ich sie, kann Ihr Name rausgehalten werden.«

»Verstehe. Aber ich weiß nicht, wo wir reden können. Meine Truppe hat den *Swan* bereits für sich entdeckt.«

»Der Bahnhof?«

»Nicht ganz der Ort, den ich mir nach der Vorstellung ausmale, doch nur zu.«

Wir gingen den Weg zum Bahnhof, wo der Speiseraum geschlossen war. Dies war nicht mein Tag. »Der Wartesaal?«

Er nickte.

Wir setzten uns auf eine Bank in dem Raum, der bis auf einen Mann in einem Regenmantel, der in der anderen Ecke Pfeife rauchte, verlassen war.

»Kennen Sie die Dame, die Sie suchen?«, fragte Mr. Barnard, als wir auf der lederbezogenen Bank saßen.

»Nicht persönlich. Wie auf meiner Karte steht, bin ich Privatdetektivin.« Ich fühlte, wie er sich verspannte. »Aber dies hat nichts mit Eheangelegenheiten zu tun. Ich möchte lediglich Mrs. Fitzpatrick finden. Ihre Familie sorgt sich wegen ihres Verschwindens.«

»Ich habe sie nicht gesehen. Und ich hatte auch keinen Kontakt zu ihr. Ehrlich, Mrs. Shackleton, Sie suchen an der falschen Stelle. Glauben Sie, dass ich Sie in meiner Reisetruhe habe?«

»Etwas ist geschehen. Ich kann nicht sagen, was. Sie könnte Informationen besitzen, die der Polizei helfen.«

Er sprach vorsichtig, leugnete nicht, bestätigte aber auch nicht, dass sie das Wochenende gemeinsam verbracht hatten. »Steckt sie in Schwierigkeiten?«

»Kann sein. Ich dachte, dass Sie vielleicht zu Ihnen gekommen ist.«

»Tja, da irren Sie. Ist sie nicht.«

»Ich weiß, dass Sie jetzt bei Ihren Freunden im Pub sein möchten, doch fällt Ihnen irgendwas ein, das mir helfen könnte, sie zu finden?«

»In was für Schwierigkeiten kann sie sein? Hat ihr Ehemann …? Falls jemand sie verletzt hat …«

»Ich habe keinen Grund zu der Annahme, dass sie zu Schaden gekommen ist.«

Zum ersten Mal wurde mir bewusst, dass sie es durchaus sein könnte. Nicht durch die eigene Hand, wie Mrs. Sugden gemutmaßt hatte, sondern durch ihren Ehemann oder ihren Bruder. Wie vertuschte man ein Verbrechen besser, als die Polizei und eine Detektivin zu bitten, nach dem Opfer zu suchen?

»Ich kann Ihnen nicht helfen. Ich habe Deirdre gemocht. Wir waren uns sympathisch.«

»Deutete irgendetwas in der Zeit, die Sie zusammen waren, irgendwas, das sie gesagt hat, darauf hin, dass sie ihren Ehemann verlassen könnte, wohin sie gehen wollen würde oder ob ihr etwas Angst machte?«

»Sie war nicht glücklich mit ihrem Mann. Da gibt es etwas, das ich sagen könnte, doch nicht sagen werde. Ein Gentleman tratscht nicht.«

Aber du wirst, dachte ich, wenn ich nicht zu sehr dränge. Ich wartete.

»Wir waren auf der Leeds Bridge«, sagte er zögerlich, »und jemand machte eine Fotografie. Das hat sie sehr verstört.«

»Ja, gewiss. Solch eine Aufnahme würde sie nicht wollen.«

»Sie glaubte, den Fotografen als jemanden zu erkennen, der bei derselben Zeitung arbeitet wie ihr Ehemann.«

»Warum hat er Sie fotografiert?«

»Anfangs sagte er, er hätte es nicht, dass er nur die Szenerie aufnahm. Ich hatte mich gefragt, ob …«

»Was?«

»Nein, mehr sage ich dazu nicht.«

»Dass ihr Ehemann sie beobachten ließ oder der Fotograf einen hohen Preis für seine Waren fordern könnte?«

Als er schwieg, fragte ich: »Wer hat Ihren Kontakt zu Deirdre vermittelt?«

Seine Antwort kam so schnell und so prompt, dass ich wusste, sie war gelogen. »Wir hatten uns in einem Café kennengelernt und uns auf Anhieb verstanden. Ich fand, sie war jemand, mit dem man Pferde stehlen könnte.«

»Welches Café?«

»Spielt das eine Rolle? Es war ein Café, weiter nichts. Ich weiß den Namen nicht mehr.«

»Wo war das Café?«

»Es war einfach ein Café. Wir sind uns in einem Café begegnet.«

»Hat der Anwalt Ihnen gesagt, dass Sie das sagen sollen?«

Er wiederholte seine Antwort Wort für Wort.

»Danke.« Mehr würde ich nicht aus ihm herausbekommen. Also stand ich auf.

»Warten Sie!« Er berührte sacht meinen Ärmel, seufzte und senkte den Kopf. »Falls jemand dieser reizenden Dame etwas angetan hat …«

Es schien eine merkwürdige Art, jemanden zu beschreiben, den man in einem Café kennengelernt hatte und mit dem man gleich »Pferde stehlen« könnte. »Mr. Barnard, was können Sie mir erzählen?«

»Es war ihr erstes Mal, und … Nun, ich bin sicher, dass es ihr erstes Mal war.«

»Meinen Sie, das erste Mal, dass sie einen Mann in einem Café kennenlernte und mit ihm in ein Hotel ging?«

Abermals zögerte er. »Ich kann nichts Näheres sagen.«

Ich setzte mich wieder. »Mr. Barnard, falls Sie einen Funken Achtung für Mrs. Fitzpatrick empfinden, helfen Sie mir bitte. Ich habe *HMS Pinafore* genossen, aber wahrscheinlich werde ich bis zum Frühzug in diesem Bahnhof warten müssen. Also haben Sie ein Herz, für Deirdre und für mich.«

»Es war, wie ich gesagt habe. Wir sind uns in einem Café begegnet und …«

»Oh, ersparen Sie mir das! Sie war mit einem anderen Mann zusammen, in der gleichen Situation wie mit Ihnen, und das Resultat war recht unglücklich. Und jetzt weiß ich nicht, wo sie ist.«

Er war errötet und zupfte sich merklich verlegen am Kragen. »Was für einen Ehemann hat sie? Was ist er für ein Mann?«

»Die Frage kommt ein wenig spät, finden Sie nicht? Ist Ihnen bewusst, dass der Scheidungsantrag Ihrer Frau in Gefahr sein könnte?«

Er stockte und antwortete: »Mrs. Fitzpatrick, Deirdre, hatte gesagt, dass sie Geld braucht. Deshalb hat sie getan, was sie getan hat.«

»Sie können sich auf meine Diskretion verlassen.«

Konnte er? Ich war mir nicht sicher, doch er nickte. »Das hoffe ich.« Er sah mich nicht an, sondern blickte auf seine Füße und sprach leise, wobei seine geübte Schauspielerstimme bewirkte, dass dennoch jedes Wort klar und deutlich war.

»Als ich sagte, dass es ihr erstes Mal war, meinte ich nicht das erste Mal, dass sie jemanden in einem Café getroffen hat. Wir kamen überein, dass Intimität kein Teil unseres Arrangements sein müsste. Was man in einer Situation tut, die einen gewissen Beweis verlangt, ist nicht so wichtig wie das, wobei man gesehen wird. Was gesehen wird und als Beweis genutzt werden kann, das zählt. Wir kamen überein, mit einer Nackenrolle zwischen uns zu schlafen, und dann haben wir es nicht getan. Wir hatten keine Nackenrolle zwischen uns, meine ich. Wir mochten einander, sehr sogar. Ich wünschte, ich hätte sie vor Jahren kennengelernt, und ich glaube, ihr ging es genauso. Am nächsten Morgen ...«

»Am nächsten Morgen?«, hakte ich nach.

»Da war Blut auf dem Laken. Sie war sehr peinlich berührt und versuchte, es rauszuwaschen. Wir hatten ein Waschbecken in unserem Zimmer.«

»Hatte sie ihre Periode bekommen?«

»Nein, das war es nicht. Es war ihr erstes Mal.«

Die Stille zwischen uns hielt sich eine Weile, dann sprach

er wieder: »Sie war lebhaft und witzig, erzählte mir von ihrer Mutter und ihrem Bruder in New York, von dem sie glaubte, er müsse gestorben oder weggezogen sein, weil er nie auf ihre Briefe antwortete. Und jetzt fühle ich mich hilflos, denn in irgendeiner Form in ihrem Namen aktiv zu werden … hatte der Anwalt betont …«

»Der Anwalt?«

»Mehr kann ich nicht sagen.«

Barnard stand auf und reichte mir die Hand. »Ich hoffe, dass Sie nicht zu lange auf Ihren Zug warten müssen.«

»Falls Ihnen noch etwas einfällt, Sie haben meine Karte.«

»Was ich Ihnen ruhig noch sagen kann: Ich habe geglaubt, der Fotograf könnte für den Anwalt arbeiten, sozusagen als doppelte Absicherung, damit wir zusammen auf dem Weg ins Hotel gesehen werden. Doch sicher bin ich mir nicht. Und Deirdre hat es nicht geglaubt.«

»Danke.«

Er nickte. »Gute Nacht.«

»Gute Nacht.«

Besser wäre gewesen, hätte ich den Namen des Anwalts herausgefunden. Aber zumindest hatte ich die vage Möglichkeit ausgeschlossen, dass Deirdre bei Barnard war. Ich gab ihm Zeit, den Bahnhof zu verlassen, dann ging ich auf den Bahnsteig, um den Fahrplan zu studieren. Ich hätte mir keine Sorgen machen müssen, denn es ging ein Zug in zehn Minuten. Wenn ich aber den Zug nach Leeds nahm, würde ich mein Automobil seinem Schicksal überlassen. Es wäre weit klüger, die Straßenbahn zum Haus meiner Eltern in Sandal zu nehmen, wo ich besser aufgehoben wäre, und mich morgen früh meines Wagens anzunehmen.

Die Straßenbahnhaltestelle war bloß einen kurzen Fußweg entfernt. Spontan beschloss ich, nur einmal nachzuschauen, ob in dem Haus im White Swan Yard, wo meine leibliche Mutter lebte, noch Licht brannte. Nicht, dass ich an die Kraft von Träumen glaubte. Ich hatte nur vom Tod einer Mutter geträumt, weil Deirdres Mutter gestorben war. Trotzdem würde es nicht schaden, mal nachzusehen.

Der sanfte Schein einer Petroleumlampe bildete einen goldenen Rand um das Rollo herum. Ich konnte Pfeifen, tippelnde Schritte und eine Kinderstimme hören, die ich kannte: meine Nichte Harriet.

Ich linste durch einen Spalt seitlich des Rollos. Da war Mrs. Whitaker, die Mutter, von der ich nicht wusste, wie ich sie nennen sollte, und spielte auf einer Blechflöte. Meine Eltern hatten mich von ihr adoptiert, als ich wenige Wochen alt war, und ich lerne sie gerade erst kennen. Harriet klatschte und sang. Der Läufer vor dem Ofen war aufgerollt, und der kleine Austin tanzte stampfend in Holzschuhen.

Der Hund bellte.

Eilig wandte ich mich ab. Es war spät. Ich wollte anklopfen und auch wieder nicht. Sahen die Kinder mich, könnte es ihre Stimmung ruinieren, indem sie an traurige Zeiten erinnert wurden – an den Verlust ihres Vaters.

Aber ich war nicht schnell genug. Durch das Hundebellen hatte Harriet bemerkt, dass jemand an der Tür war. Sie öffnete, als ich mich schon halb weggedreht hatte, und strahlte bei meinem Anblick. »Tante Kate! Woher hast du gewusst, dass ich hier bin?«

Ich lächelte ob ihrer bezaubernden Mutmaßung. »Es war einfach nur geraten, Harriet.«

Sie hielt mir die Tür auf, damit ich ins Haus kam.

Austin hatte aufgehört zu tanzen. Er lächelte, wollte jedoch nicht dabei ertappt werden und senkte den Blick.

Mrs. Whitaker sagte: »Dann setz dich mal lieber, Catherine.«

Ich zog mir einen Hocker unter dem Tisch hervor und nahm Platz.

»Weißt du noch, dass ich bald Geburtstag habe?«, fragte Harriet.

»Ja, weiß ich.«

»Da werde ich elf.«

»Ich weiß, sie müssten im Bett sein«, bemerkte Mrs. Whitaker, als hätte ich sie kritisiert, »aber die Kinder brauchen ein bisschen Spaß.«

»Natürlich brauchen sie den. Ich war eben im Theater, in einer komischen Oper von Gilbert and Sullivan.«

Da ich hier war, musste ich mindestens eine halbe Stunde bleiben. Eine halbe Stunde Tee, Brot und Bratenfett.

Harriet sagte: »Mam kommt und bleibt bei dir, wenn das Aufgebot für sie und Onkel Bob bestellt ist, damit sie in Leeds heiraten können.«

Tat sie das? Davon hörte ich zum ersten Mal. Ich versuchte, nicht zu überrascht zu wirken. Mein Schwager Ethan war kaum vier Monate tot. Aber wenn es eine Eigenschaft an Mary Jane gibt, die besonders ins Auge sticht, ist es ihr Talent, andere zu überraschen. Sie ist meine Schwester, obgleich ich sie erst in diesem Jahr kennengelernt hatte, die in diesem Haus aufwuchs und Teil der Whitaker-Familie ist, von der ich bisher nur Mary Jane, Harriet, Austin und Mrs. Whitaker kenne.

Harriet redete über den geplanten Umzug nach Helmsley, wo ihre Mam und ihr Stiefvater einen Zeitungsladen betreiben würden. Die Kinder waren schon dorthin mitgenommen worden, um sich alles anzusehen. Harriet schien sich auf den Umzug zu freuen. Austin zeigte keinerlei Regung.

Ich war froh, dass sie an einen anderen Ort zogen und nach dem Verlust ihres Vaters einen Neuanfang machten.

Austin wollte unbedingt noch einmal tanzen. Als er fertig

war und wir applaudierten, fragte er: »Wenn wir nach Helmsley umziehen, woher weiß Dad dann, wo er uns findet?«

Harriet antwortete nicht. Ich auch nicht.

Seine Großmutter erklärte: »Dein Dad sieht aus dem Himmel herunter. Er wird sich freuen, dass es euch richtig gut geht.«

Ich wartete unten bei dem Hund und blickte ins Feuer, während Mrs. Whitaker die Kinder oben ins Bett brachte.

Kurz darauf kam sie wieder, und ich bewegte mich. Ich erklärte ihr das mit der Jowett. »Ich werde nicht nach Leeds zurückfahren, sondern mir eine Droschke nach Sandal suchen.«

Mrs. Whitaker ist eine praktische Frau. Sie beteuerte sofort, dass ihr Nachbar im Yard mich gern die fünf Kilometer in seinem Pferdefuhrwerk fahren würde.

Dann ließ sie mich allein, um ihn zu fragen.

In den Minuten, die sie fort war, dachte ich darüber nach, wie mein Leben geworden wäre, wäre Mr. Whitaker, ein Police Constable, nicht plötzlich gestorben, als Mrs. Whitaker mit mir schwanger war und mit ihrer bereits großen Familie allein dasaß. Es war schwer vorstellbar, wie anders jenes Leben gewesen wäre als meines.

Mrs. Whitaker kam strahlend ins Haus zurück. »Mr. Cutler zieht schon seine Stiefel an. Geben wir ihm zehn Minuten, um sein Pony aus dem Stall zu holen und anzuspannen.«

»Wo ist der Stall?«

»Hier am Ende des Hofes.«

Zehn Minuten.

Wir sahen einander an.

»Sag es Mary Jane, wenn du nicht willst, dass sie bei dir wohnt. Es ist nicht recht, dass sie sich aufdrängt. Sie hat dich nicht gefragt, stimmt's?«, fragte sie.

»Nein.«

»Das passt zu ihr. Aber sie sieht dich als Familie, musst du wissen. Weil du es ja bist. Trotzdem bist du uns zu nichts verpflichtet.« Sie stocherte im Feuer. »Ist dir warm genug?«

»Ja, danke.«

Würde es immer so sein? Mrs. Whitaker und ich, höflich, nicht ganz sicher, wie wir einander anreden sollten?

»Catherine« nannte sie mich.

»Haben Sie mich nach jemandem in Ihrer Familie benannt, Mrs. Whitaker?«

Ihrer Familie. Ich hätte sagen sollen »in unserer Familie«.

»Dein Vater mochte den Namen. Catherine, falls du ein Mädchen wurdest. Ich erinnere mich nicht mehr, wie wir einen Jungen nennen wollten.«

Also hatten sie sich trotz all ihrer anderen Kinder Gedanken über meinen Namen gemacht. Es veränderte mein Gefühl für diese Frau mit dem ergrauenden Haar, die so viel älter aussah, als sie war.

»Und wie ist Ihr Vorname, Mrs. Whitaker? Ich weiß nämlich nie, wie ich Sie ansprechen soll. Und ich nenne Ginny Hood ›Mutter‹.«

»Was du auch solltest. Und ich nehme nicht an, dass du ›Ma‹ sagen könntest.«

»Ma.« Ich lachte. »Ich habe noch nie ›Ma‹ gesagt.«

»Nenn mich, wie du willst. ›Ada‹, ›Ma‹, ›Mrs. W.‹, es macht keinen Unterschied. Für mich wirst du immer ›Catherine‹ sein.«

Es klopfte leise an der Tür. Mr. Cutler hatte sein Pony schnell angespannt.

Ich verabschiedete mich von Mrs. Whitaker, nach wie vor unsicher, wie ich sie nennen sollte, aber mit dem Gefühl, dass ich sie wiedersehen würde – bald.

Mr. Cutler half mir auf den Wagen. Ich winkte der Frau an der Tür, und das Pony zog uns trottend aus dem Innenhof.

Ich hoffte, dass meine kurze Unterhaltung mit Joseph Barnard morgen früh mehr Sinn ergeben würde und ich mit einer Ahnung aufwachte, was ich als Nächstes tun oder ob ich mich ganz aus dieser Geschichte zurückziehen sollte.

Dreiundzwanzig

Es war beinahe Mitternacht, als Mr. Cutler seinem Pony »Halt!« zurief. Ich bezahlte ihn und kletterte von dem Wagen. Das Haus meiner Eltern war vollkommen dunkel. Zum Glück besteht meine Mutter darauf, dass ich einen Schlüssel behalte – »für alle Fälle«. Ich schloss mir selbst so leise wie möglich auf, nur nicht leise genug.

Mein Vater erschien in Morgenmantel und Hausschuhen oben an der Treppe. »Ich habe einen Karren gehört. Stimmt etwas nicht?«

Mein Traum holte mich wieder ein. »Schläft Mutter?«

»Tief und fest.«

Also war sie nicht tot. Mein Angsttraum hatte sich tatsächlich nur um Deirdre Fitzpatrick gedreht. Ich schaltete das Dielenlicht ein.

Mein Vater stieg die Treppe herunter. »Ich habe mich schon gefragt, wann du kommst.«

Ihm gelang es immer wieder, mich zu verblüffen. »Ich hatte nicht gesagt, dass ich komme.«

Er tippte sich seitlich an die Nase. »Möchtest du einen Becher Kakao?«

»Ich wollte euch nicht wecken«, sagte ich und folgte ihm in die Küche.

»Du weißt, dass ich einen leichten Schlaf habe.« Er goss Milch in einen Topf, drehte den Wasserhahn auf und gab Wasser hinzu.

Ich setzte mich an den Küchentisch und beobachtete, wie

das Streichholz den Gasring in einen blauen Flammenkranz verwandelte.

Nun löffelte mein Vater Kakao und Zucker in Becher, gab ein wenig Milch hinzu und verrührte alles zu einer Paste. »Deine Mutter hatte bei dir angerufen und mit Mrs. Sugden gesprochen. Sie hat erzählt, dass du nach Wakefield kommst und eine Oper von Gilbert and Sullivan sehen willst.«

»Es war ein bisschen kurzfristig.«

»Das habe ich auch gesagt. Sie wäre gern mit dir gegangen.«

»Es hätte ihr gefallen. Aber ich war eigentlich dort, um mit einem der Sänger zu sprechen.«

»Ja, ich dachte mir, dass du nicht einzig aus Liebe zu *HMS Pinafore* in Wakefield warst.«

»Und warum?«

»Du würdest nicht freiwillig allein ins Theatre Royal gehen, es sei denn, du hast einen bestimmten Grund.«

Er behielt den Topf im Blick, während ich meinem Vater von der Jowett erzählte, die ihren Geist aufgegeben hatte, und dass ich nach Wakefield geschleppt worden war und den Wagen nahe der Polizeizentrale abgestellt hatte, wo mein Vater arbeitet.

»Das war Pech, aber klug von dir, den Wagen nahe der Polizei abzustellen. Wir kümmern uns gleich morgen früh um ihn.«

»Und ich war kurz bei Mrs. Whitaker.«

»Wie geht es Mrs. Whitaker?« Nicht mal er, vor allem nicht er, sagte »deine Mutter«.

»Sie scheint wohlauf zu sein. Mary Janes Kinder sind bei ihr.«

Er schenkte Milch und Wasser in den ersten Becher und rührte vorsichtig. »Wo ist die Keksdose?«

»Da, wo sie immer ist.« Ich ging zum Schrank und holte die Dose heraus. Sie war ein komisches Ding aus stumpfem Blech, eingedellt und mit einem Deckel, der sich nie richtig bewegen lässt. Es muss einen sentimentalen Grund geben, weshalb meine Mutter sie behält. Man muss den Deckel jedenfalls immer wieder anders verkanten, um ihn aufzubekommen.

Ingwerplätzchen. Meine Lieblingssorte.

Mein Vater rührte seinen Kakao um und setzte sich. »Dein Chief Inspector ist also in Leeds, um den Tod des Bankiers zu untersuchen.«

»Er ist nicht *mein* Chief Inspector, Dad, aber ja. Ich würde gern helfen, doch er hält mich außen vor.«

»Vielleicht hat er keine tolle Spur oder so.« Er nahm einen Schluck. »Zu heiß«, sagte er und stellte seinen Becher wieder ab. »Er hat dir über die Wache eine Nachricht geschickt. Mrs. Sugden hatte ihm erzählt, dass du vielleicht herkommst.«

Ich wünschte, ich wäre nicht von lauter Menschen mit einem sechsten Sinn umgeben. Das kann unheimlich sein.

Mein Vater schob mir die Nachricht zu. »Ein bisschen kryptisch, doch ich nehme an, dass du sie verstehst.«

Dort stand:

Der C.I. lässt herzlich grüßen und erbittet Ihre Hilfe, die unbekannte Frau zu finden. Dringend. Fingerabdrücke am Tatort passen zu solchen im Haus der Frau.

Ich starrte die Nachricht an.

»Anscheinend«, bemerkte mein Vater, »haben sie einen Fingerabdruck auf einem Schuh gefunden, den sie in dem Zimmer und an einem Glas im Bad zurückließ.«

»Also hatte ich recht.«

»Wer ist sie?«, fragte mein Vater.

»Deirdre Fitzpatrick. Sie war mit dem Bankier in der Nacht zusammen, in der er ermordet wurde. Marcus hat schon mit mir geredet und mich gebeten, ihm Bescheid zu geben, wenn ich sie finde.«

»Er macht es offiziell. Er will, dass du sie im Auftrag der Polizei findest, nicht in dem der Leute, die dich schon darum gebeten haben.«

»Ich nehme an, das darf ich als Kompliment auffassen.«

Mein Vater tunkte ein Ingwerplätzchen in seinen Kakao. »Keiner kann besser Leute aufspüren als du. Wie vielen Witwen und Müttern hast du nach dem Krieg geholfen?«

»Das war anders. Da musste ich nur alte Kameraden ausfindig machen und ein wenig graben.«

»Und dann war da noch Braithwaite – und dein Schwager. Mr. Charles weiß, was er tut, wenn er dich bittet. Du wirst die Unbekannte finden, Kate. Achte aber darauf, dass dich der Yard auch für deine Dienste bezahlt, denn ich gehe nicht davon aus, dass du es aus Liebe tust.«

Also hatte er begriffen, dass Marcus Charles und ich keine gemeinsame Zukunft hatten.

Er seufzte.

Es ist immer ein Fehler, einen Ingwerkeks wieder einzutunken, wenn man schon abgebissen hatte. Sein Keks versank in dem Kakao. Mit dem Teelöffel fischte er ihn heraus.

»Nein, Dad, ich werde es nicht aus Liebe tun. Marcus und ich sind Freunde, mehr nicht. Und ich wünschte, du würdest nicht meinetwegen seufzen. Mich freut, dass er mich um Hilfe bittet, denn ich hasse es, als Ersatz an den Rand gedrängt zu werden.«

Er zog die Augenbrauen hoch. »Ich nehme an, dass ich nichts anderes von meiner Schnüfflertochter erwarten durfte. Hättest du Mr. Whitaker gekannt, du hättest ihn bewundert. Er hat es nie weiter als bis zum Streifenpolizisten geschafft, doch ihm entging so gut wie nichts. Er hätte befördert werden können, nur war er gern an der frischen Luft und hatte ein Auge auf die Welt. Du hast sein Talent im Blut und mich als Beispiel gehabt.«

Was keiner von uns aussprach, war mein bisheriges Scheitern bei der Suche nach Gerald. Inzwischen waren fünf Jahre seit Kriegsende vergangen, und ich hatte keine Antworten darauf, was mit ihm geschehen war oder ob er irgendwo noch am Leben sein könnte, mit entstellenden Verletzungen oder Gedächtnisverlust.

»Hast du viele Informationen zu der Frau, mit denen du arbeiten kannst?«, fragte mein Vater mich.

»Ja. Sie ist Deirdre Fitzpatrick, Tochter der jüngst verstorbenen Mrs. Hartigan und Schwester des New Yorker ›Geschäftsmannes‹ Anthony Hartigan, einem Mörder und Schwarzhändler. Sie ist mit einem seltsamen Burschen verheiratet, der für die Lokalzeitung arbeitet. Ich bin mir nicht ganz sicher bezüglich der ethischen Fragen in dieser Situation, da ich schon im Auftrag des Ehemannes nach ihr suche.«

Ich erwähnte das Trio aus Ehemann, Bruder und verliebtem Freund lieber nicht, das bei mir erschienen war.

»Irgendwelche Spuren?«

»Ich glaube, dass sie in Hotels war, mindestens mit zwei verschiedenen Männern, um einen Ehebruch zu beweisen. Jemand hatte sie mit den Männern in Kontakt gebracht, wahrscheinlich ein Anwalt in der St. Paul's Street. Ich glaube, dass sie für ihn gearbeitet hat. Jener Anwalt könnte ihr irgendein Versteck angeboten haben. Oder sie erwies sich schlicht als zu unbequem. Ich muss seinen Namen herausfinden.«

Mein Vater rührte wieder in seinem Kakao. »Wem sagst du das?«

Der Nachbar meiner Eltern, Arthur, ist seines Zeichens Jowett-Fanatiker mit einer voll ausgestatteten Garage. Er und mein Vater brachten mein armes Automobil noch vor dem Frühstück her, und mein Vater verschwand zur Arbeit. Arthur, der in der Lage ist, sich seine Zeit selbst einzuteilen, rief mich nach draußen, es mir mal anzusehen. Wir standen in seiner Garage, wo es nach Öl, Gummi und männlicher Kompetenz roch. Arthur war ganz formvollendet in einen dunkelblauen Mechanikerkittel gekleidet, doch sein Mondgesicht zeigte nichts als Verzweiflung.

»Kate, es sind nur noch achtundvierzig von diesen Wagen bis 1916 gebaut worden, und du hast diese Schönheit. Das ist eine heilige Pflicht.«

»Na ja, ich habe ja nicht geahnt, dass sie auf einmal ein Leck hat.«

»Der Kühlerschlauch ist hinüber. Und du hast die Kolben und das Pleuellager beschädigt.«

»Ich habe gedacht, alles wäre tipptopp.«

Im schwachen Licht der Garage erkannte ich, wie sein Gesicht eine grünliche Farbe annahm. »Ist dir gar nichts aufgefallen?«

»Na ja, schon noch der Qualm, offensichtlich, und das Rattern.«

»Und vorher?«

»Heißt das, ich kann nicht nach Hause fahren?«

»Lass sie mir ein paar Tage da.« Er schüttelte den Kopf. »Du hast Glück gehabt, dass der andere Jowett-Fahrer gestern Abend vorbeigekommen ist und dich abgeschleppt hat. Wärst du weitergefahren, wäre es wohl das Ende für sie gewesen.«

Wehmütig sah ich meine Jowett an. Manchmal scheint dieses Automobil lebendig zu sein. In diesem Moment hätte ich schwören können, dass ihre Zuneigung fortan Arthur gelten würde. Beinahe rechnete ich damit, dass sie etwas sagte und mich vor einer Anklage wegen sträflicher Vernachlässigung warnte.

Es kam mir herzlos vor, mich umzudrehen und wegzugehen.

Zum Glück rief mich Pamela, das Hausmädchen meiner Mutter, von der Garagentür und bot mir so einen Fluchtweg.

»Danke, Arthur. Wir unterhalten uns später wieder.«

Ich ging mit Pamela ins Haus.

»Mrs. Sugden hat für Sie angerufen, Mrs. Shackleton. Ich habe genau aufgeschrieben, was sie gesagt hat. Und Ihr Vater hat Nachricht aus dem Büro geschickt. Es passierte alles auf einmal.«

Ich dankte ihr und nahm die beiden Nachrichten entgegen. Mrs. Sugdens war eine von Tante Berta, dass ein Anwalt namens Walter Lansbury in der St. Paul's Street vielleicht helfen könnte. Was für ein vornehmer Name für einen zwielichtigen Rechtsbeistand! Nun, Mr. Lansbury, Sie dürfen sich auf einen baldigen Besuch gefasst machen.

Die Nachricht von meinem Vater war kryptischer: Er habe dem Chief Inspector geraten, mit einer bestimmten juristischen Person zu sprechen.

Das war sehr gut, weil es mir einen Grund gab, mit meinem Vater zu reden. Ich nahm den Telefonhörer auf und wurde bald zu ihm durchgestellt.

»Dad?«

»Katie?«

»Fängt der Name dieser juristischen Person zufällig mit einem L an und endet mit einem Y?«

»War deine Tante Berta mal wieder schneller als ich?«

»Sie hatte Vorsprung. Und, Dad?«

»Ja?«

»Darf ich mir deinen Morris leihen, nur für ein paar Tage?«

»Ja, das geht. Aber sei vorsichtig.«

»Bin ich.« Ich legte den Hörer wieder auf.

Meine Mutter sitzt gewöhnlich bis zehn Uhr im Bett und liest. Ich hatte ihr bereits ihren Tee gebracht.

Als ich die Treppe hinaufging, rief sie: »Bist du das am Telefon, Kate? Ich komme nach unten.«

»Schon gut. Ich komme rauf.«

Beim Lesen hat sie ihre Kissen immer ganz besonders arrangiert und eines unter den Knien. Lächelnd legte sie ihr Buch beiseite. »Es ist der neueste Arnold Bennett, sehr gut, muss ich sagen.«

»Den muss ich auch mal lesen.«

»Solltest du. Es geht um einen Buchhändler und eine Frau, die ein Geschäft gegenüber von ihm übernimmt, und sie beide sind sehr sparsam. Ich weiß nicht, ob sie am Ende ein Paar werden oder ob es Tränen gibt.«

Ich setzte mich auf die Bettkante. »Es war alles sehr kurzfristig gestern und hatte mit der Arbeit zu tun, deshalb habe ich dich nicht gefragt, ob du mitkommst, *HMS Pinafore* ansehen.«

Sie seufzte. »Mir gefällt nur nicht, dass du allein ins Theater gehst. Marcus ist wieder hier und leitet eine Ermittlung, nicht?«

»Ja, aber wir sind nicht wieder zusammen, nicht so, wie du denkst.«

»Dachte ich nicht. Bist du sicher, dass du das Richtige tust, indem du ihn zurückweist?«

»Ja.«

»Und es ist nicht aus Loyalität zu Gerald, denn ich bin sicher, Gerald würde wollen, dass du glücklich bist.«

»Ich bin glücklich, keine Sorge. Alles ist bestens.«

Vierundzwanzig

Als Mrs. Shackleton aus ihrem Gespräch mit dem Chief Inspector kam, bat sie Sykes, mit ihr in die Stadt zu kommen. Sie wolle mit ihm reden, sagte sie, aber nicht im Hotel. Er wusste gleich, dass sie etwas vorhatte.

Wie Verschwörer saßen sie beide an einem Ecktisch im Café von Schofields.

»Mr. Lansbury in der St. Paul's Street ist der Anwalt, mit dem Deirdre Fitzpatrick zu tun hatte«, erklärte sie. »Bei seiner Kanzlei hatte ich sie kürzlich aus den Augen verloren.«

Jim Sykes rührte – wieder – in seinem Tee. »Aber er ist von Sergeant Wilson befragt worden.«

Mrs. Shackleton hatte diesen strengen Blick. »Lansbury hat Wilson gegenüber zugegeben, mit einer Frau gesprochen zu haben, auf die Deirdre Fitzpatricks Beschreibung passt.«

»Ja, aber das ist Wochen her! Er hat gesagt, dass sie bei ihm war, um sich wegen einer Trennung von ihrem Ehemann beraten zu lassen. Und es wäre bei dem einen kurzen Gespräch geblieben. Er hatte sich einige Notizen gemacht, doch sie kam nicht wieder, und da hat er die Aufzeichnungen vernichtet.«

»Er lügt, weil ihn das, was er tut, in große Schwierigkeiten bringen kann. Er hat alles arrangiert, und jetzt hat er Angst.«

Sykes trank seinen Tee. Was schwebte ihr vor? Nun, er hatte nicht vor zu fragen. Sollte sie es von sich aus sagen.

Was sie auch tat.

»Hier kommen Sie ins Spiel, Mr. Sykes. Ich möchte, dass Sie Mr. Lansbury besuchen und sich als Ehemann ausgeben, der eine Scheidung wünscht. Wedeln Sie mit Geld vor seiner Nase. Locken Sie ihn aus der Reserve. Er könnte unsere einzige Verbindung zu Deirdre Fitzpatrick sein.«

Sykes fühlte sich in die Ecke gedrängt. »Ich bin als Constable verpflichtet, da kann ich nicht rumlaufen und meine eigenen Ermittlungen anstellen.«

»Marcus stimmt mir zu. Sie dürften es. Nur nicht als Special Constable.«

»Aber ich bin vereidigt worden.«

»Dann können Sie auch von dem Eid freigestellt werden, solange es nötig ist.«

Es war nicht fair. Sykes hatte sich schon gefragt, worüber sich Mrs. Shackleton und der Chief so geheimnisvoll unterhalten hatten. Er hätte ahnen müssen, dass da etwas nicht ganz sauber war und ihm mal wieder die schmutzige Aufgabe zufallen würde. Er wartete, weil er Mrs. Shackleton nicht ermutigen wollte.

»Hören Sie, Mr. Sykes, Wilson hat Marcus erzählt, dass der Anwalt ängstlich gewirkt hat. Es könnte sein, weil er gelogen hat oder vielleicht erpresst wird. Da geht mehr vor sich, als wir bisher herausgefunden haben. Wir müssen alle Mittel nutzen, um dieser Sache auf den Grund zu gehen. Runcie ist tot. Diamond ist tot. Wer wird der Nächste sein? Deirdre Fitzpatrick könnte für jemanden unbequem sein, und wir wissen nicht, für wen.«

Sykes behagte das »Wir« in »Wir müssen alle Mittel nutzen« nicht. Er würde immer noch hier leben müssen, wenn die Männer von Scotland Yard wieder nach London verschwunden waren.

»Warum ich?«

»Weil Sie es gut machen werden. Sie werden glaubwürdig sein.«

Es gab keinen Ausweg. Sykes trank noch einen Schluck Tee. »Was müsste ich tun?«

»Wir denken uns eine plausible Geschichte aus. Sie müssen Lansbury überzeugen, für Sie einen Untreuebeweis zu arrangieren.«

»Sie meinen, ein Treffen mit Deirdre Fitzpatrick?«

»Es ist unwichtig, ob mit ihr oder nicht. Falls Lansbury es tut, wissen wir, dass er lügt. Falls sie es ist, machen wir vielleicht Fortschritte. Sie wird nicht grundlos geflohen sein, ohne irgendeine Spur zu hinterlassen.«

Sykes wusste, dass er überstimmt war. »Na gut. Wie es aussieht, haben Sie mich freiwillig gemeldet. Ich werde mein Bestes tun.«

Mrs. Shackleton wandte sich den praktischen Aspekten zu, wie seine Geschichte wäre, wie er sich anziehen sollte. »Lansbury wird solche Inszenierungen nicht umsonst arrangieren. Sie werden Geld brauchen.«

Und das hatte sie dabei, in einem braunen Umschlag. Sykes sah es sich an. Er wusste, dass es aus einer Scotland-Yard-Handkasse stammte. Und zweifellos waren die Nummern auf den Geldscheinen irgendwo registriert.

»Lansbury wird Lunte riechen, wenn ich so kurz nach Wilsons Befragung auftauche.«

»Nein, genau deshalb wollen wir so schnell sein. Er wird nicht damit rechnen.«

»Warum gehe ich zu ihm und nicht zu irgendeinem anderen Anwalt? Er wird fragen, wie ich auf ihn gekommen bin.«

»Er wurde Ihnen von einem Gentleman im Handelskammerausschuss empfohlen, Mr. Gledhill, Vorstandsvorsitzender der Leodis Insurance Company.«

»Und wenn er bei Mr. Gledhill nachfragt?«

»Mr. Gledhill verbringt jeden August am Gardasee.«

»Wir haben September.«

»Er hat eine lange An- und Abreise.«

Sie hatte auf alles eine Antwort.

Der elegante Herr mit Brille, der die Treppe zu Lansburys Anwaltskanzlei hinaufstieg, hatte einen Gehstock mit silbernem Knauf bei sich. Er trug eine graue Flanellhose, eine auffällige, pflaumenblaue Weste, ein Jackett und eine Krawatte. Wegen der Krawatte hatte Sykes Bedenken gehabt, denn er wollte es nicht übertreiben. Andererseits würde ein Mann, der es nicht übertrieb, niemals zulassen, dass seine Frau sich von ihm scheiden ließ.

Sykes hatte einmal einen Paul Sheridan gekannt, der ein teuflischer Weiberheld gewesen war, und dessen Namen borgte er sich nun aus.

Mr. Lansbury, ein kleiner Mann mit glänzender Glatze, stand auf, um Sykes die Hand zu schütteln und sich vorzustellen. »Bitte, nehmen Sie Platz, Mr. Sheridan.« Er wies zu einem Stuhl, dessen dickes grünes Lederpolster von Messingzwecken gerahmt war.

Sykes setzte sich. Sein Mund fühlte sich trocken an.

»Also, was kann ich für Sie tun?« Lansbury lächelte in bester Den-Mandanten-beruhigen-Manier.

Sykes räusperte sich.

»Möchten Sie ein Glas Wasser?«, fragte Lansbury.

»Nein, ist schon gut.« Sykes holte tief Luft. »Sehr zu meinem Bedauern muss ich sagen, dass meine Gemahlin und ich entschieden haben, getrennte Wege zu gehen.« Er hatte dieses Gespräch mit Mrs. Shackleton geübt, konnte sich jetzt aber nicht mehr recht erinnern, was als Nächstes kam. Bei den Worten »meine Gemahlin« dachte er an Rosie. Ihr würde dies hier kein bisschen gefallen, obwohl er in diesem Moment nicht

Jim Sykes war und mit »meine Gemahlin« auch nicht Rosie meinte. »Sie sagt, dass ein Ehepaar heutzutage nicht mehr ein Leben lang zusammenbleiben muss.«

»Vielleicht sollte ich mir erst mal Ihre Adresse aufschreiben, Mr. Sheridan, und einige Details.« Mr. Lansbury nahm seinen Stift auf.

Dieser Teil war nicht schwer. Paul Sheridan, der kürzlich aus Brighton nach Yorkshire zurückgekehrt war, wohnte bei einem alten Freund in Chapeltown. Von Beruf war er Ingenieur. Seine Frau Isabella, eine flatterhafte Schönheit aus Brighton, hatte eine neue Liebe ihres Lebens. Aus Höflichkeit hatte Paul Sheridan zugestimmt, ihr einen Scheidungsgrund zu geben.

»Und was führt Sie zu mir?«, fragte Mr. Lansbury leise.

Gute Frage, dachte Sykes. Danke, Mrs. Shackleton. »Der Freund, der so nett ist, mich bei sich wohnen zu lassen, hat mir ein paar Namen gegeben, die er wiederum von einem Golffreund hat, einem Mann in der Versicherungsbranche, der Sie von der Handelskammer kennt, Mr. Gledhall, glaube ich.«

»Gledhill?«

»Ja, genau, Gledhill. Um ehrlich zu sein«, sagte Sykes verlegen, »sind Sie nicht der Erste, den ich kontaktiere, aber der Erste, der mir so kurzfristig einen Termin anbieten konnte. Meine Frau und ich haben entschieden, dass wir beide einen Neuanfang wünschen, müssen Sie wissen. Und je eher diese Angelegenheit in Angriff genommen wird, desto besser.«

Er blickte in die blassblauen Augen des Mannes ihm gegenüber und hoffte, Mr. Lansbury würde seine Kleidung nicht für zu übertrieben für einen Ingenieur halten. Mrs. Shackleton hatte vorgeschlagen, dass Sykes sich als ein unkonventioneller Literat präsentierte. Zunächst hatte Sykes zugestimmt, dann aber in letzter Sekunde einen anderen Beruf gewählt, falls der Anwalt außergewöhnlich belesen wäre. Doch die einzigen Bücher, die Sykes im Raum sah, waren dicke Gesetzeswerke in Bücherschränken mit Glastüren.

Der Anwalt schritt vorsichtig voran. Er legte seinen Stift ab und lehnte sich auf seinem Stuhl zurück. »Sind Sie und Ihre Gemahlin sich sicher, dass es keine vorübergehende Unstimmigkeit ist, die überwunden werden kann?«

Sykes gab sich angemessen bedauernd. »Wir sind uns recht sicher. Sie möchte wieder heiraten, wohingegen ich nicht glaube, dass ich es je wieder tun werde«, ergänzte er traurig.

Die Hand des Anwalts schwebte über seinem Stift. »In dem Fall sollten wir überlegen, wie wir vorgehen. Haben Sie schon darüber nachgedacht?«

»Ich habe versucht, es nicht zu tun, bis gestern ein Brief von ihr kam, und, nun ja ...«

»Darf ich den sehen?«

Sykes reichte ihm den Brief und hoffte, der Mann würde keinen Umschlag oder einen Poststempel erwarten.

Der Anwalt las und schüttelte betrübt den Kopf. »Eine Scheidung kann äußerst teuer sein. Es ist eine Menge Vorbereitung vonnöten, den Prozessanwalt kontaktieren und so fort. Gewöhnlich bitte ich um Vorauszahlung.«

»Natürlich.« Sykes zückte seine dicke Brieftasche. »Meine Frau sagt, wenn ich ihr einen Grund gebe, soll es Untreue sein.«

»Sie hat sich offenbar erkundigt. Es ist sehr ehrbar von Ihnen, ihren Wünschen zu entsprechen.«

Sykes wurde langsam mit seiner Rolle warm. »Ihr Verehrer ist ein sehr umtriebiger Knabe und nicht um Geld verlegen. Im Gegensatz zu mir muss er sich seinen Lebensunterhalt nicht verdienen und kann Bella weidlich Zerstreuung bieten, Tanzveranstaltungen und dergleichen.«

»Ja, manchmal nimmt das Leben solche Wendungen«, sagte der Anwalt weise und strich sich übers Kinn. »Sie werden wissen wollen, über welche Summen wir hier reden. Es werden zusätzliche Kosten anfallen. Die Angelegenheit wird in der Nachlass-, Scheidungs- und Admiralitätsabteilung verhandelt, und die erfordert die Dienste eines Prozessanwalts.«

»Ja, meine Frau sagte mir bereits, dass es so wäre.«

Sykes nahm ein Notizbuch hervor, das er eigens zu diesem Zweck gekauft hatte. Es war ledergebunden und die Art, wie er sie sich bei einem Ingenieur vorstellte. Er machte sich Notizen.

Der Anwalt sprach über Pfund, Shilling und Pence. Sykes zählte ihm die Scheine auf den Schreibtisch.

Mr. Lansbury stellte ihm eine Quittung aus. »Es ist unwahrscheinlich, dass Ihr Fall noch in der jetzigen Sitzungsperiode angehört wird. Eher wird es erst nächstes Jahr.«

»Oh, das ist in Ordnung. Bella möchte nur wissen, dass sie baldmöglichst alles in die Wege leiten kann. Sie bittet mich um eine Hotelrechnung.«

»Es könnte besser sein, wenn Sie in ein Hotel an der Küste gehen. Wären Sie für ein Wochenende an der See abkömmlich?«

»Mir ein Wochenende freizunehmen wäre kein Problem. Nur ... die Sache ist die ... Wie soll ich es ausdrücken? Meine Frau ist sehr gut darin, sich mit dem anderen Geschlecht anzufreunden ... dem für sie anderen, meine ich. Ich bin es leider nicht. Ich hatte nie gedacht, dass ich damit einmal wieder anfangen müsste.«

Mr. Lansbury sah ihn bedauernd an und seufzte. »Sie haben mein Mitgefühl, ehrlich. Aber vielleicht kann ich Ihnen helfen.«

Sykes fühlte, wie sich seine Schultern versteiften. Würde er Deirdre Fitzpatrick in einem schäbigen Seehotel treffen?

»Muss es an der Küste sein?«

»Mein guter Mann, ich bitte Sie nicht, im Dezember durch den Kanal zu schwimmen. Eher denke ich an ein oder zwei Nächte in Scarborough.« Mr. Lansbury wartete lächelnd, dass seine Bemerkung die Stimmung entschärfte und sein Mandant antwortete.

Sykes gab sich alle Mühe, sich ein kleines Lächeln abzuringen. Ich weiß, warum du Scarborough wählst, dachte er. Zu viele Ehebrüche in einer Stadt könnten verdächtig wirken. Wenn es schon sein musste, sollte es schnell gehen. »Sobald ich meine Stelle annehme, werde ich mich ganz meiner Arbeit widmen, daher wäre es gut, ginge alles so früh wie möglich.«

Der Anwalt schlug seinen Kalender auf. »Könnten Sie am Freitagabend an dem vereinbarten Ort sein?«

»Ja.«

»Hervorragend! Morgen um diese Zeit schicke ich Ihnen Nachricht. Oder ziehen Sie es vor, wieder herzukommen?«

»Eine Nachricht wäre ausreichend, danke.«

Wahrscheinlich war es die falsche Antwort, dachte Sykes. Er hätte mit einem CID-Mann wiederkommen und alles im Keim ersticken können. Zu spät.

Sie schüttelten sich die Hände.

Und nun müsste Mr. Lansbury mit der fraglichen Dame kommunizieren.

Sykes verließ das Gebäude. Er ging zu dem Jungen, der seinen Schuhputzstand am Eingang der Seitengasse aufgebaut hatte, und ignorierte den anderen Jungen, der vorbeiradelte.

Der Junge begann, Sykes' Schuhe zu polieren. »Halt die Augen offen, Andy. Wenn ein Bote aus diesem Gebäude kommt, folgt einer von euch beiden ihm, je nachdem, ob er zu Fuß oder mit dem Fahrrad unterwegs ist.«

»Was ist mit den Schuhputzsachen?«

»Wenn du ihm zu Fuß folgen musst, bitte deinen Kumpel,

hier für dich zu übernehmen. Einer von euch folgt jedem Boten und notiert, wohin er geht.«

Der Junge nickte.

Als seine Schuhe blitzblank waren, gab Sykes dem Jungen einen Sixpence.

Plötzlich fiel ihm etwas ein. Vielleicht hatte Mr. Lansbury einen ganzen Stall »anderer Frauen«, die bereit waren, die Ehebrecherin zu spielen. Bei dem Gedanken fröstelte er. Sicher würde es in Yorkshire keinen Bedarf an solchem Unsinn geben. Die Leute hier waren nicht so unvernünftig, bei jeder Kleinigkeit zum Scheidungsgericht zu rennen.

Als er zurück zum *Metropole* ging, wich Sykes' Freude, dass er seine Aufgabe zügig erledigt hatte, einem Anflug von Melancholie. In der Suite, die man der Mordermittlung überlassen hatte, belegten Sykes und die anderen Untergebenen den Raum, der eigentlich das Schlafzimmer war. Er lockerte die Krawatte und achtete nicht auf den fragenden Blick des Sergeant, als er den Stift aufnahm, um den Besuch bei Lansbury ins Dienstbuch einzutragen.

Der Sergeant rückte das Buch weg. »Ist nicht nötig, Mr. Sykes. Ich glaube, Sie haben eben einen Privatbesuch gemacht.«

Fünfundzwanzig

Fitzpatricks Telegramm erwartete mich, als ich zu Hause eintraf.

KOMMEN SIE DRINGEND STOPP
HABE NEUIGKEITEN
FITZPATRICK

Ich vergeudete keine Zeit und fuhr direkt nach Kirkstall. Mr. Fitzpatrick musste aus dem Fenster gesehen haben, denn er öffnete auf mein erstes Klopfen.

Sein Anblick erschreckte mich: Sein Gesicht war grau vor Kummer, sein Haar ungekämmt. Sein linker Fuß war verbunden und auf das Dreifache seiner normalen Größe angeschwollen. Er hielt sich mithilfe einer Krücke und einer Hand an der Wand aufrecht. Mühsam hinkte er zur Seite, um mich ins Haus zu lassen.

»Ich bin gekommen, sobald ich Ihre Nachricht bekommen habe.«

Fitzpatrick griff sich eine zweite Krücke, schwang sich durchs Zimmer und ließ sich vorsichtig in einem Polstersessel nieder, bevor er mit einer Krücke zu dem Sessel gegenüber wies.

»Ich habe nicht viel Erfahrung damit, Telegramme zu schicken. Das ›Stopp‹ war überflüssig. Sie hätten es auch verstanden, hätte ich geschrieben: *Kommen Sie dringend habe Neuigkeiten.*«

»Ja.«

Er nickte, als wäre damit ein wichtiger Punkt geklärt. »Sie berechnen das nach der Anzahl der Wörter.«

Ich setzte mich. »Was haben Sie mit Ihrem Fuß gemacht?«

»Ich tauge zu nichts. Ich kann mich nicht zusammenreißen.«

»Was ist passiert?«

»Ich habe bei der Arbeit aufgeräumt. Da habe ich mir einen Setzkasten auf den Fuß fallen lassen. Ich mache nichts richtig. Andere mussten mir zur Klinik helfen. Es ist meine Konzentration. Ich habe sie verloren.«

»Das ist schrecklich. Als hätten Sie nicht schon genug Sorgen.«

Trotz seiner Verletzung war das Zimmer makellos aufgeräumt. Ein kleines Feuer brannte im Kamin. Die Heiligenfiguren blickten aus ihren Bilderrahmen an der Wand voller Mitleid auf Fitzpatrick, während sie mich weise ignorierten.

Ich holte sein Telegramm aus meiner Tasche und faltete es auseinander. »Was für Neuigkeiten haben Sie?«

Er starrte das Telegramm an. »Man sollte meinen, Brown an dem Schalter hätte mir gesagt, dass ich das ›Stopp‹ nicht brauche. Keiner versucht je, einem unnötige Ausgaben zu ersparen.«

»Machen Sie sich deshalb keine Gedanken, Mr. Fitzpatrick. Das ›Stopp‹ macht ein Telegramm erst zu einem richtigen. Es signalisiert Dringlichkeit.«

Das letzte Wort schien eine Saite in ihm anzuschlagen. »Deirdre ist hier gewesen. Sie hat ihren Rosenkranz und ihre Glücksfee geholt.«

»Sind Sie sicher, dass sie die vorher nicht bei sich hatte?«

»Ja. Gestern lagen sie noch auf ihrer Frisierkommode.«

»Na, das ist doch beruhigend. Nun wissen wir, dass sie wohlauf ist. Hat sie sonst noch etwas mitgenommen? Irgendwelche Kleidung?«

»Ihr grauer Mantel, ein Rock und zwei Blusen sind weg.«

»Was denken Sie, wann sie hier war?«

»Ich hatte gestern den Tag über zu Hause gewartet und bin dann zur Nachtschicht. Ich muss ja weiterarbeiten.«

»Selbstverständlich müssen Sie das.«

»Ich bin gestern Abend um fünf gegangen. Es war gegen drei Uhr heute Morgen, dass ich mir den Setzkasten auf den Fuß fallen ließ.« Er schaute zu seinem Fuß, als wäre der weit weg und gehörte jemand anders.

»Ist es sehr schmerzhaft?«

»Selbst wenn, ist es mir gleich. Es ist nichts. Was ist schon Schmerz?«

Für einen Moment dachten wir über diese gewaltige Frage nach. »Und um welche Uhrzeit sind Sie nach Hause gekommen?«

»Ich war bis nach fünf im Krankenhaus. Die wissen, wie sie einen warten lassen. Also muss es sechs oder halb sieben gewesen sein, als ich zu Hause war. Ich habe nicht gewusst, dass sie hier gewesen war. Ich war fertig, bin ins Bett und habe einige Stunden geschlafen. Und dann habe ich gesehen, dass der Rosenkranz weg ist …«

»Und die Glücksfee.«

»Ja.«

Auf einmal wirkte er einsam und ziemlich schwach. »Kann ich Ihnen irgendwas holen, Mr. Fitzpatrick? Eine Tasse Tee? Ein Butterbrot?«

Er verneinte stumm.

»Wie kommen Sie zurecht?«

»Ich halte mich einigermaßen. Und ich weiß, dass ich bei Kräften bleiben muss.«

»Mr. Fitzpatrick, könnte einer Ihrer Nachbarn Ihre Frau gesehen haben? Gibt es jemandem, dem sie nahe ist?«

»Sie bleibt für sich. Wir mögen es nicht, mit anderen zu vertraut zu werden. Man weiß nie, wohin das führt. Ich weiß nur, dass sie nicht zu Hause gewesen war, als ich gestern Abend zur Arbeit gegangen bin, und sie war hier gewesen, als ich aufgewacht bin.« Er fuhr sich mit den Fingern durchs Haar. »Die Frage ist, ob sie mitten in der Nacht gekommen ist oder während ich geschlafen habe. Gewiss wäre sie geblieben, hätte sie ins Zimmer geschaut und meinen schlimmen Fuß gesehen.«

»Ja, da haben Sie sicher recht. Sagen Sie, als Sie zur Post gegangen sind, um mir das Telegramm zu schicken, haben Sie da die Polizei informiert, dass sie zu Hause gewesen war?«

Er schüttelte den Kopf. »Nein, ich will, dass Sie sie finden. Die Polizei ist nutzlos. Erst sind die gar nicht interessiert und sagen, dass sie tun, was sie können, aber keine Leute haben. Und auf einmal ist es, als jagten sie eine Verbrecherin. Die waren hier und haben Fingerabdrücke genommen. Wie sollen Fingerabdrücke denn helfen, sie zu finden?«

»Sie erwähnten etwas von fehlender Kleidung. Darf ich mir ihr Zimmer ansehen?«

Er nickte finster.

»Wenigstens haben wir jetzt einen Anhaltspunkt. Wenn Sie recht haben, dass sie letzte Nacht oder heute am frühen Morgen hier war, wissen wir, dass es ihr gut geht und sie einen Plan hat.«

Ich lief zur Treppe und in das vordere Schlafzimmer oben. Im Kleiderschrank hingen zwei Sommerkleider neben einem Wollrock und einem Wintermantel. Ich zog die Kommodenschubladen auf, aus denen mir der Geruch von Mottenkugeln entgegenwehte. Da waren eine selbst genähte Paisley-Bluse, ein handgestrickter Pullover und eine Strickjacke. Hatte Fitzpatrick alles so ordentlich gefaltet? Auf dem Waschtisch waren

Handtücher, ein Waschlappen, Salben, Aspirin, ein gebogener Perlmuttkamm, ein teures Seifenstück und diverse Kleinigkeiten.

Wann hast du deine Unterwäsche und die Strümpfe geholt, Deirdre? Und wann dein Nachthemd?

Langsam ging ich wieder nach unten.

Fitzpatrick sah mich hoffnungsvoll an, als hätte ich den weiß getünchten Wänden oben irgendeine entscheidende Information entlocken können.

»Fehlt eine Reisetasche? Sie werden bemerkt haben, dass in ihrem Zimmer keine Nachthemden, keine Unterwäsche und keine Strümpfe sind.«

Ihm stand der Mund offen. »Nein. Ich habe die Schublade nicht aufgemacht, in der sie ihre …« Er stemmte sich hoch, griff nach den Krücken und humpelte auf den Kellerabgang zu.

»Lassen Sie das lieber, Mr. Fitzpatrick. Woran denken Sie?«

»An ihren Einkaufskorb und die Tasche. Die müssen auf dem Tisch im Keller sein. Da bewahrt sie die auf, damit es hier oben nicht unordentlich ist, verstehen Sie? Am Sonntag, als ich den Schinken zurück in den Keller gebracht habe, waren sie noch da.«

»Haben Sie Licht im Keller?«

»Nein. Nehmen Sie die Kerze vom Kaminsims mit.«

Ich zündete die Kerze mit einem Streichholz aus dem Glas an.

In dem Moment, in dem ich die Kellertür öffnete, schlug mir Kälte entgegen. Ich gruselte mich ein wenig, als ich nach unten ging. Was wäre, wenn Fitzpatrick sie getötet hatte und seine Sorge nur eine ausgefeilte Scharade war? Doch der Keller roch weder nach Blut noch nach Angst, bloß nach Kohle und Feuchtigkeit. Alles war aufgeräumt – die Kaltpresse, das Waschfass, Besen und Mopps. Da waren eine kleine Reisetasche und eine unverschlossene Truhe mit einem Koffer, aber kein Einkaufskorb.

Als ich wieder nach oben kam, sagte ich: »Kein Einkaufskorb. Also sieht es so aus, als hätte sie einige Sachen in einem Korb mitgenommen. Den Mantel hat sie wahrscheinlich angezogen.«

»Wo ist sie hin?«, rief er. Es klang wie ein Heulen.

»Das werden wir herausfinden. Denken Sie nach. Erzählen Sie mir von allen Orten, an denen sie gewesen ist und an die sie wieder gehen könnte: Freunde, Verwandte, alles.«

Er schloss die Augen. »Das ist es ja. Ich weiß nur, was sie mir erzählt. Meistens geht sie dahin zurück, wo sie hergekommen ist, in die Straßen von The Bank, die Cotton Street, wo ihre Mutter gewohnt hat, die Flax Street, wo eine Schulfreundin von ihr wohnt, die vor unserer Heirat mit ihr in der Schuhfabrik gearbeitet hat, zum Holdforth Square, wo sie Eddies Mutter besucht. Sagt sie jedenfalls.«

»Wer wohnt sonst noch in dem Haus von Deirdres Mutter in der Cotton Street?«

»Die Tanten, Mary und Brenda. Die mögen mich genauso wenig wie ihre Mutter früher.«

Ich fing an, Komplotte zu vermuten. Vielleicht wollte Deirdres Bruder sie mit zurück nach Amerika nehmen. Dass er mit Fitzpatrick und ihrer Sandkastenliebe Eddie zu mir gekommen war, konnte ein Täuschungsmanöver gewesen sein. »Fällt Ihnen sonst noch etwas ein? Irgendein Ort, an dem sie glücklich war und an den sie möglicherweise wieder zurückkehren will?«

»Wir waren in den Flitterwochen in Scarborough. Sie hat das Meer geliebt.«

»Wo haben Sie gewohnt?«

»In einer Pension direkt an der Küste, bei einer Mrs. Redhead. Eine sehr elegante Frau.«

Diese Information würde ich weitergeben, aber die Tatsache, dass Deirdre drei Tage nach ihrem Verschwinden immer noch in der Gegend war, deutete eher darauf hin, dass sie in der Nähe untergeschlüpft war. »Ich höre mich um«, sagte ich lahm, »aber ich frage mich, ob sie in der Nähe ist, bei Freunden in Kirkstall, die sie nicht erwähnt hat, oder einer alten Schulfreundin oder Kollegin, der sie vertraut.«

»Wäre sie in der Bank-Gegend, würden die Leute es wissen. Da kann man nichts für sich behalten.« Plötzlich wurde er aufgeregt. »Sie haben es erraten! Sie muss heute Abend zur Cotton Street.«

»Warum heute Abend?«

»Da ist die Totenwache für ihre Mutter. Deirdre kann nicht wegbleiben. Mein Schwager hat alles für das Begräbnis arrangiert. Ihre Mutter ist nach Hause gebracht worden, und später wird sie zur Kirche gefahren. Morgen wird die Totenmesse abgehalten.«

»Dann sollten wir gehen. Sie haben recht.«

Sein Elan war genauso schnell wieder verpufft, wie er gekommen war. »Ihre Leute mögen mich nicht. Die werden mich nicht dabeihaben wollen.«

»Aber Sie sind der Schwiegersohn. Sie haben sich sehr gut mit Deirdre verstanden, waren mit ihr im Pflegeheim.«

»Und wie soll ich so hinkommen?« Er wies mit dem Kopf auf den verletzten Fuß.

»Holen Sie Ihren Mantel, Mr. Fitzpatrick. Wir fahren zur Totenwache.«

Er sah mich an, als hätte ich ihm ein anzügliches Angebot gemacht. »Wie soll ich Ihre Anwesenheit erklären? Meine Frau ist verschwunden, und ich erscheine mit einer Fremden?«

»Sagen Sie die Wahrheit. Stellen Sie mich vor und erklären Sie, dass ich Ihnen bei der Suche nach Deirdre helfe.«

»Ja, richtig. Sie soll wissen … falls sie da ist … oder auch wenn nicht und jemand weiß, wo sie ist, können sie ihr erzählen, dass ich gekommen bin.« Fitzpatrick kämpfte sich wieder hoch und nickte zu dem Jackett am Haken hinter der Tür. »Würden Sie bitte?«

Ich half ihm mit der Jacke.

Er balancierte auf einer Krücke, die er von der Linken in die Rechte wechseln ließ. »Sie haben recht. Was spielt der äußere Schein für eine Rolle, wenn es um Deirdre geht? Ich darf die Totenwache nicht verpassen. Und ich darf nicht mit leeren Händen hingehen, wo ich doch der Schwiegersohn bin.«

»Ich bin noch nie bei einer Totenwache gewesen, Mr. Fitzpatrick. Sie müssen mir verraten, was mich erwartet.«

»Ich muss eine Flasche Whisky kaufen. Können Sie beim Laden halten?«

»Ja, natürlich.«

»Geben Sie mir bitte die Dose da?« Er nickte zu einer Kaffeedose auf dem Kaminsims.

Ich stellte die Blechdose auf den Tisch, wo er den Deckel abnahm und die Münzen, einschließlich einer Guinea, herauskippte. Er begann, die Dose zu schütteln, und sein graues Gesicht verzerrte sich.

»Sie hat nicht einen Penny genommen. Sie ist wieder hier gewesen, aber sie hat das Geld für die Milch, die Kohle, die Versicherung und den Haushalt nicht angerührt. Wie kommt sie aus?«

»Das ist jetzt egal. Ist genug da für das, was Sie brauchen?«

Da ich diejenige mit zwei gesunden Füßen war, die den Whisky kaufen musste, hielt ich beim *Lloyds Arms*, wo man mich kannte und nicht schief ansehen würde.

Ich gab Fitzpatrick die Flasche, als ich einstieg.

Als wir uns The Bank näherten, schwankte er zwischen Optimismus – überzeugte sich, dass Deirdre dort sein würde, um Beileidsbekundungen anzunehmen – und Pessimismus – fürchtete, dass sie sich in irgendeinem Moor oder Wald verirrt und nur den Rosenkranz und ihre Glücksfee in der Tasche hatte.

Auf der Fahrt bat ich Fitzpatrick: »Erzählen Sie mir ein bisschen mehr darüber, wer noch in dem Haus wohnt und uns helfen könnte.«

»Die beiden ledigen Tanten, Mary und Brenda, wie ich schon gesagt habe, und dann ist da noch der alte Onkel Jimmy, der sich in den Keller zurückzieht, wenn er gerade nicht auf seinen Runden oder Beerdigungen ist. Den erkennen Sie gleich, denn er sieht aus wie ein Troll aus dem Bilderbuch.«

»Wer könnte am ehesten nützliche Informationen haben?«

»Die. Die Tanten. Und Deirdre hat eine Freundin, mit der sie zur Schule gegangen ist und in der Schuhfabrik in der East Street gearbeitet hat.«

»Wie heißt sie?«

»Rita O'Neil. Sie war unsere Trauzeugin, verheiratet mit einem Burschen aus der Fabrik. Falls sie da ist, können Sie sie gar nicht übersehen. Sie beherrscht jedes Zimmer, das sie betritt. Und sie erkennen Sie an ihren roten Locken.«

In der Marsh Lane donnerte ein Zug über uns hinweg, der Qualm und Dampf ausspie. Alles an diesen Straßen sah trübe, grau und schwarz aus.

Während der Wagen über das Kopfsteinpflaster rumpelte, blickten ein halbes Dutzend dünner, schmutziger Kinder von ihrem lustlosen Spiel auf, die Finger in den sonnengewärmten Steinkohleteer zu tunken und mit einem Stein auf den Gehwegplatten zu malen. Zwei von ihnen waren barfuß, und alle waren ärmlich gekleidet. Geschlossen sprangen sie auf und liefen dem Wagen hinterher.

Als die Kinder sahen, vor welchem Haus wir hielten, blieben

sie respektvoll auf Abstand. Ich parkte hinter Anthony Hartigans gemietetem Rolls-Royce. Es war gut möglich, dass in der Cotton Street noch nie zuvor zwei Automobile gleichzeitig gewesen waren.

Fitzpatrick stieg umständlich aus dem Wagen und stützte sich auf die Kühlerhaube, bis ich ihm die Krücken reichte und die Whiskyflasche in seine Jackentasche steckte.

Einige Männer standen nahe dem Fenster vor dem Haus und rauchten. Hinter ihnen waren die Vorhänge zugezogen.

Fitzpatrick schwang sich in Richtung Tür. Er nickte jemandem zu und murmelte seinen Namen, Jimmy. Dies also war der uralte Troll, dem die mottenzerfressene Mütze schräg auf dem Kopf saß. Er lehnte an dem Fenstersims, und seine Wangen fielen ein, als er an seiner Tonpfeife zog.

Ich folgte Fitzpatrick in ein Zimmer unten, wo alle bei unserem Erscheinen verstummten. Nachbarn mussten Stühle und Hocker gebracht haben. Es war kaum ein Zentimeter auf dem Boden frei. Als wir eintraten, standen zwei Frauen auf, um zu gehen. Ich wich zur Seite aus, um sie durchzulassen, und sie nickten mir zu.

Fitzpatrick stellte den Whisky auf den Tisch. Anthony hatte mit dem Rücken zum Feuer gestanden, beugte sich jetzt aber vor, um Fitzpatrick die Hand zu schütteln, und nickte mir gleichzeitig freundlich zu. »Mrs. Shackleton, danke, dass Sie gekommen sind.«

»Mein Beileid«, sagte ich zu ihm und jedem sonst, der es annahm.

Fitzpatrick wandte sich zu der Frau, die dem Feuer am nächsten saß. »Dein Verlust tut mir leid, Tante Mary. Mona hat in ihrem Leben ihr Bestes gegeben, das steht fest.«

Ich blickte mich um, wobei ich bemüht war, die freundliche und zugleich ein wenig trauernde Miene der Besucherin zu wahren. Der Spiegel über dem Kamin war zur Wand gedreht worden. Auf dem Regal standen ein Kreuz, Statuen und kleine schwarz geränderte Karten mit Heiligenbildern.

Nun hob das Raunen wieder an.

Fitzpatrick erklärte Tante Mary, wie er sich den Fuß verletzt hatte.

Eine Frau am Tisch wandte sich an mich. »Trinken Sie eine Tasse Tee.«

»Natürlich wird sie«, antwortete Hartigan. »Und, Cyril, du nimmst einen Drink. Was hast du gesagt, wie das mit deinem Fuß passiert ist?«

Während Fitzpatrick abermals seinen Unfall schilderte, beobachtete ich die Frau mit den kurzen roten Locken, die Tee einschenkte. Sie war ungefähr in Deirdres Alter, und ich riet einfach. »Sind Sie Rita, Deirdres Freundin?«

»Bin ich. Zumindest waren wir gute Freundinnen, bis jemand sagte, dass er es nicht mag, wenn seine Frau ihre alten Freunde behält.« Sie bedachte Fitzpatrick mit einem vorwurfsvollen Blick.

Er ignorierte sie. Stattdessen erklärte er in den Raum hinein: »Das ist Mrs. Shackleton, eine Freundin der Familie.«

Er brachte den Mumm nicht auf, mich als diejenige vorzustellen, die bei der Suche nach seiner Frau half.

Rita erwiderte: »Na, ich habe noch nie von Ihnen gehört.«

Es schien keine Gelegenheit mehr zu geben, jemanden nach Deirdre zu fragen. Sie wurde schlicht nicht erwähnt.

Fitzpatrick drehte sich zu mir. »Kommen Sie mit nach oben, Mrs. Shackleton?«

Rita stieß einen leisen, missbilligenden Laut aus.

Fitzpatrick ließ mich vorgehen, worüber ich froh war, denn mir behagte der Gedanke nicht, dass er auf der schmalen Treppe nach hinten kippte und mich unter sich zermalmte.

Doch nach der ersten Stufe gab er auf. »Können Sie mir diese verfluchten Krücken nach oben tragen? Ich komme besser allein nach oben, bin es ja gewohnt, auf den Knien zu sein.«

Ich trug die Krücken die Treppe hinauf, drehte mich oben um und sah, dass Fitzpatrick auf Händen und Knien schnell vorankam.

Sowie er oben wieder aufrecht stand, tunkte Fitzpatrick die Finger in ein Weihwasserbecken an der Wand, wo in anderen Häusern der Lichtschalter wäre. Das Becken befand sich am unteren Ende eines circa zwanzig Zentimeter langen Metall-Kruzifixes, von dem die winzige, dornengekrönte Gestalt traurig ins Wasser zu ihren Füßen blickte.

Das Schlafzimmerfenster stand ein wenig offen, aber nicht weit genug, dass frische Luft hereinwehte. Ein Laken war über die Bettpfosten gehängt worden, sodass es einen Baldachin bildete, und Kerzen flackerten auf dem Kaminsims und dem Waschtisch. Ich blieb zurück, als Fitzpatrick sich seine Krücken unter die Achseln klemmte und sich dem Bett näherte, wobei er an drei Frauen vorbeiging, die neben dem Bett knieten und ihre Rosenkranzgebete murmelten, als handelte es sich um Zaubersprüche.

Fitzpatrick berührte die Stirn der Toten, und ich brachte mich zum ersten und letzten Mal dazu, Deirdres Mutter anzusehen. Mrs. Hartigans Haut sah pergamenten aus, mit vielen kleinen Falten wie Knicke in altem Papier. Ihre Züge und das schnurgerade gescheitelte graue Haar verliehen ihr etwas Strenges, und mit den geschlossenen, tief liegenden Augen wirkte sie bereits wie ein Bild auf einem Grab.

Fitzpatrick trat zurück. »Verabschieden Sie sich«, befahl er.

Ich zögerte. Es kam mir seltsam vor, einer Frau die letzte Ehre zu erweisen, die ich nicht gekannt hatte; und mir erschien es zu aufdringlich, sie zu berühren, wie es Fitzpatrick getan hatte. Aber da ich schon hier war, blieb mir nichts anderes übrig, als näher heranzugehen. Die knienden Frauen rechts von mir beachtete ich nicht.

Ich streckte eine Hand über ihre Stirn, nur nahe genug, um die Kälte an meinen Fingern zu fühlen. Dies hier brachte mich nicht weiter. Wo ist deine Tochter?, fragte ich stumm.

Das wirst du als Letzte erfahren, kam die tonlose Antwort der Toten.

Fitzpatrick störte die betenden Frauen, indem er ungelenk die Krücken benutzte, um auf die Knie zu gehen. Er zog einen Rosenkranz aus der Tasche und stimmte in das Gebet ein.

Ich schaute mich in dem Zimmer um. Innen an der Tür hing ein geblümtes Kleid ordentlich auf einem Bügel. Es war ein kurzärmeliges Sommerkleid und ganz gewiss nicht von der Toten oder den Tanten. Wie viel Zeit verbrachte Deirdre hier? Und wo war sie jetzt hier? Vielleicht hatte sie sich im Keller versteckt, als jemand sagte, dass ihr Ehemann kommt.

In diesem Moment bemerkte ich Eddie in der Zimmerecke, der ganz wie ein Boxer aussah – benommen von den linken Haken des Lebens, aber darauf wartend, wieder in den Ring zu springen. Ein Blick in sein unglückliches Gesicht verriet mir, dass Deirdre nicht hier war.

Als der Rosenkranz endete, standen zwei Frauen recht flink auf, küssten die Tote auf die Stirn, berührten ihre Wange und ihre Hände und gingen. Die verbliebene Frau stemmte sich an der Bettkante hoch. Fitzpatrick, der seine eigene Behinderung vergaß, wollte ihr helfen und sagte: »Mein Beileid, Tante Brenda. Sie sieht friedlich aus. Ihre Mühen sind vorbei.« Dann sprach er mit der Toten: »Mona, dein Leben war hart, aber am Ende hast du deinen Sohn gesehen. Du bist als glückliche Frau gestorben.«

Brenda war ihrer Schwester Mary nicht unähnlich, nur war

ihr Haar noch schwarz, ihre hellen Augen sahen klug und wachsam aus. »Ist das so? Ist das wirklich so, oder hat dich der da unten, der hier wie das Abbild seines Vaters aufkreuzt, zu Tode erschreckt, Mona? Der und dieser rumpelnde Karren, den sie ›Krankenwagen‹ nennen, der dich bis nach Roundhay übers Kopfsteinpflaster gezerrt hat, dass du arme Seele da drin herumgeflogen sein musst, bis dir die Knochen klapperten.«

Fitzpatrick richtete seine Krücken. »Das Pflegeheim war ein guter, sauberer Ort«, widersprach er sanft. »Und ist die Familie der Oberschwester nicht aus Kilkenny? Deirdre hat getan, was sie für das Richtige hielt.«

»Ich gebe Deirdre auch keine Schuld. Aber wo ist sie?«

Fitzpatrick wurde verlegen. »Das ist es ja. Ich weiß nicht, wo sie sein könnte, und diese Dame hier hilft mir, sie zu finden.«

»Tja, dann sucht ihr am falschen Ort. Keiner hier hat sie gesehen.«

Eine bedrückende Stille legte sich über den Raum. Durch das offene Fenster waren die Stimmen von Männern zu vernehmen, die sich leise unten auf der Straße unterhielten.

»Hast du das gehört, Mona?«, fragte die Tante die Tote. »Dein teurer Schwiegersohn weiß nicht, wo deine Tochter ist.« Sie wandte sich zu ihm. »Was hast du mit dem Mädchen gemacht?«

»Ich habe nichts gemacht. Um Himmels willen, Brenda, ich tue mein Bestes, um sie zu finden. Du tust ja, als wäre es meine Schuld.«

Sie starrte ihn an und redete wieder mit Mona. »Hörst du die Ausreden des Mannes? Es ist nicht seine Schuld, dass er seine Frau nicht findet.«

Ich bedeutete Fitzpatrick mit einem Blick, dass er sich hier nicht streiten durfte.

Er verstand und drehte sich um.

An der Tür legte er die Krücken ab und ließ sich auf sein Hinterteil hinunter, um so die Treppe hinabzukommen.

Als Fitzpatrick fort war, sagte ich zu der Tante: »Im letzten Jahr hatte Deirdre ein kleines Problem, ein Missverständnis in einem der Geschäfte in der Stadt. Mein Partner hatte ihr damals geholfen, und jetzt möchte ich ihr helfen. Sie war immerzu hier, und manchmal war sie auch hier, aber eigentlich nicht, falls Sie verstehen. Wenn Sie mir irgendwas sagen können, das mir hilft, sie zu finden, behalten Sie es bitte nicht für sich. Ich würde gern nur fünf Minuten mit ihr sprechen.«

Für einen Moment dachte ich, Brenda würde mir etwas erzählen wollen.

Eddie räusperte sich.

Dann ging Brenda zur Tür und sagte zu mir: »Möge Gott Ihnen vergeben, dass Sie das Mädchen vor der toten Mutter mit Dreck bewerfen!«

Als sie gegangen war, bemerkte Eddie: »Deirdre bewahrt ihre hübschen Kleider in einer Truhe unterm Bett auf.«

»Hat sie irgendwas mitgenommen?«

»Gar nichts.«

Ihn sorgte noch etwas anderes. Ich wartete, aber er blieb stumm.

Schritte auf der Treppe kündigten Mona Hartigans nächste Besucher an. Als sie eingetreten waren, verließ ich das Zimmer und ging langsam nach unten.

Beim Blick in das überfüllte Wohnzimmer fiel mir auf, dass selbst die jüngeren Frauen alle dunkel gekleidet waren. Ich war in Hellblau, falsch angezogen – eine Protestantin in einer katholischen Welt.

Ich neigte mich zu Deirdres Freundin. »Danke für den Tee, Rita.« Ihr war deutlich anzusehen, dass es sinnlos war, sie nach Deirdre zu fragen. Falls sie etwas wusste, würde sie sich lieber auf dem Scheiterhaufen verbrennen lassen, als es mir zu erzählen.

Fitzpatrick war nicht mehr hier. Ich verabschiedete mich von den Tanten und bekam ein kühles »Danke fürs Kommen« von Mary zu hören.

Draußen lehnte Fitzpatrick in der Männergruppe an der Mauer. »Ah, Mrs. Shackleton …« Er streckte einen Arm aus, stellte ein Glas auf den Fenstersims und machte Anstalten, auf mich zuzukommen, aber eine seiner Krücken fiel um. Die Männergruppe teilte sich, sodass wir reden konnten. »Danke, dass Sie so freundlich waren, mich herzubringen. Mein Schwager fährt mich nach Hause. Wir begleiten Mrs. Hartigan noch in die Kirche.«

Ich nickte. »Dann auf Wiedersehen.«

»Auf Wiedersehen.«

Anthony Hartigans niedliches Jungengesicht bekam einen besorgten Ausdruck. »Ich bringe Sie zu Ihrem Wagen.«

Es war lächerlich, weil mein Automobil nur wenige Schritte entfernt stand, doch er ging neben mir her.

Er ergriff meine Hand und sah mich mit seinen leuchtend blauen, sorgenvollen Augen an. »Vielen Dank, dass Sie gekommen sind! Hier bin ich nun, heimgekehrt, um meine Ma zu sehen, und dann dies …«

»Ein trauriger Anlass.« Ich stieg in meinen Wagen.

Er beugte sich zu mir und fragte leise: »Haben Sie irgendwas herausgefunden?«

»Bisher nicht, aber das werde ich.«

»Und noch vor wenigen Tagen waren wir beim Pferderennen und hatten beide auf den Gewinner gesetzt.«

»Ja«, sagte ich. »Manchmal können Außenseiter überraschen.«

Plötzlich erwachte die Straße zum Leben. Ein Mann schob

einen Karren mit einem Sarg näher. Aus einer anderen Richtung kamen Männer und Frauen in Schwarz, Priester und Nonnen, die hier waren, um Mrs. Hartigan zur Kirche zu bringen. Hartigan ging ihnen entgegen.

Eddie erschien, als ich losfahren wollte. Er neigte sich in meinen Wagen und blies mir seinen Whiskyatem ins Gesicht. »Sie heißen Mrs. Shackleton.«

»Ja.« Der arme Mann musste betrunkener sein, als ich gedacht hatte.

»Und Sie sind eine Kriegswitwe.«

»Bin ich.«

»War Ihr Mann in der Army?«

»Er war Captain im Sanitätstrupp.«

Er nickte. »Ich habe seine Fotografie gesehen. Gott segne Sie! Ich kann jetzt nicht bleiben. Ich muss einen Sarg tragen.«

Ich wartete, bis der Sarg ins Haus gebracht worden war, hörte die Rufe – »Vorsicht!«, »Fasst mal mit an!«, »Passt auf die Tür auf!«

Sechsundzwanzig

Anthony Hartigan mochte ein wenig zu spät gekommen sein, um seiner Mutter die Zeit auf Erden zu erleichtern, aber er verabschiedete sie in allen Ehren.

Ich schlüpfte ganz hinten in die volle Kirche, in der es nach Weihrauch, nicht ganz sauberen Menschen, Lilien und Rosen roch. Durch die Menge sah ich ausschnitthaft, dass der hohe Altar mit Blumen geschmückt war.

Wilson, Marcus' Sergeant, stand ein Stück entfernt von mir und hielt seine Mütze in der Hand. Wir grüßten einander nicht, obwohl er mich gebeten hatte, mein Taschentuch hervorzuholen, sollte ich Deirdre Fitzpatrick sehen. Es war nicht das genialste Signal, denn nun wollte ich mir dringend die Nase abtupfen.

Die Orgel stimmte ein melancholisches Kirchenlied mit hübschem, dramatischem Rhythmus an, als die Angehörigen hereinkamen. Anthony ging voran, gefolgt von den Tanten, dem alten Jimmy mit seinen wackligen Knien und Fitzpatrick, dessen Krücken einen Takt auf dem Fliesenboden klopften und dessen verbundener Fuß größer denn je aussah. Keine Deirdre.

Nach dem endlosen Trauergottesdienst mit dem geheimnisvollen Latein und der rührenden, frommen Predigt wurde der Sarg hinausgetragen. Die Trauernden gingen hinterher. Diejenigen von uns, die nur ihr Beileid bekunden wollten oder eine Ermittlung führten, blieben höflich zurück und beobachteten, wie die Verwandten und langjährigen Freunde die Kirche verließen, abermals angeführt von Anthony Hartigan, der zu beiden Seiten sah, um hier ein Nicken, da eine ausgestreckte Hand oder ein geflüstertes Wort zur Kenntnis zu nehmen. Die Priester und Nonnen folgten dicht hinter ihm.

Da ich nahe an der Tür war, ging ich hinaus und schaute mir alles von den Kirchenstufen aus an.

Vier geduldige Pferde mit schwarzem Federschmuck warteten, bis die Bahre auf den Wagen geladen war, um dann den gefährlichen Trott durch die Kopfsteinpflasterstraßen zu beginnen. Die nächsten Angehörigen stiegen in zwei wartende Kutschen.

Als die Wagen losfuhren, blieben einige der Trauergäste noch, um ihnen nachzublicken, andere eilten davon, doch die meisten gingen in einer Prozession hinterher.

Marcus' Sergeant stand hinter mir und tippte mich an. Ich lehnte sein Angebot ab, mich in dem Wagen, der in der Nähe parkte, mit zum Friedhof zu nehmen. Wenn sich etwas zu tun lohnt, tut man es anständig. Ich schloss mich der Prozession an, die das Viertel in Richtung York Road verließ, und hielt mich fern von den Polizisten in Zivil, die auffielen wie bunte Hunde.

Den ganzen Weg entlang blieben Männer und Frauen mit respektvoll gesenktem Kopf stehen, als der Trauerzug an ihnen vorbeikam, und bekreuzigten sich. Die Männer nahmen ihre Hüte ab. Nach dem scheinbar endlosen Marsch durchschritten wir das Tor des Killingbeck-Friedhofs.

Der Ablauf wirkte streng und routiniert. Ich manövrierte mich um die Menge herum, damit ich die trauernden Angehörigen sehen konnte. Hinter mir schniefte eine Frau. Eine Stimme flüsterte mit irischem Akzent, um sie zu trösten: »Spar dir das Schniefen, Bridie. Ist sie nicht an einem besseren Ort? Und da werden noch viele Messen gelesen.«

»Stimmt wohl. Ich weiß, dass sie bis in alle Ewigkeit Fürbitten in den Kapuzinermessen gelesen kriegt.«

Wir am Rande mussten nicht ganz so beherrscht sein wie die Leute näher am Grab.

Bridie murmelte: »Tja, was soll man sagen? Bei so vielen Nonnen und Priestern in der Familie wird sie sicher nicht die halbe Ewigkeit im Fegefeuer sein.«

Bei einem Begräbnis steht die Zeit still, da ist jeder Moment befrachtet mit Jahrhunderten ähnlicher, in denen die Emotionen aufwallen und es zu früh ist, Abschied zu nehmen. Gleichzeitig rast die Zeit, und das verstehe ich nie. Als würde sich die Erde schneller drehen, entschlossen zu dem zu kommen, was immer als Nächstes geschehen mag. Und was mich bei Beerdigungen stets den Tränen nahebringt, ist der Gedanke, dass es eines Tages Geralds sein könnte, dass ich ihn oder seine Leiche gefunden haben könnte. Er wird nicht mehr ein Soldat sein, um den nur Gott weiß, sondern ich werde wieder um ihn wissen.

Die Traube der Trauernden am Grab begann, sich aufzulösen, und immer noch war Deirdre Fitzpatrick nirgends zu sehen. Cyril Fitzpatrick schnäuzte sich laut.

Er kam zu mir gehumpelt. »Guten Morgen, Mrs. Shackleton. Danke, dass Sie da sind.«

»Guten Morgen, Mr. Fitzpatrick.«

Er nickte und kniff die Lippen zusammen. »Arme Mona. Endlich hat sie ihren Frieden.« Traurig schüttelte er den Kopf. »Es gibt so vieles, was ich Deirdre sagen möchte, wenn ich sie finde.«

»Hoffen wir, dass es bald Neuigkeiten gibt.«

»Wenn sie nicht hier ist, wo kann sie sein?« Wieder schüttelte er unglücklich den Kopf. »Ich war die ganze Nacht wach, habe gehofft, dass sie kommt, auf ihre Schritte auf der Straße gelauscht.«

»Nicht jeder reagiert auf den Tod so, wie wir es erwarten.

Vielleicht hat sie einen Ort gefunden, wo sie sich mit ihrem Kummer verstecken kann.«

Seine Krücke bohrte sich in die Erde, als er sich auf sie lehnte. »Deirdre war mit mir hier, kurz nachdem wir uns kennengelernt hatten. Meine Mutter war gestorben. Sie ist da drüben begraben, mit meinem Dad.« Er schwenkte eine Krücke zur Westmauer des Friedhofs. »Deirdre war mir damals solch ein Trost, und nun kann ich nicht das Gleiche für sie tun.«

»Sie wird wiederkommen, wenn sie so weit ist.«

Dies war nicht der Moment, ihm zu erzählen, dass Marcus ihre Fotografie an sämtliche Polizeiwachen in West, North und East Riding verteilen ließ und die Polizei in Scarborough bei Mrs. Redhead gewesen war, um nachzusehen, ob sie einen weiblichen Gast hatte.

»Man sollte denken, dass sie sich von ihrem Bruder verabschieden will. Er reist bald wieder zurück nach New York, weil er sich um Geschäftliches kümmern muss.«

Ich nahm an, dass Mr. Hartigan zurückmusste, um die Abholung seiner Bestellungen von einem kanadischen Hafen zu organisieren.

Besagter Bruder verließ nun das Grab, und eine kleine Gruppe Nonnen trat vor.

»Die Little Sisters«, erklärte Fitzpatrick. »Wie die Leute in The Bank ohne sie leben würden, weiß ich nicht.« Er stieß einen seiner tiefen Seufzer aus.

»Gehen Sie noch mit zum Frühstück?«, fragte ich, weil ich wusste, dass Marcus ihn noch einmal befragen wollte.

»Ich muss zurück zur Arbeit. Ich habe zwar gesagt, dass es ein Familienbegräbnis ist, aber noch einen Fehltag nehmen sie nicht hin.«

»Wie kommen Sie zurecht, wenn Sie nicht stehen können?«

»Ich schaffe das schon. Ich …« Fitzpatrick verstummte. Er

starrte die Little Sisters an und bekam einen verträumten Gesichtsausdruck. Ich vermutete, dass er sich an die Beerdigung seiner Mutter erinnerte. Auf einmal bewegte er die Krücken. »Entschuldigen Sie mich, Mrs. Shackleton.«

Ich blickte ihm nach, als er ging. Andere Trauergäste machten ihm Platz. Als er stolperte, legte Eddie, Deirdres Freund aus Kindertagen, einen Arm um Fitzpatrick und stützte ihn.

Hier gab es nichts mehr für mich zu tun, trotzdem blieb ich noch und hoffte, dass Deirdre hinter einem Baum auftauchen und einsam zur letzten Ruhestätte ihrer Mutter gehen würde, bevor die Totengräber kamen.

Ich hatte gehofft, sie würde erscheinen, wenn alle anderen fort waren.

Langsam ging ich den Weg zur Kapelle. Eine Straßenbahn würde mich zurück in die Stadt bringen.

»Kate!« Marcus kam mir stirnrunzelnd entgegen. »Hast du Cyril Fitzpatrick gesehen?«

»Der ist gegangen. Er musste zur Arbeit.«

»Ich hatte einen Mann am Tor, der nach ihm Ausschau halten sollte.«

»Vielleicht hat er ihn verpasst. Oder es gibt noch einen anderen Ausgang.«

»Nein, er müsste durch das Haupttor, wenn er vorhat, zur Arbeit zu gehen. Also muss er noch hier sein.« Marcus hörte ein Geräusch, drehte sich um und sah einige Leute aus der Kapelle kommen. »Da wird er sein.«

Er suchte die Gruppe der schwarz gekleideten Trauernden nach dem Mann ab. Keiner von ihnen war groß genug, um Fitzpatrick zu sein.

»Ich habe eine Idee, wo er sein könnte.«

Marcus rief: »Falls du ihn siehst, bring ihn zu mir!« Er ging auf die Kapelle zu.

Ich nahm den Weg, zu dem Fitzpatrick gezeigt hatte. Der arme Mann sprach vielleicht mit seiner toten Mutter und hatte alles Zeitgefühl verloren.

Friedhöfe haben etwas. Ich muss einfach zu den Namen, den Daten und den Sprüchen sehen, als würde ich ein spannendes Buch lesen, in dem jede Silbe zählt. Fitzpatrick hatte in diese Richtung gezeigt. Ich suchte nach dem Namen, als ich ihn erblickte.

Regungslos lag er auf einem gepflegten Stück Erde. Eine verirrte Löwenzahnblüte küsste sein Ohr, die Krücken waren zu beiden Seiten von ihm zu Boden gefallen.

Entweder hatte ihn die Trauer niedergezwungen, oder er war gestürzt.

»Mr. Fitzpatrick? Geht es Ihnen gut?«

Fitzpatrick antwortete nicht. Er erschien mir beängstigend still. Ich bückte mich, nahm seine Hand und fühlte nach einem Puls. Da war keiner.

Ein Rinnsal Blut befleckte die Steinumrandung des Grabes dort, wo sein Kopf war.

Und da waren die Namen auf dem Stein: *Aloysius Fitzpatrick, Mary Fitzpatrick,* seine Frau.

Jimmy kam von weiter hinten herbeigeeilt. »Der Herr sei uns gnädig! Was ist mit dem Mann?«

»Er ist tot.«

»O Gott. Ich war gerade da drüben, habe gebetet und mit meinem Bruder geredet.«

Marcus, Jimmy und ich saßen in der Friedhofskapelle.

Marcus hatte sich den Schauplatz angesehen und einen Constable bei der abgedeckten Leiche postiert, der dort Wache halten sollte, bis der Arzt kam. Der Boden war trocken, und einzig Fitzpatricks Krücken hatten kleine runde Dellen hinterlassen, als er zum Grab seiner Eltern an der Mauer gehumpelt war.

»Sie sagen, Sie sind Mona Hartigans angeheirateter Onkel?«, vergewisserte sich Marcus.

Jimmy hockte auf der Kante der Kirchenbank und hielt sich die Knie, als wären sie das Wertvollste an ihm. »Das sage ich nicht nur, das bin ich. Und es ist keine entzückendere Frau auf Gottes Erde gewandelt. Sie hat den Sohn meines Bruders geheiratet und den schlechtesten Fang gemacht. Wir Hartigans sind Heilige oder Sünder, da gibt es nichts in der Mitte, mit Ausnahme von mir, Sir.«

»Warum sind Sie hiergeblieben, als alle anderen zum Frühstück gingen?«

»Das wollte ich ja im Anschluss tun. Ich musste nur kurz zum Grab meines Bruders gehen und ihm erzählen, wie es jetzt um uns steht und dass ich immer gesagt habe, sie hätte ihn nicht heiraten sollen.«

»Wer hätte ihn nicht heiraten sollen?«

»Na, Mona natürlich. Sie hätte meinen Neffen nie heiraten dürfen. Er hat ihr nichts als Kummer gemacht.«

»Waren Sie länger dort, Mr. Hartigan?«

»Die Toten mögen keine unanständige Hast.«

»Wann haben Sie Fitzpatrick bemerkt?«

»Da war ein Rascheln, und ich habe aufgeschaut und gesehen, wie er sich auf diesen Krücken schwang. Dann war er außer Sicht auf den Knie. Ich könnte einen kleinen Schrei gehört haben, aber ich war ja ganz auf mein Gebet konzentriert.«

»War sonst noch jemand in der Nähe?«

»Keine Menschenseele. Die waren alle auf dem Weg zum Tor, haben sich auf das Frühstück gefreut, das ich jetzt verpasse, es sei denn, es dauert länger als gedacht.«

»Sind Sie zu Mr. Fitzpatrick gegangen?«

»Nein, bin ich nicht, bis die Dame bei ihm war.«

»Mr. Hartigan, wissen Sie, wo wir Mr. Fitzpatricks Witwe, Ihre Großnichte Deirdre, finden?«

Betrübt schüttelte er den Kopf. »Wenn ich wüsste, wo sie ist, wäre ich im Nu bei ihr. Das arme Mädchen!«

»Hat Mr. Fitzpatrick andere Verwandte?«

»Nicht, dass ich wüsste.«

Marcus sah mich an, ob ich noch etwas fragen wollte, doch mir fiel nichts ein.

Der alte Jimmy murmelte: »Mich schwächt der Schock von alldem. Was können Sie denn noch von einem alten Mann wollen?«

»Vielen Dank, Mr. Hartigan, Sie dürfen jetzt gehen. Wir werden noch eine Aussage von Ihnen brauchen, und es kann sein, dass man Sie als Zeuge zur Anhörung vorlädt.«

»Wo bringen die ihn hin?«

»Darüber werden Sie informiert.«

Jimmy nahm seine Mütze auf, schniefte und sagte: »Tja, ich gehe dann mal zur Straßenbahn, Sir, oder … das würde ich, wenn ich das Fahrgeld hätte.«

Marcus griff in seine Tasche und gab Jimmy eine Münze.

Als er fort war, bemerkte Marcus: »Also ein Unfall, sofern man Jimmy Hartigan glauben kann.«

»Armer Fitzpatrick! Er war solch ein Pechvogel.«

Schweigend verließen wir die Kapelle. Marcus setzte seinen Filzhut wieder auf. »Jetzt fehlt uns nur noch, dass sich Deirdre Fitzpatrick ertränkt hat. Diese Geschichte wächst sich zu einer griechischen Tragödie aus.«

»Denkst du, sie hat vor, mit ihrem Bruder nach Amerika zu gehen?«

»Sie geht nirgends hin, bis ich mit ihr gesprochen habe.«

Siebenundzwanzig

Sykes wachte mit einem überwältigenden Gedanken auf. Er schob die Clyno aus dem Zimmer unten, wo jeder gegen sie lief oder über sie stolperte, und fuhr von Woodhouse zur Headingley Lane. Er war kein Mann mit einer blühenden Fantasie, dennoch wurde er das unheimliche Gefühl in seinem Bauch nicht los. Und er wollte wissen, ob Mrs. Shackleton seine Befürchtungen teilte.

Irgendeine Ahnung sagte ihm, dass Deirdre Fitzpatrick in Gefahr war. Der Chief Inspector und Mrs. Shackleton, die vor Ort gewesen waren, mochten Fitzpatricks Tod für einen Unfall halten. Sykes, der den Nachteil hatte, nicht auf dem Friedhof gewesen zu sein, stellte sich den Vorfall anders vor. Im Geiste sah er, wie Fitzpatrick die Krücken weggeschlagen wurden. Als der Mann fiel, hoben große rote Hände – wessen, wusste Sykes nicht – Fitzpatricks Kopf an und schlugen ihn auf die Grabumrandung. Waren es dieselben Hände, die sich um Everett Runcies Hals gelegt hatten?

Mrs. Shackleton war noch in ihrem Morgenmantel. In den wenigen Minuten zwischen seinem Entschluss und seiner Ankunft hatte Sykes sich dagegen entschieden, seine Theorie darzulegen. Stattdessen sagte er, es könne nicht schaden, mal das Haus in Norman View zu überprüfen.

»Ist nur so ein Gefühl«, erklärte er. »Falls Mrs. Fitzpatrick vom Tod ihres Mannes gehört hat, ist sie vielleicht nach Hause gegangen.«

Zu seiner Verwunderung stimmte Mrs. Shackleton ihm zu.

»Es kann nicht schaden, mal nachzusehen. Geben Sie mir zehn Minuten, dann fahren wir zusammen hin.«

»Machen Sie sich keine Umstände, Mrs. Shackleton. Ich werde sehr schnell sein, und Sie wissen, dass sie mir vertraut. Wenn sie dort ist, bitte ich sie, mit mir herzukommen.«

»Auf dem Motorrad?«

»Ich dachte, ich nehme das Automobil.«

»Nein, nehmen Sie die Clyno, Mr. Sykes. Ich habe mir den Morris meines Vaters geliehen, und den möchte ich schonen.«

»Was ist mit der Jowett?«

»Das erzähle ich Ihnen später.«

Er würde nicht lange brauchen, hatte Sykes ihr gesagt. Wahrscheinlich wäre er zurück, bis sie gefrühstückt hatte.

Auf der Fahrt dachte Sykes über seine Theorien nach. Anthony Hartigan hatte vor, seine Schwester mit nach New York zu nehmen. Dort wäre sie weit weg, in Sicherheit und außerstande zu erzählen, was wirklich in dem Hotelzimmer passiert war. Hartigan behauptete, er hätte nichts weiter getan, als einen Drink mit Runcie zu nehmen. Sykes glaubte ihm nicht.

Hartigan könnte Deirdre gesagt haben, dass sie untertauchen und ihn in Southampton treffen sollte. Vielleicht wollte er sie sogar mit einem anderen Schiff vorschicken.

Sykes' Theorie widersprach der von Marcus Charles, der Hartigan entlastet sah. Allerdings wusste Sykes auch, dass der Chief Inspector Hartigan aus dem Land haben wollte, zurück dahin, woher er gekommen war, und das unbescholten, damit die amerikanischen Behörden keinen Grund hätten, ihm die Einreise zu verweigern. Das Letzte, was Scotland Yard wollte, war ein in England geborener Ire, der nach einer Reihe von Bandenkriegen und Verbrechen in New York auf die Insel zurückkehrte.

In der Norman View fand Sykes den Hausschlüssel unter einem Stein bei den Rosen. Er schloss die Tür auf. Irgendwo würde es einen Hinweis geben, der bisher übersehen worden war. Er fing im Keller an, wo tote Nagetiere in zwei der Mausefallen lagen.

Da er weder im Keller noch im Erdgeschoss irgendwas Interessantes fand, ging Sykes nach oben. Er öffnete die Schubladen im Schlafzimmer und sah unter dem Schrankpapier nach. Auch die Matratze hob er hoch, schlug die Läufer zurück und hob den Krug und die Schale vom Waschtisch.

Mrs. Shackleton hatte gesagt, dass Deirdre einige Kleidung mitgenommen hatte, andere Sachen aber dagelassen hatte, einschließlich eines Wintermantels. Warum sollte sie einen alten Mantel mit nach New York nehmen, wenn sie dort Pelze tragen könnte?

Er setzte sich auf ihr Bett und überlegte, wo sie sein mochte. Und dann hörte er unten ein Geräusch.

Sykes erstarrte. Wie sollte er einem nahen Verwandten, einem Kollegen von Fitzpatrick oder Deirdre selbst seine Anwesenheit hier erklären?

Alles war still. Er wartete. Nach wenigen Minuten stieg er langsam die Treppe hinunter.

Niemand da.

Ein quadratischer Umschlag lag auf der Matte. Sykes hatte das Klappern des Briefschlitzes gehört.

Der Brief war in sauberer, kindlicher Schrift an Cyril Fitzpatrick adressiert.

Er war von ihr, wusste Sykes.

Er sagte sich, dass seine Hände nicht zitterten, als er den Brief aufhob. Der Umschlag flatterte von selbst. Er empfand eine enorme Erleichterung. Sie lebte. Natürlich sollte er den Brief nicht öffnen. Der Poststempel war aus York, und das leicht verschmierte Datum war von gestern, die Spätpost. Er sollte den Brief an einen Toten nicht öffnen.

Sykes nahm ein Messer aus der Küchenschublade und schlitzte den Umschlag auf. Er enthielt nur eine kurze Nachricht, ohne Koseworte.

Fitz, ich habe alles für Mam getan, was ich konnte. Anthony war an der Reihe. Also habe ich es ihm überlassen, die Beerdigung zu regeln. Ich ertrage nicht, mich allen zu stellen und mir anzuhören, wie leid ihnen mein Verlust tut, bevor sie sich mit ihren Gebeten gegenseitig übertrumpfen. Ich habe mich am Sonntag verabschiedet, als Mam gestorben ist, und werde sie besuchen, wenn ich mit ihr allein sein kann.
Sorg dich nicht um mich. Wir beide haben auf unsere Weise unser Bestes gegeben, doch es kann nicht weitergehen.
Ich melde mich von N.See.
Möge Gott dir nahe bleiben, da ich es nicht mehr kann.
Deine Frau, sozusagen,
Deirdre

Sykes las den Brief noch einmal. Besonders eine Zeile gab ihm Rätsel auf. Ich melde mich von (der?) Nordsee. Was meinte sie? Es klang nicht wie die Nachricht einer Frau, die im Begriff war, außer Landes zu fliehen. Es sei denn, die Nordsee hieß einfach das: dass Deirdre das Land verließ, aber keine Ahnung von Erdkunde hatte. Denn nach Amerika würde sie nicht über die Nordsee reisen.

Er steckte den Brief ein, verließ das Haus und legte den Schlüssel zurück. Er war kein bisschen schlauer. Da er Mrs. Shackleton den Brief zeigen wollte, bevor er ihn dem Diensthabenden übergab, damit er ins Dienstbuch eingetragen wurde, fuhr er zurück nach Headingley.

Mrs. Shackleton war nicht allein. Rosie wartete mit ihr. Die beiden saßen am Küchentisch und tranken Camp-Coffee.

Sykes gab Mrs. Shackleton den Brief, die ihn fragend ansah. Sykes war bewusst, dass er nicht wortlos hätte losflitzen sollen.

»Wo bist du gewesen?«, fragte Rosie. »Alfreds Sohn ist mit dem Rad den ganzen Weg von Chapeltown gekommen, um eine Nachricht für dich zu bringen. Er hat gesagt, sie ist für Paul Sheridan, und du wüsstest Bescheid. Paul Sheridan soll mit seinem Anwalt reden, das ist die Nachricht.«

»Ich weiß, worum es geht«, erklärte Sykes. »Es ist Arbeit.« Er warf Mrs. Shackleton einen kurzen Blick zu, weil er auf deren moralische Unterstützung hoffte. Sie jedoch schien komplett vertieft in das Etikett auf der Camp-Coffee-Flasche zu sein.

Rosie hatte allen Grund, verärgert zu sein. Seit diese Geschichte angefangen hatte, war er nie länger als ein paar Stunden zu Hause gewesen.

»Was ist hier los, Jim?«

Sykes holte tief Luft. »Ich bin als Special Constable verpflichtet, das ist los. Als solcher agiere ich unter einem falschen Namen. Alles ist streng geheim, Rosie, doch es könnte sein, dass ich nach Scarborough muss. Fahren wir jetzt nach Hause, und ich hole mein Rasierzeug.«

»Warum? Bleibst du über Nacht da?«

Zwei Stunden später saß Sykes im Zug. Sein kleiner Koffer im Gepäcknetz enthielt eine Haarbürste, einen Kamm, Rasierzeug und ein sauberes Hemd.

Als der Zug in den Bahnhof von York einfuhr, traute er sich kaum, sich auf dem Bahnsteig umzuschauen, falls Deirdre Fitzpatrick ebenfalls hier war.

Alles passte. Er sollte die Frau im Café *Peasholm* treffen. Sie wäre schlank, in den Zwanzigern, würde einen grünen Hut tragen und eine Ausgabe von *The Lady* bei sich haben. Er stellte sich ihr dunkles Haar vor, das unter dem Hut hervorquoll, wie er es durchs Opernglas im Grand Theatre gesehen hatte.

Beim Aussteigen in Scarborough riskierte Sykes einen Blick zu den anderen Passagieren, um zu sehen, ob Deirdre unter ihnen war. War sie nicht. Mit dem Koffer in einer Hand und der *Times* in der anderen machte er sich auf, die eineinhalb Kilometer zu dem Café an der Ecke Peasholm Gap und Promenade zurückzulegen.

Wenn er sie sah, müsste er sie beruhigen, ihr sagen, dass sie keine Angst zu haben bräuchte, und ihr Vertrauen gewinnen. Er würde ihr erklären, dass sie mit ihm zurück nach Leeds kommen und einige Fragen beantworten musste. Er versuchte, sich ihre Gemütsverfassung vorzustellen. Sie hatte sechs Jahre in einer Ehe mit getrennten Schlafzimmern gelebt, und etwas sagte ihm, dass es nicht daran lag, dass Fitzpatrick geschnarcht hatte. Der Schriftsetzer hatte über Kopf und verkehrt herum lesen können; er hatte die römisch-katholische Kirche und die Jungfrauen verehrt, nicht hingegen seine eigene gut aussehende Frau. Sykes würde ihr erzählen müssen, dass Fitzpatrick tot war. Sie war frei. Der Mann musste etwas beiseitegelegt oder eine Versicherungspolice haben. Deirdre wäre unabhängig. Wann würde er es ihr sagen, jetzt oder später?

Da war das Eckcafé.

Sykes blickte auf seine Uhr. Noch drei Minuten. Wäre sie zu früh, zu spät oder pünktlich? Als noch eine Minute blieb, betrat er das Café, suchte sich einen Tisch, an den er sich setzte, und legte die *Times* vor sich.

Die Kellnerin brachte Leuten an einem Fenstertisch ein Teetablett und kehrte zum Tresen zurück. Ich werde warten, dachte Sykes, und bestellen, wenn Deirdre hier ist. Er hatte angefangen, in Gedanken von »Deirdre« zu sprechen, nicht von »Mrs. Fitzpatrick«.

Um eine Minute nach drei bimmelte die Türglocke, und eine große, schlanke Frau in Grün trat ein, die eine dicke Reisetasche und eine Ausgabe von *The Lady* bei sich hatte.

Sie kam auf Sykes' Tisch zu, blickte zu der Zeitung und sagte munter: »Hallo. Mr. Sheridan, nicht wahr?«

Ihr langer blonder Pony reichte fast bis zu ihren schmalen, nachgezogenen Augenbrauen.

Achtundzwanzig

Am Freitagabend stand Marcus vor meiner Haustür, als ich sie gerade öffnete, um rauszugehen.

»Marcus, was für eine Überraschung!«

»Entschuldige.« Er sah zerknirscht aus. »Ich hätte nicht einfach kommen sollen. Ich musste nur mal eine Pause machen und einen klaren Kopf bekommen.«

Mir fielen sein Wagen und der Fahrer an der Straße auf.

»Dann gönnst du dir ein oder zwei Stunden Pause zur Erholung?«

»In der Art, ja.«

»Komm mit mir zum *Chemic,* wenn es dir nichts ausmacht, einen Drink mit deinem Special Constable Mr. Sykes zu nehmen.«

Er zögerte. Halb rechnete ich damit, dass er es ablehnen würde, sich mit dem Fußvolk zu verbrüdern. Er sah meinen Blick und lachte. »Warum nicht?«

»Die frische Luft wird dir guttun. Sag dem Fahrer, dass der Pub in der Johnston Street ist.«

Hätte es noch einer Bestätigung bedurft, dass Marcus nie außer Dienst ist, bekam ich die an der Ecke der Headingley Lane. Er fragte mich, ob ich jemals bei einer von Lord Fotheringhams Jagdgesellschaften gewesen war. Als ich gestand, vor Jahren einmal dort gewesen zu sein, hatte er eine Menge Fragen zu den Waffen, was ich darüber wusste und was ich nicht wusste.

Im *Chemic* setzten wir uns zu viert in eine Nische, Rosie und ich auf die Bank an der Wand, Sykes und Marcus auf die

Hocker. Wir spielten ein paar Runden Domino vor dem Hintergrundlärm der Darts-Spieler, bevor wir unsere Plätze den Stammgästen überließen, einem Trupp von Pfeife rauchenden, Schnupftabak schniefenden alten Männern, die Domino weit ernster nahmen als wir.

Wir wechselten zu einem Tisch, den ein paar junge Burschen freigaben, die gern von Pub zu Pub wanderten und zum *White Rose* weiterziehen wollten, wie sie sagten.

Obwohl er beim Domino gewonnen hatte, war Sykes ungewöhnlich bedrückt. Erfreut stellte ich fest, dass Marcus sich Mühe gab, den Mann aufzumuntern. Ja, er hatte die Zielperson in Scarborough nicht gefunden. Aber er hatte aufgedeckt, dass ein gewisser Gentleman gelogen hatte, als er beteuert hatte, er würde niemals die Arrangements für einen Ehebruchbeweis treffen. Der Anwalt würde einige schwierige Fragen zu beantworten haben.

Mir tat Rosie leid, die zwar begriffen hatte, dass ihr Mann vergeblich in Scarborough gewesen war, allerdings bisher keine Einzelheiten kannte. Sie nippte an ihrem Portwein. »Ich hoffe, du hast ein bisschen Sand zwischen die Zehen bekommen, Jim.«

Sykes drückte seine Zigarette in dem vollen Aschenbecher aus. »Es war gerade Flut.«

»Tja, erzähl den Kindern nicht, dass du da warst, sonst wollen sie ihre Zuckerstangen haben.«

Marcus winkte dem Kellner und bestellte noch eine Runde, als der Wirt bereits ausrief, dass letzte Bestellungen angenommen würden.

Plötzlich bemerkte Rosie: »Ich lese die Zeitung und kann mir denken, was ihr alle nicht sagt.«

Sykes gab ihr einen warnenden Stups. »Nicht die Zeit und der Ort, Schatz.«

Es entstand eine unangenehme Pause. Pflichtbewusst wechselte ich das Thema und sprach über *HMS Pinafore*.

Der Wirt rief zum Ladenschluss, und wir tranken aus. Marcus sah auf seine Uhr. Ich vermutete, dass er so bald nicht schlafen gehen würde.

Unter lauter Gute-Nacht-Rufen verließen wir den Pub. Sykes und Rosie machten sich auf den Weg die Johnston Street hinauf. Marcus' Fahrer war zurückgekehrt und parkte draußen.

Marcus sagte: »Steig ein, Kate. Wir fahren dich nach Hause.«

Doch es war ein schöner Abend, und ich wollte frische Luft nach dem Mief im Pub. »Danke, ich gehe zu Fuß.«

Die Straßen waren voll, nachdem die Pubs geschlossen hatten. Unter den pfeifenden, singenden Leuten zu sein könnte meinen Verstand ankurbeln. Etwas nagte an mir, das ich übersah, und ich bekam diesen Gedanken nicht recht zu fassen. Er hatte mit Mrs. Hartigans Begräbnis zu tun.

Marcus ließ sich nicht abwimmeln. »Ich begleite dich.« Er sprach mit dem Fahrer, bevor er meinen Arm nahm. »Der Fahrer wird uns folgen. Ich wollte sowieso mit dir reden.«

»Dachte ich mir. Du hattest nicht damit gerechnet, dass Rosie heute Abend dabei sein würde.«

Er lachte. »Nein. Ich nahm an, es wären nur du und Sykes. Das zeigt mal wieder, wie viel ich darüber weiß, wie normale Menschen ihre Freitagabende verbringen.«

»Sie wäre diskret.«

»Ja, sicher, aber es gibt Dinge, die ich nicht sagen kann.«

»Und was kannst du mir sagen? Oder warst du nur wegen des Dominospielens da?«

Marcus wurde langsamer. »Der Anwalt, Lansbury, war harte Arbeit, Kate. Ich habe ihn in einem Zimmer bei der CID gelassen und gesagt, ich würde wiederkommen, um ihn weiter zu befragen. Er gibt zu, dass er die Damen für Barnards und Runcies Scheidungsbeweis engagiert hatte. Da konnte er sich nach Sykes' Beweis kaum mehr rauswinden. Aber er leugnet, etwas über Deirdre Fitzpatricks Aufenthaltsort zu wissen.«

»Wie steht er dazu, dass er entlarvt wurde?«

»Erst hat er versucht, sich da plump rauszureden, aber im Grunde hat er Angst. Deshalb frage ich mich, ob jemand anders herausbekommen hat, was er treibt, und ihn erpresst.«

Ich überlegte. »Wenn er ausgenommen wird, erklärt das, warum er das Risiko eingegangen ist, Mr. Sykes eine Mitverschwörerin in Scarborough zu vermitteln.«

»Ich kann den Mann nicht zum Reden zwingen, aber vielleicht kann ich ihm einen Ausweg aus seiner Lage anbieten, wenn er mir die Wahrheit sagt.«

»Er muss erfahren, wie ernst die Sache ist.«

Leute strebten in beide Richtungen nach Hause. Im Licht der Straßenlaternen suchte ein alter Mann im Rinnstein nach Zigarettenstummeln.

»Hast du schon Informationen zu Mr. Fitzpatricks Todesursache?«

»Es war ein sehr unglücklicher Unfall«, antwortete Marcus. »Der Pathologe hat keine Hinweise auf ein Verbrechen gefunden. Mr. Fitzpatrick ist gestolpert und übel mit dem Kopf aufgeschlagen.«

»Mir tut der arme Mann so leid! Irgendwie ist es schlimmer, weil ich ihn so enervierend fand, und jetzt fühle ich mich schlecht, weil ich nicht nett zu ihm war.«

»Ganz sicher warst du nett.«

»Sei dir da mal nicht so sicher.«

»Kate, du hast Fitzpatrick kennengelernt.«

»Ein bisschen.«

»Glaubst du, dass dieser Fotograf, Leonard Diamond, eine Affäre mit seiner Frau hatte?«

Bei seinen Worten wurde ich langsamer. »Den Eindruck hatte ich nicht. Mr. Fitzpatrick hat gedacht, dass Len Diamond etwas über Deirdre wissen könnte; wohin sie gegangen ist, wen sie traf. Warum fragst du?«

Er seufzte. »Heute Morgen habe ich einen zweiten Autopsiebericht zu Diamond bekommen. Er hat nicht Selbstmord begangen.«

»Ich wusste es!«

»Ja, hast du, und du hattest recht. Die erste Untersuchung von Diamonds Leiche war zu flüchtig. Es wurden Mutmaßungen angestellt wegen der Art, wie er vorgefunden wurde. Die Leute vor Ort nahmen an, dass das Chaos in seinen Zimmern im Vollrausch von ihm verursacht wurde. Der erste Autopsiebericht schien das zu bestätigen. Und bei Erhängen verstärken sich die Seilabdrücke zum Knoten hin, was auch bei Mr. Diamond der Fall war. Aber dem zweiten Pathologen sind horizontale Abdrücke aufgefallen, die zu Würgemalen passen.«

»Wie furchtbar. Warum hast du mir das nicht früher gesagt?«

»Entschuldige. Ich wollte dir keine Albträume bescheren. Und ich konnte es dir unmöglich im Pub erzählen. Ich weiß doch, dass du Diamond gemocht hast.«

»Ich habe ihn bewundert, na ja, seine Arbeit, um genau zu sein. Er war ein komischer Mann, immer ein wenig reserviert, was ihn selbst anging, aber eine richtige Tratschtante, wenn es um andere Leute ging.«

Eine Gruppe von Trinkern, die offenbar noch nicht heimwollten, stand vor dem Hyde Park. Wir bahnten uns unseren Weg um sie herum.

»Denkst du, dass der Täter auf der Suche nach etwas war?«

»Ja. Kate, du hast Diamond gekannt. Fällt dir irgendwas ein, das er gehabt und für das jemand zu solchen Mitteln gegriffen haben könnte? Und es gefunden haben könnte, was wir nicht wissen.«

»Geld ist es nicht. Diamond hat gespielt und getrunken, was ich nicht wusste, bis es mir mein Freund Mr. Duffield erzählt hat.«

»Duffield?«

»Er ist der Archivar bei der hiesigen Zeitung.«

Wir gingen um die Ecke in meine Straße. »Ich helfe gerne, wenn ich kann. Und ich finde die Geschichte mit Everett Runcie natürlich sehr traurig, weil ich ihn gekannt habe. Aber auf eine andere Weise empfinde ich Diamonds Tod als kleine Tragödie, als echten Verlust. Er war so begabt, dass es wie eine furchtbare Verschwendung anmutet.«

»Es ist sehr gut möglich, dass Runcie und Diamond von demselben Mann ermordet wurden. Aber was hatten diese beiden Opfer gemeinsam? Das muss ich wissen.«

»Sie waren zweimal in diesem Monat zur selben Zeit am selben Ort, bei der Jagdgesellschaft und beim Pferderennen.«

»Und dann haben sie Deirdre Fitzpatrick gemein. Einer fotografiert sie, der andere nimmt sie mit ins Bett.«

»Ja. Da Fitzpatrick tot ist, wäre es Hartigan, der ihr am nächsten steht. Er ist skrupellos, Marcus. Jahrelang hat er seine Mutter und seine Schwester ignoriert, und dann benutzt er einen Besuch bei ihnen als Vorwand, um herzukommen und Schnaps zu kaufen.«

Marcus seufzte. »Ich will den Mann nicht auf unseren Straßen. Würde ich glauben, dass er mit Mord zu tun hat, wollte ich ihn hängen sehen. Aber Hartigan hat ein unanfechtbares Alibi. Nachdem er mit Runcie in der Hotelbar einen Drink genommen hatte – am Freitagabend, als sich die reizende Deirdre bereits zurückgezogen hatte –, hat er sich von Runcie verabschiedet und mit zwei anderen Gästen, geachteten Geschäftsleuten, die ganze Nacht Karten gespielt. Wir müssen ihn ausschließen.«

Ich dachte an den Vorfall in New York, wo Hartigan vermeintlich einen Mann in einer Straßenbahn erschossen hatte, es jedoch keine Zeugen gegeben hatte. »Bist du dir absolut sicher?«

»Ja, der Kellner, Archie Heppelthwaite, würde für eine halbe Krone unter Eid lügen, aber da waren noch andere Gäste im Speisesaal, die gesehen haben, wie die Frau auf ihr Zimmer ging, bevor Hartigan sich auf einen Drink zu Runcie gesellte. Ich habe Hartigan erlaubt, nach Southampton abzureisen. Je eher er wieder in den Armen der Freiheitsstatue ist, desto besser, sage ich dir.«

Wir hatten meine Pforte erreicht, und wie ein junges Paar blieben wir stehen, allerdings nicht aus denselben Gründen.

Marcus erklärte: »Ich bin froh, unseren amerikanischen Cousins bald berichten zu können, dass Anthony Hartigan hier seine todkranke Mutter besucht hat, deren Begräbnis arrangiert hat und noch in Trauer nach Southampton zurückgereist ist.«

»Von seinen Geschäften mit dem schottischen Whiskybrenner willst du nichts berichten?«

Marcus lächelte. »Als ich das letzte Mal in unser Gesetzbuch gesehen habe, hatten wir keine Gesetze gegen das Handeln mit Spirituosen. Ich habe nicht vor, der US-Einwanderungsbehörde einen Grund zu liefern, ihn als unerwünschte Person wieder herzuschicken. New York hat ihn geschaffen, also darf New York ihn auch wiederhaben.«

So niedergeschlagen hatte ich Marcus selten erlebt. »Demnach glaubst du nicht, dass er versuchen wird, seine Schwester mitzunehmen?«

»Ich würde sagen, die beiden sind sich nicht grün, und sie

könnte eine Belastung für ihn sein, doch ich weiß es nicht. Mich sorgt, dass sie etwas wissen könnte und in Gefahr ist. Je länger es geht, desto schwieriger wird es, die Wahrheit aufzudecken.«

Ich blickte die Straße hinunter. Marcus' Fahrer war um die Ecke gebogen und parkte unter einer Straßenlaterne.

Wir verabschiedeten uns. Marcus bestand darauf, zu warten, bis ich drinnen war, als könnte mich irgendein Ungeheuer aus den Schatten anfallen.

Nach dem Lärm und Qualm im Pub und den belebten Straßen fühlte sich das leere Haus friedlich an. Sookie kam mich begrüßen und wollte rausgelassen werden. Ich öffnete ihr die Hintertür. Sie erspähte etwas und stürmte los – vielleicht eine Feldmaus oder eine Zwergfledermaus. Ich konnte nicht erkennen, was sie entdeckt hatte.

Und dann fiel mir ein, dass Fitzpatrick etwas oder eher jemanden gesehen hatte, als er sich gestern auf dem Friedhof so eilig von mir verabschiedet hatte.

Der Liegestuhl stand noch im Garten. Ich setzte mich hinein, blickte in die Dunkelheit und erinnerte mich an die Szene bei der Beerdigung und meine Unterhaltung mit Fitzpatrick. Er hatte mir von Deirdre erzählt und davon, wie sie ihm nach dem Tod seiner Mutter geholfen hatte.

Ich schloss die Augen, um mir den Moment ins Gedächtnis zu rufen. Fitzpatrick hatte zu den Nonnen gesehen, den Little Sisters of the Poor, und gesagt, wie gut sie zu den Leuten in The Bank waren. Plötzlich hatte es ihm die Sprache verschlagen, und er hatte mich stehen gelassen. Das war überraschend gewesen, weil ich die Einzige auf der Beerdigung war, die mit ihm redete. Dann war er gestolpert, und Eddie, Deirdres langjähriger Freund, hatte ihn aufgefangen. Doch jetzt, da ich mir die Szene erneut vorstellte, fragte ich mich, ob Eddie ihn gestützt oder aufgehalten hatte. Wohin oder zu wem wäre Fitzpatrick geeilt, hätte Eddie nicht eingegriffen?

Hatte er sich auf seinen Krücken in Richtung der Familie, der Nachbarn oder der Nonnen geschwungen?

Fitzpatrick hatte zu den Nonnen geschaut. Alle waren in Schwarz gewesen, bis auf eine. Eine Nonne hatte einen braunen Habit getragen. Ihre Brillengläser hatten die Sonne gespiegelt. Sie muss eine Novizin gewesen sein, dachte ich.

Hinter der Mauer gab Sookie ein kleines Maunzen von sich, das ihre Frustration verriet. Ihre Beute war ihr entwischt.

Und nun kam mir ein verrückter Gedanke. Die waren stets die besten, obwohl sie manchmal viel zu abwegig schienen, um wahr zu sein. Die Nonne in Braun war Deirdre gewesen, mit einer Brille, um ihre Verkleidung zu vervollständigen. Eddie hatte sie erkannt, genauso wie Fitzpatrick: die beiden Männer, die sie liebten.

Eddie hatte verhindert, dass Cyril Fitzpatrick sie verriet. Aber Fitzpatrick hatte gehofft, sie würde zu ihm kommen, zum Grab seiner Eltern an der Mauer, an dem sie einst zusammen gestanden hatten. Vielleicht hatte er ihr einen flehenden Blick zugeworfen, bevor er sich in jene Richtung gewandt hatte.

Wieder ging ich die Szenen der Beerdigung durch. Da war der lange Gang von der Kirche die York Road hinauf zum Friedhof, der Leichenwagen, gefolgt von den Wagen mit der Familie, einschließlich Fitzpatrick und seiner Krücken, der Priester und der Nonnen. Keine der Nonnen in den Kutschen hatte Braun getragen. Einige der jüngeren waren zu Fuß gegangen, aber alle in Schwarz gekleidet.

Die Gestalt in Braun war erst auf dem Friedhof erschienen. Je mehr ich darüber nachdachte, desto sicherer war ich mir.

Die kalte Nachtluft ließ mich frösteln, und ich ging ins Haus.

Dort klopfte ich an die Tür meiner Haushälterin. Mrs. Sugden öffnete mit ihrer Brille auf der Nasenspitze und dem Daumen in einem Buch, um die Stelle zu markieren, bei der ich sie beim Lesen unterbrochen hatte.

»Entschuldigen Sie die späte Störung, aber ich habe Licht unter Ihrer Tür gesehen.«

»Ich habe gehört, wie Sie nach Hause gekommen sind. Sie sind hoffentlich nicht allein zwischen all den Betrunkenen unterwegs gewesen.«

»Nein, und die sind harmlos.«

Sie stieß ein skeptisches Schnauben aus. »Was gibt es?«

»Ich hatte gerade eine Idee und habe eine Frage zu Nonnen-Habits.«

Sie sah mich verständnislos an. »Da dürfen Sie mich nicht fragen.«

»Wollte ich auch nicht. Meinen Sie, dass Miss Merton noch auf ist?«

Miss Merton wohnt gegenüber, und sie und Mrs. Sugden tauschen Bücher und Rezepte aus.

»Oh, nein. ›Zeitig zu Bett und zeitig aufstehen‹, das ist ihr Motto.« Sie runzelte die Stirn. »Um welchen Nonnen-Habitus geht es denn? Ich kenne die oben in der Straße vom Sehen. Sie unterrichten an der Schule und gehen immer zu zweit.«

»Ich meine nicht Habitus, sondern Habit. Was tragen sie? Welcher Nonnenorden trägt Braun mit einer Kordel als Gürtel und Sandalen?«

»Ist das nicht typisch für die?« Ungläubig schüttelte Mrs. Sugden den Kopf. »Im Sommer gehen sie in den langen Gewändern ein, und im Winter kriegen sie Frostbeulen in den Sandalen.«

»Was Miss Merton betrifft, wie früh ist früh?«

»Aufstehen oder Schlafengehen?«

»Beides.«

»Sie geht um halb zehn ins Bett und steht um fünf auf.«

»Und sie kennt sich aus mit Habits?«

»Wahrscheinlich. Konvertierte nehmen ihre Religion immer extrem ernst. Es gibt Romane, die weigert sie sich einfach zu lesen.«

»Tja, danke. Gute Nacht.«

Wieder schüttelte sie den Kopf. »Jetzt kann ich auch gleich einen Kakao machen.«

»Ich gehe morgen früh rüber und rede mit ihr. Und ich koche den Kakao, weil ich Sie gestört habe.«

»Haben Sie die Nachricht neben dem Telefon gesehen?«

»Nein.«

»Mrs. Runcie möchte, dass Sie sie zurückrufen, egal, um welche Zeit.« Sie legte ihr Buch hin. »Ich mache den Kakao.«

Philippa musste unten nahe dem Telefon gewartet haben, denn sie nahm selbst ab. »Kate, hallo. Entschuldige, dass ich nicht wohlauf war, als du hier warst.«

»Wie geht es dir jetzt?«

»Viel besser, danke. Hast du Neuigkeiten für mich?«

»Ich hoffe, dass ich bald welche habe. Wenn meine Vermutung stimmt, könnte ich schon morgen die Frau finden, mit der wir sprechen müssen.«

Als ich um Viertel nach fünf am nächsten Morgen an ihre Tür klopfte, löffelte Miss Merton bereits Chutney in Gläser. Sie wirkte kein bisschen überrascht, mich zu sehen, sondern erklärte nur, es seien Fallobst-Äpfel, die sie eingekocht hatte. »Denn nur wer in der Zeit spart, hat in der Not«, fügte sie hinzu.

Dann hörte sie sich meine Beschreibung der Nonne an, die ich auf dem Friedhof gesehen hatte, allein und ein wenig abseits von den Little Sisters.

»Und sie hat Sandalen getragen?«

»Ja.«

»Die werden ›Sandalenschwestern‹ genannt. Ihr richtiger Titel ist Sisters of the Sacred Candle of St. Genevieve. Sie sammeln aufgebrauchtes Kerzenwachs in allen Kirchen in Yorkshire ein, schmelzen es und mache neue Kerzen daraus.«

»Wo ist das Kloster?«

»In York. Ich habe den Namen der kleinen Straße vergessen, aber sie zweigt von der Bishopsgate ab.«

Ich dankte ihr, doch sie ließ mich nicht gleich gehen. »Warten Sie.« Sie schraubte einen Deckel auf ein Glas. »Dies hier können Sie gleich mit nach drüben nehmen. Ich habe Mrs. Sugden ein Glas Chutney versprochen.«

»Danke.«

»Und nehmen Sie auch noch ein Glas für die Sandalenschwestern mit, wenn Sie schon hinfahren.« Sie griff nach einem zweiten Deckel. »Haben Sie gesagt, dass die Nonne allein war?«

»Ja.«

»Also, das ist nicht richtig. Sie reisen nie allein. Es ist nicht erlaubt. Sie sind immer zu zweit.«

Neunundzwanzig

Vom Bahnhof in York bog ich nach links in die Queen Street, ging die Nunnery Lane hinunter und in die Bishopsgate. Auf dem Weg durch die enge Gasse, die zum Kloster der Sandalenschwestern führte, kamen mir Zweifel. Als Besucherin müsste ich die Glocke an der Eisenpforte läuten und warten, dass jemand kam. Aber die Glocke mit dem Kettenzug sah groß genug aus, um die toten Römer und Wikinger zu wecken, die unter meinen Füßen lagen. Die Pforte öffnete sich lautlos. Ich betrat einen makellos gepflegten, ummauerten Garten voller Blumen, Kräuter und Gemüse.

Am Ende des Gartens führte ein Weg in einen Innenhof. Die Atmosphäre vollkommener Ruhe und Freude bewirkte, dass ich langsamer ging. Wie herrlich wäre es, eine Weile hier zu sitzen und die Welt zu vergessen!

Niemand erschien, als ich die schwere Eichentür erreichte, allerdings konnte ich den Weg hinunter noch einen Garten hinter dem Gebäude sehen, in dem Nonnen in braunen Habits gebückt in ihre Gartenarbeit vertieft waren. Ich klopfte an die Tür.

Sofort tauchte ein kleines, von einem Weihel umrahmtes Gesicht hinter dem Gitterviereck in der Tür auf.

»Ich bin Mrs. Shackleton und würde gern mit der Oberin sprechen, wenn es möglich ist.« Die Nonne zögerte. Überhaupt hatte ich den Eindruck, dass hier nichts in Eile geschah. »Es geht um eine wichtige Angelegenheit.« Sie überlegte einen Moment. »Wirklich wichtig«, ergänzte ich.

Sie nickte und wandte sich ab. Ich hörte ihre leisen Schritte auf dem Steinboden, als sie wegging, und blickte durch das Gitter in einen dämmrigen Korridor.

Die Nonne blieb nicht lange fort und öffnete die Tür, als sie zurückkehrte. »Kommen Sie herein.« Sie blickte auf meine Füße, als ich eintrat, und ich verfluchte meine schlechte Planung. Braune Sandalen hätten mir helfen können.

Am Ende des Korridors führte sie mich in einen schwach beleuchteten, weiß getünchten Raum, in dem es nach Rosmarin, Lavendel und überwältigend nach geschmolzenem Kerzenwachs roch. Hohe, schmale Fenster mit dicken Bleisprossen ließen sehr wenig Licht hinein. An den Deckenbalken hingen Büschel getrockneter Kräuter.

Die Nonne machte eine sehr sparsame Geste. »Setzen Sie sich.«

Zu beiden Seiten des Kartentisches standen Bänke. Ich nahm Platz und stellte Miss Mertons Chutney-Gabe auf den Tisch.

Kurz darauf verrieten mir leise Schritte, dass ich mich konzentrieren musste.

Etwas an der großen, hageren Frau in dem braunen Habit kam mir bekannt vor. Vielleicht waren es ihre Bewegungen, ihre dicken, geraden Augenbrauen oder die hellen, blaugrauen Augen. »Sie wollten mich sprechen?«

»Mutter Oberin, mein Name ist Mrs. Catherine Shackleton. Verzeihen Sie die Störung. Ich habe eine Frage an Sie, und ich habe Ihnen Chutney von einer katholischen Nachbarin mitgebracht.«

Diese Information verriet ihr, dass ich nicht ihrem Glauben angehörte. »Wünschen Sie eine Erfrischung?«

»Gern, danke.«

Eine Gestalt trat aus dem Schatten. Die Nonne, die mir

geöffnet hatte, ging zu einer Kaltpresse an der Wand. Sie hatte eine seltsame Art, die Füße mit den Sohlen voran auf den Boden zu klatschen. Sie schenkte etwas aus einem Krug ein und stellte es vor mir auf den Tisch. Ich nahm einen Schluck. Es handelte sich um Limonade, die bitter, aber erfrischend war.

Als sie gegangen war, sagte ich: »Ich glaube, dass eine Person hier bei Ihnen ist, nach der ich suche.«

»Aha?«

»Deirdre Fitzpatrick.«

Die Oberin öffnete den Mund. Und ließ ihn gerade lange genug offen, dass ich ergänzen konnte: »Es ist überaus wichtig, dass ich mit ihr rede.«

»Wer sind Sie?«

»Ich bin Kate …«

»Mrs. Shackleton, ich weiß. Ich meine, in wessen Auftrag sind Sie hier?«

»Mrs. Fitzpatricks Ehemann hat mich gebeten, sie zu suchen.« Die Nonne kniff den Mund zu einer schmalen Linie zusammen. Deirdre beherrschte es fürwahr, den Beschützerinstinkt in jedem zu wecken, dem sie begegnete.

»Ich muss wirklich mit ihr sprechen.«

»Deirdre ist die Nichte meiner Cousine. Sie ist nicht gesund und hier, um sich zurückzuziehen und zu erholen.«

Die Verwandtschaft erklärte, warum mir die Nonne bekannt vorkam. Da war eine gewisse Ähnlichkeit zwischen ihr und Deirdres Tanten. »Es sind einige Dinge passiert, von denen sie wissen sollte, und es gibt Fragen.«

Die Nonne fingerte an ihrem abgeriebenen Rosenkranz. »Was für Fragen? Sie hat mir alles erzählt.«

Das bezweifelte ich. »Wollen Sie mir sagen, dass sie hier Asyl genießt?«

»Sie ist wegen der Abgeschiedenheit hier, um Zeit zum Nachdenken und Beten zu haben. Sie war zu verstört, um zum Begräbnis ihrer eigenen Mutter zu gehen. Stattdessen war sie in der Kirche, hat gebetet und ist die Wände abgelaufen wie eine Seele, die ihren Weg nach Hause sucht.«

Das war also ihre Geschichte. Meine Neugier ließ sich nicht bändigen. »Sie war am Tag der Beerdigung ihrer Mutter in der Kirche?«

»Ja, dort. Eines Tages wird er wieder uns gehören.«

Während Deirdre in einen Zug stieg, im Habit einer Nonne, und zur Beerdigung ihrer Mutter fuhr, dachte die Mutter Oberin, sie würde durch York wandern, die Wände bewundern und dafür beten, dass die Kirche an seine rechtmäßigen Besitzer zurückgegeben würde, die römisch-katholische Kirche.

Deirdre hat Stil, dachte ich. Ich kann es nicht erwarten, sie kennenzulernen. »Ich muss Mrs. Fitzpatrick sehen.«

»Nein.«

Ich stand auf. »Dann gehe ich. Die Polizei wird weniger verständnisvoll sein.«

»Die Polizei?«

»Die möchte sie als mögliche Mordzeugin befragen.«

»Mord? Das ist grotesk.«

»Ein Mord in einem Hotel, in dem sie sich aufgehalten hat.«

»Nein, das kann nicht stimmen.«

»Würden Sie ihr bitte sagen, dass ich hier bin?«

»Sie kann nichts mit einem Mord zu tun haben. Ein Mann hatte sie in ein Hotel gelockt, als sie nichts Böses im Sinn hatte. Sie war so dumm, ihm seine Geschichte zu glauben, und fand sich in seinem Zimmer wieder. Als sie seine wahren Absichten erkannte, ist sie um ihr Leben gelaufen. Nach diesem schrecklichen Erlebnis hat sie mitansehen müssen, wie ihre Mutter starb. Sie muss in Ruhe gelassen werden.«

»Sorgen Sie bitte dafür, dass sie das Kloster nicht verlässt, bis die Polizei hier ist.«

Ich verabschiedete mich und ging aus dem Zimmer und auf den Korridor hinaus.

»Warten Sie!«

Ich drehte mich um.

»Haben Sie gesagt, dass ihr Ehemann Sie gebeten hat, sie zu suchen?«

»Bei allem Respekt, Mutter Oberin, ich habe nichts mehr zu sagen, es sei denn zu Mrs. Fitzpatrick.«

»Ich müsste dabei sein.«

»Wenn Sie es wünschen, ja.«

»Ich werde mit ihr reden.«

»Danke.«

Beinahe erwartete ich, Deirdre in dem braunen Habit zu sehen. Aber sie trug einen dunklen Rock, eine blaue Bluse, eine dunkelblaue Strickjacke und ein Paar braune Sandalen, die sie von hier haben musste.

Die Mutter Oberin erklärte: »Dies ist die Besucherin, die mit dir sprechen möchte, Deirdre.«

Ich reichte ihr die Hand, die sie vorsichtig schüttelte.

Endlich war ich von Angesicht zu Angesicht mit der Frau, die Herzen brach, die sich für ein Vorgehen entschied und dabei blieb, die log, täuschte, sich in Geschäften selbst bediente und auf ihre ganz eigene niedliche Art durchs Leben wurstelte.

»Mein Beileid, Mrs. Fitzpatrick.«

»Woher haben Sie gewusst, wo ich bin?«

»Ich habe meine Quellen.« Sie sollte wissen, dass ich Detektivin bin, deshalb fügte ich hinzu: »Mr. Sykes arbeitet mit mir zusammen. Sie haben ihn letztes Jahr kennengelernt, als Sie einkaufen waren.«

»Ah.«

»Du wirst wollen, dass ich bleibe«, sagte die Mutter Oberin.

»Nein, danke, ich komme zurecht.«

Deirdre nahm an, dass ich genauso leicht zu täuschen war wie Sykes.

»Na gut.« Die Nonne seufzte. »Diese Dame hat eine ungefähre Vorstellung davon, was du durchgemacht hast, glaube ich.« Es war an Deirdre gerichtet, zielte aber auf mich. Ich nickte, und die Oberin ging zur Tür. »Läute, wenn du fertig bist.«

Dann war ich mit Deirdre allein, die sich mir gegenüber auf die andere harte Bank setzte.

»Hier im Kloster ist es beinahe dunkel, wie in einer Zwielichtwelt«, bemerkte ich.

»Selbst an den strahlendsten Tagen ist es hier drinnen duster. Die Nonnen sind sehr sparsam mit den Kerzen.«

»Ich nehme an, Sie wissen, dass alle nach Ihnen suchen.«

»Ich will einfach nur in Ruhe gelassen werden.«

»In gewisser Weise ist Ihr Wunsch erfüllt worden.«

»Was meinen Sie?«

Es war zu früh, ihr vom Tod ihres Mannes zu erzählen. Hatte ich es ihr erst gesagt, hätte sie einen perfekten Vorwand, vor Gram zu verstummen. »Sie haben Ihrem Mann eine Nachricht geschickt, die gestern Morgen angekommen ist.«

»Haben Sie sie gelesen?«

»Mehr als das. Ich habe sie kopiert.« Ich legte meine Abschrift ihrer Nachricht auf den Tisch.

Ihre Wangen röteten sich vor Wut. »Ich wollte bloß, dass er nicht nach mir sucht. Hat Fitz Ihnen den Brief gezeigt?«

»Er hat Sie auf dem Friedhof gesehen, in einem Nonnenhabit.«

»Hat er Ihnen das erzählt?«

»Deirdre, was haben Sie in diesem Brief damit gemeint, dass

Sie an die Nordsee gehen? Sie haben den armen Mr. Sykes dazu gebracht, in einen Zug nach Scarborough zu steigen.«

»Das ist lächerlich. Fitz würde wissen, was ich gemeint habe.« Sie griff nach dem Blatt. »Sie haben es falsch abgeschrieben.«

»Wie falsch?«

»Fitz denkt, dass er ohne mich nicht leben kann. Wenn ich wegbleibe, erkennt er, dass er es kann und dass ich nicht zurückkomme.«

»Deirdre, hören Sie auf, in Rätseln zu sprechen. Mr. Sykes hat Sie letztes Jahr aus Schwierigkeiten befreit. Jetzt stecken Sie in übleren. Sie haben den Schauplatz eines Mordes verlassen.«

»Eines Mordes?«

»Ja.«

»Sie wollen mir Angst einjagen. Das kann nicht sein.«

»Leugnen Sie nicht, dass Sie mit Mr. Runcie im Hotel *Metropole* waren.«

Sie senkte den Kopf. »Ich weiß nichts von einem Mord.«

»Hatte Ihr Bruder Ihnen gesagt, Sie sollen verschwinden?«

»Anthony? Was hat er denn mit irgendwas zu tun?«

»Er hat in dem Hotel gewohnt, in dem Sie die Nacht verbracht haben.«

Marcus hatte mir erzählt, dass sich Bruder und Schwester an dem Abend nicht begegnet waren, aber ich wollte sichergehen.

»Ich habe Anthony nicht gesehen. Erst am Samstag, als er nach Kirkstall gekommen ist. Da hat er mir gesagt, wo er wohnt. Der feine Herr wollte natürlich nicht bei seiner Familie in der Cotton Street wohnen. Wir bedeuten ihm nichts. Mir macht er nichts vor.«

Wieder nahm sie den kopierten Brief auf und begann, ihn zu falten, immer kleiner. Ich wünschte, ich hätte ihn nicht hingelegt. Als sie den Zettel losließ, nahm ich ihn mir zurück.

»Fitz hatte kein Recht, Ihnen meine Nachricht zu zeigen.«

»Warum haben Sie gesagt, dass Sie an die Nordsee gehen? Sollte er glauben, dass Sie sich ertränken wollen?«

»Er würde es wissen. Fitz würde es verstehen. Was denken Sie, warum das ein großer Buchstabe ist? Das ist kein *N*, sondern ein *H*. Da steht Holy See, wo die Annullierungen vorgenommen werden. Ich gehe nicht zurück zu Fitz.«

»Solche Nachrichten würde ein Ehemann persönlich bekommen wollen, nicht per Brief.«

»Er wollte ja nicht zuhören. Meine Tante, die Mutter Oberin, sagt, dass unter den Umständen alles ganz still geregelt werden kann. Aber es geht Sie nichts an, und Mr. Sykes geht es auch nichts an, nur weil er mir einmal aus der Patsche geholfen hat.«

Ich wollte, dass sie aufhörte, was sie aber nicht tat. Es war, als wäre es eine Erleichterung für sie, über das letzte Jahr zu sprechen und vielleicht so zu tun, als wäre sie nicht in einem Hotelzimmer mit einem Ermordeten gewesen und als hätte sie ihre Mutter nicht sterben sehen, alles an einem Wochenende.

Eine Weile saßen wir schweigend da. Sie hatte so viel mehr gesagt, als sie beabsichtigt hatte, und sie wusste es.

»Ich denke, ich verstehe. Sie haben ein Recht auf Annullierung, und das nach so langer Zeit. Wie viele Jahre waren Sie verheiratet?« Ich wusste es von Fitzpatrick, doch sie sollte mit mir reden und Vertrauen fassen.

»Sechs Jahre.«

»Das müssen sehr schwierige Jahre gewesen sein.«

Sie nickte. »Mam wusste es. Sie hat es erraten. Ich habe es keinem erzählt, weil ich dachte, dass es meine Schuld ist.«

»Natürlich war es das nicht.«

»Das erkenne ich jetzt auch. Zuerst habe ich gedacht, Fitz findet mich nicht anziehend und will mich nicht so. Mam hat ihn einfach nur für einen kalten Fisch gehalten. Haben sie alle.

Sie hat gedacht, dass er ein bisschen menschlicher wird, wenn wir Kinder haben. Als das nicht geschah, hat sie gesagt: ›Mit dem Mann stimmt was nicht. Er hätte dich nicht heiraten dürfen.‹ Sie wollte, dass ich es dem Priester sage, und dann doch nicht, weil sie gemeint hat, ich hätte wenigstens ein Dach über dem Kopf, und vielleicht sind Kinderlosigkeit und Bequemlichkeit besser als Armut und ein Haufen schreiender Kinder. Aber er hat keine Seele. Oh, er ist gläubig, immer in der Messe, doch er hat keine Seele, Mrs. Shackleton. Und er erträgt es nicht, angefasst zu werden. Es gab niemanden, dem ich es erzählen konnte, und dann hat es jemand erraten.«

Sie schien überrascht zu sein, dass es jemand erraten hatte, obgleich es zu erwarten gewesen war, wenn sie die Wochenenden mit fremden Männern in Hotels verbrachte. »Warten Sie.« Ich berührte ihre Hand, ehe sie mehr sagen konnte. Ich war nicht hier, um über ihre Ehe zu reden, sondern wollte sie mitnehmen zur Befragung. Aber ich hätte ihr gleich sagen müssen, dass Fitzpatrick tot war. Und ich wollte nichts von Joseph Barnard hören, dem Mann, der es erraten hatte.

»Es gibt etwas, das Sie wissen müssen. Ich muss Sie mit zurück nach Leeds nehmen, damit Sie Ihre Aussage bei dem Polizisten machen, der im Mord an Mr. Runcie ermittelt.«

»Ich habe doch gesagt, dass ich nichts von einem Mord weiß. Ich schwöre bei Gott.«

»Dann erzählen Sie mir, was Sie wissen.«

In dem Moment waren Schritte im Flur zu hören. Deirdre ging zur Tür und schloss sie. Als sie sich wieder hinsetzte, erklärte sie: »Mr. Runcie war tot, als ich aufgewacht bin. Ich habe es nicht gleich erkannt, weil ich so angeschlagen war. Den Abend vorher hatte ich zu viel getrunken, denn ich wollte nicht bei Sinnen sein, wenn er ins Bett kam. Mir war klar, wie er sein würde. An dem Morgen bin ich ins Bad, um Wasser zu trinken und mir das Gesicht zu waschen. Ich habe gedacht, ich bleibe im Bad und komme erst raus, wenn das Zimmermädchen klopft, um schnell wieder ins Bett zu huschen. Dann ist mir eingefallen, dass ich die Nackenrolle in der Bettmitte gelassen hatte und sie wieder zurücklegen musste, damit wir uns richtig aufsetzen können. Erst als ich die hochgenommen und ihn angesehen habe, habe ich begriffen, dass etwas nicht stimmt.«

Ich erinnerte mich, wie ich mit Marcus in das Zimmer gegangen war und ihn gefragt hatte, warum die Nackenrolle auf dem Boden lag. Sie sagte die Wahrheit, dessen war ich mir sicher.

»Warum haben Sie niemanden gerufen?«

»Was denken Sie denn? Ich wusste nicht, was mit ihm war, ob er einen Schlaganfall, eine Herzattacke oder irgendwas anderes hatte. Ich wollte einfach nur da weg.«

»Sie haben Ihr Kleid und Ihre Schuhe zurückgelassen.«

»Weiß ich. Das Kleid hatte ich nur zweimal angehabt.«

Mich überkam ein Anflug von Verzweiflung. Deirdre hatte keine Vorstellung, wie ernst ihre Lage war. Marcus, sein Sergeant und sogar Sykes würden sie alle verteufeln.

Es war erst wenige Monate her, dass Edith Thompson gehängt worden war, und nicht, weil sie die Komplizin ihres Geliebten bei der Ermordung ihres Ehemannes gewesen war, sondern, weil die Geschworenen sie für eine unmoralische, eitle und widersprüchliche Frau hielten.

»Es gibt etwas, das Sie über Ihren Mann wissen müssen.«

Sie schloss die Augen. »Ich gehe nicht zu ihm zurück. Ich habe gesehen, dass er sich den Fuß verletzt hat, aber ich gehe trotzdem nicht wieder zu ihm.«

»Er hatte einen Unfall bei der Arbeit, sich einen Setzkasten auf den Fuß fallen lassen. Deshalb hat er Krücken gebraucht, und ich denke, er hatte sich schon recht gut an sie gewöhnt.«

Etwas an meiner Stimme ließ sie aufmerken, und sie blickte mich fragend an.

»Nachdem er Sie auf dem Friedhof gesehen hat und Eddie ihn davon abhielt, zu Ihnen zu gehen, ist Mr. Fitzpatrick zum Grab seiner Eltern gehumpelt. Da ist er gestürzt. Ich habe ihn gefunden, mit blutigem Kopf auf dem Stein. Es tut mir leid, aber er ist an der Verletzung gestorben.«

»O Gott, armer Fitz! Armer, erbärmlicher Fitz.« Sie wiegte sich vor und zurück, die Arme vor der Brust verschränkt und die Augen geschlossen. »Ist das nicht typisch für ihn? So ordentlich, so anständig. Geht auf den Friedhof, um zu sterben.«

»Ist hier drinnen Brandy erlaubt?« Ich holte Geralds Flachmann aus meiner Tasche, schraubte den Deckel ab und reichte ihn ihr.

Sie schnupperte und schüttelte den Kopf. »Das kann ich nicht pur trinken.«

Also goss ich einen großzügigen Schluck in die Limonade, die ich noch im Becher hatte, und gab ihr das.

Während ich zusah, wie sie trank, dachte ich daran, wie günstig es war, dass Fitzpatrick nicht mehr lebte, und wie leicht es für ihren Onkel Jimmy oder ihren Verehrer Eddie gewesen wäre, Fitzpatrick die Krücken wegzuschlagen und ihn zu Fall zu bringen.

Sie leerte den Tonbecher und stellte ihn hin. »Eine Annullierung hätte ihm das Herz gebrochen.«

Lieber ein gebrochenes Herz als ein gebrochener Schädel. »Kommen Sie, Mrs. Fitzpatrick. Wir müssen den Zug erwischen.«

Dreißig

Schweigend reisten wir von York zurück. Als wir in Leeds ausstiegen, wusste ich immer noch nicht, wohin ich Deirdre bringen sollte. Die offensichtliche Wahl wären die Räume, die Scotland Yard im *Metropole* genommen hatte. Sie wären besser, als Deirdre direkt zum CID zu bringen. Bei akuter Unentschlossenheit ist das Café im Bahnhof immer eine gute Wahl. Wir fanden einen Tisch weit entfernt von der Tür, damit Deirdre nicht so leicht aufspringen und weglaufen konnte.

Als die Bedienung kam, bestellte ich eine Kanne Tee für zwei und zweimal Rührei und Pommes frites.

»Haben Sie eine Zigarette?«, fragte Deirdre.

Ich hatte zwei Craven A. Ein Mann an einem Tisch in der Nähe überschlug sich förmlich, uns Feuer zu geben.

Deirdre nahm einen tiefen Zug. »Was passiert jetzt?«

»Das hängt von Ihnen ab. Wenn Sie versprechen zu bleiben, bringe ich Sie nach Hause und telegrafiere, dass Sie dort sind und Fragen beantworten. Falls Sie versuchen zu fliehen, bitte ich die Bedienung jetzt, die Bahnhofspolizei zu rufen.«

»Bevor ich meine Eier und Pommes hatte?«

»Nein, so herzlos bin ich nicht.«

»Wo sollte ich denn hin?«

»Sicher fiele Ihnen da etwas ein. Wenn Sie in Ihr altes Viertel, The Bank, zurückgehen, sind da Dutzende Freunde und Verwandte, die Sie bereitwillig verstecken. Ihre alte Flamme Eddie stünde ganz oben auf der Liste.«

»Ich habe mein Leben schon genug vermasselt, ohne dass

ich zurückgehe und mich mit Leuten zusammentue, die mich zwar lieben, aber keinen Penny haben. Ich möchte nach Hause und in meinem eigenen Bett schlafen.«

Der Tee, Brot und Butter wurden als Erstes serviert. Ich ließ Deirdre einschenken, da ich einen Bahnhofspolizisten auf Streife sah. Ich nahm eine Visitenkarte aus meiner Tasche, schrieb Marcus' Namen und Dienstgrad darauf und die Nachricht, dass Mrs. F. um sechs Uhr »zu Hause« sei. Der Polizist gab sich angemessen beeindruckt angesichts Marcus' Dienstgrad und ging sofort in sein Büro, um zu telefonieren.

Bis sechs Uhr würde Deirdre genügend Zeit haben, sich an den Gedanken zu gewöhnen, dass sie anfangen musste, die Wahrheit zu sagen. Natürlich würde es ihr auch erlauben, sich ein überzeugendes Märchen auszudenken, aber das Risiko musste ich eingehen.

Deirdre gab reichlich braune Sauce auf ihre Pommes frites. »Wer hat Sie geschickt, nach mir zu suchen?«

»Wenn ich Ihnen eine Frage beantworte, beantworten Sie mir dann auch eine?«

»Einverstanden.«

»Ihr Mann, Ihr Bruder und Eddie sind zusammen zu mir gekommen. Und die Polizei sucht nach Ihnen. Ich habe dem zuständigen Chief Inspector gesagt, dass ich mich nach Kräften bemühen würde, Sie zu finden.«

»Der arme Fitz hat Sie gebeten, mich zu suchen.« Sie spielte mit einer Pommes, tunkte sie in das Ei. »Letzten Sonntag, nachdem Mam gestorben war, konnte ich ihn nicht sehen. Mein Leben wäre so anders gewesen, hätte ich jemand anders geheiratet. Ich bin da blind reingetappt. Als wir geheiratet haben, wollte ich, dass Mam kommt und bei uns wohnt, aber Fitz hat Nein gesagt. Er hat nachgegeben, als sie krank geworden ist, doch da konnte sie ihn schon nicht mehr leiden und wollte nicht. Ich stand immer zwischen den beiden, war hin- und hergerissen.«

»Aber zumindest ist er letzten Sonntag mit Ihnen zu ihr gefahren.«

»Er wollte es unbedingt, um ihr zu zeigen, dass zwischen uns alles gut ist.«

»Und das war es nicht.«

»Nein. Ich hätte ihn nie heiraten dürfen. Was mit ihm passiert ist, ist ein Urteil über mich, meine Strafe.«

»Es war ein Unfall. Ein schrecklicher Unfall.« Der vielleicht nicht geschehen wäre, wäre er nicht so erschöpft und ungeschickt gewesen, sich etwas auf den Fuß fallen zu lassen. Nur deshalb hatte er an Krücken gehen müssen. Das würde Deirdre bald genug denken. »Warum haben Sie ihn geheiratet?«

Sie schüttelte den Kopf. »Das weiß ich nicht mehr genau. Bis dahin war es zwischen Eddie und mir vorbei. Oh, er war ein toller Tänzer und ein Spitzenboxer. Bei dem armen Jungen war im Oberstübchen nicht viel los, und er hat weitergeboxt, als er längst hätte aufhören sollen. Als sie ihn aus dem Krieg nach Hause geschickt haben, war mit ihm nichts mehr anzufangen. Er hat immer nur an das eine gedacht. Wäre ich bei Eddie geblieben, hätte ich ein Leben wie Mam, acht oder mehr Kinder in einer Wohnung voller Ungeziefer, wo die Ratten durch den Kamin kommen und die Flöhe an der Wand kleben.«

»Acht? Ich dachte, es gibt nur Sie und Ihren Bruder?«

»Zwei lebende, sechs tote. Und das sind die, von denen ich weiß. Manchmal denke ich, dass auch Mam nicht mehr mitgezählt hat.«

Wir aßen auf, und Deirdre wischte ihren Teller mit einem Brotkanten sauber. »Fitz hat es gehasst, wenn ich das gemacht habe. Er hat gesagt, das stinkt nach Armut.«

»Waren Sie jemals glücklich mit ihm?«

»Er war freundlich. Und er wollte nur das Beste für mich.«

Es klang wie ein Nein.

»Deirdre, wie haben Sie Mr. Lansbury kennengelernt, den Anwalt?«

Sie kaute und schluckte den Brotkanten. »Woher wissen Sie von ihm?«

»Tue ich eben. Sie sind zu ihm gegangen, um sich die ›Aufträge‹ zu holen, wie Sie es wohl nennen würden. Einige sind bekannt, andere nicht.«

»Hat Fitz es gewusst?«

»Nein.«

Sie atmete erleichtert auf. »Gott sei Dank. Ich musste etwas tun. Ich habe Geld gebraucht für Mam und für mich, als ich endlich den Mut aufgebracht habe, Fitz zu verlassen.«

»Und wie haben Sie Mr. Lansbury kennengelernt?«

»Ich war mit meiner Freundin Rita in der Varieties-Bar und habe gehört, wie er mit einem anderen Mann geredet hat. Wir sind ins Gespräch gekommen. Sie haben versucht, uns aufzugabeln, und dann hat mir Mr. Lansbury seine Karte gegeben. Es war nie irgendwas zwischen uns, aber ich habe ihn um Rat gefragt, was mich und Fitz betrifft. Es hat so gutgetan, mit jemandem zu reden, der alles so kühl betrachtet und gedacht hat, man könnte etwas machen. Er hat gesagt, dass ich eine Annullierung beantragen kann, und dabei ist er Protestant. Doch ich habe ja gewusst, egal, was passiert, ich würde Geld brauchen. Und da hat er vorgeschlagen, wie ich mir welches verdienen könnte. Aber ich werde die Männer nicht verraten. Das wäre unfair. Und ich werde auch Mr. Lansbury nicht verraten.«

Mich rührte, dass sie glaubte, sie würde ihn nicht verraten, wenn sie es mir erzählte.

»Deirdre, bei der Suche nach Ihnen und in meinen Gesprächen mit Leuten kam mir der Gedanke, dass auch Erpressung im Spiel sein könnte.«

»Erpressung?«

»Ja. Wenn jemand fürchtet, dass etwas publik werden könnte, und für Schweigen bezahlt.«

»Ich weiß, was Erpressung ist. Aber wer soll jemanden erpresst haben?«

»Weiß ich nicht. Deshalb frage ich. Hatten Sie jemals das Gefühl, dass jemand erpresst werden könnte?« Ich wollte »Mr. Lansbury« sagen, bremste mich jedoch, denn ich durfte sie nicht auf irgendwelche Ideen bringen.

»Falls da so etwas war, habe ich nichts davon gewusst.«

Die Kellnerin räumte unsere Teller und Tassen ab, sodass ein leerer, abgewischter Tisch blieb und mein Dilemma, dass Deirdre glaubte, was sie mir sagte, bliebe unter uns, als wäre ich ihre Freundin Rita. Ich war unsicher, wie ich damit umgehen sollte, also bestellte ich uns zwei Sahnestücke und noch eine Kanne Tee.

»Erzählen Sie mir, was im *Metropole* mit Mr. Runcie war.«

»Das habe ich Ihnen doch schon gesagt.«

»Ich meine vorher, als Sie ihn dort getroffen haben.«

Sie senkte den Kopf und wickelte eine Haarsträhne mit dem Finger auf. »Ach, Jesus, Maria und Josef, das ist wie ein Traum von jemand anders. Ich mochte ihn gleich nicht, weil er arrogant war und versucht hat, mich betrunken zu machen. Aber ich habe trotzdem mehr als sonst getrunken, wie ich schon gesagt habe. Dann wollte er jemanden von der Bar zu uns an den Tisch einladen.«

»Haben Sie gesehen, wer der Mann war?«

»Nein! Wollte ich gar nicht. Es war meine Chance zu verschwinden. Ich habe nach unten gesehen und bin direkt zur Treppe. Und ich war mit dem Rücken zu ihm. Ich musste aufpassen, mich am Treppengeländer festzuhalten, weil ich so viel getrunken hatte. Nie wieder! Mir war so schlecht.«

Es waren die Kleinigkeiten, die sie für mich glaubwürdig machten, wie die Erwähnung, dass sie sich am Geländer festhalten musste.

»Am nächsten Morgen lag er tot da. Warum hätte ich denn bleiben sollen? Er hat mir nichts bedeutet und hatte nichts mit mir zu tun. Ich konnte doch nicht wissen, ob er nicht an seiner eigenen Widerlichkeit gestorben war. Und ich wollte einfach nur da weg und dachte, sogar Fitz ist besser als das hier. Wir würden es wieder hinbekommen. Und ich bin nach Hause gelaufen.«

»Aber das Gefühl, dass Sie bei Fitz bleiben sollten, hielt nicht an.«

»Es hat gehalten, bis Mammy gestorben ist. Da hat er so sauber und ordentlich an ihrem Bett in dem sterilen Zimmer gestanden, und alles hat sich leer angefühlt. Ich habe ihn nach Hause geschickt, damit ich noch mit ihr allein sein konnte. Wenn man mit Chaos, Lärm und einem grausamen Schicksal aufgewachsen ist, scheint es gut, sich wegzuducken und einfach durchzuhalten. Aber bei Fitz war nichts. Nichts. Armer Fitz.«

Sie saß ganz still und gefasst da. In dem Kloster hatte sie unendlich traurig gewirkt, doch dies war anders, tiefer. Dies war Trauer.

Ich bat die Kellnerin, die Sahnestücke einzupacken, um sie mit nach Kirkstall zu nehmen.

In der Bahnhofshalle zögerte ich. Es würde nicht Marcus sein, der um sechs Uhr an die Tür der Fitzpatricks klopfte, sondern der Detective Sergeant, der rothaarige, sommersprossige Sergeant Wilson, der berühmt dafür war, Frauen gut befragen zu können.

Ich malte mir die Szene aus. Er würde Mrs. Fitzpatrick höflich identifizieren, ihr sein Beileid ausdrücken und sie zur Befragung mitnehmen. Vielleicht würde er ihr einen der Schuhe aus dem Hotelkleiderschrank geben und sie bitten, ihn anzuprobieren, als wäre sie ein modernes Aschenputtel. Er würde fragen: Passt er? Ist er bequem? Und nun, da sie in Redelaune war, würde sie antworten: Nicht sehr bequem, aber es ist meiner. Darf ich die Schuhe und das Kleid wiederhaben?

Später würde ich Marcus sehen, und er würde von mir wissen wollen, was sie gesagt hatte.

»Was ist?«, fragte Deirdre.

Ich dachte an Edith Thompson, die sich so selbstsicher gegen den Vorwurf des Mordes verteidigt hatte. »Deirdre, Sie brauchen einen Anwalt.«

Dieser Fall war vollkommen anders als Edith Thompsons. Niemand beschuldigte Deirdre des Mordes. Bisher.

»Bleiben Sie nicht bei mir?«

»Das wäre nicht erlaubt«, antwortete ich.

Sie stöhnte. »Sagen Sie nicht, dass ich das alles noch mal durchgehen und irgendeinem Anwalt erzählen soll.« Plötzlich strahlte sie. »Ich kann Mr. Lansbury fragen.«

»Er wäre nicht die beste Wahl. Überlegen Sie mal. Was er getan hat, war nicht gerade korrekt. Und er wird sich selbst schützen wollen.«

Meine Worte oder meine Haltung verrieten ihr, dass es Schwierigkeiten geben könnte.

»Dann besorge ich mir einen jüdischen Anwalt. Mein Bruder kann jemanden finden.«

»Ich wüsste nicht, wie, da er nur wenige Tage hier war. Und wo bekommen Sie an einem Samstag einen jüdischen Anwalt her. Warum überhaupt jüdisch?«

»Weil ein katholischer mich verachten würde, und einem

protestantischen wäre ich egal. Ich denke, ein Jude hätte Mitgefühl.«

Ich zermarterte mir das Hirn, aber mir fiel keiner ein.

»Der Sportklub«, sagte Deirdre. »Brasher, der Boxtrainer, kennt jeden.«

Ich blickte zur Bahnhofsuhr. Es war beinahe fünf. Wenn wir um sechs nicht in Kirkstall waren, würde Marcus einen Suchtrupp losschicken. »Kommen Sie. Wir nehmen eine Droschke. Wo ist dieser Sportklub?«

Ich hatte recht mit meiner Annahme, dass Detective Sergeant Wilson zur Norman View kommen würde, um Deirdre abzuholen.

Ich ließ ihn herein. »Mrs. Fitzpatrick ist im Wohnzimmer, zusammen mit ihrem Anwalt.«

Mir graute vor meinem Anruf bei Philippa, der ich sagen musste, dass ich zwar die Unbekannte gefunden hatte, die Ermittlungen indes keinen Zentimeter vorangeschritten waren.

Einunddreißig

»Wie macht sie das?«, fragte Sykes, der sich zu mir auf das Sofa im Hotelfoyer setzte. Wir versuchten, uns möglichst unauffällig zu verhalten, um die echten Hotelgäste nicht zu verschrecken, indem wir sie durch unser Auftreten an die laufende Mordermittlung erinnerten. Mir fiel es leicht; Sykes hingegen konnte nichts dagegen tun, dass er immer wie ein Polizist aussah – zumindest in meinen Augen.

»Wie macht wer was?«

»Deirdre Fitzpatrick. Sie erscheint hier nicht bloß mit dem gefürchtetsten Anwalt diesseits der Pennines, der sie als diejenige darstellt, gegen die man sich versündigt hat, nicht als die Sünderin. Nein, es kommen auch noch zwei Priester und sechs Nonnen, vier in Schwarz, zwei in Braun, die für sie bürgen, sich als Begleitperson anbieten und darauf bestehen, dass sie nach all ihren Torturen kurz vorm Zusammenbruch ist. Wo bleibt der Bischof? Warum ist der Papst nicht hier? Anscheinend hat sie vor, ins Kloster zu gehen. Wie lange dauert es wohl, bis sie heiliggesprochen wird?«

»Beruhigen Sie sich, Mr. Sykes. Die Leute sehen schon her.« Es war Zeit zu gehen, bevor wir rausgeworfen wurden. »Kommen Sie, ich brauche frische Luft. Und ich würde gern mal auf Ihrem Motorrad mitfahren.« Ich war mit Sergeant Wilson in die Stadt gekommen, während Deirdre mit ihrem Anwalt hergefahren war.

»Wohin wollen Sie?«, fragte Sykes.

»Das erzähle ich Ihnen, wenn Sie sich beruhigen.«

Um den Haupteingang zu meiden, gingen wir durch den Korridor zur Seitentür, wo der Eingang zum Tabakgeschäft und der zum Hutladen waren. Beide Geschäfte hatten noch geöffnet. Sykes murmelte, dass er eine kleine Zigarre kaufen wolle, und betrat den Tabakladen. Also beschloss ich, Madam Estelle zu sagen, wie zufrieden ich mit dem Hut war, den sie mir am Tag des Pferderennens verkauft hatte.

Sie packte für den Feierabend zusammen, war aber entzückt, mich zu sehen. »Sie waren in solcher Eile letzte Woche, dass wir gar keine Gelegenheit hatten, uns zu unterhalten. Sind Sie zufrieden mit dem Hut?«

»Er ist perfekt und hat mir sogar Glück gebracht. Ich hatte auf den Gewinner gewettet.«

Madam Estelle klatschte in die Hände. »Da sehen Sie es! Manche Leute behaupten, das Glück beim Pferderennen hängt von der Breite der Hutkrempe ab. Offensichtlich stimmt es nicht. Die Qualität des Hutes entscheidet, ob mit Krempe oder ohne.« Sie zog den Vorhang vor den Regalen mit ihren Beständen auf, griff nach einer kleinen Hutschachtel und öffnete sie schwungvoll. Dann hob sie einen Seidenturban in Cremeweiß und Braun heraus, den eine kaffeefarbene Blume zierte.

»Der ist bezaubernd.«

Sie reichte ihn mir. »Probieren Sie ihn an. Ich habe ihn selbst entworfen, und in dem Augenblick, in dem er fertig war, dachte ich: Das ist Mrs. Shackleton durch und durch.« Madam Estelle ging zur Rückseite des Ladens und verriegelte die Türen, die ins Hotel führten. »Ich habe jede Menge Hotelgäste, die sofort zugreifen würden, aber die habe ich ihn nicht mal ansehen lassen. Und glauben Sie mir, nach den Ausgaben diese Woche war ich versucht, ihm einen Ehrenplatz im Fenster zu geben.«

Ich nahm meinen Hut auf und legte ihn hin. »Was für Ausgaben?«

»Ach, natürlich wissen Sie es nicht. Ich habe Sie ja seit dem Tag des Rennens nicht gesehen. Ich musste ein neues Schloss einbauen lassen.« Sie nickte zur Ladentür. »Zwei neue Schlösser, um auf Nummer sicher zu gehen.«

»Was ist passiert?«

»Na, hier wurde eingebrochen! Ich scherzte schon mit dem Bobby, dass es ein alleinstehender Mann gewesen sein muss, sonst hätte er einen Hut für seine Frau mitgenommen. Zum Glück verwahre ich hier kein Geld, obwohl die Kassenschublade rausgerissen wurde. Na, lassen Sie mal sehen, wie er Ihnen steht!«

Ich stellte den Turbanhut auf den Tresen. »Wann war der Einbruch?«

»Am Samstag in den frühen Morgenstunden.« Sie wartete, dass ich den Hut aufsetzte. »Ich weiß, dass Sie sich in ihn verlieben werden.« Sie drehte das Türschild auf *Geschlossen.*

»Haben Sie den Einbruch gemeldet?«

»Ja, meiner Versicherung. Constable Millen hat hier alles gesichert und nach einem Schlosser geschickt. Es steht alles in Mr. Millens Notizbuch.« Sie kam allmählich in Fahrt. »Wir haben ja schon mal Landstreicher, die hier in die Seitenstraße kommen. Die Wärme aus den Lüftungsschächten des Hotels lockt sie an, und sie machen es sich hier im Eingang bequem.«

Ich sah durchs Fenster zu Sykes, der seine Zigarre paffte. »Ich bitte Mr. Sykes herein.«

»Möchten Sie ihm den Hut zeigen?«

»Nein, ich möchte, dass Sie ihm schildern, was Sie mir eben von dem Einbruch erzählt haben.«

»Ach, ist schon gut. Seitdem hatte ich keinen Ärger mehr.«

Ich öffnete die Tür. »Mr. Sykes, in Madam Estelles Geschäft ist eingebrochen worden, am Samstag in den frühen Morgenstunden.«

Sykes betrat das Geschäft. »Wurde etwas gestohlen?«

»Die Kassenschublade war herausgerissen, aber die war leer.« Madam Estelle schürzte die Lippen. »Tut mir leid, doch Zigarrenrauch zieht sehr in Hutmaterialien ein, in Filz und Stroh, wenn Sie verstehen.«

Sykes entschuldigte sich sofort und verließ den Laden.

Madam Estelle nahm ihr Verkaufsgespräch wieder auf. »Nun, probieren Sie den Hut an?«

»Er ist wunderschön. Könnten Sie ihn mir bis nächste Woche zurücklegen? Dann komme ich wieder und schaue, ob er mir steht.«

Sie rümpfte die Nase. »Natürlich. Allerdings kann ich nichts versprechen. Ich kann meiner Verkäuferin immer wieder sagen, rühren Sie das nicht an, stellen Sie dies nicht hin, aber sie tut es doch. Sie könnten eine Anzahlung leisten.«

»Ich werde wiederkommen. Jetzt habe ich nur etwas zu erledigen. Entschuldigen Sie.«

Ich ging zu Sykes in die Seitenstraße. Wenig später wurde die Türjalousie sehr energisch heruntergelassen.

Meine erste Motorradfahrt würde warten müssen.

»Mr. Sykes, hat dieser Einbruch seinen Weg ins Dienstbuch der Morduntersuchung gefunden? Anscheinend hat PC Millen ihn gemeldet und sich um den Austausch des Schlosses gekümmert.«

Sykes schüttelte den Kopf. »Ich habe nichts gesehen. Der Einbrecher könnte ins Hotel durchgegangen sein.«

»Genau. Dazu müsste er zwei Riegel zur Seite schieben, weiter nichts. Und die herausgezogene Kassenschublade ließ es wie einen versuchten Einbruchdiebstahl aussehen.«

Er drückte die Zigarre aus. »Wie konnte das übersehen werden?«

»Weiß ich nicht. Sie sind der Special Constable mit Zugang

zu Sergeant Wilson und seinem Ermittlungsbuch. Sagen Sie es mir.«

»Die ersticken da oben in Papierkram, und das ohne die Berge beim CID zu Mr. Runcies Geschäften in der Bank und all seinen dubiosen Projekten.«

Wir kehrten durch das Tabakgeschäft ins Hotel zurück. »Mr. Sykes, nachdem Sie mit Wilson gesprochen haben, sollten wir wieder versuchen, einen Schritt voraus zu sein. Sehen Sie mal, ob Sie mit diesem PC Millen reden können, der den Einbruch gemeldet hat. Kommen Sie heute Abend zu mir und berichten Sie, was Sie erfahren haben – egal, wie spät es wird.«

Sykes nickte. Dann ging er eilig auf die Treppe zu und nach oben.

Für mich war es Zeit, Anthony Hartigan und Eddie Flanagan zu sagen, dass ich Deirdre gefunden hatte. Es würde keinem der beiden gefallen, dass sie nun von der Polizei befragt wurde.

Am Empfang erkundigte ich mich, wann Mr. Hartigan abreisen würde. Morgen früh, lautete die Antwort.

Ich bat um Papier und einen Umschlag. Sehr knapp teilte ich ihm mit, dass seine Schwester wohlauf und in Sicherheit war, und nannte ihm den Namen ihres Anwalts.

Ein Hotelpage brachte Mr. Hartigan die Nachricht auf sein Zimmer, wobei er sich fraglos ein besseres Trinkgeld als meine Sixpence erhofft hatte.

Als der Page nach oben verschwunden war, verließ ich das Hotel. Ich hatte Deirdre versprochen, ihre Tanten zu informieren, wünschte mir jetzt jedoch, ich hätte ihr gesagt, dass sie ihnen ein Telegramm schicken sollte. Die gemeinsame Motorradfahrt mit Sykes fiel aus, also machte ich mich zu Fuß auf den Weg nach The Bank, um die gute Neuigkeit zu überbringen, dass es ihrer Nichte gut ging. Ich haderte jedoch mit mir, ob ich den Anwalt, die Entourage der Kleriker und die Tatsache erwähnen sollte, dass Deirdre der Polizei bei ihren Ermittlungen half. Denn das würde die schlechte Neuigkeit sein. Wo ich den treuen Eddie Flanagan fand, wusste ich nicht, war mir allerdings sicher, dass die Tanten ihm die Nachricht zukommen lassen konnten.

Glücklicherweise war es ein heller Abend, und ich bemühte mich, mich an den Weg durch das Straßenlabyrinth zu erinnern, auf dem ich Deirdre am Donnerstagmorgen gefolgt war. Viele der Fabrikschornsteine hatten mittags aufgehört zu rauchen, sodass sich der schlimmste Nebel aufgeklart hatte. Dieser Teil der Stadt ist deprimierend, was andererseits auf so vieles hier zutrifft. Die Leute leben in den elendsten Behausungen und haben nichts. Ich hielt den Blick nach vorn gerichtet und marschierte zur Cotton Street.

Erst als ich die Orientierung verlor, fiel mir ein, dass die Polizei entweder einen großen Bogen um diese Gegend machte oder nur zu zweit hineinging. In der East Street kam ich an einer Gruppe abgerissener Männer an einer Hausecke vorbei und wollte am liebsten umkehren. Hier gab es kleine Pubs, nicht größer als ein paar zusammengelegte Zimmer, und Männer standen draußen, tranken und äußerten Bemerkungen in meine Richtung. Doch Umkehren liegt mir nicht, vor allem nicht, wenn ich Publikum habe.

Aus dem Nichts rempelte mich jemand an und griff sich meine Tasche. Ich brüllte, drehte mich um und lief ihm nach, doch plötzlich ging der Junge zu Boden, da er einen kräftigen Hieb kassiert hatte. Dann wurde mir meine Tasche von Eddie, dem ehemaligen Boxer, zurückgegeben.

»Sie sollten hier nicht allein unterwegs sein.«

»Ich weiß. Das war dumm von mir.«

»Ich bin im *Black Dog* gewesen, und da hat jemand gesagt,

dass eine vornehme Schnepfe hier rumläuft. Ich dachte mir gleich, dass Sie das sein müssen.«

Ich hängte mir meine Tasche über die Schulter. »Tja, Sie hatten recht.«

»Sie mögen ja klug sein, doch Sie haben keinen Verstand. Ich habe auch keinen Verstand mehr, aber ich habe die hier.« Er ballte und lockerte die Fäuste, wobei er sie betrachtete, als gehörten sie jemand anders.

»Ich wollte den Tanten von Deirdre erzählen und Ihnen auch, weil Sie mich gebeten haben, sie zu suchen.«

Seine Züge verfinsterten sich vor Sorge. »Wo ist sie?«

»Sie war im Kloster, wie Sie wahrscheinlich schon vermuteten. Ich glaube, Sie haben sie bei der Beerdigung gesehen.«

Er nickte.

»Sie weiß, dass ihr Mann tot ist, und wollte nach Hause.«

»In die Norman View?«

»Ja. Doch im Moment redet sie noch mit der Polizei.«

Er schwankte, als hätte er einen Schlag auf den Solarplexus bekommen, und schloss die Augen.

»Das musste sein, Mr. Flanagan. Sie hat einen Anwalt, einen Mr. Cohen, vermittelt von jemandem, den Sie wahrscheinlich kennen, Mr. Brasher.«

Er nickte.

»Ich habe ihrem Bruder eine Nachricht im Hotel gelassen. Er will morgen nach Southampton abreisen. Deshalb bin ich hergekommen, um Sie und die Tanten wissen zu lassen, dass Sie sich keine Sorgen machen müssen.«

»Was werden die mit ihr machen?«

»Etwas sagt mir, dass Deirdre unversehrt aus dieser Geschichte herauskommen wird.«

Wieder nickte er und lächelte sogar. »Die Tanten können noch ein bisschen warten. Ich begleite Sie zurück.«

Zweiunddreißig

Sykes fragte bei Wilson nach. Es hatte eine Woche gedauert, bis die Information über den Einbruch im Hutgeschäft von der uniformierten Polizei zum CID durchdrang und von dort zur Mordermittlung fand. Sergeant Wilson ging Madam Estelle befragen.

Sykes würde weder sein Motorrad noch seine Position als Special Constable behalten. Sobald er Anthony Hartigan morgen sicher zum Zug nach Southampton gebracht hätte, würden seine Dienste als Constable nicht länger benötigt. Danach würde es der Bahnhofspolizei oder wem auch immer überlassen sein, den der Chief Inspector beauftragte.

Er beschloss, die letzten offiziellen Stunden bestmöglich zu nutzen. Sykes kannte die Streife im City Centre und deren Schichten. PC Millen wäre jetzt auf Streife. Die Frage war, wo mochte er gerade sein? Sykes fuhr zum einen Ende der Innenstadt oben bei der Kaserne und von dort zur North Street. Langsam tuckerte er durch die Straßen und hielt Ausschau nach dem korpulenten Constable. Schließlich erwischte er Millen am City Square unter den wachsamen Augen des Black Prince.

Sykes rief ihm zu. »Mr. Millen! Jim Sykes.«

Die Männer kannten sich vom Sehen und nickten einander zu.

Sykes teilte ihm mit, dass er mit einer Vorladung rechnen müsse. »Ich dachte, Sie wären gern vorgewarnt. Ihr Bericht über den Einbruch im Hutgeschäft ist eben erst bis zur Mordermittlung durchgedrungen. Der Sergeant wird mit Ihnen reden wollen.«

Nach zwei Minuten mit ihm wusste Sykes genau, wie es zu der schleppenden Übermittlung der Information gekommen war.

Millen kochte. Wenn das CID unbedingt oberkluge Lackaffen einstellen musste, die keine Ahnung hatten, dass *Estelles Hüte für die anspruchsvolle Dame* einen Teil des Hotels *Metropole* bildete, dann war das deren Fehler, nicht seiner.

»Ich werde einen Teufel tun, mir das in die Schuhe schieben zu lassen. Hätten sie mich im CID, anstatt meine Streifenrunden zu verdoppeln und es auf Sparmaßnahmen zu schieben, wäre es meine Sache gewesen, diese Verbindung gleich zu erkennen, und das hätte ich auch.«

»Die Besitzerin des Hutgeschäftes spricht sehr gut von Ihnen. Sie sind ein Mann, der gewissenhaft seine Arbeit macht.«

Dieses Lob von einem Kollegen war Balsam für PC Millens Seele. Die beiden Männer zogen sich zu einer kurzen Unterhaltung in den Eingang des Postamtes zurück.

»Die Leute auf meiner Streife schätzen mich. Das Gleiche kann ich von den hohen Herren nicht behaupten.«

»Wem sagen Sie das?«, gab Sykes seufzend zurück. »Bei mir gab es früher manche, denen meine Nase nicht gepasst hat. Ich bewundere, dass Sie das durchhalten.«

»Tja, ich muss an meine Familie denken.«

Sie wechselten einige Worte über ihre Kinder.

»Ich bin als Special Constable auf Zeit verpflichtet«, sagte Sykes. »Deshalb weiß ich, wie es ist, wenn man von allem höchstens die Hälfte erfährt. Wie Miss Estelle erzählt, haben Sie weit mehr als Ihre Pflicht getan.«

Das erfreute den Constable. »Sie ist eine nette Dame und wird sich gewiss für mich einsetzen. Irgendwelche jungen Burschen, die nichts als Blödsinn im Kopf hatten, habe ich zuerst gedacht. Die Verbindungstür zum Hotel war verriegelt, und es war nichts gestohlen oder beschädigt worden.«

»Als Nächstes wird man von Ihnen wissen wollen, wer sich in welchen Ladeneingängen aufs Ohr haut.«

Der Constable tippte sich an die Nase. »Da ziehe ich mal meine eigenen Erkundigungen ein.«

»Wissen Sie, was?«, bemerkte Sykes vertraulich. »Lassen Sie mich Ihnen helfen. Bei so einem großen Revier können Sie nicht jedem Landstreicher hinterherjagen, der vielleicht was sagen kann. Und wenn ich irgendwas erfahre, hören Sie es als Erster.«

»Ganz ehrlich?«

Sykes reichte ihm die Hand.

Der Constable schüttelte sie. »Aber ich weiß nicht. Der Bursche, den ich im Sinn habe, hätte nichts mit einem versuchten Einbruchdiebstahl am Hut, von Mord ganz zu schweigen. Wenn die vom CID seinen Namen erfahren, werfen die ihn in eine Zelle im Rathauskeller, und das würde er nicht überleben.«

»Wahrscheinlich war er gar nicht dort, doch wenn er es war und etwas oder jemanden gesehen hat, wäre es Ihr Verdienst. Es ist Ihnen überlassen, wohin diese Information geht.«

Millen dachte einen Moment nach. »Es gibt zwei Burschen, die manchmal da unten pennen. Einer von ihnen ist im Spital und pfeift aus dem letzten Loch. Von dem anderen kenne ich nur den Vornamen, Charley.«

»Wie alt? Wie sieht er aus?«

»Ungefähr vierzig, bemüht sich richtig, sich sauber zu halten. Hat einen schlimmen Husten, keine nennenswerte Kraft mehr in der Lunge. Er ist dünn, etwa so groß wie Sie, Mr. Sykes, aber krumm. Redet nicht wie einer von hier. Ich glaube, er ist von irgendwo aus der Gegend von Barnsley, näselt ein bisschen.«

»Wo kann ich ihn am ehesten finden?«

»Versuchen Sie es bei der Heilsarmee oder der Obdachlosenunterkunft in der St. Peter's Street.«

In der Unterkunft in der St. Peter's Street wurde Sykes nicht fündig. Die Aufsicht dort meinte, dass ein Charley, auf den die Beschreibung passte, vermutlich unter der Brücke schlief, wie Millen bereits gesagt hatte. Sykes ging hin und schaute sich um, aber noch war es zu früh, dass sich irgendwer für die Nacht hinlegte.

Als er die Unterkunft der Heilsarmee betrat, hörte er im Geiste sofort einen Reim, den sie als Kinder immer aufgesagt hatten.

Die Heilsarmee ist so ein braver Verein.
In 'nem Fleischtopf kommen die in den Himmel rein.
Ist der Topf zu klein und gibt unten nach,
plumpsen sie dem Teufel ins Feuer, o weh und ach!

Denk nicht daran, ermahnte Sykes sich. Das sind gute Leute. Wo sollten die armen Seelen sonst die Nacht verbringen? Sykes blickte in den Gemeinschaftsraum, wo Männer an langen Tischen saßen, jeder mit einer Schale Suppe und einem Kanten Brot vor sich.

Sykes kannte den Leiter, Eric Wrigg. Es zahlte sich immer aus, nett zu Leuten zu sein. Sykes war einmal einem Army-Trompeter bei einer Rauferei zu Hilfe gekommen. Seither war Eric jederzeit bereit, mit ihm zu reden.

»Möchten Sie ein bisschen Suppe, Jim?«

Sykes hätte nichts gegen eine Schale Suppe, aber es wäre

falsch, sie denen wegzuessen, die keine Frau hatten, zu der sie nach Hause gehen konnten. »Nein, danke, ich möchte mit einem Charley reden.«

»Da haben wir gleich ein paar zu bieten.«

»Ungefähr so groß wie wir, dünn, schlimmer Husten, gebeugt.«

Sykes konnte an Wriggs Stimme und seinem Blick erkennen, dass er den Mann kannte. »Was wollen Sie von ihm?«

»Nur eine kleine Information. Er steckt nicht in Schwierigkeiten.«

»Nein, hätte ich auch nicht gedacht. Er ist ein ganz Ruhiger.«

»Ist er hier?«

Es wäre zu schön, um wahr zu sein.

»Ja, ist er, doch er hat sich schon schlafen gelegt. Der arme Kerl ist kaputt.«

»Es wäre aber wirklich wichtig, dass ich mit ihm rede.«

»Ich gehe mal nach oben und frage. Doch wenn er Nein sagt, ist das ein Nein.«

»Abgemacht.« Sykes wartete. In dem Raum, in dem die Suppe ausgegeben wurde, hob ein klein wenig halbherziger Gesang an.

Eric kehrte zurück. »Hören Sie zu. Sie dürfen mit ihm sprechen, bevor die anderen nach oben gehen. Er will nicht dabei ertappt werden, wie er mit der Polizei redet.«

»Ich bin nicht von der Polizei.«

»So sehen Sie aber aus und hören sich an. Sie sind die Polizei. Oben die erste Tür links.«

Sykes rannte halbwegs die Treppe hinauf. Er war froh, dass er Charley gefunden hatte. Die CID-Männer, ganz besonders der Londoner Trupp, würden ihn so einschüchtern, dass er komplett verstummte. Und sollten sie ihm anlasten, dass die

Ermittlung nicht schnell genug vorangekommen war, möge Gott ihm helfen!

»Charley, ich bin Jim Sykes. Danke, dass Sie mit mir reden.«

»Ich habe nichts gesagt.«

»Sie sind manchmal beim Hotel *Metropole.*«

»Ich habe nix getan. Ich geh da nur hin, um Zündholzer zu verkaufen.«

»Aber jetzt waren Sie schon einige Tage nicht mehr dort. Warum nicht?«

»Hat keinen Grund.«

»Könnte es sein, weil Sie da waren, als jemand in den Hutladen eingebrochen ist?«

Charley schwieg.

»Offen gesagt hoffe ich, dass Sie dort waren. Es ist eine Belohnung auf jeden ausgeschrieben, der bei den Ermittlungen helfen kann, und ich würde mir wünschen, dass Sie sie bekommen.«

»Ich bin kein Spitzel.«

»Der Mann, der da war, wollte keine Hüte klauen. Ein Mann wurde ermordet.«

»Das habe ich gehört.«

»Und Sie können eins und eins zusammenzählen, nicht? Schneller als es die Detectives getan haben.«

Charley lachte heiser. »Ich hätte aus meinen eins und eins noch drei machen können, vielleicht sogar sieben.«

»Warum waren Sie in letzter Zeit nicht mehr dort?«

»Ist zu weit weg von hier. Ich habe ja nicht immer die Puste, es wieder hierher zu schaffen, wo ich ein Bett habe, deshalb bin ich weggeblieben.«

»In den Nächten, in denen Sie da sind und nicht die Puste haben, wieder hierher zurückzukommen, pennen Sie dort, in der Seitengasse, in dem Ladeneingang.«

»Und wenn schon.«

»Charley, bitte, Eric lässt die armen Kerle da unten singen, bis wir fertig sind, also haben Sie ein Herz! Keiner wird es erfahren, und selbst wenn, würden sie Ihnen keine Schuld geben. Wo waren Sie in der Nacht? Haben Sie jemanden gesehen?«

Charley begann zu husten. Es dauerte mehrere Minuten, bis er sich wieder erholt hatte und zu Atem gekommen war. »Ich war da, ja. Und ich habe ihn kommen gehört und bin die Gasse rauf. Ärger rieche ich drei Meilen gegen den Wind.«

»Erzählen Sie weiter.«

»Er hatte ein Motorrad. Das hat er weggeschoben, damit es nicht zu sehen war. Dann ist er zu dem Eingang. Er hatte was dabei, vielleicht ein Brecheisen. Damit hat er die Tür aufgehebelt. Das war alles. Ich bin weg, am anderen Ende aus der Gasse. Es war zu spät, noch ein Bett zu finden.«

Der Mann begann zu keuchen. Sein Atem ging in kurzen Stößen. Sykes öffnete das Fenster, damit er mehr Luft bekam.

»Haben Sie ihn richtig gesehen?«

Nun schien Charley das Reden zu anstrengend zu sein. Er schüttelte den Kopf und antwortete schwach, aber entschieden: »Nein.«

»Schade.«

Charleys Atmung wurde ein wenig regelmäßiger. »Nur, dass er ein großer Kerl war. Und sein Motorrad war eine Zweitakter-Enfield.«

»Sind Sie sicher?«

Charley nickte. Es kostete ihn große Mühe, wieder zu sprechen. »Ich bin die als Kurier im Krieg gefahren.«

Sykes steckte eine Hand in die Tasche und holte eine Schachtel Zigaretten und eine halbe Krone hervor, seine Extras der Woche. »Sie gehören in ein Spital, alter Knabe.«

Der Mann stieß etwas wie ein Lachen aus. »Da geht man

zum Sterben hin. So weit bin ich noch nicht.« Abermals fing er zu husten an. Sein Gesicht rötete sich, als er versuchte, etwas loszuwerden, das nicht kommen wollte.

Sykes erklärte: »Ich war es nicht, der mit Ihnen geredet hat, sondern Constable Millen, und der passt auf Sie auf.«

»Keiner hat mit mir geredet«, erwiderte Charley. »Und ich habe nichts gesagt.«

Dreiunddreißig

Mr. Duffield saß an seinem Schreibtisch im Zeitungsarchiv und gab einem Gehilfen Anweisungen. Als der junge Mann sich hinter Regale weiter hinten zurückgezogen hatte, näherte ich mich dem Schreibtisch. Ich fragte mich, warum Mr. Duffield mich so dringend hergebeten hatte.

Wie üblich gab er sich ruhig und gelassen. Doch da ich ihn gut kannte, ahnte ich, dass er aufgeregt war. Und ich erkannte es an seinem angespannten Lächeln und seinem steifen Gang, als er mir einen Stuhl holte.

Wir hatten uns seit dem Tag, an dem wir den toten Len Diamond gefunden hatten, nicht mehr gesehen. Ich hoffte, dass es andere, angenehmere Begegnungen geben würde, und das bald, um jene entsetzliche gemeinsame Erfahrung zu überdecken.

Mr. Duffield nahm eine Aktenmappe aus seiner Schublade und erklärte, weil es keine näheren Verwandten gab, hätte er die Aufgabe übernommen, in den australischen Zeitungen nach Leonard Diamonds Schwester zu inserieren und auch in hiesigen Zeitungen Anzeigen aufzugeben, falls sich andere Angehörige fanden.

»Was ist mit der Beerdigung?«, fragte ich.

»Wir warten noch auf den Gerichtsmediziner. Er hat die Leiche bisher nicht freigegeben.«

Die Leiche. Das Wort beschwor das schreckliche Bild des armen Len herauf.

Für einen Moment saßen wir schweigend da.

Mr. Duffield schluckte, und Widerwillen schwang in seiner Stimme mit. »Ich hätte gern Ihren Rat, Mrs. Shackleton. Es geht um Leonard Diamonds persönliche Sachen.« Er blickte sich um, ob auch niemand mithörte, obwohl der junge Gehilfe am anderen Ende des Archivs war.

»Meinen Sie die Sachen aus seiner Wohnung?«

»Nein. Dort regelt die Polizei alles. Es betrifft die Arbeit. Dieser junge Assistent, Tom Ashworth, wird Lens Stelle übernehmen. Und natürlich möchte Tom einen Spind für seine Sachen. Da ich am längsten hier bin, hat man mir die Aufsicht über die Spinde übertragen. Len hatte einen im Keller. Deshalb schien der offensichtlich der geeignete für Tom zu sein. Ich habe einen Ersatzschlüssel.« Mr. Duffield schloss eine große Schublade unten links in seinem Schreibtisch auf. »Ich bin hingegangen, um nachzusehen, ob er leer war, und das war er nicht. Sehen Sie sich an, was da drin war. Ich bin mir unsicher, was ich tun soll.«

Mr. Duffield griff in die Schublade und beförderte einen handgestrickten Schal, Handschuhe und eine braune Papiertragetasche mit Henkeln aus Tau heraus. Den Schal und die Handschuhe legte er zur Seite und stellte die Tasche vor mir auf den Tisch. »Hierum geht es.« Er zog die Henkel auseinander, sodass ich einen offenen Umschlag mit zahlreichen Geldscheinen sehen konnte – glatt, weiß und neu. »Ich habe die nicht angefasst, doch ich würde sagen, das sind an die hundert Pfund.«

»Vielleicht hat er Banken nicht vertraut.«

»Sie sehen so sauber aus. Ich habe mit einer Pinzette nach den Nummern gesehen. Die sind aufeinanderfolgend, also sind das keine Ersparnisse, keine fünf Pfund hier und da, die man beiseitelegt und im Spind einschließt.«

Es waren auch lose Fotografien in der Tasche, mindestens ein Dutzend.

»Haben Sie diese Pinzette zur Hand?«

Er nahm eine aus einem Krönungsbecher mit einem Sprung, in dem Stifte steckten. »Hier.«

Eine nach der anderen angelte ich die Fotografien heraus. Mr. Duffield schob mir die Schreibtischunterlage hin, auf der ich die Bilder in Zweierreihen auslegte. Ein Paar saß auf einer Parkbank, der Mann um die sechzig hatte den Arm um eine schlanke, blonde junge Frau gelegt. Eine andere Aufnahme zeigte ein anderes Paar in einem Park, der Mann weißhaarig, seine Begleitung ein junges Mädchen von vielleicht fünfzehn Jahren. Er hatte die Hand unter ihrem Rock. Es waren zwei Fotografien von Deirdre dabei. Auf der einen saß sie am Ufer mit der Kirkstall Abbey im Hintergrund. Auf der nächsten war sie mit Joseph Barnard auf der Leeds Bridge zu sehen. Und hier war Philippa Runcie bei der Jagdgesellschaft. Sie stand mit Lord Fotheringham zusammen, der seine Hand auf ihrem Hintern liegen hatte – eine Übergriffigkeit, für die er bekannt war. Eine andere Aufnahme zeigte Gideon King, Philippas Privatsekretär, mit einem der Treiber bei der Jagd. Sie schienen sich bei den Händen zu halten.

»Was für rührende Aufnahmen!«, bemerkte ich.

»›Rührend‹ ist das richtige Wort, Mrs. Shackleton.« Mr. Duffields Nase zuckte. »Ich würde sagen, einige dieser Fotografien sind kompromittierend.«

Ich brachte nicht über die Lippen, was mir in den Sinn kam.

Mr. Duffield strich sich übers Kinn. »Gibt es eine andere Erklärung als die, an die wir denken, vor allem, da die Aufnahmen alle zusammen aufbewahrt wurden, in einer Tasche mit dem Geld?«

Ich brauchte einen Moment, um mein Bild von Leonard Diamond zu korrigieren. Dies hier würde so vieles erklären: seine Vorliebe für heimliche Aufnahmen, die er perfektioniert hatte; die Auswahl an teuren Kameras und Ausrüstung, die man sich mit dem Gehalt eines Zeitungsfotografen nicht leisten könnte; die Neigung, zu Fotoexpeditionen aufzubrechen, ohne einen Gedanken an die Kosten zu verschwenden. Sprich es laut aus. »Ein Erpresser braucht keinen handfesten Beweis. Er muss lediglich eine Andeutung fallen lassen, nur sagen: ›Sie wurden gesehen.‹ Oder: ›Ich habe eine Fotografie.‹ Leonard Diamond war ein Erpresser.«

»Das kann ich schlecht entkräften«, erwiderte Mr. Duffield. »Es widerstrebt mir, sein Andenken zu beschmutzen. Deshalb suche ich nach einer anderen Erklärung, Mrs. Shackleton.«

»Lassen wir die Polizei das regeln, ja? Wollen Sie das Material an sie weitergeben, oder soll ich das übernehmen?«

»Mir wäre lieber, wenn Sie es tun. Wenn ich mit Len Diamonds Schwester korrespondiere, könnte ich manche Dinge besser auslassen, wenn ich nicht zu sehr involviert bin.«

Langsam nahm ich die Fotografien mit der Pinzette wieder auf und legte sie zurück in die Papiertasche. »Gibt es sonst noch was, Mr. Duffield?«

»Ja, ich habe noch etwas in dem Spind gelassen. Das war ein weiterer Grund, weshalb ich Sie sehen wollte. Tom kommt später rein und wird sehen wollen, ob der Spind wie versprochen für ihn bereitsteht. Würden Sie mit mir in den Keller kommen?«

Mein Herz schlug schneller, was wohl dem Gedanken geschuldet war, dass ich mir ansehen sollte, was Diamond unbedingt für sich hatte behalten wollen.

Mr. Duffield schloss die Papiertüte wieder in der untersten Schublade des Schreibtischs ein und steckte den Schlüssel in die Westentasche.

Schweigend gingen wir zum Aufzug. Das Klappern der Türen war mir noch nie so laut vorgekommen. Unten traten wir in den dämmrig beleuchteten Korridor. Da war eine Reihe von Metallspinden an der gegenüberliegenden Wand.

Mr. Duffield schob einen kleinen Schlüssel in das Schloss des dritten Schranks. Die Tür schwang auf. Auf einem braunen, mit Faden verschnürten Papierbündel stand *Fertige Negative*.

»Die befinden sich im Besitz der Zeitung«, sagte Mr. Duffield, »also sollte ich sie wohl zur Dunkelkammer bringen. Sie ist gleich hier durch.«

»Entweder das oder sie der Polizei übergeben, aber ich kann mir nicht vorstellen, dass sie die Abzüge machen wollen. Sie haben schon so zu viel zu tun. Wie wäre es, wenn Sie die Negative zur Dunkelkammer bringen und Ihrem Techniker sagen, dass es dringend ist?«

Er nickte. »Das mache ich.«

»Gut. Und ich übergebe die Papiertragetasche samt Inhalt den ermittelnden Beamten.«

Mr. Duffield atmete erleichtert auf. »Deshalb habe ich Sie angerufen. Seit die alten Kollegen tot sind, kam Len dem am nächsten, was ich hier an Freunden hatte. Mir widerstrebt zutiefst, ihn auf irgendeine Weise im Stich zu lassen, selbst wenn er in abstoßende Dinge verwickelt war.«

»Bitten Sie den Mann in der Dunkelkammer, jeweils zwei Abzüge zu machen. Dann können wir, sollte etwas Interessantes dabei sein, es an die Polizei weitergeben.«

Wieder nickte Mr. Duffield. »Ich erledige es jetzt gleich, falls es Ihnen nichts ausmacht zu warten.«

»Nein, ist gut.«

»Und ich denke, dass ich die Kamera dem Neuen dalasse.« Mr. Duffield ging zur Dunkelkammer.

Ich nahm die Kamera auf, die im Spind geblieben war. Es war eine schlichte Spiegelreflex mit einer Aldis-Butcher-Linse, doch bei näherem Hinschauen erkannte ich, dass sie gekonnt ergänzt worden war. Seitlich befand sich eine zweite Linse. Verschluss und Linse schienen an der richtigen Stelle vorn an der Kamera zu sein, doch bei denen handelte es sich lediglich um Attrappen. Len Diamond hatte die Kamera in eine Richtung gehalten und jemanden oder etwas seitlich von ihm fotografiert. Vor Jahren hatte ein französischer Fotograf, der gern heimlich Aufnahmen machte, dieselbe Methode angewandt. Len Diamond hatte ihn kopiert.

Was erklärte, warum er, als er den Vortrag in unserem Klub gehalten hatte, so viele Fotografien von Menschen in unbeobachteten Momenten hatte zeigen können. »Wie haben Sie das gemacht?«, hatten die Leute gefragt. Aber er hatte es geheim gehalten – bis jetzt.

Mr. Duffield ging mit mir die Albion Street entlang. Er war nervös wegen seines Schocks, Leonard Diamonds Erpressungen aufzudecken. Ich war nervös, weil ich gestern beinahe meine Tasche an einen Taugenichts verloren hatte.

Mr. Duffield hielt die braune Papiertragetasche mit dem Geld und den Aufnahmen vor seiner Brust. Len Diamonds Spezialkamera beulte meine Tasche aus.

Erst als uns der Portier im *Metropole* die Tür aufgehalten hatte und wir eingetreten waren, entspannten wir uns ein bisschen. Mr. Duffield gab mir die Papiertragetasche und verabschiedete sich.

Der Manager ließ mich in seinem Büro warten, während er meine Nachricht nach oben schickte, dass ich den Chief Inspector persönlich sprechen wolle.

Schließlich erschien Marcus und blickte zu den Sachen auf dem Tisch. Er lächelte müde. »Was hast du für mich, Kate?«

Ich erzählte ihm von den Fotografien und den neuen Geldscheinen. »Weder Mr. Duffield noch ich haben sie angefasst.«

Marcus nahm vorsichtig den Umschlag mit dem Geld heraus. Mit dem Brieföffner vom Schreibtisch trennte er die Geldscheine und betrachtete die druckfrischen Fünf-Pfund-Noten. »Ausgegeben von der Becketts Bank. Wo ist die?«

»In der Park Row. Zufällig ist das auch meine Bank.«

»Dann kennst du den Manager.«

»Flüchtig. Aber gewöhnlich bewege ich mich nicht in solchen Sphären. Ich habe meist mit den Bankangestellten zu tun.«

Der Anblick der Geldscheine munterte Marcus enorm auf. Ob es daran lag, dass sie einen neuen Ermittlungsansatz lieferten, oder ob Marcus schlicht zu den Menschen gehörte, die angesichts von Bargeld unwillkürlich entzückt waren, konnte ich nicht sagen.

»Wir notieren uns diese Seriennummern, Kate. Ich schreibe dem Bankmanager und autorisiere ihn, uns zu erzählen, an wen sie ausgezahlt wurden. Wenn du willst, kannst du das für mich weiterverfolgen, da es ja deine Bank ist.«

Sein Vertrauen und diese offizielle Verantwortung hätte auch eine weniger beherrschte Frau kribbelig gemacht. »Na gut«, sagte ich betont ruhig. »Wenn es hilft.«

Endlich durfte ich Scotland Yard mal richtig unterstützen, nicht nur indirekt.

Fünf Minuten später waren wir oben in der Suite des Yards. Marcus' sommersprossiger Sergeant schrieb ordentlich die Seriennummern in das Dienstbuch ab. Ich kopierte sie mir auf ein Blatt Papier mit dem Briefkopf des Scotland Yard. Hätte der Premierminister in diesem Moment angerufen und mich zur Leiterin des CID ernannt, ich hätte nicht glücklicher sein können. Die Geldscheine beliefen sich auf einen Gesamtwert von fünfundsiebzig Pfund.

Als wir fertig waren, rief Marcus bei dem Bankmanager an.

Er stellte sich vor und sah mich an, als er dem Manager erklärte, dass er eine vertrauenswürdige Gesandte mit einer Nachfrage bezüglich einer wichtigen Ermittlung schicke, die seine dringende und vertrauliche Kooperation erfordere.

Mit meiner Liste für den Bankmanager verließ ich das Hotel und war froh, das Geld nicht bei mir zu haben, das mehreren Monatsgehältern selbst eines so guten Pressefotografen wie Leonard Diamond entsprach.

Die Becketts Bank befindet sich an der Ecke Park Row und Bond Street. Es ist ein Palast von einem Gebäude, verewigt von John Atkinson Grimshaw in seinem Gemälde *Park Row by Moonlight*, einem Auftragswerk, das die Bank in all ihrer Pracht darstellen sollte.

Als ich die heiligen Hallen betrat, war mir, als könnte ich die Kälte auf dem unheimlichen Mondscheinbild in mir fühlen. Was ich hier erfahren würde, könnte einen mondgrauen Lichtstrahl auf dunkle und schreckliche Verbrechen werfen.

In dem Banksaal herrschte eine gedämpfte Atmosphäre. Ein betagter Kunde stand gebeugt und konzentriert an einem Fensterbrett. Alle Schalter waren besetzt, und niemand blickte zu mir, als ich mich zum Allerheiligsten wandte: dem Büro des Managers.

Ich war Mr. Pearson erst zweimal begegnet, nachdem Gerald nicht von der Front zurückgekehrt war und ich mich um Finanzielles hatte kümmern müssen. Mr. Pearson war effizient, hilfsbereit und freundlich gewesen.

Und das war er nun auch wieder.

»Guten Tag, Mrs. Shackleton.«

»Guten Tag, Mr. Pearson.«

»Bitte, nehmen Sie Platz.«

Beim Hinsetzen erinnerte ich mich, dass er bei meinem ersten Besuch hier noch um den Schreibtisch herumgekommen war, mir den Stuhl zurechtgerückt hatte und halb über mich gebeugt geblieben war, bis ich saß. Vermutlich hatte ich damals wie eine verlorene Seele und unfähig gewirkt, allein auf einen Stuhl zu finden. Ich schüttelte die Erinnerung ab und reichte ihm Marcus' Brief zusammen mit der Liste der Seriennummern.

Rasch las er den Brief und stand auf. »Entschuldigen Sie mich kurz.«

Eine schwere Eichentür führte zu einem anderen Büro. Durch die verschwand er. Nach ein paar Minuten kehrte er zurück. »Unser Chefkassierer nimmt sich der Angelegenheit an. In der Zwischenzeit habe ich um Tee gebeten.«

Bei einer anständigen Tasse Tee und Vollkornkeksen machten wir Small Talk zu einer Vielzahl von Themen. Mr. Pearson fragte nach meiner Visitenkarte mit der Angabe meines Berufs. Ich gab ihm zwei, denn ich nahm an, für Scotland Yard zu arbeiten wäre eine hervorragende Empfehlung.

Nach ungefähr zwanzig Minuten klopfte es an der Zwischentür, und der grau melierte Kopf des Kassierers erschien. Mr. Pearson entschuldigte sich abermals und verschwand nach nebenan.

Bei seiner Rückkehr wirkte er ernst. Er hielt ein Blatt Papier in der Hand. »Ich habe die Information.« Er holte einen Umschlag aus einer Schublade, faltete das Papier, steckte es hinein und klebte den Umschlag zu. Dann nahm er seinen Füllfederhalter auf, tauchte ihn in Tinte und schrieb: *M. Charles, Esquire, Chief Inspector.*

Charmant. Nun fehlte nur noch Siegelwachs. So viel zu meiner großartigen Reputation.

»Mr. Pearson, Mr. Charles hat mir diese Aufgabe anvertraut, während er einer anderen Spur folgt. Geben Sie mir die Information bitte, damit ich einschätzen kann, welche Schritte ergriffen werden müssen und wie schnell.«

Er stockte. Die Stille im Zimmer verwandelte sogar die Geräusche von der Straße – Hufgeklapper, die Räder eines Karrens, der *Sporting Pink*-Ruf eines Zeitungsverkäufers – in ein fernes Summen, als ich auf seine Entscheidung wartete.

Mr. Pearson räusperte sich. »Das Geld wurde am Dienstag, dem achtundzwanzigsten August, von Mr. Gideon King abgehoben.«

Gideon King, Philippa Runcies Privatsekretär.

Ich hätte erwartet, dass King Kunde bei Runcies Bank wäre, nicht der Becketts Bank, aber vielleicht war es ihm lieber, seine Angelegenheiten von der Runcie-Familie zu trennen.

Mr. King würde einiges zu erklären haben.

Bei meinem letzten Besuch hatte King mich gefragt, ob ich glaubte, Everett Runcie wäre erpresst worden. Nun fragte ich mich, ob King versucht hatte, sich mir anzuvertrauen, dann jedoch den Mut verloren hatte.

Ich hätte mich treten können, weil ich nicht aufmerksamer gewesen war.

Vierunddreißig

Es vergingen mehrere Stunden, bis weitere Informationen zu den fünfundsiebzig Pfund in Fünfern aus Leonard Diamonds Spind zutage kamen. Marcus wies an, dass Fingerabdrücke genommen wurden. Und er schickte seinen Sergeant los, King zu befragen.

Es gab Fingerabdrücke von drei Personen auf den Geldscheinen: vom Kassierer, von King und von Diamond. Auf dem Umschlag fanden sich nur die von Gideon King und Len Diamond.

Ich konnte mir Kings Nervosität vorstellen, als er gefragt wurde, wie sein Geld in den Spind von Leonard Diamond gelangt war. Und selbst mit den Beweisen vor meiner Nase hoffte ich, dass es irgendeine harmlose Erklärung gab.

Duffield hatte den Verdacht gegen seinen alten Freund geäußert, als er mir die Fotografien der ungewöhnlichen Paare gezeigt hatte. Doch mehrere andere Fotografien waren so harmlos, dass mir Zweifel kamen. Ich wollte glauben, dass sich hier einfach Lens Interesse an heimlichen Aufnahmen von Menschen offenbarte.

Meine Schlussfolgerung, dass es sich um Erpressung handelte, hatte ich mit Mr. Duffield geteilt, dennoch suchte ich immer noch nach einer anderen Erklärung, weil ich nicht das Schlimmste glauben wollte. Bei meiner Suche nach anderen Möglichkeiten regte sich die verrückte Hoffnung in mir, dass Len Diamond dabei gewesen war, einen anderen Missetäter bloßzustellen. Leider hielt sie sich nicht lange.

Während die Minuten und Stunden vergingen, sah ich die Fotografien im Geiste vor mir, besonders die von Menschen, die ich kannte: Deirdre mit Joseph Barnard auf der Leeds Bridge; Philippa Runcie mit dem zudringlichen Lord Fotheringham und Gideon King mit einem der Treiber bei der Jagd. Und die anonymen Paare, die in unvorsichtigen Momenten fotografiert worden waren.

In Anbetracht meiner Rolle bei der Beweisbeschaffung hoffte ich, dass Marcus mich auch in die nachfolgende Ermittlung einband. Schön wär's!

Immerhin war er so höflich, privat mit mir über die Ermittlungsergebnisse des Sergeant zu sprechen. Wir waren in dem Hotelzimmer. Marcus saß an seinem Schreibtisch und hatte Kings Aussage vor sich. »Mr. King gibt zu, das Geld am Dienstag, dem achtundzwanzigsten August, dem Tag vor dem Ebor-Handicap-Pferderennen, bei seiner Bank abgehoben zu haben. Er sagt, dass es in seiner Brieftasche war und die gestohlen wurde.«

Das schien mir unglaubwürdig. »Warum war es in einem Umschlag?«

»Er hat gesagt, dass er es gesondert von seinem Wettgeld halten wollte und es für seine eigenen Ausgaben gedacht war.«

»Hat er den Diebstahl gemeldet?«

»Nein. Er behauptet, dass er sich dumm vorkam.« Marcus sah zu Kings Aussage und las mir einen Teil davon vor. »King sagt: ›Was für ein Idiot lässt sich von einem Taschendieb übertölpeln? Es gab ja Warnungen, und auf der Rennbahn muss man sehr vorsichtig sein.‹ Er sagt weiter, dass er den Verlust gegenüber den anderen nicht erwähnt hat, weil er ihnen nicht den Tag verderben wollte. Aber auf dem Weg zur Tribüne hätte ihn jemand angerempelt.«

»Hat er Leonard Diamond erwähnt?«

»Oh ja, obwohl er so tat, als würde er den Namen des Mannes nicht kennen. Er sagt aus, dass er eine kleine Auseinandersetzung mit einem Fotografen hatte, den Mann wegstieß und versucht hat zu verhindern, dass er Mr. und Mrs. Runcie und Miss Windham fotografierte.«

Natürlich konnte King das schlecht leugnen, bedachte man, wie viele Zeugen gesehen hatten, wie er Diamond zur Seite stieß. Dieser Kontakt zwischen King und Diamond könnte inszeniert und der Moment der Geldübergabe gewesen sein.

Marcus schob die Aufnahme von King und dem jungen Treiber über den Tisch. Es war keine sehr gute Fotografie, erfüllte so gar nicht Diamonds Anspruch an Belichtung und Bildkomposition, doch man durfte wohl kaum erwarten, dass die beiden Männer für ihn posierten.

Ich stellte mich den Fakten und sprach es laut aus. »Len Diamond war ein Erpresser. Er hat Gideon King erpresst, und King hat bezahlt.«

Marcus blickte finster zu der Fotografie. »Scheint so. Und vielleicht hat King nicht genug bezahlt und beschlossen, das Leben des Fotografenfreundes zu beenden. Er könnte einer Menge Leute einen Gefallen getan haben, doch falls sich das als wahr erweist, baumelt die Galgenschlinge gefährlich nah vor Mrs. Runcies Privatsekretär.«

»Hast du ihn verhaftet?«

»Nein, bis es so weit ist, müssen wir noch gründlicher nachforschen. King denkt, dass er sein gestohlenes Geld zurückbekommt und die Fingerabdrücke nur dem Zweck dienten, ihn auszuschließen. Der geht nirgends hin. Ich habe seinen Pass, und ich habe eine Warnung ausgegeben, die ihn hindern wird, das Land zu verlassen.«

»Dann wird er wissen, dass er ein Verdächtiger ist.«

»Glaube ich nicht. Mein Sergeant hat eine sehr beruhigende

und überzeugende Art. King denkt, es ginge nur darum, das Geld auch an seinen rechtmäßigen Besitzer auszuhändigen.«

Ich dachte an den Film, den Mr. Duffield in die Dunkelkammer gegeben hatte. »Es gibt noch mehr Fotografien, Marcus. Vielleicht wurde King nicht als Einziger erpresst.«

Marcus sah mich mitfühlend an. »Tut mir leid, Kate. Ich weiß, dass du Diamond bewundert hast. Und du willst King nicht als Mörder sehen, weil er Mrs. Runcies Sekretär ist.«

»Marcus, du glaubst doch nicht, dass Philippa in die Sache verstrickt ist?«

»Das habe ich nicht gesagt. Aber die Tatsache, dass er zum Haushalt gehört, macht es wahrscheinlich, dass er verdächtigt werden muss. Mit Runcies Tod ist die teure Scheidung überflüssig geworden. Mrs. Runcie hatte sich mit ihrem Mann auf ein Arrangement geeinigt, das nun null und nichtig ist. Womit Mrs. Runcie ihr Geld behalten darf.«

Seine Worte verleiteten mich nicht nur zu dem Glauben, dass Marcus King verdächtigte; er verdächtigte auch Philippa. Als ich ihn erneut und energischer darauf ansprach, bedeutete er mir, dass unsere Unterhaltung vorbei war.

Ich stand auf, und er fragte: »Weiß Mr. Duffield bei der Zeitung, dass ich die anderen Fotografien so bald wie möglich brauche?«

»Er ist sich der Dringlichkeit bewusst.«

Marcus gab vor, die Papiere auf seinem Schreibtisch zusammenzuraffen. »Danke für deine großartige Hilfe, Kate.«

Er lächelte, und ich erwiderte es. »Auf Wiedersehen, Marcus.«

Ich fragte mich, ob es jemals andersherum sein würde, dass ich Marcus für seine Hilfe dankte.

Ich könnte zurück zur Zeitung gehen und versuchen, Mr. Duffield zu überreden, mit mir auf ein Glas Sherry auszugehen, wenn er Feierabend hatte. Oder ich könnte nach Hause gehen.

Stattdessen beschloss ich, Philippa zu besuchen. Sie hatte mich um Hilfe bei der Suche nach Runcies Mörder gebeten. Alles, was ich bisher getan hatte, war, einen Verdacht auf ihr Haus und ihren Sekretär zu lenken, dem sie vertraute.

Es bewegte sich etwas bei der Ermittlung, aber ob es in die richtige Richtung geschah, wusste ich nicht. Philippa hatte mir eine großzügige Anzahlung gegeben, und es wurde Zeit, ihr zu sagen, dass ich die zurückgeben musste. Schließlich hatte ich Deirdre gefunden, was uns nicht weitergebracht hatte. Ich hatte eine Erpressung entdeckt, und auch das schien in eine dunkle Gasse zu führen. Ausnahmsweise hatte ich das Gefühl, mit dem Rücken an der Wand zu stehen – ohne Ideen und ohne einen Plan.

Und dann fiel es mir ein. Vielleicht hatte King mir absichtlich die Sache mit der Erpressung eingeredet, um mich in die Irre zu führen. Er wusste von meiner Freundschaft mit Marcus und konnte davon ausgehen, dass alles, was ich hörte, zum ermittelnden Polizisten durchdringt.

Was, wenn das Geld in Diamonds Spind eine Anzahlung für einen Mord war, den Mord an Everett Runcie? Und nachdem er die Tat begangen hatte, war es zu gefährlich gewesen, Diamond am Leben zu lassen?

Der Täter könnte Diamonds Zimmer nach dessen Tod durchsucht haben, um das Geld zu sichern, das zu ihm zurückverfolgt werden könnte.

Und es sollte den Mord vielleicht wie einen aus dem Ruder gelaufenen Diebstahl aussehen lassen.

Fünfunddreißig

Nichts fühlte sich richtig an, und das nicht bloß, weil ich den falschen Wagen fuhr. Ein feiner Nieselregen besprenkelte die Windschutzscheibe von Dads Morris, als ich durch das Tor nach Kirkley Hall bog. Die Buchenreihen hatten in diesem Wetter etwas Trauriges. Und der arme alte Wellington stand riesengroß da, umhüllt von Nieselnebel, als wartete er geduldig darauf, im Dunstschleier der Zeit zu verschwinden.

Ich fragte mich, was die ursprünglichen Bewohner von Kirkley Hall über eine Mordermittlung zum Tod eines Bankiers und eines Fotografen gedacht hätten. Was ein Bankier machte, hätten sie gewusst, aber ein Fotograf? Es wäre ihnen wie Magie vorgekommen. Ein Gärtner, dessen Gesicht so zerfurcht war wie ein gepflügter Acker, blickte auf und salutierte mir, als ich vorbeifuhr. Er wäre das ideale Objekt für eine von Len Diamonds heimlich aufgenommenen Fotografien gewesen, indes ein nutzloses Ziel für eine Erpressung. »Geben Sie mir Ihre Sonnenblumensamen, und ich verrate keinem, dass Sie einen Kohlkopf verkauft haben.«

Aber war Diamond eines Mordes schuldig? War das Opfer auch ein Mörder? Falls Len Diamond King erpresst hatte, würde es sie beide in Verbindung bringen. King hätte den Spieß umdrehen und sagen können: Wenn Sie wirklich Geld wollen, werden Sie Everett Runcie für uns alle los. Diamond hätte sich im *Metropole* ausgekannt. Er brachte Runcie um, und danach erwürgte King ihn.

Es war abwegig, aber plausibel. Und sollte es zutreffen,

könnte Philippa damit zu tun haben. Nur weil ich sie mochte und sie mich um Hilfe gebeten hatte, war sie nicht über jeden Verdacht erhaben.

Nachdem ich meinen Wagen beim Stall geparkt hatte, entschied ich, dass der beste Vorwand für meinen Besuch die Frage nach Philippas Befinden wäre. Ich könnte vorgeben, nachschauen zu wollen, ob sie eine verständnisvolle Zuhörerin brauchte. Ich freute mich kein bisschen, in Kirkley Hall zu sein, und sagte mir, dass Philippa vielleicht nicht zu Hause war.

Aber natürlich war sie es. Es gab so vieles zu planen: ein vornehmes Begräbnis für Everett und danach das Packen für die Rückkehr nach Boston.

Das Schwierige bei einer Mordermittlung ist, dass man anfängt, Menschen anders zu betrachten. Zugleich bleibt oberflächlich gesehen alles wie immer. Als der Butler öffnete, ertappte ich mich bei dem Gedanken: Was weißt du? Was hast du gehört oder gesehen?

Akkorde einer Schubert-Sonate klangen aus dem Musikzimmer. Die begabte Philippa verlor sich in Musik.

»Einen Moment«, sagte der Butler und ließ mich in der offenen Diele stehen, wo ich die prächtige weite Treppe bewundern durfte.

Die Musik brach ab.

Der Butler kehrte zurück. »Hier entlang, bitte.«

Ich wurde in den großzügigen Raum mit den kleinen Sofas und den eleganten Sesseln geführt, in dem sich eine Harfe, eine Flöte auf einem eleganten Ständer, ein Flügel und ein Cembalo befanden.

Philippa war allein, und ich war erleichtert, Gideon King nicht zu sehen. Sie drehte sich vom Flügel weg und stand auf, um mich zu begrüßen. In diesem Augenblick sah ich sie im

Profil. Das Seidenkleid schmiegte sich fließend an ihren Körper und verriet ihre Schwangerschaft.

Ich starrte hin und rasch wieder weg. Sofort nahm Philippa ein passendes, voluminöses ärmelloses Überkleid auf und zog es an. Doch es war zu spät. Vielleicht wollte sie, dass ich es wusste.

Philippa ging zum nächsten Sofa, einem von zwei brokatbezogenen, die in jedem weniger vornehmen Raum lächerlich ausgesehen hätten.

Wir saßen uns auf den Sofas gegenüber.

Philippa lehnte sich zurück. »Ich habe mich schon gefragt, wann du kommst.«

»Mich freut, dass es dir besser geht.«

»Danke. Und sehr gut, dass du die Frau gefunden hast. Ich wusste, dass du schneller sein würdest als die Polizei. Wer ist sie?«

»Niemand, den du kennst.«

»Ich würde es trotzdem gern wissen.«

»Es war ein rein geschäftliches Arrangement.«

»Ja, das dachte ich mir. Ist sie eine Dirne?«

»Sie ist eine Frau, die Geld gebraucht hat.«

»Nun, in der Hinsicht hatten sich zwei gefunden, obwohl sie so anständig hätte sein können, zu bleiben und seinen Tod zu melden. Ist sie in den Mord verwickelt?«

»Es deutet nichts darauf hin.«

»Ich nehme an, ihr wurde nicht genug bezahlt, dass sie sich noch mit einer Leiche abplagen wollte.«

»Philippa, ich muss dir wohl deinen Scheck zurückgeben. Außer die Frau zu finden, habe ich bisher nichts getan, ihn mir zu verdienen.«

Ich sagte nicht, dass es mir angesichts meines Verdachts gegen King unangenehm war, für sie zu arbeiten.

Sie sah mich fest an. »Gib nicht auf, Kate. Ich habe Vertrauen in dich. Die Polizei könnte die falschen Schlüsse ziehen, und dann würde ich wirklich deine Hilfe brauchen.«

Mir widerstrebte eine Diskussion über das, was die Polizei entdecken könnte und was nicht. Deshalb blickte ich zum Fenster, als könnte mir das Licht eine Eingebung oder einen Ausweg schenken. Etwas fiel mir auf: Das Zimmer war voller Kunst. Es waren nicht sehr viele Gemälde, aber auffällige, einschließlich eines Ganzkörperporträts von Philippa. Es standen Bronzefiguren da, und am Fenster war eine wunderschön gearbeitete Büste von Philippa. Dies war eindeutig ihr Zimmer. Und wenn ich mich nicht täuschte, war die Büste eine Arbeit von Rupert Cromer. Stellte man sie neben die von Caroline Windham, stünden die Stücke für die beiden wichtigen Frauen in Runcies Leben.

»Ich überlege noch, was ich mitnehme. Gideon hat eine Inventarliste begonnen, was zum Haus gehört und was ich mitgebracht habe. Aber die ist ins Stocken geraten, seit er sich in seine Zimmer zurückgezogen hat.«

»Warum hat er das?«

»Aus Scham und Verärgerung, denke ich. Anscheinend wurde er beim Pferderennen Opfer eines Taschendiebes, und das Geld ist wieder aufgetaucht.«

»Ah, wie gut.«

»Offenbar nicht, wenn man Gideon King ist.«

Um das merkwürdige Schweigen zu füllen, das nun eintrat, ging ich zu Philippas Büste auf dem kleinen Sockel. »Die ist wunderschön. Sie fängt dich wirklich ein.«

»Tut sie? Ein Verlobungsgeschenk von Everett. Er hatte sie in Auftrag gegeben. Ich musste Cromer Modell sitzen, von dem ich sicher war, dass er mich nicht mochte. Entweder das, oder Everett hat ihn schrecklich im Preis gedrückt.«

Es verging eine Weile, bis Philippa wieder sprach. »Was ist los, Kate, mit Gideon, meine ich? Ich glaube nicht, dass sich Scotland Yard für das Opfer eines Taschendiebes auf einer Rennbahn interessiert. Ich kann es nicht leiden, wenn meine Bediensteten ins Visier genommen werden. Warum befassen die sich mit Taschendiebstahl, wenn sie nach Everetts Mörder suchen sollen?«

»Wie viel weißt du darüber?«

Sie zuckte mit den Schultern. »Nicht viel. Das Geld, das Gideon gestohlen wurde, ist gefunden worden, bei irgendeinem kleinen Dieb. Ich habe Gideon gesagt, er hätte es melden müssen, doch er nimmt immerfort Rücksicht auf meine Gefühle. Er wollte mir den Tag nicht verderben oder mich aufregen, indem er einen Aufruhr deshalb macht.«

Also wusste sie nur, dass Sergeant Wilson King zu dem Geld befragt hatte, das er auf der Rennbahn »verloren« hatte.

Philippa lehnte sich wieder zurück und schlug ein Bein über das andere. »Dieser Mann, der Gideons Geld hatte, war der ein Spieler?«

»Wie ich hörte, ja.«

»Gideon war wegen seines Spielens in Boston in Schwierigkeiten geraten. Aus dem Grund wurde er hergeschickt. Ich habe ihn eingestellt, um meinem Bruder einen Gefallen zu tun, und ich würde schwören, dass Gideon das Spielen endgültig aufgegeben hat.«

Sie könnte King decken, indem sie einen Grund lieferte, warum sein Geld in Diamonds Besitz war.

»Ich glaube nicht, dass man Gideon unterstellt zu spielen«, sagte ich.

»Es ist nur gut, dass sich der Sergeant hier allein mit ihm unterhalten hat. Gideon schätzt meine hohe Meinung von ihm und kommt sich wegen des Vorfalls schrecklich dumm vor.«

Dies wäre der Moment, ihr zu erzählen, dass der Mann, in dessen Besitz das Geld gefunden wurde, tot war, erwürgt wie Everett. Aber plötzlich bekam ich Angst. Sie hatte so viel durchgemacht und war krank gewesen. Was, wenn meine Offenheit dazu führte, dass sie das Kind verlor?

Ich versuchte, die Situation ein wenig aufzulockern. »Nun, ich hoffe, er fühlt sich nicht so schrecklich, dass er dir nicht mehr beim Packen helfen kann.«

»Oh, er fängt sich gewiss wieder. Er ist mir eine große Hilfe, wenn auch bisweilen ein wenig zu sehr.«

»Inwiefern?«

»Ach, auf alle möglichen Arten. Er hatte gehört, wie ich mit Everett gestritten habe. Wir hatten ein Stadium erreicht, in dem Everett nicht mehr mit mir redete, nicht richtig. Er sprach mich an, als wäre ich ein Vorstandsmitglied oder jemand, dem er Geld abschwatzen wollte. Na ja, und nachdem Gideon mit angehört hatte, wie ich genau das zu Everett sagte, übernahm er es, sich mit mir zu unterhalten, plauderte ohne Ende und entwickelte sich zum Malvolio des leeren Geschwätzes. Er ist in mich vernarrt.«

Ich wollte nicht fragen, aber ich musste. »Das Kind …«

Sie legte eine Hand auf ihren gewölbten Bauch. »Ah ja, das Kind.«

»Ist Gideon der Vater?«

Sie stieß ein kurzes Lachen aus. »Nein, und er hätte Everett nicht für mich ermordet, falls du das denkst. Um die Wahrheit zu sagen, ich glaube, er ist anders orientiert.«

»Aha?«

Nun, das erklärte die Fotografien.

»Briefe an ihn sind an ›Gideon King den Dritten‹ adressiert. Und die Bediensteten haben den Spitznamen ›Gideon King der Letzte‹ für ihn, weshalb ich glaube, dass sie mehr über sein

Privatleben wissen als ich. Doch er ist auf seine Weise treu und ergeben, und jetzt habe ich ein schlechtes Gewissen, weil er in diese Geschichte mit hineingezogen wird.«

Reichte ihr schlechtes Gewissen aus, um ihm ein Alibi für die Zeit von Leonard Diamonds Ermordung zu geben?

Sie senkte den Blick. »Das Begräbnis muss an einem kühlen Tag stattfinden, damit ich einen sehr weiten Mantel tragen kann.«

Ich hörte Schritte die Treppe herunterkommen. »Wer weiß von dem Kind, Philippa?«

»Meine Zofe und mein Arzt. Kate, ich möchte auf der anderen Seite des Atlantiks sein, wenn das Kind geboren wird. Stell dir nur vor, wenn es ein Junge wird! Er wäre der Titelerbe, denn Everetts Bruder wird nie heiraten. Dieser Mühlstein von einem Haus und dieses lächerliche Leben würden meinem Sohn aufgebürdet. Was für ein Fluch für ein unschuldiges Kind!«

Es waren Geräusche aus der Diele zu hören. Da waren Kings schwere Schritte und seine kultivierte Bostoner Stimme, die irgendwen wegen irgendwas maßregelte.

Er sah zur Tür herein. »Philippa, Mrs. Shackleton. Ich mache mit der Inventur weiter. Entschuldigt, dass ich solch ein erbärmlicher Gesellschafter bin.« Mit einem Grinsen wie eine hochzufriedene Katze war er wieder fort.

Ich war froh, denn sollte er Leonard Diamond umgebracht haben, wollte ich nicht im selben Raum mit Gideon King sein. »Brauchst du noch Hilfe vor der Beerdigung, Philippa? Bitte, sag mir, wenn ich irgendwas tun kann.«

»Danke, Kate, aber mein Schwager regelt das meiste. Ich werde den Leuten, die ich als Freunde betrachte, rechtzeitig schreiben, einschließlich deiner Tante Berta, deiner Eltern und natürlich dir.«

»Du musst mir nicht schreiben. Sag mir einfach, wann.«

»Freitag in einer Woche, an Allerheiligen, in der Familienkapelle.« Sie stand auf. »Du darfst mir gern deine Ansicht verraten, wenn du magst.«

»Wozu?«

Sie ging zum Fenster und berührte sachte die Marmorbüste, die Cromer gefertigt hatte. »Ich werde die hier mitnehmen. Eines Tages wird sie gewiss einigen Wert haben, und ich glaube fast, dass Everett mich geliebt hat, als er sie in Auftrag gab.«

»Sicher hat er das. Du musst sie behalten, selbst wenn du sie vielleicht erst mal ein oder zwei Jahre irgendwo aufbewahrst, wo du sie nicht siehst.«

»Oder zehn bis zwanzig Jahre. Es gibt alle möglichen Kleinigkeiten und Stücke, die Everett mir gekauft hat. Ich weiß nicht, was ich mitnehme und was ich hierlasse. Ein Teil von mir will alles loswerden, was er mir jemals geschenkt hat. Es war alles solch eine große Lüge.«

»Sicher nicht alles. Wenn ich an jenen Abend in der Oper zurückdenke und daran, wie er dich angesehen hat ... Er hat dich geliebt, Philippa, auf seine Art.«

»Eben, auf seine Art.«

»Nimm alles mit, was dir gehört. Du kannst es immer noch in eine Truhe packen und erst in Jahren wieder ansehen, vielleicht abwarten, was das Kind davon möchte.«

Sie sah mich streng an. »Vermutlich hast du recht. Ja, ich nehme alles mit. Diese Familie und dieses Haus haben schon genug von mir bekommen.« Sie tippte sich an den Bauch. »Und du sagst nichts? ... Ich muss mich umziehen.«

»Keiner erfährt ein Wort von mir.«

»Komm mit mir nach oben. Du könntest mir einen Gefallen tun.«

Ich folgte ihr die breite Treppe hinauf. Die spätnachmittägliche Sonne schien durch das wunderbare bleiverglaste Fenster, das einen Ritter, einen Knappen und einen edlen weißen Hengst darstellte.

Oben öffnete Philippa eine Tür in ein Zimmer mit alten Eichenmöbeln sowie einem elisabethanischen Bett mit Vorhängen drumherum. Philippa öffnete eine Kommodenschublade, aus der sie ein silbernes Zigarettenetui und ein Feuerzeug hervorholte.

»Gib beides bitte Caroline. Ich habe gehört, dass du sie besucht hast.«

»Das ist sehr großzügig von dir, Philippa.«

»Sie hatte es Everett geschenkt, also kann sie es wiederhaben. Und vielleicht kannst du ihr ausrichten, dass ich nichts gegen ihre Anwesenheit bei dem Begräbnis einzuwenden habe. Ich gehe davon aus, dass sie sich so untadelig gibt wie immer. Und ihr Fehlen würde mehr Aufmerksamkeit erregen.«

»Ich bin mir nicht sicher, ob ich so freundlich sein könnte wie du.«

»Es ist keine Freundlichkeit, sondern Mitleid. Sie ist so vornehm und so erbärmlich. Was wird sie fürderhin für ein Leben haben? Kein Mann wird sie jemals heiraten wollen.«

Als wir das Zimmer verließen und zurück zur Treppe gingen, fragte ich: »Was hatte Everett nach der Scheidung vor?«

»Sein Bruder hatte ihn aus der Bank gedrängt, weil er eine zu große Belastung war. Everett plante, nach Italien zu gehen und einen bequemen Ruhestand zu verleben.«

»Mit Caroline?«

»Warum mit einer lebenslangen Gewohnheit brechen?«

Sie begleitete mich zur Tür, und ich holte tief Luft. »Halte mich bitte nicht für neugierig, aber ich muss es wissen, weil es sich negativ auswirken könnte. Wer ist der Vater?«

»Willst du es wirklich wissen?«

»Ja.«

»Everett.« Sie seufzte. »Es war der Abend, an dem er mich um eine zweite Chance anflehte und ich ihn betteln ließ. Deshalb muss ich dieses Land verlassen, Kate. Stell dir vor, ich bringe einen Jungen zur Welt und er wird der künftige Lord Kirkley! Früher mal wäre es ein Traum gewesen. Jetzt fühlt es sich wie ein Albtraum an. Ich habe nicht die Absicht, einen Everett Runcie auszutragen, einen britischen Adligen. Dieses Kind wird Amerikaner.«

Ich verließ das Haus und ging zurück zum Wagen.

Gedankenverloren, wie ich war, erschrak ich, als ich die Fahrertür öffnete und Gideon King im Morris sitzen sah.

»Mr. King!«

»Ich möchte mit Ihnen reden«, erklärte er ruhig. Als ich zögerte, ergänzte er: »Bitte, steigen Sie ein, als wäre nichts. Wir wissen nicht, wer gerade aus dem Fenster sieht.«

Ich stieg in den Wagen.

»Es dauert nicht lange.«

Wir saßen nebeneinander, als überlegten wir, wohin wir fahren wollten.

»Sie werden es wohl erraten haben«, sagte er. »Denn ich sprach mit Ihnen an jenem Samstag darüber, als Sie herkamen, um mit Philippa zu reden.«

»Sie erwähnten Erpressung.«

»Ja.«

»Sie dachten, dass Everett Runcie vielleicht erpresst wurde, doch Sie wurden es, nehme ich an.«

»Wurde ich. Und jetzt habe ich die Polizei belogen. Mich hat kein Taschendieb bestohlen. Ich habe das Geld dem Fotografen gegeben, weil er etwas gegen mich in der Hand hatte. Ich kann es Philippa nicht erzählen, weil ich mein Gesicht vor ihr verlieren würde, mein Ansehen.«

»Erzählen Sie es der Polizei. Die wird es sowieso herausfinden.«

»Ja, das ist mir bewusst. Diamond hätte mir eine Fotografie geben sollen.«

Falls es die war, die ich gesehen hatte, wie King die Hand eines Dieners oder eines Treibers bei der Jagd berührt, hatte er wenig zu befürchten. Nur würde es ihn nicht trösten, das zu hören. »Hatten Sie irgendwas mit dem Mord an Diamond zu tun?«

»Natürlich nicht. Ich wünschte ihm den Tod, aber ich hätte zu große Angst gehabt. Allerdings habe ich kein Alibi, abgesehen von der Zeit am Sonntag, als wir in der Kirche waren und danach alle zusammen im Haus. Sie werden denken, dass ich es war.«

»Lügen sind nutzlos. Schaffen Sie Klarheit. Ich kann Sie jetzt gleich mit in die Stadt nehmen, wenn Sie wollen.«

Er überlegte einen Moment. »O Gott, ich komme mir so idiotisch vor! Philippa denkt, dass ich zum Arbeiten nach England gekommen bin, weil ich ein Spielproblem hatte, und dass ich es überwunden habe. Ich bin nie ein Spieler gewesen. Es gab andere Gründe.«

Ein Reh kam zwischen den Bäumen hervor. Wir beobachteten, wie es in die Luft schnupperte und zu äsen begann.

»Ich war mit einem Theologie-Kommilitonen befreundet, Edgar«, sagte er. »Es wurde bekannt, und wir beide wurden still und leise verwiesen. Deshalb hatte ich Boston verlassen.«

Ein zweites Reh gesellte sich zu dem ersten.

»Erpressung ist hässlich und grausam. Bitten Sie darum, den Sergeant noch einmal sprechen zu dürfen oder den Chief Inspector. Falls es hilft, können Sie sagen, dass wir uns unterhalten haben.«

»Sie werden mich verachten.«

»Glauben Sie mir, nichts von dem, was Sie sagen, kann sie schockieren. Und was immer Leonard Diamond Ihnen gesagt oder geschrieben hat, war zweifellos größtenteils künstlich aufgeblasen und übertrieben, nichts als Drohgebärden, die auf wenig Wissen fußten.«

Er nickte. »Brauche ich meine Zahnbürste?«

»Fahren wir, Mr. King. Ich hoffe, dass Sie keine Zahnbürste brauchen, aber falls doch, verspreche ich, Ihnen eine zu bringen und auch alles andere, was Sie benötigen.«

Es war eine stille Fahrt in die Stadt, auf der uns jede Menge Verkehr entgegenkam. Mir war hin und wieder bewusst, dass King die Lippen benetzte oder seine Sitzhaltung änderte, weil er keine bequeme zu finden schien. Ich wünschte, ich könnte ihm sagen, dass alles gut würde.

Als wir an den Verwaltungsgebäuden vorbeifuhren, fragte er: »Wo fahren wir hin? Ich dachte, es wäre da drin?«

»Nein, nicht im CID. Wir fahren ins Hotel, wo der Chief Inspector und sein Sergeant sind.«

»Danke.«

»Waren Sie schon mal im *Metropole?*«

Er lachte kurz auf. »Verhören Sie mich jetzt schon? Nein, war ich nicht. Das war Everetts Jagdgrund. Ich habe mich von dort ferngehalten, genauso wie Philippa.«

Beim Hotel zögerten wir beide. Sollte ich mit ihm reingehen? Er rührte sich nicht. Ich stieg aus dem Wagen, und er folgte mir.

Langsam betraten wir das Hotel und gingen die Treppe hinauf. Es kam mir wie der längste Marsch meines Lebens vor, deshalb konnte ich mir vorstellen, wie sich King fühlte. Er strahlte von jeher eine frostige Note aus, nicht wie jemand, dem man eine Hand auf den Arm legt und ein bisschen drückt, um ihn zu beruhigen. Trotzdem tat ich es. »Kommen Sie, Mr. King. Sie schaffen das. Seien Sie tapfer.«

Der rothaarige Sergeant Wilson blickte von seinem Dienstbuch auf. »Mr. King. Mrs. Shackleton.«

Ich nickte, hielt mich jedoch zurück.

King sagte: »Es gibt etwas, das ich meiner Aussage hinzufügen möchte.«

Ohne sich auch nur den Hauch von Überraschung anmerken zu lassen, antwortete Wilson: »Natürlich, Sir. Kommen Sie bitte mit durch.«

Er führte King in ein Zimmer, in dem normalerweise Marcus saß. Ich wusste nicht, ob er da war oder nicht. Wilson kam zurück, als ich gerade gehen wollte.

»Mrs. Shackleton, sind die Abzüge von den Fotografien schon fertig?«

»Weiß ich nicht. Mr. Duffield hatte sich darum gekümmert, aber ich frage nach.«

»Danke, das wäre sehr nett.«

»Mr. Wilson, falls Mr. King die Nacht bleiben muss, würden Sie mir bitte Bescheid geben, damit ich ihm seine Zahnbürste bringen kann?«

»Natürlich.«

Mir war klar, dass er es in dem Moment vergessen hatte, in dem er sich von mir abwandte. Aber ich war froh, dass ich die Fotografien abholen konnte, denn ich wollte sehen, wie tief mein einstiger Freund Len Diamond gesunken war.

Sechsunddreißig

Auf meinem Rückweg aus dem Hotel holte Mr. Sykes mich ein, um sich seine Heimfahrt zu erbetteln.

»Ich habe gesehen, wie Sie King hergebracht haben.« Er lachte leise. »Erst treiben Sie Mrs. Fitzpatrick auf, dann den Privatsekretär. Wäre ich der Chief Inspector, würde ich den Rest von uns nach Hause schicken.«

»Sehr witzig, Mr. Sykes.«

»Ich habe ein oder zwei Stunden frei. Da dieser Anthony Hartigan unsere hübsche Stadt nun verlassen hat, werde ich wohl nicht mehr gebraucht. Die Bahnpolizei wird ihn bis Southampton im Blick behalten.«

»Ein Jammer, dass ich mich nicht verabschieden konnte. Ich setze Sie zu Hause ab, aber vorher muss ich noch etwas erledigen.«

»Soll ich mitkommen?«, fragte er, als ich vor dem *Herald*-Gebäude stehen blieb.

»Nein, ich bin im Nu wieder da.«

Der Schreibtisch am Empfang war nicht besetzt. Es war dieser Leerlauf zwischen der Tag- und der Nachtschicht.

Ohne von jemandem aufgehalten oder angesprochen zu werden, gelangte ich ins Untergeschoss.

Die Dunkelkammer war ein riesiger Kellerraum, auf dessen Größe jeder Amateurfotograf neidisch wäre, nur fühlte sich dieser Raum unangenehm an und stank. Als sich meine Augen an die Dunkelheit gewöhnt hatten, sah ich einen Haufen verworfener Platten und benutzter Filmspiralen in einer Ecke.

Hinter ihm schoss eine Katze hervor und durch die Tür nach draußen. Also diente die Dunkelkammer nebenher als Toilette für die Zeitungskatze.

Eine Gestalt erschien, und als sie näher kam, entpuppte sie sich als junger Mann in einem braunen, zugeknöpften Kittel. Seine Überraschung, mich zu sehen, war größer als meine.

»Hallo, Sie müssen der Fototechniker sein.«

»Stimmt.« Er schaltete eine schwache Lampe an, in deren Schein er so bleich wie ein Grubenarbeiter aussah.

»Wie heißen Sie?«

»Terence Kitchen.« Der Hauch eines Bartes spross in der Mitte seines Kinns, und es war nicht auszumachen, ob er Terence Kitchen als unkonventionell ausweisen oder lediglich einen Pickel überdecken sollte. »Hier darf niemand rein.«

»Ich bin Mrs. Shackleton. Sie haben vorhin einige Negative entwickelt, und ich bin hier, um die Abzüge zu holen.«

»Welche Negative?«

»Die Negative, die Mr. Duffield Ihnen gegeben hat.«

»Mr. Duffield ist nach Hause gegangen.«

»Ich weiß. Deshalb frage ich Sie ja. Es ist wichtig, und ich glaube, das hat er Ihnen auch gesagt.«

»Ich nehme meine Anweisungen vom Chef entgegen. Er hat nichts von wichtig gesagt.«

»Wo ist Ihr Chef?«

»Nach Hause gegangen.«

»Und wo war er vorher? Hat er Anweisungen hinterlassen?«

»Er war außer Haus.«

So kamen wir nicht weiter. »Haben Sie die Fotografien oder nicht?«

»Nein.«

»Können Sie die Abzüge jetzt machen? Ich warte so lange.«

Er legte den Kopf in den Nacken und schürzte die Lippen. »Oh nein, das geht nicht.«

»Dann möchte ich die Negative wiederhaben.«

»Ich darf Ihnen kein Zeitungseigentum aushändigen.«

»Draußen in einem Automobil sitzt ein Inspector von Scotland Yard. Wenn Sie mir die Negative nicht geben wollen, gehen Sie raus und erklären Sie ihm, warum.«

Jim Sykes wäre erfreut, von seinem kometenhaften Aufstieg zu hören.

Terence Kitchen nestelte an einem seiner Kittelknöpfe. »Ich habe kein Fotopapier. Das ist alles bis morgen eingeschlossen.«

Was ich ihm sogar glaubte.

Er blickte nach links, und ich sah, dass dort der Ordner mit den Negativen auf dem Tisch lag. »Geben Sie sie mir freiwillig, oder soll ich sie mir nehmen?«

Er schluckte.

»Kommen Sie mit mir, Mr. Kitchen. Der Inspector draußen wird Ihnen eine Quittung für die Mappe geben.«

Nachdem ich Sykes abgesetzt hatte, kehrte ich nach Hause zu meiner eigenen Dunkelkammer zurück, in der alles vertraut und griffbereit war. Das einzig Befremdliche war, dass ich die Negative von jemand anders entwickelte, die Arbeit von jemandem, den ich sehr bewundert hatte. Mich überkam eine zittrige Nervosität. Ich musste dem Künstler Diamond gerecht werden, indem ich exzellente Abzüge machte. Es war, als stünde Diamond hinter mir und würde über meine Schulter auf die Negative sehen. Ich musste entscheiden, welche Abzüge ich zuerst machen wollte.

Die Bilder waren alle in Somersgill aufgenommen, am ersten Tag der Moorhuhnjagd. Da war ein wunderschönes von Gideon King und einem jungen Mann, möglicherweise demselben Treiber wie auf der anderen Fotografie, diesmal nahe dem Stallblock. King war sicher nicht der Einzige, der dankbar war, dass Diamond nichts mehr belichten würde. Vielleicht hatte Diamond gedacht, das Leben schuldete ihm mehr, als er erreicht hatte. Vielleicht hatte er davon geträumt, andere Fotografien zu machen – oder gar keine. Seine Arbeit hatte ihn unter die Reichen und Fast-Berühmten geführt, und was er von ihrem Leben dokumentiert hatte, waren nichts als Momentaufnahmen gewesen. Mir kam der Gedanke, dass er als Künstler, der er auf seine Art gewesen war, nie bekommen hatte, was er verdiente. Also hatte er es sich genommen. Doch war ein Mann erst tot, fiel es leicht, seine Missetaten schönzufärben.

Eines nach dem anderen betrachtete ich die harmloseren Aufnahmen und legte sie beiseite. Da war Philippa mit Lord Fotheringham; Everett Runcie mit Caroline Windham neben ihm. Und hier war eine andere Fotografie, von weiter weg aufgenommen. Sie zeigte Rupert Cromer, halb verdeckt von einem Strauch und mit erhobenem Gewehr, mit dem er auf Everett Runcie zielte. Caroline Windham stand neben Runcie. Diamond war kein Risiko eingegangen. Er hatte zweimal auf den Auslöser gedrückt. Es gab zwei Negative von Cromer kurz vor oder während des Schusses. Auf dem zweiten Bild war der Abstand zwischen Everett und Caroline kleiner.

In dem Moment, in dem Cromer abgedrückt hatte, musste Caroline sich bewegt haben. Entweder das, oder Rupert Cromer war ein miserabler Schütze. Cromer hatte geleugnet, bei der Jagd dabei gewesen zu sein. Er hatte es mir selbst gesagt, und ich wusste, dass sein Name nicht auf der Gästeliste gewesen war, weil Gideon King mir erzählt hatte, wer dort gewesen war.

Doch er lebte auf dem Anwesen, konnte folglich problemlos

mit seinem Gewehr hinüberschlendern, ohne Aufmerksamkeit zu erregen.

Von diesen Negativen brauchte ich Abzüge. Zum Glück habe ich mehrere Kopierrahmen, zwei mit klarem Glas für Filmnegative. Ich polierte das Glas des ersten Rahmens mit einem Taschentuch und legte das Negativ hinein, gefolgt von dem Fotopapier, das ich mit der glänzenden Seite nach unten auf dem Negativ platzierte.

Mit dem zweiten Negativ verfuhr ich genauso, dann trug ich die Rahmen ins Licht, auf die Küchenfensterbank, wo die Abendsonne ihren Zauber wirken würde. Während sie es tat, blickte ich hinaus zu meinem Garten und dem Wäldchen dahinter. Dort hatte ich mir Rupert Cromers Skulptur vorgestellt.

Als ich dem Licht genügend Zeit gegeben hatte, seine Aufgabe zu erledigen, brachte ich die Rahmen zurück in die Dunkelkammer und sah mir das Ergebnis an. Nun kam das Fixieren. Aber was würde ich fixieren? Ein Bild von Cromer, der entschied, doch an der Jagd teilzunehmen, versehentlich Caroline Windham traf und beschämt wegging? Ich sah auf dieser Aufnahme einen versuchten Mord. Aber was würden die Geschworenen sehen? Ein kluger Anwalt würde Zweifel säen, sich über die Aussagekraft der Fotografie lustig machen und dafür sorgen, dass der Fall abgeschmettert wurde. Cromer wurde bewundert und hatte einflussreiche Freunde. Diese Aufnahmen könnten als Unsinn abgewiesen werden.

Hingegen gab King, den ich zu Sergeant Wilson gebracht hatte, einen hervorragenden Verdächtigen ab: ein Außenseiter, ein Amerikaner, dessen Privatleben kein allzu genaues Hinsehen vertrug.

Ich verdrängte diese Gedanken, als ich die Fixierlösung in die Schale gab und das Fotopapier hineingleiten ließ. Der Abzug färbte sich langsam braun. Noch nie hatte das Fixieren und

Wässern so lange gedauert. Und hinterher mussten die Abzüge zum Trocknen aufgehängt werden.

Wieder dachte ich an King. Jemand würde hängen.

Während die Abzüge trockneten, ging ich in mein Bad. Ja, ich hatte eine Ersatzzahnbürste. Die würde King vielleicht brauchen.

Das Seltsame an dieser Fotografie war, dass man ohne weiteres Wissen nichts von dem Mordversuch erahnte. Der Mann mit dem Gewehr könnte sich in der nächsten Sekunde abgewandt haben. Es war ein Bild mit einer Geschichte, doch welche Geschichte erzählte es? Das Können des Fotografen, die Wahl der Szenerie und der Kamerawinkel machten es besonders. Es machte mich zu einer Zeugin, und dennoch war es eine Illusion. Konnte eine Kamera lügen? Etwas am Blick des Mannes mit dem Gewehr sagte mir, dass die Kamera hier nicht gelogen hatte. Dass es ein Mordversuch gewesen war.

Als die Abzüge noch nicht ganz trocken waren, nahm ich einen an der Kante auf und trug ihn hinaus zu meinem Wagen.

Ich musste das Bild sofort zu Marcus bringen. Aber Dads Morris beschloss, sich so zu benehmen, wie es meine Jowett manchmal tat. Aus unerklärlichen Gründen fuhr er in eine andere Richtung.

Wenn ich mich beeilte, könnte ich Caroline Windham abholen und sie mit zum *Metropole* nehmen. Sie war mit Runcie dort gewesen und würde wissen, ob Cromer auch da gewohnt und gewusst hatte, dass Runcie in der schicksalhaften Nacht im Hotel sein würde.

Langsam wurde es mir klar. Cromer hatte es nicht geschafft, Runcie auf der Jagd zu töten. Im Hotel war es ihm gelungen.

Sobald Diamond von Runcies Tod erfahren hatte, hatte er erraten, wer verantwortlich war, und entschieden, dieses Wissen zu Geld zu machen.

Aber warum sollte Cromer Everett umbringen? Er hatte den Mann seinen besten Freund genannt.

Ich erinnerte mich an den Sonntag, als ich Caroline Windham die Nachricht von Runcies Tod überbracht und sie zu Cromers Haus gefahren hatte.

Da hatte ich es für Einbildung gehalten, in der Venus-Skizze auf Cromers Block eine unheimliche Ähnlichkeit mit Deirdre Fitzpatrick wahrzunehmen. Jetzt begriff ich: Er hatte sie schlafend neben Runcie gesehen. Er wusste, dass ich die Zeichnung betrachtet hatte, und hatte sie verändert, der Venus ein neues Gesicht gegeben.

Deirdre hatte Glück gehabt, dass sie nicht aufgewacht war. Andernfalls hätte auch sie in jenem Hotelzimmer vielleicht ihr Leben gelassen.

Siebenunddreißig

Somersgill House in der Dämmerung hatte etwas Furchteinflößendes. Aus Gewohnheit parkte ich seitlich vom Herrenhaus, ging zur Vordertür und läutete. Zufällig öffnete das Hausmädchen, das ich bei meinem letzten Besuch hier getroffen hatte.

»Ist Miss Windham im Haus?«

»Nein, ist sie nicht, Miss.«

»Wissen Sie, wo sie ist?« Sie zögerte. Natürlich wusste sie es, wollte es aber nicht sagen.

Jemand rief drinnen nach ihr.

Ich riet. »Ist Miss Windham eventuell bei Mr. Cromer?«

Sie nickte.

Ich dankte ihr und kehrte zum Wagen zurück.

Hiermit veränderte sich alles. Ich sollte nicht einfach so bei Cromer ins Haus stolpern. Aber ich hatte eine Idee. Ich würde Caroline Windham das Zigarettenetui und das Feuerzeug geben und ihr sagen, dass Philippe Runcie sie zu sehen wünsche. Sobald wir von Cromer fort waren, würde ich sie und die Fotografie zu Marcus bringen.

Als ich vom Herrenhaus über das Anwesen und zum Osttor hinausfuhr und mich an den Weg zu dem maroden Cottage des Bildhauers zu erinnern versuchte, ging ich im Geiste durch, was ich sagen würde: Nenn Caroline das Datum der Beerdigung, erzähle ihr, dass Leute aus Boston kommen, und erwähne beiläufig, dass Philippa sie gern jetzt sehen würde, bevor die Verwandten einfielen und ein privates Gespräch schwierig machten.

Einen perfekten Plan zu haben kann tröstlich oder sinnlos sein; das hängt von den Umständen ab.

Ich klopfte an die Cottage-Tür und fand mich wieder einmal der nach wie vor schlecht gelaunten Haushälterin gegenüber. Auch ohne Teig an den Händen verabscheute sie es, gestört zu werden. Verdrossenheit musste bei ihr ein Dauerzustand sein. Sie informierte mich, dass Mr. Cromer und Miss Windham in der Scheune bei der Arbeit waren. Das Wort »Arbeit« unterfütterte sie mit hämischer Verachtung.

Ich ging in die Richtung, in die sie den Arm geschwenkt hatte, und über den ausgetretenen Pfad seitlich am Haus vorbei.

Sie arbeiteten tatsächlich, wie ich durch den offenen Türspalt sah. Die ehemalige Scheune wurde von einem halben Dutzend Petroleumlampen und zahlreichen Kerzen erhellt.

Ich öffnete die Tür weiter und fand eine Szene intensiver Konzentration und Stille vor. Caroline lag nackt auf einem Sofa und hatte einen tranceähnlichen Gesichtsausdruck. Ein einzelner Petroleumofen in ihrer Nähe gab zarten blauen Dunst von sich.

Cromer stand mit dem Rücken zu mir an einem Tisch und klopfte auf einen Stein ein, dessen Form den Umrissen ihrer Beine, ihrer Hüften, ihrer Brüste und ihres Kopfes folgte, aber zugleich mehr als das Modell wurde und eine zeitlose Qualität gewann, halb Landschaft, halb Mensch.

Caroline sah mich, reagierte jedoch nicht. Trotzdem musste Cromer eine vage Veränderung an ihr gespürt haben, denn er drehte sich zu mir um.

»Verzeihen Sie die Störung. Ich war auf der Suche nach Ihnen, Miss Windham, und würde Sie gern sprechen. Doch offensichtlich sind Sie beschäftigt.« Ich trat einen Schritt zurück. So wäre es am besten. Zurück zu meinem Wagen, dann zum Herrenhaus und Marcus anrufen.

Die beiden wechselten einen Blick, und Caroline sagte: »Ich muss mich bewegen. Mein Bein krampft gleich.«

Er nickte.

Sie wickelte sich einen chinesischen Seidenmorgenmantel um und stand auf. »Ich gehe ins Haus, Rupert. Ich brauche einen Drink.«

Eigentlich erwartete ich, dass er ihr folgen würde, was er indes nicht tat.

Als wir die Scheune verließen, fröstelte sie. »Er vergisst, wie kalt es wird, wenn man sich länger nicht bewegt. Natürlich arbeitet er und merkt es gar nicht.«

»Sie arbeiten auch«, sagte ich betont gelassen und horchte nach Cromer.

»Gibt es Neuigkeiten?«, fragte Caroline. »Hat Philippa das Datum für die Beerdigung festgesetzt? Habe ich Befehl, mich fernzuhalten?«

Damit hatte sie mir eine Eröffnung geboten. Allerdings wollte ich mehr Abstand zur Scheune – und zu Cromer –, um sie zu überzeugen, dass sie mich begleitete. Sie würde Zeit zum Anziehen brauchen. Ich hatte nicht damit gerechnet, sie nackt anzutreffen.

»Ihnen muss kalt sein. Haben Sie vor, die halbe Nacht für ihn Modell zu sitzen?«

»Ach, Sie kennen doch Künstler! Ich soll ihm möglichst dankbar sein, dass ich seine Muse bin. Und natürlich lenkt es mich ab. Alles ist besser als die Langeweile im Herrenhaus, obwohl ich zum Abendessen erwartet werde. Wie spät ist es?«

Ich sagte es ihr.

»Ich muss mich anziehen. Können Sie mich mitnehmen?«

Es lief glatter, als ich zu hoffen gewagt hatte. »Selbstverständlich.«

Wir waren auf der Veranda und Cromer plötzlich hinter uns,

der mit Riesenschritten aus der Scheune nachgekommen sein musste.

»Ich mache Schluss, Schatz«, erklärte Caroline. »Du musst ohne mich weiterarbeiten.«

Er legte eine Hand auf ihre Schulter. »Ist in Ordnung. Du hast den Rest des Abends frei.«

Sie lachte.

Cromer wandte sich zu mir. »Bleiben Sie noch auf einen Drink?«

Innerlich stöhnte ich. Es war das Letzte, was ich wollte, nur konnte ich schlecht ablehnen.

Zu dritt gingen wir in sein heruntergekommenes Wohnzimmer.

Cromer steuerte die Karaffe auf der Anrichte an. »Wer wäre für einen Tropfen von Lord Fotheringhams Feinstem?«

»Für mich einen Doppelten. Was für ein erbärmliches Feuer.« Caroline zog einen abgewetzten Sessel zum Ofen, machte jedoch keine Anstalten, mehr Kohlen ins Feuer zu geben. Dafür würde sie gewiss klingeln.

Ich setzte mich auf das kleine Sofa gegenüber dem Ofen.

Cromer gab uns je ein Glas.

Ich nahm einen Schluck und stellte mein Glas auf den niedrigen Beistelltisch.

»Nun, worum geht es?«, fragte Caroline und trank etwas. »Ich kenne Sie inzwischen ein wenig, Mrs. Shackleton, und Sie kommen nicht ohne Grund her.«

»Sie haben recht, Miss Windham. Es gibt ein Datum für die Beerdigung, und Mrs. Runcie hat mich gebeten, es Ihnen mitzuteilen. Sie ist am Freitag in einer Woche.«

»Demnach bin ich nicht verbannt?«

»Im Gegenteil. Und es gibt ein silbernes Zigarettenetui, von dem Philippa glaubt, dass Sie es Everett geschenkt hatten.«

Tiefer Schmerz spiegelte sich in Carolines Augen, und sie blickte zum Feuer. »Vielleicht habe ich ihm mal eines geschenkt. Ist es wertvoll, mit Diamanten besetzt oder so? Falls ja, ist es ganz sicher von mir.«

Ich wollte, dass Cromer sich hinsetzte, möglichst weit weg von mir. Aber er tat es nicht, sondern blieb zwischen mir und dem Ofen stehen.

»Und ein Feuerzeug«, ergänzte ich, »ebenfalls aus Silber.«

»Warum ist sie so großzügig? Weiß sie nicht, dass wir zusammen weggehen wollten, sobald die Scheidung durch war?«

Cromer sah mich an. Da war etwas in seinen Augen: Misstrauen? Jedenfalls war ich wachsam. Ich könnte seinen Verdacht zerstreuen, indem ich das Zigarettenetui und das Feuerzeug vorzeigte, also holte ich das Etui aus meiner Tasche, stand auf und gab es Caroline.

Sie stieß einen kleinen, gekränkten Laut aus. »Er hat es so gut wie nie benutzt. Na ja, zuerst schon, doch dann hat sie ihm eines aus Gold gekauft. Typisch für sie, ihm Gold zu schenken. Und es ist nicht mal eine verdammte Zigarette in dem Ding!«

Ich gab ihr eine von meinen.

Cromer rührte sich nicht vom Fleck, blieb auf dem Läufer vor dem Ofen zwischen uns. Ich setzte mich wieder hin.

»Wo ist das Feuerzeug?«, fragte Caroline. »Ich wette, es funktioniert nicht einmal.«

Ich kramte in meiner Tasche, konnte es aber nicht finden.

Cromer nahm ein Zündholz aus dem Krug neben dem Ofen und gab Caroline Feuer. Dann lachte er. »Frauentaschen! Darf ich Ihnen helfen?«

Bevor ich ihn abhalten konnte, kippte er den Inhalt meiner Tasche auf dem Sofa aus. Ich begriff sofort, warum. Er hatte die Ecke der Fotografie gesehen. Zum Glück landete sie mit der Rückseite nach oben. Ich wollte sie mir zurücknehmen.

Cromer lächelte. »Bei Ihrem letzten Besuch gaben Sie sich so an meiner Arbeit interessiert, Mrs. Shackleton, dass ich fast gedacht habe, Sie wären wegen eines Auftrags hier.«

Ich hatte die Hand auf der Fotografie. Zu früh. »Unser Anwohnerkomitee trifft sich Ende des Monats. Dort werde ich Fotografien Ihrer Arbeit zeigen.«

Caroline beäugte uns neugierig und nahm einen langen Zug von ihrer Zigarette. »Haben Sie das Feuerzeug, Mrs. Shackleton? Ich erinnere mich wieder. Es war ein Geburtstagsgeschenk, und ich wollte es gravieren lassen.«

»Hier ist es.« Ich reichte Cromer das Feuerzeug, damit er es Caroline weitergab. In dem Moment, in dem er sich bewegte, wollte ich die Fotografie zurück in meine Tasche stecken. Doch ohne das Feuerzeug weiterzureichen, machte er eine flinke Bewegung und schnappte sich den Abzug. »Ist das eines der Bilder von meiner Arbeit?«

»Gib mir das Feuerzeug.« Caroline beugte sich vor und nahm es ihm aus der Hand, während er die Fotografie anstarrte.

Mit dem Rücken zum Feuer hielt er sie fest, ohne ein Wort zu sagen. Und das eine halbe Ewigkeit lang.

Caroline klickte das Feuerzeug an. »Es funktioniert.« Sie blickte zu Cromer auf. »Rupert, warum müsst ihr Männer immer das Feuer blockieren?«

Endlich sah Cromer mich an. »Es ist eine Täuschung, wie Sie hoffentlich wissen, Mrs. Shackleton. Ich war nicht dort.«

Caroline stand auf. »Was siehst du dir an? Was ist eine Täuschung.« Sie nahm ihm die Fotografie ab. »Das ist bei der Jagd. Rupert, du warst nicht bei der Jagd.«

»Habe ich doch gesagt. Es ist eine Täuschung. Diamond war bekannt dafür.«

Ich bemühte mich, die Situation zu entschärfen. Günstig für mich war, dass sowohl Caroline als auch die missgelaunte

Haushälterin anwesend waren. »Ich habe einen Abzug von einem Negativ aus Leonard Diamonds Spind gemacht.«

»Rupert?«, fragte Caroline. »Du richtest dein Gewehr auf mich.« Sie wurde sehr still, als wäre sie zu der Steinfigur geworden, die Cromer gemeißelt hatte.

»Ich habe doch gesagt, dass es eine verfluchte Täuschung ist.«

Zu schnell warf ich ein: »Len Diamond hatte einen ausgeprägten Sinn für Humor.«

»Hatte?«, fragte Caroline, wobei sie erst mich, dann Rupert ansah.

»Er ist tot«, antwortete ich matt. Es war zu spät für Ausflüchte. »Mr. Cromer richtet sein Gewehr nicht auf Sie, Miss Windham. Er zielt auf Everett Runcies Herz. Sie haben sich bewegt, genau wie Everett. Ich nehme an, dass zu viel Aufruhr herrschte, um einen zweiten Schuss zu versuchen.«

Die Zeit stand still.

Cromer sagte: »Das ist lächerlich! Sie haben das in Ihrer Dunkelkammer zurechtgebastelt.« Er drehte sich zu Caroline um. »Sie ist Fotografin.« Dann wandte er sich wieder zu mir. »Geben Sie es zu. Ich weiß nicht, was das hier für ein Spiel sein soll.«

»Ich spiele nicht, im Gegensatz zu Leonard Diamond, von dem ich annehme, dass er ziemlich viel Geld für diesen Abzug und die anderen Negative gefordert hatte.«

»Der Mann war labil. Er hat sich erhängt, nicht wahr?«

»Woher weißt du das?«, fragte Caroline mit sehr dünner Stimme.

»Es hat in der Zeitung gestanden«, antwortete er im Brustton der Überzeugung.

»Ich habe es nicht gelesen.«

»Nicht in der *Times*, im Lokalblatt.«

»Du bekommst die Lokalzeitung nicht.«

»Um Himmels willen, Caroline, es hat in der Zeitung gestanden! Und dieses Bild beweist nichts.«

»Leonard Diamond hat nicht Selbstmord begangen«, erklärte ich. »Sie haben ihn erwürgt und es wie einen Suizid aussehen lassen, weil er wusste, was Sie getan haben. Sie wollten Everett Runcie tot sehen, sind ins Hotel und haben ihn erwürgt, als er nach zu viel Wein und Brandy tief und fest schlief. Es muss Ihnen so einfach vorgekommen sein.«

Caroline starrte ihn an, und ihre Stimme wurde zu einem kehligen Flüstern. »Du Schwein! Und mich hast du die ganze Zeit deine Muse sein lassen, bibbernd und nackt. Ich habe gedacht, dass du auf meiner Seite bist. Ich habe mir eingeredet, Rupert bittet mich, für ihn zu sitzen, weil er denkt, dass es mir hilft, diese schreckliche Sache zu überleben. Und dabei warst du es. Du hast Everett ermordet!«

Sie hielt immer noch die Fotografie in der Hand.

Cromer entriss sie ihr. »Du irrst dich.«

»Du hast ihn ermordet, stimmt's?«

»Nein!« Der große Mann trat einen Schritt zurück. »Es ist nicht so, wie es aussieht.« Dann warf er die Fotografie ins Feuer. Er sah Caroline flehend an, schüttelte den Kopf und ließ die Arme sinken. Mir fiel auf, wie groß seine Hände waren – groß genug, um sie einem Mann um den Hals zu legen, ihn zu würgen, bis alles Leben aus ihm gewichen war.

»Ich habe es für dich getan, Caroline. Runcie hat dich ruiniert. Er hätte dich heiraten müssen, als du jung warst. Jetzt will dich keiner mehr. Du wirst nie ein Zuhause haben, außer bei mir.«

»Du? Du? Wir wollten nach Italien.«

»Wo er schon eine Witwe in Aussicht hatte, eine Gräfin.«

»Lügner!«

»Er hat mir erzählt, dass er vorhatte, sie zu heiraten. Sie und ihren alten Geldbeutel. Du wärst weiterhin die Mätresse geblieben.«

»Und wenn schon! Glaubst du, er hätte jemals eine andere als mich geliebt?«

»Er wollte dich weit wegbringen, damit ich dir nicht folgen kann. Aber ich wäre dir gefolgt. Weil es dasselbe wie vorher gewesen wäre. Er hätte dir seine Liebe geschworen und eine andere geheiratet, die seine Rechnungen bezahlt. Und er hätte dir immer wieder wehgetan.«

Sie hatten vergessen, dass ich hier war. Es genügte nicht, dass er gestand, Everett Runcie ermordet zu haben. Ich wollte auch sein Geständnis für den Mord an Diamond.

Also trat ich zwischen die beiden. »Diamond hat versucht, Sie zu erpressen«, sagte ich.

»Der!« Er winkte ab, als wollte er eine lästige Fliege vertreiben. »Es war leichter, meine Hände um seinen Hals zu legen als auf einen Fünfzig-Pfund-Schein. Ich habe ihm die Chance gegeben, mir die Negative auszuhändigen. Aber für alle Fälle hatte ich ein Seil mitgebracht.«

Cromer schritt um mich herum auf Caroline zu, sprach flehend ihren Namen aus.

Da nahm sie den Schürhaken auf und schlug nach ihm. Sie traf seine Schulter, und Cromer schrie auf vor Schmerz. Abermals holte sie aus. Er packte ihren Arm und entwand ihr das Ding, bevor er sie mit beiden Armen umfing. »Ich liebe dich, Caroline. Ich habe dich immer geliebt. Das wusste er. Er hat mit uns beiden gespielt.«

»Fass mich nicht an!«

»Küss mich, Caroline. Bitte, küss mich.«

Sie kämpfte sich von ihm frei und rammte ihr Knie nach oben, dorthin, wo es schmerzte.

Cromer ließ sie los, drehte sich um und rannte aus dem Zimmer.

»Caroline! Lassen Sie ihn. Er kann sich nirgends verstecken.«

Sie ignorierte mich, nahm erneut den Schürhaken auf und lief Cromer nach.

Ich folgte ihr in die Diele und durch die Küche. Cromer rannte durch die Hintertür aus dem Haus.

Barfuß jagte Caroline ihm nach, stieß einen Kriegsschrei aus und schwang den Schürhaken.

Ich beobachtete, wie Cromer auf sein Motorrad sprang und in die Dunkelheit brauste.

Caroline lief dem Motorrad hinterher.

Im selben Moment fuhren zwei Polizeiwagen und Sykes auf seinem Clyno-Motorrad über den Weg heran.

Cromer kam nicht weit. Er nahm eine Biegung zu schnell, und sein Motorrad kippte. Er flog durch die Luft, ein dunkler Schemen vor dem sich verdunkelnden Himmel. Stirb da, betete ich, weil ich den Gedanken verabscheute, dass Rupert Cromer eine Schlinge um den Hals gelegt wurde. Doch er torkelte zurück zu dem Polizeiwagen, halb getragen von zwei kräftigen Constables, und schrie, dass er froh sei, Runcie ermordet zu haben. »Ich habe einen elenden Betrüger getötet und einen Erpresser. Wo bleibt mein Orden?«

Die Constables verfrachteten ihn in den Wagen. Die Autotür wurde zugeknallt.

Im nächsten Augenblick streckte Cromer den Kopf zum Fenster heraus und rief: »Ich habe es für dich getan, Caroline. Er hatte dich nicht verdient.«

Der Wagen fuhr los.

Caroline, deren Haar im Wind aufflog, marschierte hinter dem wegfahrenden Polizeiwagen her, als hätte sie eine Armee von Rächern hinter sich.

Ein dritter Polizist nahm ihr den Schürhaken ab.

»Warum, Kate?«, fragte Marcus. »Du hättest mir das überlassen können.«

»Woher hast du gewusst, dass ich hier bin?«

»Sykes war bei dir zu Hause und wollte nachsehen, ob du die Fotografien hast. Er hatte vor, sie uns zu bringen. Wie gut, dass er allein ins Haus konnte und so vorausschauend war, sich den trocknenden Abzug anzusehen. Da hat er eins und eins zusammengezählt.«

Sykes kam zu uns. »Ist alles in Ordnung, Mrs. Shackleton?«

Das Gefühl hatte ich ganz und gar nicht, nickte jedoch.

Zu Marcus sagte er: »Cromers Motorrad ist eine Zweitakter-Enfield, Sir, so wie das Motorrad, das in der Gasse gesehen wurde.« Dann fragte er mich: »Wo war Mrs. Sugden, als wir sie gebraucht hätten, um eine Nachricht zu schicken?«

»Beim Abendkurs. Sie hat angefangen, Schreibmaschine zu lernen.«

Ich blickte mich zum Cottage um. Der mürrische Sergeant Wilson hatte seine liebe Not, Miss Windham zu bewegen, dass sie ihm zuhörte, sich beruhigte und sich anzog.

Marcus räusperte sich, sodass ich wieder ihn ansah. »Kate, ich nehme an, dass du Miss Windham gut genug kennst, um sie zu beschwichtigen und ihre Aussage aufzunehmen.«

»Oh nein, Marcus, diesmal nicht. Miss Windham überlasse ich dir und Sergeant Wilson.«

»Ist sie die, die sie die ›Kriegerkönigin‹ nennen?«

»Die ›Wikingerkönigin‹. Geschlagen, aber nicht unterlegen.«

Achtunddreißig

Es war Nacht, bis ich das Fotheringham-Anwesen verließ. Sykes bestand darauf, mich mit seinem Motorrad zu eskortieren, und fuhr wenige Meter hinter mir her über die dunkle, mondbeschienene Straße, als glaubte er, mir könne auf dem Heimweg etwas Furchtbares widerfahren.

Mrs. Sugden war von ihrem Schreibmaschinenkurs zurück und hatte mir ein Blatt mit Buchstaben, zumeist F, J, D und K, auf den Dielentisch gelegt, damit ich es mir ansah. Der Kurs musste sie so erschöpft haben, dass sie sich schon zur Nacht zurückgezogen hatte. Aber sie hatte auch eine Nachricht dagelassen:

Arthur hat die Jowett repariert und bringt sie gleich morgen früh.

Sehr gut. Jetzt durfte ich mich auf eine Predigt freuen und würde wahrscheinlich eine längere Vorführung aushalten müssen, die sich um das Auffüllen von Öl und Wasser, um Reifen und Pleuellager drehte.

Sykes stand unschlüssig da. »Soll ich den Morris in die Garage bringen?«

»Nein, lassen Sie ihn hier. Arthur wird morgen vor Tau und Tag meine Jowett herbringen und den Morris zurück nach Wakefield fahren.«

»Gut, dann verschwinde ich mal.«

»Da gibt es noch eines, was Sie für mich tun könnten, Mr. Sykes.«

»Natürlich.«

»Gideon King war im Hotel, um etwas zu seiner Aussage zu ergänzen. Würden Sie bitte herausfinden, ob er inzwischen nach Hause durfte?«

Sykes nickte. »Ja, mach ich.«

»Sagen Sie bitte, dass ich gefragt habe, ob er freigelassen wurde. Aber ich gebe Ihnen für alle Fälle eine Zahnbürste für ihn mit.«

Ich ging ins Bad und holte die Zahnbürste aus dem Schrank.

Sykes steckte sie in seine Tasche. »Ich nehme an, damit sind wir raus aus den Ermittlungen.«

»Ja.«

»Es ist interessant gewesen, ein Special Constable zu sein und ein Motorrad zu haben.«

»Kommen Sie morgen Vormittag vorbei, Mr. Sykes, nicht zu früh. Wir überlegen dann gemeinsam, wie es nun weitergeht.«

Ich lauschte, bis das Brummen seines Motorrads anhob und verklang, als Sykes wegfuhr.

Egal, wie spät, Philippa würde wissen wollen, dass Everetts Mörder gefasst war. Ich nahm den Telefonhörer auf. Es freute mich, dass King sich meldete.

»Mr. King, ich bin froh, dass Sie zu Hause sind.«

»Ich auch, Mrs. Shackleton.«

»Würden Sie Philippa bitte sagen, dass ich Neuigkeiten habe und gleich komme, falls es nicht zu spät ist.«

»Ich warte auf Sie.«

Was er auch tat. Als ich vor dem Haus vorfuhr, kam er auf den Wagen zu und öffnete mir die Tür.

»War es schlimm, Mr. King?«

»Gideon, und ja. Aber zum Glück hatte Philippa nicht mitbekommen, dass ich weg war, weil sie mit ihren eigenen Sorgen befasst ist und mich die Inventur in die entlegensten Winkel führt.«

»Tja, mich freut, dass Sie die Zahnbürste nicht gebraucht haben.«

Wir gingen zur Haustür, die von den geplünderten chinesischen Lampions erhellt war. »Ich habe Philippa nicht von Diamond, dem Geld und so erzählt.«

»Dann werde ich es auch nicht tun. Sie können sich auf mich verlassen.«

»Danke.« Er stockte an den Stufen. »Ich gehe nicht mit ihr nach Boston zurück. Das habe ich ihr bisher auch noch nicht gesagt.«

»Was haben Sie vor?«

»Ich habe an Paris gedacht. Irgendwo, wo ich neu anfangen kann.«

»Das hört sich nach einer guten Idee an. Es gibt viele Amerikaner in Paris. Aber Sie werden Philippa fehlen.«

»Nein, werde ich nicht. Sie wird mich nicht mehr brauchen.«

»Was werden Sie in Paris tun?«

Er zuckte mit den Schultern. »Ich bin sicher, dass jemand einen Privatsekretär braucht, und ich wage zu hoffen, dass Philippa mich empfiehlt.« Wir gingen die Stufen hinauf zur offenen Tür. »Sie weiß, dass Sie kommen. Ich bringe Sie nach oben.«

Ich folgte ihm die breite Treppe hinauf.

Oben klopfte er an Philippas Tür und zog sich zurück.

Drinnen brannte ein Feuer im Kamin. Philippa saß an ihrem Tisch, vor sich einen Stapel Papiere. Sie stand auf und kam mich begrüßen. »Kate, komm, setz dich. Was gibt es? Du bist sehr blass.«

»Es war ein recht aufregender Tag – und recht aufregender Abend.«

Vor dem Feuer erzählte ich ihr von Cromers Verhaftung

wegen des Mordes an Everett, von dem Zeitungsfotografen, dessen »zufällige« Aufnahme von Caroline meinen Verdacht erregt hatte, und von der Fotografie von Rupert Cromer, wie er mit seinem Gewehr zielte.

»Ich wusste nicht einmal, dass er bei der Jagd dabei war.«

»Hätte er auch nicht sein sollen.«

»Was hatte er gegen Everett?«

Dies war der schwierigste Teil, denn ich musste ihr erklären, dass Cromer in Caroline Windham, seine Muse, verliebt war. Er liebte sie nicht nur, sondern war von ihr besessen und wollte sie unbedingt beschützen.

Philippa blickte ins Feuer. »Weißt du, ich verstehe, warum Cromer so viel an Caroline lag. Sie war sein Typ. Es ist ein Jammer, dass sie es nicht genauso sah. Wie viel Herzschmerz es uns allen erspart hätte!«

»Und Everett hätte es das Leben gerettet.«

»Ja, armer Everett. In vielerlei Hinsicht war er solch ein dummer Mann. Er hat nie erkannt, wo seine wahren Interessen lagen.« Sie ging zurück zu ihrem Tisch und zog die Schublade auf. »Jetzt schreibe ich dir noch einen Scheck, Kate. Mein Schwager wird sehr erleichtert sein, dass fortan nicht mehr alle Blicke auf seine Bank und Everetts Geschäftspartner gerichtet sind.«

Es war ein überaus großzügiger Scheck, aber ich äußerte keine Einwände. Dies hier hatte ich verdient.

Wieder sagte sie: »Rupert Cromer. Sich vorzustellen, dass er beim Pferderennen war und manche Leute ihn für ein Genie hielten … Was für eine Verschwendung, Kate!«

»Ich weiß.«

Für mich war es mit am schwersten zu verkraften, dass zwei Künstler höchsten Ranges, Diamond und Cromer, für ihre Verbrechen in die Hölle kommen würden.

Am nächsten Morgen frühstückte ich spät, als ein Paket von einem der Männer aus Kirkley Hall gebracht wurde. Den Umschlag dazu öffnete ich zuerst.

Liebe Kate,
diese Büste kann ich nicht mitnehmen. Sie wurde von Everett bei Cromer in Auftrag gegeben, und auch wenn sie als Kunstwerk von großer Schönheit betrachtet werden mag, will ich sie nicht in meiner Nähe oder auch nur auf meiner Seite des Atlantiks wissen. Behalte du sie, wenn du magst, als Erinnerung an diese seltsamen Geschehnisse. Oder, wenn du sie nicht willst, gib sie irgendeiner Galerie mit der Weisung, dass sie niemals verkauft werden darf, weil dann die Gefahr bestünde, dass sie wieder zu mir zurückfindet.
Nochmals danke. Der Chief Inspector war heute Morgen hier, um mir zu berichten, was du mir bereits gestern Abend erzählt hattest. Ich schwieg, also wird er mich wohl für herzlos halten, so gelassen, wie ich die Nachricht aufnahm.
Deine
Philippa Runcie

Mrs. Sugden sagte: »Soll ich das Ding auspacken?«

»Jetzt nicht. Ich bin noch nicht bereit, es mir anzusehen.«

Es klopfte an der Tür. »Stellen Sie das Paket weg, sonst wird Mr. Sykes neugierig, und er kann warten.«

Sykes gesellte sich auf eine Tasse Tee und einen Toast zu mir. »Wie ich sehe, haben Sie die Jowett wieder.«

»Ja, dank Arthur. Und wir haben einen Überraschungsausflug vor uns, Mr. Sykes. Sie dürfen die Karte lesen. Ich fahre.«

»Und ich lese die Karte wohin?«

»Five Lane Ends in Idle.«

»Bradford?«

»Ja. Die Karte finden Sie auf dem Esszimmertisch.«

»Na dann. Ich werde sie studieren.«

Eine halbe Stunde später waren wir in der Jowett unterwegs, die nach Arthurs fürsorglicher Pflege geschniegelt aussah, und ich fuhr. Sykes, der mich navigierte, tippte auf die Karte. »Hier nach rechts.«

Ich bog nach rechts auf einen gewundenen Weg. »Ich habe nachgedacht, Mr. Sykes.«

»Aha?«

»Cyril Fitzpatrick hat drei Pfund, acht Shilling und sechs Pence verdient. Ich bezahle Ihnen nicht genug.«

»Wenn Sie es sagen.«

»Sage ich.«

Er konnte nicht umhin zu widersprechen, selbst wenn es wider seine Interessen lief. »Ich habe meinen Lohn als Special Constable und ein bisschen Einnahmen hier und da.«

»Tja, je weniger Sie dazu sagen, desto besser. Sie sollten keine Badeanzüge und Strümpfe in Pubs verkaufen müssen.«

»Was aber eine gute Tarnung sein kann.«

Wir gelangten an eine Weggabelung. »Wollen Sie jetzt eine Lohnerhöhung oder nicht?«

»Biegen Sie nach links, und ja. Sie käme nicht ungelegen.« Er blickte von der Karte auf und sah nach vorn. »Besuchen wir eine Abraumhalde?«

»Es ist nicht nur eine Abraumhalde. Hier ist eine Fabrik.«

Und als wir um eine Biegung fuhren, stand dort: *Jowett Motor Manufacturing Company.*

Sykes ließ die Karte zu Boden gleiten. »Und was tun wir hier? Sagen Sie mir nicht, dass jemand deren Automobile geklaut hat.«

»Ich habe einen Termin mit Mr. Benjamin Jowett, um einen neuen Wagen Probe zu fahren.«

Ausnahmsweise war Mr. Sykes sprachlos.

Philippa Runcie war so großzügig gewesen, dass ich nicht nur die einhundertsechzig Pfund für den neuen Wagen und zehn Pfund extra für den elektrischen Anlasser bezahlen konnte, sondern mir blieb noch genug, um Mr. Sykes und mich die nächsten anderthalb Jahre nett zu entlohnen.

Als wir auf den großen Fabrikhof fuhren, fand Sykes seine Stimme wieder. »Können wir einen schwarzen nehmen? Ich habe ja nichts gegen Hellblau bei Kleidern, aber es kommen schon komische Bemerkungen, wenn ich diesen Wagen fahre.«

»Seien Sie still! Beleidigen Sie die Jowett nicht.«

Er tippte auf das Armaturenbrett. »Sie hört nicht zu, sondern sieht nach ihren Cousins.« Vor der Mauer weiter vorn standen ein halbes Dutzend elegant aufgereihte Modelle.

»Und was für Bemerkungen hören Sie, wenn Sie fahren?«

»Die kann ich nicht wiederholen.«

»Ach, kommen Sie schon!«

»Nein, ausgeschlossen.«

»Die können nicht schlimmer sein als die, mit denen ich mich abfinden muss. Raus damit, oder ich nehme wieder Hellblau!« Ich hielt den Wagen vor dem großen Fabriktor an.

»Oh, na gut. Das letzte Mal, dass ich diesen Wagen gefahren bin, hat ein Kerl gerufen: ›Pinkelst du auch im Sitzen?‹«

Ich lachte. Sykes stieg aus. Er war eingeschnappt. Ich folgte ihm. »Tja, ich will kein schwarzes Auto fahren. Doch Sie dürfen dieses in der Farbe lackieren lassen, die Ihnen gefällt.«

»Was? Ich soll es haben?«

»Es sei denn, Sie ziehen ein Motorrad vor.«

Er nahm die Karte vom Beifahrersitz und begann, sie ordentlich zusammenzufalten, um seine Gefühle zu überspielen. »Dieser hier ist schon prima, wenn er erst mal schwarz lackiert ist. Ich werde das selbst machen.«

»Nein, werden Sie nicht. Das machen die hier für Sie.«

Ein Mann in einem guten Anzug kam aus dem Gebäude und trat lächelnd auf uns zu. »Mrs. Shackleton?«

Wir schüttelten einander die Hände, und ich stellte Mr. Sykes vor, der freudig das Angebot annahm, sich von einem leitenden Mechaniker durch die Fabrik führen zu lassen, während Mr. Jowett und ich zu der dunkelblauen Short-Two mit den schwarzen Kotflügeln gingen, über die wir am Telefon gesprochen hatten.

»Sie probieren da ein sehr beliebtes Modell aus, Mrs. Shackleton. Letztes Jahr haben wir fünfhundert von diesen gefertigt, und in diesem Jahr wollen wir die Produktion verdoppeln.«

»Dann sind eine Menge Jowett-Fahrer unterwegs?« Ich erinnerte mich an meinen freundlichen Retter und all die Grüße, die ich über die Jahre verteilt und erwidert hatte.

»Oh ja. Und was passiert mit Ihrem gegenwärtigen Automobil?«

»Das bekommt Mr. Sykes.«

»So ist es richtig! Alte Jowetts verschleißen nie, sie werden vererbt.« Er öffnete die Fahrertür. Ich setzte mich hinters Lenkrad, und mein Mantel quietschte auf dem neuen Leder.

»Wenn Sie die Frage gestatten, sind Sie die Mrs. Shackleton, die den Mord an dem Bankier aufgeklärt hat?«

»Nun, das war eigentlich Scotland Yard.«

»Da habe ich etwas anderes gehört.«

Wenn es so weiterging, würde ich noch so berühmt wie die Jowett werden.

Neununddreißig

Sykes überraschte mich mit der Ankündigung, dass er zu Cyril Fitzpatricks Begräbnis gehen würde. Er besuchte sogar die römisch-katholische Kathedrale, um sich auf die papistische Umgebung einzustimmen. Die Beerdigung sollte eine Woche und einen Tag nach Mrs. Hartigans stattfinden, sodass kaum genug Zeit blieb, den schwarzen Rock zu bügeln.

Sykes und ich saßen ungefähr in der Mitte der Kirche. Es waren recht viele zum Trauergottesdienst erschienen. Ein paar ernst dreinblickende Männer reichten die Körbe für die Kollekte herum, wie es früher Fitzpatrick getan hatte.

Mich faszinierten die Kirchenlieder. Eine Stimme übertönte alle, ganz besonders beim letzten Lied, *Faith of our Fathers*.

Das Rätsel wurde gelöst, als wir beobachteten, wie die Trauernden hinter dem Sarg her durch den Mittelgang gingen. Deirdre war an der Seite ihrer Tanten; Onkel Jimmy führte die Gruppe der Verwandten an. Und dahinter kam der Sänger. Neben dem treuen Eddie Flanagan in seinem gründlich gebürsteten dunklen Jackett war Joseph Barnard, der einen makellosen schwarzen Maßanzug und eine Krawatte trug; in der Hand hielt er seinen Hut, einen Homburg.

Ich war wenig geneigt, der eigentlichen Beerdigung beizuwohnen, falls es noch mehr Unfalltode auf dem Friedhof geben sollte. Doch Sykes drängte mich, um des armen Verstorbenen willen durchzuhalten. Also gingen wir zum Wagen. Wäre meine neue Jowett schwarz, wäre ich dem Trauerzug gefolgt. Doch da ich ein dunkelblaues Modell gewählt hatte, hielt ich es für angemessener, einen anderen Weg zu nehmen, der bedeutete, dass wir zuerst am Friedhof ankamen und dort am Tor warten konnten.

Sykes musterte die Trauernden aufmerksam. »Mr. Sykes, Sie sind nicht im Dienst.«

»Ich bin nie außer Dienst, Mrs. Shackleton, genauso wenig wie Sie.«

»Nun, ich hoffe, dass es bei mir nicht ganz so offensichtlich ist.«

Wir gingen den Weg hinauf zu Fitzpatricks Familiengrab. Ein Mann in einem Persianermantel kam neben mich und räusperte sich. »Mrs. Shackleton.«

Es war der Anwalt, der Deirdre zu Hilfe gekommen war. »Mr. Cohen.«

Er lächelte so freundlich, wie es solch ein Anlass erlaubte. »Danke, dass Sie mich gebeten haben, Mrs. Fitzpatrick zu vertreten.«

»Es war Mr. Brasher vom Boxklub, der den Vorschlag machte.«

»Ja, aber Sie haben Mrs. Fitzpatrick zu Brashers Sportklub gefahren, als Sie auch hätten anders handeln können. Sie ist Ihnen überaus dankbar, ebenso wie ihr Bruder. Falls ich jemals zu Diensten sein kann, Mrs. Shackleton, brauchen Sie nur zu fragen.« Er zückte eine Visitenkarte und reichte sie mir.

»Danke.«

»Und Mr. Hartigan hat mich gebeten, Ihnen diesen Umschlag zu geben.«

Ich konnte schwerlich ablehnen, als Mr. Cohen – wie bei einem umgekehrten Taschendiebstahl – einen Umschlag in meine Tasche schob. Er fühlte sich dick an, und ich ahnte, dass es sich bei dem Inhalt um Geldscheine handelte. Ich schaute zu der kleinen Gruppe Nonnen vor dem Grab und wählte eine aus, der ich den Umschlag geben würde. Das Geld mochte so rein wie frisch gefallener Schnee sein, oder es könnte Blut daran kleben. Behalten würde ich es jedenfalls nicht.

Deirdre stand am Grab, eingehakt bei ihrer Freundin Rita. Mir kam der Gedanke, dass Rita einer der wenigen Menschen war, die gewusst hatten, was für eine Ehe Fitzpatrick und Deirdre führten. Eddie stützte die beiden Tanten, die zutiefst erschüttert wirkten, obwohl sie Fitzpatrick nicht sehr nahe gewesen waren – oder vielleicht genau deshalb.

Ich war froh, als es vorbei war, ging zu Deirdre, schüttelte ihr die Hand und murmelte einige mitfühlende Worte.

Ihre Augen waren gerötet, und ihre Nasenspitze war wund. »Es gibt noch ein Frühstück im *Lloyds Arms*«, sagte sie.

»Sehr freundlich von Ihnen, aber diesmal nicht.«

Es war eine alberne Antwort, denn sie implizierte, dass ich eventuell käme, wenn sie irgendeinen künftigen Ehemann beerdigte. Doch ich hoffte, dass sie verstand, was ich meinte: Es wäre mir unangenehm, als Fremde inmitten all der Verwandten und Freunde zu sein.

Sykes flüsterte: »Ich gehe hin. Man kann nie wissen, wann es sich als praktisch erweist, sich mit jemandem in dem Viertel gut zu stellen.« Angesichts der vielen Priester und Nonnen hier erstaunte mich, dass Sykes sich bei solch einem Leichenschmaus wohlfühlen würde. Er las meine Gedanken und sagte: »Der Wirt vom *Lloyds* ist ein Kniebänkler.«

Dies war mein Moment, das Geld der Oberin der Little Sisters zu geben. Leise erklärte ich ihr, dass es von Anthony Hartigan kam und für die Armen in der Gemeinde gedacht war. Zu denen hier fraglos jeder der Anwesenden zählte.

Ich fuhr Sykes und Joseph Barnard in die Stadt. Nachdem ich Sykes beim *Lloyds* abgesetzt hatte, stieg Mr. Barnard vom Notsitz auf den Beifahrersitz neben mir um.

»Ich hatte von Mr. Fitzpatricks Tod in der Zeitung gelesen«, erklärte er. »Da wollte ich dem armen Mann die letzte Ehre erweisen und Deirdre zeigen, dass sie mir nicht gleichgültig ist.«

»Und ist sie es nicht?«

»Ganz und gar nicht. Ich werde ihr schreiben und sie fragen, ob wir uns wiedersehen können. Und falls es jemals eine Aufführung gibt, die Sie gern sehen würden, lassen Sie es mich wissen. Ich besorge Ihnen gern Karten.«

»Vielen Dank.«

Irgendwie hatte ich es nicht eilig, abermals zu erleben, wie Mr. Barnard sich die Seele aus dem Leib sang. Musik von Gilbert and Sullivan würde mich noch lange an schreckliche Todesfälle und an Rauch erinnern, der aus einer überstrapazierten Jowett aufstieg.

»Mr. Barnard, wie steht es mit Ihrer Scheidung? Ist sie durch die Ereignisse gefährdet?«

»Glücklicherweise nicht.«

Es freute mich, und ich hatte gehört, dass sein Anwalt, Mr. Lansbury, mit einer strengen Ermahnung davongekommen war.

Wir erreichten den Bahnhof. Barnard bedankte sich, dass ich ihn gefahren hatte, und eilte zu seinem Zug.

Es gab noch zwei Begräbnisse, zu denen ich gehen musste.

Leonard Diamond wurde auf dem Beckett Street Cemetery beigesetzt, und nur drei Leute waren gekommen, um ihn zu verabschieden: Mr. Duffield, der junge Tom Ashworth, der Diamonds Stelle als Zeitungsfotograf übernommen hatte, und ich.

Everett Runcies Beerdigung hingegen wies all die Pracht auf, die einem Mitglied des niederen Adels und dem zweiten

Sohn einer alteingesessenen Bankiersfamilie zukam. Er sollte in der Familiengruft beigesetzt werden. An dem Tag war es kalt und windig. Philippa Runcie erntete keine komischen Blicke, weil sie in einem weiten schwarzen Mantel erschien. Beim anschließenden Frühstück kaschierte ein günstig geschnittenes schwarzes Samtkleid ihre Schwangerschaft. In wenigen Wochen würde sie ein Schiff nach New York nehmen und den rechtmäßigen Erben des Runcie-Titels und des Familienanwesens in ihrem Bauch außer Landes schmuggeln. Er würde auf der anderen Seite des Atlantiks geboren werden und ein in jeder Hinsicht freieres Leben führen.

Marcus war zur Trauerfeier nach Norden gekommen. Wir wechselten einige Worte, bevor wir in die Kapelle gingen, und ich war froh, dass wir uns immer gut verstehen würden.

Während des Trauergottesdienstes saß Marcus neben einem alten Mann mit einem Schnauzbart im Kolonialstil und einem Gehstock mit einem goldenen Knauf in Form eines Pferdekopfes.

Tante Berta flüsterte: »Wie ich sehe, lernt dein alter Freund Marcus Charles die richtigen Leute kennen. Ist er hinter einem Ritterorden her?«

»Das glaube ich nicht. Wer ist der Mann neben ihm?«

»Meine Liebe, du musst wirklich deine Herzöge parat haben. Ich stelle dich später vor. Ihm gehört ein großer Teil der Highlands. Dein Onkel kauft nie Whisky von jemand anders.«

Die beiden verließen die Kapelle vor uns. Als sie durch den Mittelgang gingen, blickten sie in meine Richtung.

»Sie reden über dich«, raunte Tante Berta.

Auf dem Weg zurück nach Kirkley Hall verwickelte der Herzog Tante Berta in ein Gespräch.

Marcus kam zu mir. »Kate, du wirst mich hassen, weil ich das sage, aber ich möchte wissen, ob ich mich auf deine Diskretion verlassen kann, was den kleinen Handel zwischen Hartigan und dem Whiskybrenner angeht.«

Die Sonne war herausgekommen, als wir die Kapelle verließen, dennoch verlor der Tag für mich alles Helle.

Marcus vertraute mir nicht. Er würde es nie ganz. Soweit es ihn betraf, gehörte er zum Establishment, während ich eine womöglich gefährliche, beobachtende Außenseiterin blieb.

Die beiden Frauen in Runcies Leben blieben sowohl bei der Beisetzung als auch dem anschließenden Frühstück auf Abstand zueinander. Caroline Windham hielt sich im Umkreis von Lord und Lady Fotheringham. Meine Tante sprach mit ihr, ich indes erst, als es beinahe Zeit war zu gehen.

Wir waren auf der Veranda, jede ein Glas Sherry in der Hand. Miss Windham stand allein nahe einer Topfpflanze und winkte mir zu.

Da sie nie Zeit verschwendete, ehe sie zum Wesentlichen kam, bemerkte sie: »Rupert hat gebeten, mich zu sehen. Die letzte Bitte eines Verdammten.«

Ich wusste nicht, was ich sagen sollte.

»Übrigens habe ich ihm die Schulter gebrochen, als ich ihn mit dem Schürhaken schlug. Es tut mir nicht leid. Er hat gesagt, dass er wünschte, ich hätte seinen Schädel getroffen und ihn getötet.« Sie nippte an ihrem Sherry. »Ich weiß nicht, wie er es gemacht hat, aber er hat ein Testament, das vor seiner Verhaftung datiert ist. Alle seine Arbeiten gehen an mich.«

Es schien ein ungewöhnliches Ergebnis zu sein, denn ich hätte gedacht, dass der Besitz eines Verurteilten an die Krone geht. Vielleicht hatten Vorfahren der Wikingerkönigin zusammen mit denen irgendwelcher maßgeblicher Personen im Nachlassgericht gekämpft. Wollte sie mir eine Skulptur verkaufen?

Glücklicherweise nicht.

»Ich weiß nicht, was ich damit anfangen soll«, fuhr sie fort. »Fotheringham auch nicht. Er sagt, dass jetzt über Jahrzehnte niemand in England Cromers Arbeiten kaufen würde. Sie würden es auch nicht wollen, oder?«

»Nein.« Ich dachte an die Büste von Philippa, die sie mir geschickt hatte. Sie blieb in ihrer Verpackung. Dann erblickte ich King, und mir kam eine brillante Idee. »Gehen Sie nach Paris, Miss Windham. Verkaufen Sie die Arbeiten dort. Sie könnten eine Galerie eröffnen.«

Ihre Augen wurden größer, als sie darüber nachdachte.

Unterdes erwärmte ich mich für die Idee. »Ich kann die Arbeiten für Sie fotografieren, anonym. Es würde helfen, sie bekannter zu machen. Und Sie hätten einen Neuanfang.«

»Ich würde England sehr ungern verlassen.«

»Aber Sie wollten nach Italien gehen.«

»Das ist etwas anderes. Bei Frankreich bin ich mir nicht so sicher, doch vermutlich kann ich mich mit Paris anfreunden.«

»Paris wird Sie mögen.«

»Irgendwas muss passieren. Andernfalls bleiben die Skulpturen auf Lord Fotheringhams Anwesen, und er findet diese ganze Geschichte gruselig. Mich würde nicht wundern, wenn er sie zu Kies zerschlagen ließe. In der Familie sind viele Kunstbanausen.«

»Dann tun Sie es.«

»Ich könnte gewiss über die Arbeit reden und Leute für sie begeistern.«

»Und Sie kennen sich aus.«

»Aber was Geschäftliches angeht, wäre ich hoffnungslos.«

»Nicht mit dem richtigen Partner. Es gibt jemanden, von dem ich glaube, dass er sehr gut wäre. Er geht nach Paris und hat bisher noch keine konkreten Pläne dort, soweit ich weiß.«

»Wer?«

Ich nickte zu King. »Mit Ihrem Flair und Gideon Kings Geschäftssinn sollten Sie es weit bringen. Verstehen Sie sich mit ihm?«

»Ich habe nie viel mit ihm zu tun gehabt. Vergessen Sie nicht, dass er Philippas Sekretär ist.«

»Nicht mehr.« Ich winkte Gideon zu. »Gehen Sie ins Labyrinth, Caroline. Dort sieht Sie niemand. Ich sage ihm, dass er Ihnen folgen soll, dann können Sie es besprechen.«

Vierzig

Seit meiner Nichte Harriet herausgerutscht war, dass ihre Mutter plante, bei mir zu wohnen, um sich hier zu melden und das Aufgebot für ihre Hochzeit beim Standesamt Leeds bestellen zu können, rechnete ich damit, von Mary Jane zu hören. Es war ein kurzer Brief gefolgt, in dem sie mich bat, mein Gästezimmer nutzen zu dürfen, und ankündigte, mich bald zu besuchen.

Ausnahmsweise hatte sie mal ein gutes Gespür für den richtigen Zeitpunkt. Am Tag nach Everett Runcies Beisetzung stand sie mit den Kindern vor meiner Tür.

Da ich zuvor nie Kontakt zu meiner ursprünglichen Familie gehabt hatte, wusste ich erst seit diesem Frühjahr von Mary Janes Existenz. Sie hatte mich aufgesucht und um Hilfe gebeten, als ihr Mann verschwunden war. Meine neue Familie kennenzulernen war ein kleiner Schock gewesen.

Nun saßen sie und ich hinten im Garten. Harriet und Austin spielten im Wäldchen und suchten nach den besten Bäumen zum Raufklettern.

»Fallt ja nicht runter und brecht euch was!«, rief Mary Jane ihnen zu. »Ich sitze nicht stundenlang im Hospital.«

»Ihnen passiert schon nichts.«

Wir hatten uns ein Picknick mit nach draußen genommen, um den schönen Tag zu genießen.

»Catherine, du hast gesagt, dass ich mich hier melden und bei dir wohnen kann, bis das Aufgebot bestellt ist.«

»Ja.«

Sie blickte zum Haus. »Es ist richtig schön hier, und du hast solch ein hübsches Haus.«

Mir lief ein kalter Schauer über den Rücken. Sie hatte ihr Haus verloren, weil es an die Arbeitsstelle ihres Mannes gekoppelt gewesen war. Sie und ihre Kinder waren bei ihrer Mutter untergekommen – oder sollte ich sagen »bei unserer Mutter«? Mary Jane war das Gerede unangenehm gewesen, als sie und die Kinder zu ihrem Verlobten auf dessen Farm gezogen waren. Und da die Farm verkauft wurde und das Mobiliar versteigert, war es dort nicht besonders heimelig.

»Die Kinder haben so viel Unruhe gehabt«, sagte sie.

Ihre Stimmen klangen aus dem Wald. Harriet rief: »Eins, zwei, drei, ich komme!«

»Tja, zu deinem Gästezimmer, von dem du meintest, dass ich da wohnen kann ...«

»Ja«, antwortete ich vorsichtig.

»Die Sache ist die, ich weiß, dass es ein bisschen früh ist, aber die Leute, die uns den Zeitungsladen und das Haus in Helmsley verkaufen, möchten alles vorziehen. Es passt uns hervorragend. Natürlich bedeutet es, dass wir sehr früh aufstehen müssen, wegen der Zeitungen und so, aber das ist Bob gewohnt. Und Harriet will unbedingt im Geschäft bedienen.«

»Ist sie dafür nicht etwas zu jung?«

»Ach, nur an den Wochenenden und nach der Schule. Aber es ist so, dass wir es nicht aufschieben wollen. Wir wünschen uns einen richtigen Neuanfang und möchten als Mann und Frau nach Helmsley ziehen, ganz offiziell.«

»Ja, das verstehe ich.«

»Sonst hätte ich nie daran gedacht, so bald wieder zu heiraten. Ich hätte ein Jahr verstreichen lassen, aus Anstand.«

»Aber ihr hattet schon den Termin für November festgelegt.«

»Und jetzt verlegen wir ihn auf Oktober.«

»Oktober?« Ich hörte die Panik in meiner Stimme. Plante sie, heute hier einzuziehen?

»Bob pocht so sehr darauf, die Regeln einzuhalten. Du würdest dich wundern. Also können wir schon bald hier einziehen? Du wirst uns auch gar nicht bemerken. Bob hat noch allerlei zu erledigen, bevor wir Great Applewick verlassen, aber wir denken an ein Datum Anfang Oktober. Dann werde ich seit sechs Monaten verwitwet sein, und es wird nicht mehr ganz so furchtbar aussehen.«

Ich war froh, dass wir nebeneinandersaßen und sie mein Gesicht nicht sah. An ihrer Arithmetik haperte es ein wenig. Im Oktober wäre ihr Mann nicht seit sechs Monaten tot, sondern seit fünf. Mich verblüffte, dass sie die Vergangenheit so schnell hinter sich lassen konnte. Was für eine Idiotin war ich, dass ich nach wie vor in dieser trüben Was-wäre-wenn-Welt festhing und nie recht einsehen konnte, dass Gerald nicht wieder zurückkommen würde?

Ich habe Marcus Charles abgewiesen und werde wahrscheinlich für immer allein leben. Aber es könnte schlimmer sein. Ich könnte Marcus geheiratet haben.

»Wollt ihr alle hier einziehen?«

»Oh nein, nur ich und Bob. Die Kinder können bei Mam in Wakefield bleiben.«

»Was ist mit der Schule?«

»Es ist unsinnig, sie an einer neuen Schule anzumelden, bevor wir nach Helmsley ziehen. Mam lernt mit ihnen. Sie ist gut mit Stundenplänen.«

Ich könnte Nein sagen, aber es kam mir gemein vor, ihnen nach allem, was sie durchgemacht hatten, die Gastfreundschaft zu versagen. Solange sie hier waren, würde ich meinen Aktenschrank verschließen, Sykes den Schlüssel geben und mich aus dem Staub machen. Tante Berta war noch in Kirkley Hall und hatte mich gebeten, mit ihr Anfang nächster Woche nach London zu kommen.

Ich sah zu den Kindern, die fröhlich in den Bäumen kletterten, und dachte an die Situation im Haus im White Swan Yard.

»Mary Jane, es gibt ein Haus in Robin Hood's Bay, das ich manchmal miete.«

»Oh, wir wollen nicht in Robin Hood's Bay heiraten. Wo ist das überhaupt?«

»In der Nähe von Whitby.«

»Wir wollen nicht mal in die Nähe von Whitby. Da gibt es bloß Fisch, Wind und Dracula.«

»Ich dachte an die Kinder und ihre Großmutter. Ich muss nach London, doch bevor ich abreise, könnte ich sie nach Robin Hood's Bay fahren. Sie können ein bisschen Ferien am Meer machen.«

Ihre Großmutter, meine leibliche Mutter, die Frau, die ich ›Mrs. Whitaker‹ nenne. Es wäre unsere Gelegenheit, uns ein wenig kennenzulernen, mit meiner Nichte und meinem Neffen als Puffer zwischen uns, falls es merkwürdig wurde.

Mary Jane winkte Austin, der auf einem niedrigen Ast hockte. »Ich finde, das ist eine wunderbare Idee.«

»Ich werde sehen, was ich tun kann. Es wird ein wenig Organisation erfordern, weil es so kurzfristig ist, aber für mein neues Automobil wird es gut sein, solch eine Strecke zu fahren. Das Gepäck kann mit dem Zug geschickt werden.«

»Und ich muss dich um einen Gefallen bitten.«

»Ach ja?«, sagte ich möglichst unbekümmert. Was konnte jetzt noch sein?

»Kannst du meine Trauzeugin sein? Sonst müsste ich jemanden vom Standesamt bitten.«

»Was ist mit Barbara May?«

Barbara May war ihre ältere Schwester, die ihr sehr nahestand und bei Mary Janes Heirat mit Ethan ihre Trauzeugin gewesen war.

Es war die falsche Frage gewesen. Ihr Gesicht knautschte sich zu einer enttäuschten Miene. »Wir haben uns deshalb zerstritten. Sie sagt, dass es zu früh ist, um wieder zu heiraten. Findest du es zu früh?« Sie wartete meine Antwort nicht ab. »Entweder heiraten oder in wilder Ehe leben. Und ich denke an die Kinder, die an einer neuen Schule anfangen. Ich will keinen Tratsch. Es wird schon schlimm genug, dass wir verschiedene Namen haben, aber Harriet will ihren partout nicht ändern, die kleine Madam.«

»Es ist nicht zu früh, wenn es dir nicht zu früh vorkommt.«

Mary Jane, die gewöhnlich eine überaus beherrschte Frau war, brach plötzlich in Tränen aus. »Es wird zu früh sein und zu spät. Ich hätte Bob vor Jahren heiraten sollen. Und wenn ich ihn jetzt heirate, wird es, als würde ich die Zeit zurückdrehen und Ethan aus meinem Leben löschen. Ethan hat mich im Sturm erobert, aber Bob war immer da, war immer mein Seelenverwandter.«

»Dann heirate ihn. Du musst nach vorn sehen, nicht zurück.«

Sie nickte unglücklich.

Ein paar Marmeladentörtchen zu verputzen munterte sie wieder auf.

Mary Jane schien erleichtert und entspannt zu sein, weil sie mich erfolgreich überfahren und meine Zustimmung bekommen hatte, dass sie und Bob vorübergehend hier einzogen. Jedenfalls fiel sie nach wenigen Minuten in einen tiefen Schlummer und schnarchte sanft.

Nun musste ich die Nachricht nur noch meiner Haushälterin überbringen. Mrs. Sugden würde wahrscheinlich gut mit

Mary Jane auskommen, und falls nicht, hatte sie zumindest ihre eigene kleine Wohnung im Anbau.

Ich schaute den Kindern beim Spielen und Verstecken zwischen den Bäumen zu. Mein kleines Wäldchen hätte mit einer Skulptur von Cromer sehr anders ausgesehen.

Cromers Prozess stand unmittelbar bevor. Ich hoffte, dass ich nicht als Zeugin geladen würde. Er hatte sich schuldig bekannt, wie Marcus mir erzählt hatte, weil er bereits gestanden hatte und den Gedanken nicht ertrug, dass Caroline Windham gegen ihn aussagen müsste und mit dem Finger auf sein gebrochenes, niederträchtiges Herz zeigte.

»Mrs. Shackleton!«

Die Männerstimme kam von irgendwo hinter mir. Ich drehte mich um und konnte ihn für einen Sekundenbruchteil nicht einordnen, weil er so verändert schien. Er war gut gekleidet, frisch rasiert und hatte sich das vormals wirre Haar ordentlich gekämmt. Es war Eddie, der ehemalige Boxer und treue Freund von Deirdre Fitzpatrick.

»Mr. Flanagan.«

»Ich muss Ihnen was sagen.«

Mary Jane wurde nicht wach, könnte es aber, und etwas an Eddie Flanagans Blick verriet mir, dass seine Worte nur für meine Ohren bestimmt waren. »Gehen wir ins Haus, Mr. Flanagan.«

Falls er sich mal wieder um die wankelmütige Deirdre sorgte, durfte er einen anderen Baum ankläffen.

Wir gingen durch die Hintertür in die Küche. »Bitte, setzen Sie sich.«

Er nahm Platz, legte seine Mütze auf den Tisch, machte jedoch keine Anstalten zu reden. Ich müsste anfangen.

»Wir kamen auf Mr. Fitzpatricks Beerdigung gar nicht dazu, miteinander zu sprechen.«

»Deshalb bin ich nicht hier.«

»Ach, nein?«

Er holte etwas aus seiner Tasche, hielt es aber in seiner Faust. Als er sie öffnete, sah ich einen Fetzen braunes Papier. Er legte es vor sich auf den Tisch und faltete das Papier auseinander, worauf ein rundes Stück Glas zum Vorschein kam, dessen Oberfläche stumpf und zerkratzt war. »Ich habe Ihnen das hier gebracht.« Er schob es mir hin.

Wir beiden starrten das Glas an.

»Was ist das?«

»Ich glaube, es ist von seiner Kamera.«

»Wessen Kamera?«

»Die vom Stabsarzt. Mr. Shackletons Kamera.«

Mir wurde die Brust eng. »Seine Kamera? Geralds Kamera?«

»Ja. Ich habe es gefunden. Das Glas glitzerte in der Sonne, das war nach den Explosionen, und ich habe gedacht, ich weiß, was das ist. Ich weiß nicht, warum ich es aufgehoben habe.«

»Wann?«

»An dem Tag, an dem die große Explosion auf der Straße war.«

Ich zog das Glasstück zu mir und hielt es zwischen Finger und Daumen. Es könnte eine Kameralinse sein. Form und Stärke stimmten.

Eddie saß ganz still da, atmete kaum und wartete.

All die Jahre hatte ich nach Nachrichten von Gerald gesucht, unter Offizieren und Soldaten, hatte Briefe geschrieben, die verschiedensten Leute aufgesucht. Jetzt kam dieser Mann, der so viele Schläge gegen den Schädel kassiert hatte, dass man ihn nicht mal eine Besorgung machen lassen würde, für die er die Nummer einer Straßenbahn lesen müsste.

»Erzählen Sie mir davon, Mr. Flanagan, bitte. Lassen Sie sich Zeit.«

»Ich erinnere mich nicht an den Tag, aber ich weiß, dass es April war, weil Deirdre mir zu Ostern eine Tafel Schokolade geschickt hatte, und sie hatte ein Bild von einem kleinen gelben Küken gezeichnet. Es war ein bisschen zu spät angekommen; Ostersonntag war schon gewesen. Ich war in dem Steinbruch gewesen, weil ich verbunden werden musste, und eine Menge Leute sind gestorben, als die Granate kam, doch nicht der Stabsarzt und ich. Wir haben alles mitgenommen, was wir tragen konnten, und sind losgegangen. Aber ich war ein Stück zurück. Wegen irgendwas bin ich stehen geblieben. Und weiter vorn auf der Straße ging auf einmal die Explosion los, Rauch und Funken und alles. Danach waren nicht mehr so viele von uns da. Ich habe nach ihm gesucht, weil man ja einen Stabsarzt braucht. Ich habe gedacht, nicht mal er macht in diesem Chaos noch Fotografien. Und dann blinkte da dieses Glasstück. Das ist mir aufgefallen, und ich habe es aufgehoben.«

Ich hielt die Linse in der Hand, umklammerte sie fest. Und ich glaubte ihm. Das war es also. Dies war das Ende meiner Suche: eine kleine, runde Glasscherbe, zerkratzt und stumpf.

Gerald würde nie nach Hause kommen.

Es würde kein Begräbnis geben, keinen Abschied.

Ich würde dieses Andenken in Ehren halten.

Und ich stellte mir vor, wie es wäre, wenn ich nicht mehr bin. Jemand würde meine Sachen sortieren. Sie würden dieses Glasstück sehen und sich fragen, warum ich es aufbewahrt hatte.

Und es würde weggeworfen werden.

Epilog

Ich hatte meine Nichte, meinen Neffen, ihre Großmutter und den Hund ans Meer gebracht. Auf dem Weg nach Robin Hood's Bay hatten wir in Scarborough Rast gemacht und im *Golden Haddock* Fisch und Chips gegessen.

Als wir an einem Fenstertisch saßen und der Hund sich für herunterfallende Pommes frites sehr klein machte, beobachtete ich die Welt, die vorüberschlenderte. Und diese Welt schloss Deirdre Fitzpatrick am Arm von Joseph Barnard mit ein, denn er trat diese Woche in Scarborough auf.

Ich hätte auch nichts gegen einen Urlaub am Meer gehabt, aber ich lieferte die Familie im Cottage in Robin Hood's Bay ab und hatte vor, nur einen Tag zu bleiben, da ich Tante Berta versprochen hatte, mit ihr und meiner richtigen Mutter, Ginny Hood, die mich adoptiert hatte, nach London zurückzureisen.

Man musste hartgesotten sein, um Mitte September in der Nordsee zu schwimmen. Die Kälte verwandelt einem die Augen in Eiswürfel, und ein Schneemann wäre glühend heiß im Vergleich zu uns dreien gewesen, die wir uns in die Wellen stürzten und kreischend vor Lachen tiefer ins Wasser eintauchten.

Mrs. Whitaker saß in ihrem weiten Mantel und dem Filzhut am Ufer und trocknete den nassen, zotteligen Hund ab. Sie hatte tapfer darauf bestanden, dass ihr der steile Hang hinunter zur Bucht nicht zu viel sei, für den Hund aber recht anstrengend sein könnte.

Es war das erste Mal, dass die Kinder – und der Hund – das

Meer sahen, was durchaus etwas Magisches hatte. Wir erkundeten die kleinen Gezeitentümpel mit Fischernetzen und fanden Fossilien. Austin wollte sie unbedingt mit nach Hause nehmen, für den Garten ihres neuen Hauses in Helmsley.

Die drei hatten sich gut im Cottage eingerichtet, und da ich nicht im Dunkeln durch die Moore fahren wollte, verbrachte ich eine einsame Nacht in einem Zimmer mit Meerblick in Whitby, wo ich mich an glücklichere Zeiten erinnerte. Hier hatten Gerald und ich uns kennengelernt. Und hier verabschiedete ich mich von ihm, wobei ich hinaus aufs Meer schaute.

Tante Bertas Haus in London war eine andere Welt. Ich blieb drei Wochen bei ihr. Eines Morgens gegen Ende meines Besuchs war Mutter oben. Ich saß mit Tante Berta beim Frühstück und sah mir das Menü für die Dinnerparty am Abend an. Sie hatte den trauernden Baron Kirkley, Harold Runcie, Everetts älteren Bruder, eingeladen. Der Baron hatte Kirkley Hall wieder übernommen, da Philippa wie geplant abgereist war.

Tante Berta vertraute mir an: »Ich habe Harold eingeladen, weil er nach dieser Strapaze mal unter Menschen muss. Zwar ist es ein bisschen spät für ihn, aber er muss eine Frau finden, sonst gibt es keinen Erben für den Kirkley-Titel.«

Alarmglocken schrillten in meinem Kopf, denn Tante Berta wollte mich schon seit Langem verkuppeln.

Sie lachte, als sie meinen Blick sah. »Oh, keine Sorge, Kate, meine Liebe, nicht du! Ich weiß, dass du diesen Polizisten abgewiesen hast, doch du und Harold passt nicht zusammen. Überdies braucht er eine Frau mit sehr viel Geld, wenn er Kirkley Hall halten will.« Sie seufzte. »Obwohl es nett wäre, hättest du einen Titel und wärst oft in London.«

Auf der Gästeliste stand ein Commander von Scotland Yard, ein Witwer und alter Schulfreund meines Onkels. Der Commander hatte sich die Einladung eigens erbeten, um mir für meine Hilfe bei der Aufklärung des Everett-Runcie-Mordes zu danken.

Alles in allem freute ich mich auf die Dinnerparty. Die letzten Wochen waren anstrengend gewesen, weil mich jeder nach den Ermittlungen fragte und ich nicht darüber reden wollte. Der Everett-Runcie- und der Leonard-Diamond-Fall hatten mich ohne Frage bei Leuten bekannt gemacht, die bei interessanten Rätseln eine Privatdetektivin um Hilfe bitten könnten.

Und ich war ehrlich gesagt froh, nicht im Norden zu sein, wenn Rupert Cromer für die Morde an Everett Runcie und Leonard Diamond gehängt wurde.

Ich hoffte, der Scotland-Yard-Commander würde ein wenig indiskret bezüglich Marcus Charles sein. Der amerikanische Botschafter hatte sich außerordentlich dankbar ob Marcus' lückenloser Observierung von Anthony Hartigan und der offiziellen Bestätigung geäußert, dass der Mann während seines Aufenthaltes hier nichts Schlimmeres hatte anstellen können, als seine Familie zu besuchen, seine sterbende Mutter zu sehen und ihre Beerdigung zu arrangieren.

Die Kooperation zwischen Washington und London wurde sehr geschätzt. Und infolgedessen war Marcus nach Washington eingeladen worden, wo er mit den höchsten Gesetzesvertretern über die künftige Zusammenarbeit sprechen sollte.

Ich musste lachen, da ich mir sicher war, dass in Marcus' Berichten nichts über den Import von Spirituosen in die USA gestanden hatte, weder über den Gin aus London noch über den Whisky aus den Highlands.

Marcus' Brief war an diesem Morgen eingegangen. Da Tante Berta mit ihrer eigenen Post beschäftigt war, las ich meine.

Liebe Kate,
nach einer ereignisreichen Reise bin ich nun in New York. Ich darf mit Freuden berichten, dass ich recht seefest bin und die Überfahrt sehr genossen habe. Es ist eine seltsame Erfahrung, zwischen zwei Welten zu sein und doch die Vergangenheit mitzunehmen.
Nein, ich werde jetzt nicht poetisch oder philosophisch, da es, wie du weißt, nicht meine Natur ist. Ich bin ein Praktiker. Zufällig war Mrs. Runcie auf demselben Schiff, und wir grüßten einander höflich, wahrten aber Distanz. Ich habe ihren Wunsch respektiert, nicht an all das erinnert zu werden, was geschehen ist. Ihr Privatsekretär ist nicht mit ihr gereist. Wie sie mir erzählte, ist er nach Paris gegangen und beabsichtigt, dort mit Kunst zu handeln.

Ich legte den Brief ab. Wusste Philippa, dass King mit Caroline Windham nach Paris ging? Aber vielleicht war ihr gleich, wohin ihr früherer Sekretär ging, da sie ein neues Leben begann. Ich las weiter.

Es gibt noch etwas anderes, das zu erwähnen ich zögere, falls es verfrüht ist. Dennoch tue ich es, weil wir uns gegenseitig sehr achten und immer ehrlich miteinander sind. (Manchmal bist du ehrlicher, als es meine Eitelkeit sich wünschen würde!) Ich habe auf dem Schiff eine junge Dame kennengelernt, und obgleich ich weiß, dass Schiffsromanzen häufig vorkommen und nicht immer halten, mache ich mir Hoffnungen, dass ich eine Frau gefunden habe, die gewillt ist, mein schreckliches Polizistenleben mit mir zu teilen. Sollte es sich als wahr erweisen, wirst du die Erste sein, die es erfährt, liebe Kate.

Wieder unterbrach ich das Lesen. Gott sei Dank!

Der Rest des Briefes war voller Beschreibungen von New York, den eigenartigen Straßen, wie anders dort alles gehandhabt wurde und dass Marcus am nächsten Morgen mit einem Zug nach Washington, D. C., fahren sollte.

Er sagte nichts mehr über die Frau, die er an Bord kennengelernt hatte. Ich wünschte ihm Glück und hoffte, dass sie keine verdeckte Mafia-Spionin war, die ihn zu Fall brachte, bevor seine Karriere richtig Fahrt aufgenommen hatte.

Meine Mutter kam zum Frühstück herein. »Ihr beide mit Briefen. Irgendwas Interessantes?«

Tante Berta schüttelte den Kopf. »Noch eine Bekanntschaft, die sich eine Einladung erbettelt, um die berühmte Kate kennenzulernen.«

Mutter lachte. »Was ist mit deinem Brief, Katie? Ich darf ja wohl neugierig sein.«

»Er ist von Marcus. Anscheinend ist er sehr glücklich in Amerika.«

Mutter lächelte strahlend. »Schön.« Dann wandte sie sich zu ihrer Schwester. »Was deine Gästeliste für heute Abend angeht, Berta. Hattest du nicht gesagt, einer der Herren sei ganz erpicht darauf, Kate kennenzulernen?«

Danksagung

Dank an Ann Hazan, eine gute Freundin mit reichlich Rennbahnerfahrung, für ihre Gewinnertipps. Mein Onkel Peter Brannan wäre froh gewesen, wieder in seinem alten Job als Buchmacher bei Willie Price aufzuerstehen.

Tom Howley, ehedem Vertrauensmann der Gewerkschaft der Yorkshire Post Newspapers, hat mich großzügig an seinem Wissen teilhaben lassen.

Dank an Ralph Lindley, Polizist im Ruhestand, und dessen Frau Mary, die so freundlich waren, den Fall mit mir zu besprechen.

Noel Stokoe, Herausgeber des *Jowetteer* und Autor mehrerer Bücher über die Jowett (ein Auto, das »das Beste aus Yorkshire, abgesehen vom Pudding« in sich vereinte), beriet mich zu Kates neuem Wagen.

Stuart Walker hat mir mit seinem Wissen über ländliche Zerstreuungen zur Seite gestanden und meine Fragen bezüglich der Moorhuhnjagd beantwortet.

Es ist immer wieder eine Freude, von Lesern zu hören. Eddie Kelly fragte sich, wann Sykes seinen Pub, den *Chemic,* auf ein Bier besuchen würde. Zum Wohl, Eddie!

Wie Katholiken, ganz gleich ob vom Glauben abgefallen oder nicht, wissen werden, hat es die Sisters of the Sacred Candle of St. Genevieve nie gegeben, hätte es aber sollen. Das längst abgerissene Viertel namens »The Bank« in Leeds hat sehr wohl existiert; und das Leben dort wäre ohne die aufopferungsvolle Arbeit der Little Sisters of the Poor noch viel elender gewesen.

Der zwielichtige verlorene Sohn, Anthony Hartigan, ist dem realen Owney Madden nachempfunden, der von The Bank via Wigan nach New York ging und alles andere als ein Unbekannter für das FBI war. In seinem sehr lesbaren und maßgeblichen Buch *The English Godfather* gibt Graham Nown die Somerset Street als Maddens Geburtsort an. Ein überlebender Verwandter sagt, es sei die Cotton Street gewesen und Madden habe seinen berühmten *Harlem Cotton Club* nach der Straße in The Bank benannt. Fakt oder Legende? Wir wissen es nicht.

Ein besonderer Dank geht an meine Agentin Judith Murdoch, meine Lektorin Lucy Icke und alle bei Piatkus.

Lesejury